S

Elizabeth Bowen
Der letzte September
Roman

Aus dem Englischen von
Sigrid Ruschmeier

Schöffling & Co

»Ils ont les chagrins qu'ont les vierges et les paresseux.«
Marcel Proust, *Auf der Suche nach der verlorenen Zeit*

Deutsche Erstausgabe

Erste Auflage 2001

Originaltitel: *The Last September*
erschienen 1998 bei Vintage, London

Für die finanzielle Unterstützung der Übersetzung dankt der
Verlag der Ireland Literature Exchange (Translation Fund),
Dublin, Ireland.
www.irelandliterature.com
info@irelandliterature.com
Satz: Reinhard Amann, Aichstetten
Druck & Bindung: Pustet, Regensburg
ISBN 3-89561-240-5

Die Ankunft Mr. und Mrs. Montmorencys

I

Gegen sechs Uhr abends brachte das Geräusch eines Automobils die Hausbewohner in großer Aufregung auf die Treppe hinaus. Der Motorenlärm wehte aus dem weiten Land herbei und sammelte sich in der Buchenallee. Ein filigranes Eisentor quietschte; das Auto glitt aus einem Schattennetz heraus, den Hang hinunter zum Haus. Kaum winkten Mr. und Mrs. Montmorency heftig hinter der funkelnden Windschutzscheibe – ein mauvefarbener Autoschal flatterte wild im Wind und drohte wegzufliegen –, winkte man auch schon begeistert zurück. Der Besuch war seit langem versprochen. Alle, auch Sir Richard und Lady Naylor, riefen laut durcheinander und winkten: Noch sprach keiner ein ruhiges Wort. Es war ein Augenblick des Glücks, der Vollkommenheit.

Damals trugen Mädchen weiße gestärkte Röcke und durchscheinende, mit dicken weißen Blumen übersäte Blusen, der Sittsamkeit wegen am Halsausschnitt mit Bändern versehen. So stand dann auch Lois oben auf der Treppe und sah kühl und frisch aus; sie wußte, wie frisch sie aussah, wie andere junge Mädchen; sie verschränkte die Arme fest hinter dem Rücken und bemühte sich sehr, ihre Befangenheit zu verbergen. Die Hunde kamen aus der Eingangshalle gelaufen und stellten sich neben sie; über ihr blickte die riesige Fassade des Hauses kalt auf die ansteigenden Rasenflächen. Lois wünschte, sie könnte diesen Moment einfrieren und für immer aufbewahren. Doch als das Auto näher kam, als es hielt, beugte sie sich vor und tätschelte einen der Hunde.

Schon während die Montmorencys vorfuhren, wickelten sie sich aus den Decken. Dann standen sie in dem dramatischen gelben Sonnenlicht, schüttelten Hände und lachten. Sie waren von Carlow herübergekommen. Zwei sich überschlagende Wogen der Erregung prallten aufeinander und vermischten sich; sekundenlang war niemand zu verstehen. Mrs. Montmorency schaute die Treppe hinauf. »Und das ist die Nichte!« rief sie entzückt. »Was sind wir staubig!« fügte sie hinzu, als Lois schwieg. »Wie schrecklich, schrecklich staubig wir sind!« Und bei dem Gedanken daran, wie staubig sie war, wurde ihr Blick unendlich müde.

»Sie ist fertig mit der Schule«, sagte Sir Richard stolz.

»Ich glaube nicht, daß ich Sie erkannt hätte«, sagte Mr. Montmorency, der Lois zuletzt gesehen hatte, als sie zehn war, und offensichtlich Kinder lieber mochte.

»Also ich finde, sie ist Laura wie aus dem Gesicht geschnitten –«

»Aber der Tee wartet. Und ihr habt ganz bestimmt schon Tee getrunken?«

»Danielstown sieht wunderhübsch aus, wunderhübsch. Oben von der Allee aus sieht man jetzt mehr. Ihr habt ein paar Bäume gefällt, stimmt's?«

»Drei von den Eschen hat der Wind auf dem Gewissen. Und die Fahrt war gut? Keine Probleme? Niemand an den Kreuzungen? Keiner hat euch angehalten?«

»Und wollt ihr ganz bestimmt keinen Tee?« fuhr Lady Naylor fort. »Nach der langen – er wird sowieso gerade serviert. Nein, Francie, sei nicht albern; nun kommt herein, ihr beiden.«

Ruhig traten sie ein; ihre lauten Worte erklangen nun in der Eingangshalle gedämpfter. Nach zwölf Jahren gab es viel zu erzählen: Sie waren alle überwältigt. Lois zögerte, ging hinter ihnen hinein und – als niemand es merkte – wieder hinaus. Der Wagen mit dem Gepäck drehte und fuhr hinters Haus; er grub tiefe Spuren in den Kies. Lois gähnte und blickte über die geschwungene Einfahrt zum Rasen dahinter, wo aus dem flachen, goldenen Licht kleine Schattenbüschel wie Schilfrohre aus einem Gewässer staken. Auch die sechs Kerry-Rinder schienen hinter dem Grenzgraben eines nach dem anderen quer durch die Weide zu waten. Sie blieben unter einer Linde stehen. Die Fenster bis hoch oben im Haus standen offen; in Eckzimmern strömte das Licht diagonal von Fenster zu Fenster. Das große Haus erhob sich stattlich und stumm über den Stimmen der Montmorencys. Nur der Vorhang im zweiten Stock raschelte.

Lois gähnte; die Spannung ließ nach. Schließlich waren es nur die Montmorencys, die gekommen waren: die man den ganzen Tag erwartet hatte. Dennoch war sie unfähig gewesen zu lesen, hatte Briefe unbeendet über ihrem Schreibtisch verstreut, die Blumen gräßlich arrangiert. Und angesichts der Bedeutung des Besuchs hatten sich die Wicken in ihren Fingern gewunden und gezittert … Ich möchte mich für die violetten Wicken entschuldigen, hätte sie gern zu Mr. Montmorency gesagt. Ich mag Violett gar nicht. Ich weiß partout nicht, warum ich sie gepflückt habe; es gab viele andere. Aber ehrlich gesagt, war ich nervös. Wie schön wäre es gewesen, wenn Mr. Montmorency sie dann eindringlich gefragt hätte: Nervös? Warum? Doch sie wußte sich zurückzuhalten, selbst in ihrer Phantasie; sie würde es ihm nie sagen.

Allerdings hatte sie auch sofort gesehen, daß Mr. Montmorency, obwohl er gewiß entsetzlich feinsinnig war, sich nicht der Mühe unterziehen würde, sie zu verstehen.

Als ihr Cousin Laurence das Automobil gehört hatte, war er mit einem Buch nach oben geflüchtet. Nun hörte sie, wie er seine Pfeife auf dem Fenstersims ausklopfte. Er beugte sich hinaus, zeigte nach unten und fragte vorsichtig flüsternd: »Sind sie alle drin?«

Sie nickte und bedeutete ihm, still zu sein.

»Was machst du?« fragte er.

»Weiß ich nicht. Was machst du?«

»Nichts Besonderes.«

»Ich dachte, ich laufe mal mit den Hunden durch die Buchenallee.«

»Warum?«

»Ach, nur so ...«

»Komm rauf, und erzähl mir von den Montmorencys.«

Sie ermahnte ihn noch einmal: Die Montmorencys waren in der Eingangshalle. Um nicht dort hindurch zu müssen, mußte sie ganz ums Haus herum durch eine Seitentür gehen und dann den hinteren Treppenaufgang benutzen. Der roch nach geschrubbtem Holz, Kalktünche und den Enten, die schon für das Dinner der Montmorencys brutzelten. Als Lois oben eine Tür öffnete, brachte sie einen Schwall all dieser Gerüche mit hinein.

»Ente«, sagte Laurence und schnupperte dankbar. Es überraschte Lois immer wieder, daß dieser vergeistigte Mensch, wenn er nicht intellektuell war, soviel Zeit damit verbrachte, über Essen zu reden und offenbar auch darüber nachzudenken. Das lag vermutlich daran, daß er, wie er selbst einmal gemeint hatte, kein Gefühlsleben besaß. »Ich lebe«, sagte er gern, »von Mahlzeit zu Mahlzeit.« Auf ihre Frage nach dem Warum hatte er nur demonstrativ Augenbrauen und Hände gehoben. Wenn er das vor Gerald tat, war ihr unbehaglich. Soldaten redeten nicht über Essen, sie aßen. Ja, sie aßen viel mehr als Laurence, doch immer mit verächtlicher, geistesabwesender Miene.

Laurence hatte im Vorzimmer in einem der im Kreis stehenden, nicht sehr bequemen muschelförmigen Sessel, die alle ein wenig affig fanden, gesessen und gelesen. Sein Zimmer war ein Stockwerk höher; dort hinaufzugehen lohnte sich offenbar nicht. Er hatte das falsche Buch mitgenommen, sich aber nicht wieder hinuntergetraut, um sich ein anderes zu holen, empfand also nur deshalb das Bedürfnis, sich mit ihr zu unterhalten. Sie selbst mochte dieses Vorzimmer, obwohl es nicht der ideale Ort zum Lesen oder Reden war. Vier Räume gingen davon ab; jeden Moment konnte jemand hereinkommen oder eine Tür vom Wind aufgedrückt werden, und man saß mitten im Zug. Es liefen auch permanent Leute hindurch, so daß man ebenso permanent hochschauen und lächeln mußte. Sie selbst schien hier allerdings immer nur zu reden; dann stand sie da, stützte sich mit einem Knie auf einen Sessel – hinsetzen lohnte sich nicht –, und ihr Leben wurde richtig kompliziert, weil sie nie wußte, wie vieles von dem, was sie sagte, von wem belauscht und wie weitergetragen wurde.

An den hohen Fenstern hingen keine Vorhänge; Quastenschabracken zerfransten das hereinströmende Licht. Die weißen Simse und die in ihre Kästen geklappten Läden hatten Blasen, als hätte das Haus einen Tag in den Tropen verbracht. Die Rückenlehnen der karmesinroten Sessel waren von der Sonne zart hellorangefarben ausgebleicht; der Geruch nach Kampfer und Tieren, der im grellen Licht des Morgens aus den Fellen auf dem

Boden gestiegen war, hing abends immer noch wie Staub auf der Kühle. Wenn Lois durch den Vorraum zu ihrem Zimmer ging, blieb sie oft mit dem Zeh im Maul des Tigers hängen; überhaupt: Ein falscher Schritt, und schon rutschte eine große Pfote über die blanke Oberfläche. Photographien von bleichen Soldatengruppen, von Familien- und nachbarlichen Zusammenkünften einer Generation zuvor verströmten eine undefinierbare Melancholie von den Wänden. Auf zwei Bücherschränken, deren Schlüssel verlorengegangen waren, paradierte eine Herde Ebenholzelefanten, die jemand aus Indien mitgebracht hatte, an den Lois sich nicht erinnern konnte.

»Hä, hä, hä!« Laurence imitierte ihr Keuchen. »Warum rennst du denn so?«

»Ich glaube, das ist eine Angewohnheit«, sagte Lois verwirrt.

»Und was willst du?«

»Dir von den Montmorencys erzählen.«

»Ach so, na gut; fang an. Wo sind sie?«

»Sie trinken noch einmal Tee; Tante Myra hat sie überredet ... Also, sie sind angekommen, wie du wahrscheinlich gehört hast, und es war ziemlich überwältigend. Alle waren sehr bewegt. Und sie hat immer nur gesagt, sie sei so staubig, und natürlich war sie staubig, und da konnte ich auch nichts anderes sagen.«

»Und was hast du gesagt?«

»Er hat gesagt, er hätte mich niemals wiedererkannt.«

»Rauh, aber herzlich, der alte Knabe?«

»O nein«, sagte Lois und errötete, denn Laurence war wirklich zu impertinent. Sie lachte und warf einen Blick auf ihre Fingernägel – der einzige Teil an einem Menschen, hatte sie bemerkt, dessen man sich in Gesellschaft bewußt sein durfte. »Kennst du ihn denn nicht?«

»Doch, ich glaube, ich habe ihn einmal getroffen. Ich glaube, ich fand ihn damals ziemlich töricht. Aber ich war noch sehr jung, und vielleicht kenne ich ihn ja doch nicht.«

»Ist es nicht erstaunlich«, vertraute Lois Laurence an, »wie die Fingernägel wachsen – ich meine, wenn man es recht bedenkt, kommen unermüdlich Meter um Meter Fingernägel aus einem heraus. Im übrigen«, fuhr sie fort, »habe ich mal für Mr. Montmorency geschwärmt; als ich ungefähr zehn war. Er hat meine Mutter und mich besucht, als wir in Leamington wohnten. Nach dem Dinner – ich durfte aufbleiben – ist Mutter weggegangen und hat uns allein gelassen. Wir versuchten damals, Hühner zu halten, und sie ist wahrhaftig hinausgegangen, um sie einzuschließen, und dann einfach im Garten geblieben. Mr. Montmorency und ich haben eine Weile miteinander geredet, dann wurde er plötzlich ganz ernst und schlief ein. Total fasziniert bin ich sitzen geblieben und habe ihn beobachtet. Du weißt ja sicher, wie Männer nach dem Essen einschlafen. So schlief er aber gar nicht... Dann kam meine Mutter, frisch und erholt, weil sie von uns weg gewesen war, zurück, sagte, ich sei eine miserable Gastgeberin, und weckte Mr. Montmorency. Seitdem habe ich allerdings manches Mal gedacht, daß sie eine miserable Gastgeberin war. Doch alles, was sie tat, wirkte so natürlich.«

»Ach, sie war reizend«, sagte Laurence gleichgültig.

»Aber du siehst, daß er eigentlich nicht rauh ist, sonst wäre er ja nicht so vertrauensselig und in aller Öffentlichkeit eingeschlafen. Er war melancholisch und erschöpft und weise, was ich als Kind gut fand, da die meisten Besucher ja immer so laut mit einem waren.«

»Erstaunlich«, sagte Laurence und schaute aus dem Fenster.

Mit Laurence ließ es sich angenehm plaudern, weil er gegenüber jeder Facette ihrer Persönlichkeit gleichgültig war. Bei ihm fühlte sie sich nur durchs Reden zur Entfaltung solch unbegreiflicher Albernheit genötigt, daß sie dann auch noch Behauptungen von sich geben konnte – und gab! –, die selbst sie überraschten. Wenn er gähnte, ein Buch zur Hand nahm, sagte, er habe Hunger, oder einfach nur wegging, störte sie das nicht im geringsten. Es waren die liebevollen, aufmerksamen Zuhörer, von denen man sich nachher verraten, denen man sich ausgeliefert fühlte. Sicher, als sie Laurence jetzt wiedergesehen hatte, wollte sie ihm als intellektuelles Mädchen imponieren. Doch als sie einen Abend lang aneinander vorbeigeredet hatten und er ihr riet, weniger, aber gründlicher zu lesen und im großen und ganzen – finde er – auch weniger zu reden, hatte sich ihr Verhalten in gewisser Weise verändert. Sie hatte neues Selbstvertrauen gewonnen, war unter seiner Kritik aufgeblüht.

»Bist du gar nicht auf den Gedanken gekommen«, sagte er, schadenfroh und triumphierend, »daß die Montmorencys die Vordertreppe heraufgekommen sein könnten, während du die Hintertreppe hochgegangen bist, und daß sie jetzt beide in ihrem Zimmer sind und lauschen?«

Undenkbar, doch schon die bloße Frage war ein Schock. Hochrot lief sie zur Tür des Gästezimmers: kämpfte gegen ihre widerstreitenden Empfindungen an, klopfte trotzig, rüttelte am Griff. Als sie dann schließlich hineinging, hatte sie das Gefühl, ungezogen zu sein, denn die eben angekommenen Gäste hatten im Geiste den Raum schon in Besitz genommen.

Natürlich war das Blaue Zimmer leer; niemand lauschte dort. Die Koffer waren hochgetragen, aufgeschnallt und am Fuß des breiten Bettes abgestellt worden. Das Zimmer roch nach ausgebleichten Cretonnegardinen und zehn Tagen Leere; die Vorhänge bewegten sich matt im Luftzug von der Tür. Lois hatte eine Vase mit Geranien auf die Frisierkommode gestellt; nun entzückte sie das fragile Gleichgewicht der im Licht sich abzeichnenden Köpfe. Die Kerzen, jungfräulich, mit langen weißen Dochten, verbreiteten eine festliche Stimmung. Zwei Sessel waren einladend vor den leeren Kamin mit dem papierenen Glutfächer geschoben; in ihnen würden Mr. und Mrs. Montmorency sitzen, vielleicht, um die Ereignisse des Tages zu besprechen. Wahrscheinlicher aber würden sie im Bett reden. Eines der Dinge, die Lois vor allem über die Ehe wissen wollte, war dieses: Wenn man jede Nacht mit demselben Menschen im Bett lag, wie lange brauchte man, um der Versuchung zu widerstehen, bis zum Morgengrauen zu reden? Das nächtliche Reden hätte nichts Unerlaubtes wie in der Schule; niemand hätte das Recht, plötzlich mit einem »Jetzt wird aber geschlafen, ihr beiden! Schluß für heute!« die Tür aufzureißen, wie es oft passiert war, wenn sie ihre Freundinnen besuchte. Wenn diese Verbote wegfielen, wurde das Reden dann uninteressant? Lois hatte von Paaren gehört, die sich mit dem Atmen störten und lieber in getrennten Zimmern schliefen – die es auf Danielstown für solche Paare übrigens nicht gab. Die Möbel im Ankleideraum des Blauen Zimmers hatten Marmorauflagen, für den Fall, daß der Gentleman eine Flasche zerbrach oder etwas verschüttete, und es gab auch einen Stiefelschrank für alle möglichen Männerstiefel. Lois hatte Moosröschen auf Mr. Montmorencys Tisch gestellt. Ob das richtig war?

»Ist dir nicht klar«, sagte Laurence, »daß sie hier auf keinen Fall hätten durchgehen können, ohne daß ich sie gesehen hätte?«

Lois kam wieder heraus und schloß die Tür des Gästezimmers. »Gegen Panik«, sagte sie, »kann man nichts machen. Furchtbar, schrecklich! Ich werde nie vergessen, wie ich hier einmal mit Livvy oder vielleicht auch jemand anderem über eine Miss Elliot geredet habe – eine sehr musikalische Frau –, und dabei war sie die ganze Zeit im Nebenzimmer, und da sie Engländerin war und sehr fair, begann sie, an der Kommode zu rütteln. Den Rest ihres Besuches konnte ich ihr kaum noch in die Augen schauen. Allerdings verbreitete sie sowieso Chaos um sich herum, denn sie stellte nachts immer ihre Vasen mit Blumen vors Zimmer, und als Brigid ihr einmal den Morgentee brachte, ist sie darüber gestolpert. Tante Myra war furchtbar ärgerlich und fing eine Diskussion über Pflegeheime an.«

»Na, ja, Mrs. Montmorency wird schon nicht so empfindlich sein.«

»Mist«, sagte Lois über die Maßen besorgt und wollte gleich schnurstracks in ihr Zimmer zurückgehen. »Ich muß Briefe zu Ende schreiben.« Als sie von Brigid gesprochen hatte, war ihr nämlich eingefallen, daß in ihrem Zimmer lauter Briefe auf Regimentsbriefbögen herumlagen und Brigid, die sich für vieles interessierte, sie wahrscheinlich sah, wenn sie mit dem heißen Wasser kam. Wirklich schlimm war das nicht, aber bei dem Gedanken an manche Episteln, die ihr die Leute schrieben, kam Lois sich doch sehr dumm vor.

Laurence hatte blaßblaue, ziemlich vorstehende Augen, die sich träge bewegten, während seine Bewegungen ansonsten ruckartig waren. Nun schaute er Lois mit durchaus gewollter Verständnislosigkeit an und sagte: »Verrat mir doch, worüber du schreibst.«

»Das Leben im allgemeinen.«

»Du erstaunst mich. Wenn ich Briefe schreiben würde, die nicht gescheit wären, würde sie niemand lesen. Du schlägst wahrscheinlich genau den richtigen Ton an.«

»Natürlich wird erwartet, daß man amüsant schreibt.«

»Und an wie viele Leutnants schreibst du?«

Diese Frage war nicht nur peinlich, sondern, davon war sie überzeugt, auch irrelevant. Wenn die jungen Männer ihr schrieben, waren sie unwichtig; außerdem beantwortete sie nur jeden dritten Brief. Die jungen Männer, die ihr in ihrer körperlichen Präsenz und durch ihre extreme Nähe den geistigen Horizont versperrten, warfen in dem gleißenden gesellschaftlichen Glanz, der die Phantasie betäubte, keine Schatten. Mr. Montmorency dagegen trat deutlich aus der edlen Trübnis hervor, mit der Lois ihre Kindheit ausstattete; ihr Gefühl für ihn ergab angenehmen Stoff zur Selbstbetrachtung. So imposant er sich auch erhob und bei näherem Hinsehen verdunkelte, wurde er doch nie unscharf.

»Wie vielen?« fragte Laurence noch einmal, nahm sein Buch zur Hand, den Blick jedoch nicht von ihr. Ihre Freundin Livvy hatte er einmal mit der sehr unfreundlichen Wendung »das typische Medium für die Triebkräfte des Lebens« bedacht, und wenn er solche Fragen stellte, wußte sie wirklich nicht, was er insgeheim dachte.

Doch verlegen machte sie eher ihr Mangel an Verschwiegenheit und nicht ein Überfluß daran.

»Drei – nein, zwei«, sagte sie kühl, »denn einer ist Hauptmann.«

Sie ging in ihr Zimmer und schloß die Tür. Laurence stand auf und wanderte im Vorraum herum. Zum einhundertsten Mal betrachtete er geringschätzig die Buchrücken in den verschlossenen Bücherschränken. Dann hörte er seine Tante und Mrs. Montmorency die Treppe heraufkommen.

2

Die Naylors und die Montmorencys kannten sich seit Generationen. Als Junge war Hugo oft monatelang auf Danielstown gewesen; er kannte es so gut wie sein eigenes Zuhause, erzählte er Francie, und allemal gefiel es ihm besser. Das hatte er gleich, als sie sich verlobten, gesagt, und sie war schockiert gewesen. Es tat ihr weh, als habe er ein Sakrileg begangen, doch sie tröstete sich und entschuldigte ihn insgeheim damit, daß er mit einem Stiefvater aufgewachsen war und nie erfahren hatte, wie wichtig ein Leben in der Familie war. Sie wiederum hatte das starke Empfinden einer sensiblen Frau für »Natürlichkeit« und wollte ihn für die Mängel seiner Kindheit entschädigen, aber unmittelbar nach der Hochzeit verkaufte er Rockriver. Fortan gab sie sich die Schuld, daß sie ihn nicht davon abgehalten hatte. Er war damals fest entschlossen gewesen, mit ihr nach Kanada zu gehen, und sie, dumm, wie sie war, und immer nur ängstlich darauf bedacht, auszugleichen, was sie nicht war, wollte mit ihm dorthin gehen und das Glück versuchen. Der Plan mit Kanada fiel ins Wasser, und sie hatten nun kein Haus und sie, Francie, keine Beschäftigung. Hugo erwartete ohnehin wenig vom Leben.

Francie hatte ihr ganzes Leben lang von den Naylors auf Danielstown gehört, ihre und deren Cousins waren miteinander verheiratet; doch Irland ist groß, und sie lernte sie erst kennen, als sie als Jungvermählte zu ihnen zu Besuch kam. Dann hatten sie sich natürlich schon immer gekannt; einen Anfang hatte es nicht gegeben. Francie wußte, in ihrem ganzen Leben war sie noch nie so glücklich gewesen wie bei diesem ersten Aufenthalt; diese Zeit, locker gewebt, hatte einen leuchtenden Unterton; zwischen den einzelnen Augenblicken glitzerte das Glück. Francie kam es vor, als sei sie zurückgekehrt, als werde sie sehnlichst erwartet und als bildeten die Zimmer und Türen den Rahmen für ihr Erscheinen; ihr war, als hätten auch manche weiter fort stehende Bäume, die Treppe, ein Teil des Gartens heimlich schon immer in ihren verborgensten Gedanken gelegen.

Bei dem ersten und einzigen Besuch hatte sie sich mit Myra angefreundet, schon das bemerkenswert. Myra war »interessant«, kultiviert, zeichnete wunderschön, kannte sich in Literatur und Musik aus. Sie war in Deutschland und Italien gewesen, überall, wo man auf Bildungsreise hinfuhr. Die Entdeckung, daß Myra und sie zur gleichen Zeit in Deutschland gewesen waren, im Sommer 1892, hatte sie verbunden. Dort getroffen hatten sie sich allerdings nicht. Myra war genauso alt wie Francie – sie waren im selben Jahr in die Gesellschaft eingeführt worden, wenn auch nicht im selben Salon –

und betrachtete Hugo immer als kleinen Jungen: Sie konnte nicht anders und machte auch keinen Hehl daraus. Manchmal, wenn sie sich dessen bewußt wurde, lachte sie und sagte etwas Kluges und vollkommen Belangloses, um die peinliche Situation zu überbrükken. Hugo war zehn Jahre jünger als sie beide. Francies Gatte.

Francie und Myra hatten damals immer lange wichtige Gespräche über fast alles geführt, vertraulich, wenn nicht sogar bedenklich intim – beim Spazierengehen, auf Kutschfahrten, auf der Bank an dem Nelkenpfefferbaum und nachts oben auf dem Treppenabsatz –, und die Kerzenflammen hatten sich geduckt, wenn sie sich ereiferten.

Als die Montmorencys Danielstown dann wieder verlassen hatten, war es Francie eher wie eine Pause denn ein Bruch in der Kontinuität vorgekommen. »Nächstes Frühjahr«, versprachen die vier einander, schüttelten sich die Hände und küßten sich am Fuß der Treppe. Es war Herbst, der Wind fuhr durch die bronzefarbenen Bäume, deren Kronen schwankten. »Nächsten Sommer, Hugo«, rief Myra, »allerspätestens!« Und das letzte Bild, das sie von ihr hatten, war, wie sie als strahlende Herrin dastand. Erst als sie losfuhren, verschmolzen die Bäume mit dem wäßrigen Himmel, und Francie piekte es unter den Lidern; unter der Decke schob sie ihre Hand in Hugos. Und während er sie drückte, mußte er bis zur Kurve in der Allee das ganze Umdrehen, das traurige Gucken und Zurückwinken allein besorgen.

Vielleicht hatte Francie einen kalten Hauch aus der Zukunft gespürt. Zwischen ihrer stilvollen Abfahrt mit rollenden Kutschenrädern durch die gestutzten Lorbeerbüsche am Tor und ihrer schneidigen Einfahrt mit quietschenden Autobremsen zwölf Jahre später, ereignete sich nichts Großartiges. Die Montmorencys bewegten sich unsicher durchs Leben, es wurde nicht von Tragödien vorwärtsgetrieben, sondern bestand aus einem Geflecht kleiner Komplikationen. Hugos Unentschlossenheit erwies sich immer wieder als Hemmschuh, Francies Selbstbescheidung verursachte gelegentlich feine Brüche. Ihr Gesundheitszustand, sein Naturell, die wechselnde Armut – all das hielt sie auf, hielt sie ab. Mehrere Winter hintereinander wurde Francie ins Ausland beordert, an Orte, die zu ertragen man von Hugo nicht verlangen konnte. Er kam ohne sie; denn natürlich ging er zum Trost nach Danielstown. Die Naylors bombardierten Francie mit Klagen, ausdrücklichen Befehlen und feierlichen Drohungen: Sie gäben nie, nie Ruhe, bis auch sie bei ihnen wäre.

Endlich nun kamen Hugo und Francie zusammen. Und Danielstown war anders – wegen der Lichtung in den Alleebäumen, etwas am Antlitz des Hauses, das man vergessen hatte, der noch intensiveren Stille ringsum oder vielleicht auch nur wegen Lois, die dort auf der Treppe stand.

Lady Naylor und Mrs. Montmorency gingen zusammen ins erste Stockwerk. Auf der obersten Treppenstufe schaute Francie unter sich, um zu sehen, ob die Flecken noch da waren. Bei einem Streitgespräch über Robert Hugh Benson war sie damals so in Erregung geraten, daß sie mit ihrer Kerze gewackelt und heiße Wachstropfen versprüht hatte. Aber der Läufer war neu. Auch Myra schaute nach unten, freilich überrascht; sie erinnerte sich nicht. In den letzten zwölf Jahren hatte sie mit vielen Leuten debattiert. Neuerdings war Galsworthy das Thema.

»Es sollte mich gar nicht wundern«, sagte sie und sprach leiser, als sie sich dem Vorraum näherten, »wenn wir Laurence hier fänden, meinen Neffen. Er studiert in Oxford und ist in den Semesterferien oft bei uns. Obwohl ich glaube, daß er sich langweilt. Er geht selten nach draußen; er ist sehr intellektuell. Tennis spielt er allerdings.«

Beim Eintritt in den Vorraum sah Francie zu ihrer großen Erleichterung, daß Laurence nicht da war. Mit den Worten »Wie reizend, daß du das Haus voller junger Leute hast« wandte sie sich instinktiv nach rechts, zu ihrer alten Tür.

»Nein, hierher, Francie, ins Blaue Zimmer«, erwiderte Lady Naylor. »Die Krähen auf der anderen Seite des Hauses haben viele Leute gestört; da haben wir die Zimmer alle ein wenig umgestaltet und Lois dort hineingetan; sie mag sie.«

Als sie in das Blaue Zimmer kamen und Francie ihrer beider Gesichter und die dahinter hin- und herschwingende Tür in dem hohen Frisierkommodenspiegel sah, dachte sie erschrocken: »Myra ist alt geworden!« Ihr eigenes Gesicht schien sich nie zu verändern.

Sie sagte: »Wunderbar siehst du aus. Ich habe mich immer gefragt, ob ich dich oder auch Richard jemals wiedersehen würde.«

Myra gab ihr einen Kuß; spitzte jäh die Lippen und drückte sie ihr kurz auf die Wange. Als träfen sie sich erst jetzt wieder. Die Tür schlug plötzlich zu. »Schrecklich, einfach schrecklich – und dabei wart ihr nicht einmal in Kanada!«

Die staubige Francie spürte das kühle Leinen von Myras Ärmel. Myra trug ein graues Leinenkleid mit Stickereieinsätzen, einen Spitzenschal zweimal um den Hals geschlungen und einen flotten, mit Klee dekorierten grünen Hut. Ihre hellen, grauen Augen mit sehr schwarzen, eindringlichen Pupillen gingen an den äußeren Augenwinkeln in eine tiefe Falte über. Hoch auf ihren Wangenknochen wurden helle mauvefarbene Flekken, Blütenblättern gleich, in Küßdistanz zu einem Netz feiner, zarter Adern. Ihre Augenbrauen, in spitzem Bogen hochgezogen, verrieten tragisches Überraschtsein, doch dann sah man, daß der Bogen nie flach wurde und das Gesicht darunter seinen gelassen erwartungsvollen Ausdruck und seine fröhliche Unzufriedenheit nie verlor. Ist sie alt geworden? dachte Francie, als sie sie nun, da sie voneinander schieden, noch einmal zaghaft musterte. Ja, etwas hatte sich in Myra gefestigt; Myra wirkte glücklicher, härter.

Nach dem Kuß wandte Myra sich ab. Das Leben ging weiter, den Pflichten der Liebe und des Vergnügens war vollauf Genüge getan. Sie lief durchs Blaue Zimmer, nickte jemandem, der weit hinten aus ein paar Bäumen herauskam, durch ein Fenster zu – sie hatte nie begriffen, daß man in der Dunkelheit eines Hauses verschwindet – und überprüfte die Titel im Bücherständer. »Lois hat die Bücher nicht ausgetauscht!« rief sie. »Du weißt, wie wichtig es mir ist, daß sie zu den Gästen passen. Das Sachbuch über Gummi zum Beispiel, das letzten Sommer ein Mann hiergelassen hat – es sieht lächerlich aus. Lois ist ein Mädchen, das nie zweimal dasselbe vergißt; immer etwas anderes ...«

»Sie sieht lieb aus, finde ich. Und wirklich Lauras Ebenbild?«

»Aber im Wesen ist sie Laura nicht sehr ähnlich. Manchmal meine ich, sie hat eine Menge von dem armen Walter.«

»War das nicht schrecklich traurig mit Walter?«

»Um ehrlich zu sein: Wir hatten immer damit gerechnet.«

Als Francie allein war, ging sie zum Fenster und schüttelte den Staub aus ihrem Autoschal. Dann – fürchterlich müde von der Autofahrt, alles schien vorbeizufliegen – setzte sie sich aufs Sofa und legte die Hände über die Augen. In der nun herrschenden Stille kamen auch ihre Gedanken zur Ruhe, nur irgend etwas in ihr stand Wache und wartete auf Hugo. Sie wußte nicht, was sie sagen sollte, wenn er merkte, daß die Fahrt von Carlow wirklich zuviel für sie gewesen war. Sie hatte schon vorher die Befürchtung geäußert, es werde ihr zuviel, und er hatte erwidert: Unsinn, sie könne doch immer noch Bäume ausreißen. Geschmeichelt hatte sie nachgegeben. Ja, sie war schrecklich müde – ein paar Momente lang, da sie sich gehenließ –, und Danielstown wirklich wahrzunehmen überstieg ihre Kräfte. Ihre Gedanken schmerzten. Als sie hinausschaute, sah sie ein paar irritierende Bäume und einen Streifen goldenen Feldes am Horizont.

Sie hörte Schritte und flüchtete sich zum Waschständer. Ihre Haut war trocken, ihr Haar fühlte sich schwer und schlaff an, weil es so staubig war. Doch das kam von dem schönen, dem außergewöhnlichen Wetter, für das man in diesem Land nicht dankbar genug sein konnte. Als Hugo aus seinem Ankleideraum trat, wusch sie sich die Hände. Sie drehten sich im Wasser wie elegante Delphine in violettem Seifenschaum.

»So«, sagte er und schaute sich im Zimmer um.

»Ach, Hugo ... Ist es nicht herrlich?«

»Richard ist in Hochform. Ich dachte, ich schaffe es nie zu dir hier oben ... Bist du gar nicht müde?«

»Nein, wirklich nicht ... Es hat sich nichts geändert, findest du nicht auch?«

»Eines sag ich dir: Myra wird alt. Hast du das nicht bemerkt?«

»Oh«, sagte Francie ausweichend. Sie beugte sich mit dem Gesicht über das Waschbecken, das Regenwasser erquickte sie, es drang in alle Poren. »Oh!« Sie rieb ihr Gesicht mit dem rosengemusterten steifen Damast trocken. »Aber geht uns das nicht allen so?«

»Sie hat mit einmal die schreckliche Angewohnheit, immer die Türen zuzumachen.«

»Hier ist aber auch so viel passiert. Ja, eigentlich ist mir auch aufgefallen, daß sie ziemlich angespannt aussieht. Was hält Richard von der Situation? ... Ach, und war dir klar, daß Lois schon so erwachsen ist? Ich habe sie mir immer noch als Schulmädchen vorgestellt. Sie ist sehr hübsch, ein solch ... offenes kleines Gesicht.«

»Sie ist gehemmt«, sagte Hugo, »aber das sind ja die meisten Mädchen in dem Alter... Ich würde mich an deiner Stelle kurz hinlegen. Erhol dich ein bißchen – wenn es auch nicht nötig ist. Soll ich dir danach das Haar bürsten?«

Francie nahm ihren Morgenmantel aus einem Koffer und legte sich aufs Sofa. Sie hatte es sich gerade gemütlich gemacht, da sagte Hugo, das Sofa sehe nicht bequem aus und sie solle sich lieber aufs Bett legen. Er machte ihr zwischen den beiden Kissen eine Kuhle für den Kopf – seiner Meinung nach ruhte man nicht richtig, wenn der Kopf hoch lag –, und sie streckte sich, den Kopf in der Kuhle, auf dem Bett aus. »Oh, ich glaube, ich sollte mich nicht auf diese wunderschöne Steppdecke legen«, rief sie bald darauf.

»Ach, hier sind sie nicht so pingelig«, erwiderte Hugo, »bleib liegen und sei still.«

Also lag sie still und sah ihm zu, wie er ihre beiden großen Reisekoffer auspackte, Kleidungsstücke im Arm zum »Herrenschrank« trug und in die Fächer räumte. Was würden wohl Richard und Myra denken, fragte sie sich. »Unter dem Pantoffel« würden sie sagen: Richard, der kaum einen Krug in der Hand halten konnte, ohne ihn fallen zu lassen, und Myra, die ihn auch gar nicht anders haben wollte.

»Was für ein ekelhafter Lärm«, sagte Hugo, hielt inne und lauschte.

»Jemand spielt ein Grammophon –«

Richard und Myra könnten auch mit Fug und Recht behaupten, sie, Francie, habe den vielversprechenden jungen Mann, der er einmal gewesen war, genommen und ihm beigebracht, auf sie aufzupassen, sich um sie zu kümmern und ihre Kleider auszuschütteln. Und sie wußte, sie konnte Myra nun nie mehr erklären, was sie ihr schon vor zwölf Jahren nicht erklären konnte – als es so viel weniger zu erklären und zu rechtfertigen gab –, daß Hugo ihr viel zu viel war. Daß sie – erfolglos – immer wieder versucht hatte, ihn abzuhalten – erst davon, sie zu heiraten, dann davon, Kanada aufzugeben oder seine Freunde zu verlassen, als sie nach Südfrankreich gemußt hatte, oder ihr abends das Haar zu bürsten.

»Hugo, du kannst das blaue Kleid draußen lassen; ich glaube, ich trage es heute abend ... Wann warst du verliebt in Laura?«

»Als ich zweiundzwanzig war, in gewisser Weise. Sie war reizend damals. Ach, sie war immer reizend. Aber sie war niemals glücklich, auch hier nicht. Sie wußte nie, was sie wollte, obwohl sie vor Leben sprühte.«

Unschlüssig betrachtete er zwei Paar Abendschuhe. »Laß die hellbraunen draußen«, bat sie ihn. »Sie passen zu dem Blau.« Einen Moment blieb sie mit geschlossenen Augen liegen, dann fragte sie: »Und warum wollte sie dich nicht heiraten?«

Francies zarte Konstitution, ihre häufige Abwesenheit, ihre langen eigentümlichen Schweigephasen gaben ihr das Recht, neugierige Fragen zu stellen, wie vom Sterbelager aus. Hugo, der am Ende des Bettes beschäftigt war, betrachtete nachdenklich ihre Füße.

»Sie wollte, daß ein anderer für sie die Entscheidung traf«, sagte er schließlich, »und das konnte ich nicht. Warum auch? Ich hatte genug mit meinen eigenen Entscheidungen zu tun. Und sie war typisch Richards Schwester, man redete und redete und wußte nie, woran man bei ihr war. Und wenn sie dachte, daß man es begriff, kriegte sie einen Weinkrampf. Ja, und dann fuhr sie in den Norden und traf Farquar, und ich glaube, daß schon alles organisiert war, bevor sie noch wußte, wie ihr geschah, oder Zeit hatte, sich anders zu entscheiden. Danach hatte sie natürlich wirklich einen Grund, unglücklich zu sein. Aber ich glaube, Laura machte nichts etwas aus. Sie ließ nichts an sich herankommen: Sie war unnahbar.«

»Ob Lois auch unnahbar ist?«

»Ich glaube, ich hatte bei Laura immer den Eindruck«, Hugo blieb bei seinem Thema, »daß sie nie so real war, wie ich es gern gewollt hätte. Das war vor dir niemand, wie du ja weißt ... Wenn du jetzt aufstehst, kann ich dir das Haar bürsten.«

»Es ist sehr staubig«, sagte Mrs. Montmorency.

Sie hatte Laura in England kennengelernt und war ihr gegenüber sehr reserviert gewesen. Laura war in England ein Erfolg und schrecklich glamourös, alles in allem zu irisch für ihr eigenes Land. Lois war wie üblich in der Schule gewesen und nicht nach Hause gekommen, weil Laura vergessen hatte, an welchem Tag die Montmorencys kamen. Sechs Monate später, ohne daß sie ihre Absicht irgend jemandem kundgetan hatte, starb Laura.

»Trotzdem ist es komisch«, bemerkte Mrs. Montmorency, »daß ich Lois nie kennengelernt habe.« Sie setzte sich vor den Spiegel, nahm eine nach der anderen die Haarnadeln aus der Frisur, schüttelte dann heftig den Kopf – lebhafte rötlichbraune Strähnen flogen ihr aus den hellgrauen Wellen ins Gesicht –, fuhr sich mit den Fingern durchs Haar, schüttelte wehmütig den Kopf. Doch der Staub schien herauszusein, vielleicht weil es ihr nun besser ging, sie weniger müde war; oder vielleicht hatte sie auch eine Ladung Staub zwischen den beiden Kissen gelassen. Ihr Mann suchte eine Bürste aus und stieß dabei die Vase mit den Geranien um. »Ach, die hübschen Blumen!« rief sie laut und wischte das Wasser mit ihrem Kimonoärmel auf.

»Tod all denen«, sagte Hugo und schlug das Wasser aus der Bürste, »die Vasen auf Frisierkommoden stellen!«

3

Lois, zum Dinner angekleidet, räumte ihren Schreibtisch auf; zwei Briefe mit Briefmarken, ihr Werk, lehnten an der Uhr. Sie schüttelte die rosafarbene Veloursleder-Schreibmappe aus und begann deren Inhalt durchzusehen, mußte aber alles noch einmal lesen. Gerald, der von einem Tennisturnier berichtete, schloß mit den Worten »Sie haben wunderschöne liebe Augen«. Verblüfft dachte sie: »Dafür kann ich doch nichts«, legte den Brief zu den anderen und schlang ein Gummiband darum. Dann zog sie eine Schublade mit der Aufschrift »Allgemeines« heraus und schob alles hinein. Sie besaß einen Papierkorb, doch nur für die Couverts. Gongschläge, Blechblasen, kamen aus der Eingangshalle hoch. Sie lief zum Spiegel, legte sich eine andere Halskette um, führte eine bange Unterredung mit ihrem Spiegelbild. Was würde der Abend bringen?

Mrs. Montmorency und Laurence waren im Salon. Sie wirkten nervös, nichts deutete die Richtung des Gesprächs an. Der fahle Raum erhob sich zu einer Höhe, zu der sich nur Spiegel vorwagten: über die Ebene dessen hinaus, wo man sich aufhielt; der überdimensionale, leere Bereich ließ Menschen und Möbel darunter stets winzig erscheinen. Die hohe Decke lastete mit ihrem nackten weißen Rechteck auf dem Bewußtsein, unter ihr wartete ein kristallklares, aus einhundertundfünfzig Jahren Konversation herausdestilliertes Schweigen. Stimmen, die in dieses Schweigen hinaufstiegen, wurden immer leiser und würdevoller. Nun stiegen allerdings keine Stimmen auf; Mrs. Montmorency und Laurence hatten einander den Rücken zugewandt.

Als Lois hereinkam, klopfte sich Laurence auf die Taschen, redete von einer Pfeife und ging rasch aus dem Raum. Nun war Lois in trauter Zweisamkeit gefangen. Mrs. Montmorency saß am Fenster und hielt den *Spectator*, der auf ihrem Seidenkleid heruntergerutscht war, an einer Ecke fest, als müsse sie sich dieser immer verläßlichen Zuflucht vor der Notwendigkeit, Konversation zu machen, in ihrer Hand vergewissern. Eine vage Gestalt, kaum eine Silhouette – das Licht vom Westen fiel durch ihr lockeres Haar und das Spitzenumschlagtuch, so daß sie halb darin verschmolz –, reagierte sie auf Fragen kurz und knapp, und man wußte nicht, wie man sich ihr nähern sollte. Lois blieb im Hellen stehen und schaute sie an.

»Ach, Sie sehen entzückend aus!« rief die Besucherin. »Schwarz ist hinreißend. Nein, Sie sind nicht wie Laura. Ich weiß nicht, wem Sie ähnlich sind.«

»Tante Myra meint, daß Schwarz für Mädchen nicht unbedingt das Richtige ist«, sagte Lois und nahm den weiten Rock ihres Kleides auseinander, damit man es besser bewundern konnte. »Doch ein weißer Einsatz hellt es auf.«

»Und nun, da Sie erwachsen sind, geht es Ihnen bestimmt wunderbar.«

»Hm, na ja ...«, sagte Lois. Sie ging zum Kamin, stellte sich auf die Zehenspitzen und lehnte sich mit den Schultern an die Marmorumrandung. Sie bemühte sich, ihre Verlegenheit zu verbergen. Sie empfand immer noch regelrechten Stolz, daß sie überhaupt erwachsen geworden war; es kam ihr wie eine Leistung vor, wie Heirat oder Ruhm. Daß es einem wunderbar ging, bedeutete, das wußte sie, daß eine Reihe junger Männer einen anziehend fand. Wenn sie »Ja« sagte, hieß das »Ja, sehr«, und da war sie sich nicht sicher. Sie war sich auch nicht sicher, wie sehr sie das Leben genoß. »Hm, ja, schon«, erwiderte sie schließlich.

»Sagen Sie«, fuhr Mrs. Montmorency fort, »war das nicht Ihr Cousin Laurence?«

»Ja, aber eigentlich bin ich Onkel Richards Nichte und er Tante Myras Neffe.«

»Und ist er nicht sehr intellektuell?«

»Ja, ich glaube schon.«

»Leider«, sagte Mrs. Montmorency, »wußte ich partout nicht, was ich mit ihm reden sollte. Na, das würde Ihnen ja nicht schwerfallen. Sie, Lois, sind sicher sehr modern.«

»Hm, nein, eigentlich nicht«, sagte Lois und freute

sich. Mrs. Montmorencys Miene wurde so liebevoll und interessiert, daß sie gleich weiterredete. »Eigentlich können Sie mit ihm über alles sprechen. Außer über Politik. Das darf er hier nämlich nicht, weil die Ansichten, die er aus Oxford mitbringt, alle falsch sind.«

»Falsch?« rief die Besucherin erschreckt und fuhr sich mit der Hand an ihr errötendes Gesicht, als wolle sie die aufsteigende Farbe zurückdrängen. »Falsch – inwiefern? Wie meinen Sie das, ›falsch‹?«

»Unpassend.«

»Oh«, sagte Mrs. Montmorency. Und als erneut das verwirrte Schweigen entstand, das bei Lois' Kommen geherrscht hatte, trat Sir Richard ein. Sir Richard wurde immer sehr nervös, wenn Besucher zu früh zum Dinner erschienen: Von Francie hatte er das nicht erwartet. »Oh!« rief er mit tadelndem Unterton, »schade, schade; ich wußte ja nicht, daß du hier unten bist. Myra ist aufgehalten worden, du weißt ja, wie das so geht.«

»O ja, sehr wohl«, sagte Francie teilnahmsvoll. Sie wäre nie pünktlich, wenn sie ein eigenes Haus hätte. Ihre Pünktlichkeit rührte von den kleinen Lücken und Leerstellen in ihrem Leben her.

Sir Richard griff sich gedankenverloren an die Krawatte, wanderte wie ein wortgewaltiger Redner, der noch nicht in Schwung gekommen ist, in dem verhaltenen Schweigen des Zimmers umher und verschob dabei ziemlich gereizt die kleinen Tische, die sich ihm überall in den Weg zu stellen schienen.

»Das Wetter ist fabelhaft«, sagte er dann, »und noch so warm abends – Oder soll ich das Fenster schließen?« Ihm war unwohl; er wußte nicht mehr, wie gut er Francie einmal gekannt hatte, und konnte sich nicht entscheiden, mit welchem Maß an Intimität er ihr nun begegnen sollte. »Lois ist groß geworden, nicht wahr?« fuhr er fort und zeigte mit plötzlicher Begeisterung auf seine Nichte. »Ich habe den Eindruck, sie ist sehr schnell erwachsen geworden. Wie lange ist es her, daß du sie in England gesehen hast?«

»Ich habe sie überhaupt nicht gesehen.«

»Erstaunlich«, sagte Sir Richard und blickte von Mrs. Montmorency zu Lois. »Und die arme Laura, hast du sie auch nicht kennengelernt?«

»Doch, aber da war Lois nicht da.«

»Zu dumm.« Sir Richard fühlte sich noch unwohler, irgendwo war etwas im Busche, argwöhnte er, bemerkte aber nur allgemein: »Dann überrascht es dich ja wohl kaum, daß sie groß geworden ist.«

»Nicht auf die gleiche Weise.«

»Wir können heute abend alle auf der Treppe sitzen«, sagte Lois, entschlossen, das Paar daran zu hindern, noch banaler daherzuschwatzen. Sie ging zu einem Fenster und stützte sich mit verkreuzten Armen auf das Sims.

Die Baumwand, die wie ein Arm von hinter dem Haus herlangte und von unten, sachte ansteigend, die Rasenflächen, Böschungen und Beete umfing, war dunkler geworden: hatte sich in einen Wald verwandelt. Wie Splitter aus Finsternis durchstießen die Zweige die schwankende Dämmerung um die Blätter. Der Abend durchtränkte die Bäume, die Buchen wurden zu lautlosen Wasserfällen. Von hinter den Bäumen drängte der leuchtend orangefarbene Himmel aus dem offenen, leeren Land herein wie eine Invasion, glimmend schob er sich heran. Tannen reckten sich hoch, um durchzustoßen, und schmolzen in der Helligkeit. Irgendwo war ein Sonnenuntergang, in dem die Berge wie Glas lagen.

Die Dunkelheit hatte sich der Bäume derart bemächtigt, daß Lois, als sie sich vom Fenster abwandte, überrascht feststellte, wie hell das Zimmer war. Aus den Feldern hinter den Südfenstern kam immer noch der Tag herein und sammelte sich in den Spiegeln, im Schimmer der Tapete. Der Raum leuchtete. Nun war auch Mr. Montmorency zu ihnen gestoßen und stand dort, wo sie gestanden hatte, die Schultern am Kaminsims.

»Heute abend setzen wir uns auf die Treppe, ja?« Lois ließ nicht locker. Und als niemand antwortete oder sich dafür interessierte und ein Gespräch ohne sie geführt wurde, fühlte sie sich abgrundtief einsam und hatte wieder einmal Angst, daß besonders sie zum Ausgeschlossensein verdammt war. Die vertraute Nähe, die draußen zwischen den Bäumen im Schatten herrschte, herrschte auch zwischen dem Mann und der Frau und ihrem Gastgeber in dem von den Bäumen beschatteten Zimmer. Lois dachte an die Liebe, die allem eine Bedeutung verlieh. Und da muß ich nun zwischenfahren, dachte sie, als sie sich im Zimmer umsah.

»Schlafen Sie nach dem Dinner immer noch ein?« fragte sie Mr. Montmorency.

»Etwas Derartiges habe ich noch nie getan«, sagte er ungehalten.

»Aber hauptsächlich daran erinnere ich mich.«

»Ich fürchte«, sagte er geduldig, »Sie verwechseln mich mit jemandem.«

»Hör mal, Richard«, sagte Francie, »bist du sicher, daß wir nicht erschossen werden, wenn wir noch spät abends auf der Treppe sitzen?«

Sir Richard lachte, und alle amüsierten sich mit ihm. »Das ist uns bisher noch nicht passiert, nicht einmal, als die Soldaten hier waren und Lois mit ihnen die Allee auf- und abgetanzt ist. Du wirst sehr englisch, Francie! Wird Francie nicht sehr englisch? Meint ihr, wir sollten die Fenster mit Sandsäcken verbarrikadieren, wenn wir abends die Fensterläden schließen?«

»Nein, Richard, aber mal im Ernst –«, hub Francie an, doch als alle sie anstarrten, lachte sie auch und mußte aufgeben und weiterlachen. Dabei hatte es in County Carlow geheißen, daß es hier in der Gegend schlimm stünde, daß sie und Hugo einen schweren Fehler begingen, wenn sie überhaupt hierherführen. Typisch County Carlow, würde Richard bestimmt entgegnen.

Lady Naylor kam Arm in Arm mit Laurence herein und sagte, sie seien ja alle sehr pünktlich. »Der Gong ist erst vor drei Minuten ertönt, und ich war sicher, ich hätte noch keinen von euch herunterkommen gehört. Ich bin aufgehalten worden und hatte Richard gebeten, euch Bescheid zu sagen. Sollen wir hineingehen?«

»Francie will wissen«, scherzte Sir Richard und bot Francie den Arm, »ob wir ein Maschinengewehr haben.«

»Also, bitte, rede nicht solchen Unsinn!«

»Tanzen Sie wirklich auf der Allee?« fragte Mr. Montmorency Lois.

»Ich habe es nur einmal getan, wegen einer Wette. Ich bin mit einem Mann, der Mr. Lesworth heißt, bis zum weißen Tor getanzt, und der Mann, mit dem wir gewettet haben, ist hinter uns hergelaufen und hat das Grammophon getragen. Normalerweise mache ich es nicht.«

»Es würde Ihren Schuhen auch gar nicht guttun«, sagte Mr. Montmorency kühl.

»Die Männer, die wir kennen, können nun abends nicht mehr herkommen.«

»Na, trotzdem amüsieren Sie sich doch sicher prächtig«, sagte Mr. Montmorency und wandte sich von ihr ab.

Im Speisezimmer nahm die kleine Gesellschaft unter den Portraits Platz. Unter dem beständigen Blickwechsel der zahlreichen Gesichter, die hoch oben quer durch den Raum sahen – und nun alle zu hellbraunen Dreiecken verblaßten, die aus dunklen, sich in die Wand grabenden Rechtecken herausschauten –, wirkten Sir Richard und Lady Naylor, ihr Neffe, ihre Nichte und ihre alten Freunde substanzlos und grell, als wären sie flüchtig auf die Luft des Raums gemalt, erschreckt, vergänglich. Gleichmäßig um den riesigen Tisch verteilt – die Damastvögel und -rosen darauf gewannen in dem verbleibenden Licht einen überirdischen Glanz –, jeder einzelne so isoliert und weit weg, daß eine zufällige Bemerkung, die einen Nachbarn nicht erreichte, wie ein Bittschrei klang, wurden die sechs immer kleiner, obwohl sie unbewußt lauter sprachen und gestikulierten. Und die reglosen Gestalten über ihnen, die ihr Lächeln, Stirnrunzeln, ja, den letzten Rest von Persönlichkeit an die Dämmerung abgaben und nur noch Haltung bewahrten – eine aus der Mode geratene Bescheidenheit, ein Schnörkel oder ein Aufleuchten, eine Hand schlüpfte unter eine Rüsche, eine andere spreizte sich zierlich über einem Busenansatz –, löschten die Zeit und alle Individualität aus, so daß die Fröhlichkeit unten, das Essen und Reden, zu einer kaum wahrnehmbaren, rein äußerlichen Nebensache wurden.

In Laurence' Teller mit klarer Brühe schwammen sechs Erbsen. Mit akkurat sechs Löffeln (plus jeweils einer Erbse) aß er die Suppe auf. Dann warf er einen Blick nach rechts in Richtung seiner Tante und nach links zu Mrs. Montmorency: Beide redeten. Mr. Montmorency hörte Lady Naylor zwar zu, schien aber zu Laurence hinüberzuschauen. Doch er saß mit dem Rükken zum Licht, so daß Laurence, der kurzsichtig war, es nicht genau erkennen konnte. Ungewißheit war ihm auch lieber.

Lady Naylor sprach über den gegenwärtigen Stand der Dinge, den Löffel hielt sie ausgestreckt in der Luft. Als sie merkte, daß die anderen warteten, beugte sie sich mit einem letzten fröhlichen, entschlossenen Blick in Hugos Richtung über ihren Teller und aß die Suppe auf.

Hugo sagte sofort zu Laurence: »Und was halten Sie von all dem?«

»All dem? Hier?«

»Ja – ja.«

»Scheint bedrohlich näher zu kommen«, sagte Laurence und zerkrümelte geistesabwesend sein Brot. »Scheint sich ganz schön was zusammenzubrauen.«

»Psst!« rief Lady Naylor und fuhr mit den Händen übers Tischtuch, in ihrer beider Richtung. Mit einem Seitenblick auf das Hausmädchen runzelte sie die Stirn. »Sie dürfen Laurence nicht zum Übertreiben anstacheln. Alle jungen Männer aus Oxford übertreiben. Laurence' sämtliche Freunde übertreiben. Ich habe sie kennengelernt.«

»Wenn du es bemerkt hast«, sagte ihr Neffe, »dann ist es wahrscheinlich so.«

Lois auf seiner anderen Seite beugte sich angelegentlich zu Mr. Montmorency vor. »Wenn Sie interessiert sind, wollen Sie dann vielleicht in der Schonung nach Waffen graben? Oder, wenn ich grabe, als Zeuge mitkommen? Drei Männer auf diesem Anwesen schwören, daß in der unteren Schonung Gewehre vergraben sind. Michael Keelan schwört, daß er mal spät dort durchgegangen ist und Männer hat graben sehen. ›Wie sahen sie aus?‹ habe ich ihn gefragt, und er hat geantwortet: ›Na, wie soll'n die schon aussehn?‹ Und als ich wissen wollte, warum er sie nicht gefragt hat, was sie da trieben, hat er gesagt: ›Ich werd' mich hüten! Ich hab' doch selbst gesehn, wie sie da mit ihren Spaten gegraben haben.‹ Offenbar ist er gleich wieder dahin zurückgeflüchtet, wo er herkam.«

»Also, das ist Unsinn!« brauste Sir Richard auf, »Michael sieht alles mögliche: Angeblich hat er ja auch schon mal ein Gespenst gesehen. Ich habe den Männern derlei Gerede verboten, und schon gar nicht will ich, daß man auf sie hört.«

»Trotzdem.« Lois ließ nicht locker. »Ich meine, daß man graben sollte. Wenn wir nichts finden, kann ich Michael beweisen, daß er unrecht hat und seine Hände in Unschuld waschen kann, und wenn wir Waffen finden – Onkel Richard, denk doch mal, wie das wäre! Bescheid wissen sollten wir ja nun allemal.«

»Und warum wohl? Dann haben wir hier im Nu alles voller Soldaten, die die jungen Bäume zertrampeln. In der Schonung ist schon genug Schaden angerichtet worden, weil die Leute sie sich ansehen wollen: Michaels sämtliche Freunde. Nein, kommt nicht in Frage, dort wird nicht gegraben. Ist das klar?« fragte Sir Richard mit hochrotem Kopf.

Francie fühlte sich hin- und hergerissen, sie hatte Verständnis für beide. »Man kann einfach nicht vorsichtig genug sein ... Die armen jungen Bäumchen ... und außerdem«, fügte sie an Lois gewandt hinzu, »könnte man sich selbst in die Luft sprengen.«

»Dieses Land«, fuhr Sir Richard fort, »ist einfach viel zu voll von Soldaten, die nichts anderes zu tun haben, als zu tanzen und alte Frauen aus dem Bett zu scheuchen, um dort nach Waffen zu suchen. Das versetzt die Leute natürlich in Unruhe. Tatsache ist, daß die Armee nun derart ans Kämpfen gewöhnt ist, daß sie nicht mehr weiß, was sie sonst mit sich anfangen soll; sie ist ja auch nicht mehr das, was sie mal war. Als ich gestern nach Ballyhinch gefahren bin, bin ich angehalten worden – wie lange, will ich gar nicht sagen – von einem Ding, das aussah wie eine Kaffeekanne und ständig rückwärts in ein Tor hinein- und dann wieder herausfuhr, und unter einem Deckel oben drauf tauchte jedesmal ein widerwärtiges Bürschchen auf und nahm mich ins Visier. Ich habe mich sehr beherrscht, aber ich konnte mir nicht verkneifen, ihm zu sagen, daß *ich nicht* wüßte, wo das mit dem Land noch mal hinführen sollte, gerade jetzt, wo wir die Pferde an Automobile gewöhnt hätten. ›Sie tun diesem unglücklichen Land keinen Gefallen‹, habe ich zu ihm gesagt, ›wenn Sie in einem Ding, das aussieht wie eine Kaffeekanne, durch die Gegend kutschieren.‹ Die Patrouillen in den Lastwagen stoßen einen ja auch in den Graben, kaum daß sie einen erblicken. Und in der britischen Armee, habe ich gehört, steht der Sozialismus hoch im Kurs.«

»Ach, sie haben es auch nicht leicht hier«, sagte seine Frau beschwichtigend, »und ich glaube, sie tun ihr Bestes. Diejenigen, die uns hier im Haus besuchen, scheinen ganz nett zu sein.«

»Welches Regiment habt ihr jetzt in Clonmore?«

»Die Ersten Rutlands.«

»Und ein paar Truppen- und Garnisonskanoniere«, sagte Lois. »Die meisten Leute mögen die aus der Garnison lieber.«

»Die tanzen besser«, sagte Laurence zu Mrs. Montmorency. »Es wäre höchst bedauerlich, wenn wir Republik würden und man uns all diese reizenden Soldaten wegnehmen würde.«

»Blödmann«, sagte Lois über die Blumen. Mr. Montmorency schaute sie überrascht an.

Lady Naylor fuhr fort: »Es wird so viel geredet, daß man meint, Gott weiß was könnte geschehen. Aber wir hören nicht darauf. Ich habe es mir auch zur Regel gemacht, nicht zu reden. Wenn ihr Gerüchte hören wollt, müssen wir euch hinüber zu Castle Trent schikken. Leider, leider sind wohl auch die Careys unverbesserlich ... Ja, ja, Hugo, du hast gut reden von Zerfall; natürlich ist in England und auf dem Kontinent vieles im Zerfall begriffen. Doch bisweilen fragt man sich, ob da wirklich so viel ist, das zerfallen kann ... Gut, früher vielleicht, meines Erachtens ... Wenn man mit den

Menschen spricht, sagen sie einem, das sei alles Unsinn: Und was ist schließlich ein Land, wenn nicht seine Menschen? Ich habe mich zum Beispiel heute morgen lange mit Mrs. Pat Gegan unterhalten, die wegen der Äpfel kam. Du erinnerst dich an sie, Hugo, nicht wahr, sie fragt immer nach dir; sie hat sich furchtbar gefreut, als sie hörte, daß du kommst. ›Die Jungs schlagen ja immer ein bißchen über die Stränge‹, hat sie gesagt, und da konnte ich ihr nur aus tiefstem Herzen zustimmen. Junge Menschen seien sich überall gleich, hat sie gesagt, und das sei doch jammerschade. Sie ist eine sehr interessante Frau: Sie denkt viel nach. Unser Volk denkt eben nach. Habt ihr jemals gemerkt, daß die Engländer denken? Ich weiß noch, wie ich vor einem Jahr bei Anna Partridge war, zu Besuch in Bedfordshire; sie hat immer alle Hände voll zu tun mit dem, was sie im Dorf macht, kleinen Veranstaltungen und so weiter. Also, einmal bin ich mit zu einer solchen Veranstaltung gegangen, und wirklich, da saßen die Dorffrauen mit ihren Hüten und verzogen, obwohl sie Anna ganz offensichtlich verachteten, keine Miene. Hinterher habe ich zu ihr gesagt: ›Anna, du bist großartig, wie du dich in die Dinge stürzt. Aber was fängst du mit Leuten an, die so wenig Grips im Kopf haben?‹ Da hat sie sich sehr geärgert und gesagt, wenigstens seien sie loyal. Ich habe gesagt, sie hätten ja gar keine Alternative, und wenn sie eine hätten, würden sie es wahrscheinlich gar nicht merken. Sie hat gesagt, sie hätten Herzen aus Gold, auch wenn sie sie nicht auf der Zunge trügen, und da habe ich gesagt, das sei aber schade, weil sie dann ein bißchen mehr strahlen würden. Sie sagte, zumindest wisse man, woran man bei ihnen sei, und ich habe gesagt, ich würde nicht gern unter Menschen leben, die nicht menschlich seien. Dann fand ich es aber doch eine Schande, Anna zu verunsichern. Wenn sie wirklich gern in England lebt... Ach, und zu Mrs. Gegan habe ich heute morgen gesagt: ›Einige Ihrer Freunde hätten nämlich gern, daß wir gehen‹, und da hat sie sich so empört, daß sie fast geweint hat. Und die Trents haben mir erzählt – Ach, Hugo, die Trents kommen morgen zum Tennisspielen, extra wegen dir und Francie. Und die Thompsons kommen auch, und, glaube ich, die Hartigans. Du wirst überrascht sein, wenn ich dir sage, daß deren Mädchen immer noch alle hier sind. Offenbar heiratet sie keiner, und ach, ein Oberst und eine Mrs. Boatley kommen und drei oder vier von den Rutlands –«

»Fünf«, sagte Lois.

»Einerlei, mehrere Rutlands. Ringsum herrscht eitel Freude, daß ihr beide, du und Francie, da seid.«

»Die Trents«, sagte Lois zu Mr. Montmorency entrüstet, »schwören, daß Sie mit Ihnen verwandt sind. Aber das stimmt nicht, oder? Das bilden sie sich doch von vorn bis hinten nur ein.«

Als er antwortete, seiner Meinung nach seien sie verwandt, durch die Heirat einer Tante, geriet sie ins Grübeln. Es kam ihr komisch vor, daß sogar die Trents einen direkteren Anspruch auf ihn hatten als sie. Dabei hatte sie den ganzen Morgen vor Aufregung nur so geflattert. Die Wicken in der Vase vor ihnen waren der Beweis: Wie ein umkippender Heuhaufen hingen sie alle nach Westen. Lois erhoffte sich nun zwar nichts mehr von Hugo, doch er stand immer noch ein wenig im Schatten des schönen Monolithen ihrer Kindheit. Was er hätte sein können und was er war und blieb, war so unvereinbar, daß es in ihrer Vorstellung aufeinanderprallte und sich rieb. Das Gesicht, das sie damals schlafend beobachtet hatte – bar aller Komplexität, ruhig, doch so mitteilsam in dieser Stille, daß es sie in regelrechte Spannung versetzte, als sie es beobachtete –, überlagerte nun, wie der helle Fleck vom zu langen Starren in eine Lampe, das Gesicht, das sich ihr zuwandte: klug, matt, säuerliches Lächeln. Gewiß betrachtete sie ihn nun als kleinere Version, Mrs. Montmorencys kleinere Version; etwas an Mrs. Montmorency, das bedauernswert war. Die Trents konnten ihn haben.

»Sie sind wohl«, sagte sie abschätzig, »mit allen und jedem verwandt.«

»Je länger man in diesem Land lebt«, sagte er viel zu freundlich, »desto wahrscheinlicher wird das.«

Dabei war sie sicher gewesen, daß sie seinen Blick gespürt hatte, als sie sich mit Onkel Richard über die Waffen gestritten hatte. Vielleicht hatte er eine Ähnlichkeit gesucht. In diesem Wissen hatte sie besonders leidenschaftlich argumentiert, obwohl sie durchaus auch an den

Waffen interessiert war. Doch als sie sich umdrehte, war sein Gesicht abgewandt – voll Ablehnung und Hohn.

Er hatte sie tatsächlich angeschaut, doch absichtslos, und Einzelheiten nur oberflächlich registriert. Als sie sich wegdrehte, glitt das Licht hinter ihr wie ein Finger um die Wölbung ihrer Wange. Als sie sich ihm zudrehte, fiel es auf die undeutliche Vertiefung in ihrer Wange, dorthin, wo unter den Augen das Fleisch fein über die vorstehenden Knochen aufgetupft war. Ihre großen Augen mit dem warmen Farbton hatten den eifrigen, feuchten, unsteten Blick eines jungen Hundes; wenn sie schwieg, trafen sich ihre Lippen skeptisch, in einer nie entschiedenen Linie, so daß es immer aussah, als hätte sie noch nicht aufgehört zu sprechen. Ihr Gesicht war lang, ihre Nase, vom Sattel glatt nach unten modelliert, endete weich und stumpf, als hätte der Bildhauer ihr einen Stupser mit dem Daumen versetzt. Ihr scharf geschnittenes Kinn zeugte von Entschlußkraft. Hugo nahm an, daß sie, unfertig und erpicht darauf, es allen recht zu machen, früh heiraten würde.

»Danielstown kann nicht so aufregend gewesen sein, als Sie das erste Mal hier waren«, sagte Lois zu Mrs. Montmorency.

Aber Mrs. Montmorency, mit den Gedanken weit weg, entrückt, schwebte schon längst über der Gesellschaft. Sie konnte diese Akte der Entrückung vollbringen, wann immer sie wollte. Sie starrte in eines der Portraits.

4

Lois wurde nach oben geschickt, die Schals zu holen; ein Tropfen Tau auf der nackten Haut konnte für die Damen fatal werden. Auf den Stufen erklang das Abendecho ihrer Füße; Lois trödelte, lauschte. Als sie wieder herunterkam, waren alle schon auf der Treppe, oben auf dem breiten Steinabsatz, und das Hausmädchen suchte einen Platz, auf dem es das Kaffeetablett abstellen konnte. Mrs. Montmorency saß in dem Liegesessel; ihr Mann steckte ihr ein Reiseplaid um die Knie fest.

»Wenn Sie sie so einpacken«, konnte Lois sich nicht verkneifen zu sagen, »kann sie ja gar nicht herumlaufen, und das ist das Beste, wenn man hier draußen sitzt.«

Niemand beachtete sie: Auch Mr. Montmorency ließ sich von seinem Tun nicht abhalten.

»Hast du dir nichts zum Zudecken mitgebracht?« fragte Lady Naylor. Lois nahm ein Kissen, setzte sich auf die oberste Stufe, verkreuzte die Arme und strich sich über die Ellenbogen. »Ich würde mich nicht dort hinsetzen«, fuhr ihre Tante fort, »zu dieser Nachtzeit spürt man den Stein durch alles durch.«

»Und wenn Sie jetzt kein Rheuma kriegen«, fügte Francie hinzu, »dann kriegen Sie es später.«

»Aber dann ist es mein Rheuma«, sagte Lois so leise wie möglich und dachte insgeheim: Und ihr beide seid längst tot. Bei dem Gedanken, daß sie – mit oder ohne Rheumatismus – in fünfzig Jahren, wenn sie es denn wollte, sehr wohl hier auf der Treppe sitzen konnte und dreißig Jahre weiter in die Zeit vorgedrungen war, als Lady Naylor und Francie es noch vermochten, fühlte sie sich geheimnisumwoben und für etwas bestimmt. Und gerüstet war sie dafür, weil sie doppelt so kompliziert war wie die Generation von Lady Naylor und Mrs. Montmorency. Sie mußte es einfach sein, denn zweimal so viele Menschen hatten mit ihrer Entstehung zu tun.

Laurence, der sich verdrossen nach einer Sitzgelegenheit umsah – sie hatte das einzige Kissen genommen –, sagte: »Du glaubst wahrscheinlich, daß dir die Ameisen nicht die Beine hochkrabbeln, wenn du sie nicht siehst.«

Mr. Montmorency überraschte sie, indem er ihr eine Zigarette anbot. Er habe eine Theorie, sagte er, daß Ameisen keinen Zigarettenqualm mochten. Die Luft war ruhig; ohne zu zittern, züngelten die Flammen an dem Streichholz entlang. »Die Ameisen schlafen«, sagte sie. »Sie verschwinden in den Treppenspalten. Außerdem beißen sie nicht; aber schon die Vorstellung ist scheußlich.«

»Wollen Sie keinen Sessel?« Als sie verneinte, lehnte er sich in seinem behaglich zurück. Durch das Korbgeflecht verlief ein Knirschen, verriet ihn, dann war alles still. Obwohl er das Schiff, in dem sie alle in die Zeit hinausschossen, erst zehn Jahre nach den anderen verlassen würde, gehörte er zu ihnen. Lois drehte sich halb herum und beobachtete, wie die Zigarette am Ende aufglimmte; ihr war, als warteten alle. Die Nacht hielt die Bäume mit tonloser Endgültigkeit umfangen. Der Himmel leuchtete weißer als Glas, verblaßte bis hinunter zu den zerfransten Umrissen des Laubes, wurde aber von der Dunkelheit darunter, zu der sich das Grau der Rasenflächen stetig wie Rauch verdichtete, genauso stetig ausgesaugt. Das Haus überragte alles mit seiner Anwesenheit, wie eine Felsklippe, die umzukippen droht.

»Ich glaube nicht«, sagte Francie, »daß ich schon einmal etwas so – so Stilles wie die Abende hier erlebt habe.«

»Bäume«, sagte Laurence und verschob seine Pfeife im Mund. Seine Hemdbrust war hoch über ihnen, er stand mit dem Fuß auf dem Kratzeisen an der Tür.

»Morgen um diese Zeit, nach der Tennisgesellschaft«, sagte Lady Naylor, »wollen wir bestimmt alle unsere Ruhe haben.« Sie stieß einen Seufzer aus, der in der Stille hing wie Atem in kalter Luft.

»Ach ja, die Gesellschaft! Die Tennisgesellschaft ...«

»Francie, habe ich dir schon erzählt, wer kommt?«

»Ja, du hast es ihr erzählt«, sagte Laurence, »ich habe es gehört.«

»Anstrengend ist es wegen der Leute, die kein Tennis spielen.«

Wegen irgend etwas an der Art, an der resignierten

Art, wie Francie die Hände auf dem Plaid liegen hatte, sah sie aus wie eine Kranke.

»Gut«, sagte Sir Richard, »daß ihr beide nicht nach Kanada gegangen seid. Mir gefiel das Ganze nie; ich war damals, wie ihr euch erinnern werdet, sehr dagegen.«

»Ich war ja auch hin- und hergerissen«, sagte Hugo. »Einerseits hatte ich den Eindruck, daß sich ein Versuch lohnte, andererseits sprach vieles dagegen. Ich weiß nicht, ob ich da groß was auf die Beine gestellt hätte. Manchmal frage ich mich das.«

In unterschiedlichem Maße gleichgültig, fragten sie sich das mit ihm. Lois strich sich übers Kleid; der Stoff fühlte sich an wie Spinnweben, klebrig und feucht. Offenbar fiel schon Tau.

»Oh!« rief Francie. »Hört mal!«

Sie hatte sich der Ruhe so sehr hingegeben, daß die Entstehung des Geräuschs, nach dem die anderen immer noch angestrengt lauschten, sie traf wie ein Schlag. Von der Treppe schauten sie alle über eine Talmulde mit Wiesen und Schonungen, die in ein Meer von Raum mündete. Weit im Osten, jenseits des Anwesens, kämpfte sich ein Automobil aus dem Schweigen. Ein Rattern, ein gequältes Mahlen, als es den Hügel erklomm.

»Patrouillen«, sagte Laurence.

Hugo beugte sich vor und drückte Francies Hand. »Patrouillen«, erzählte er ihr, die Information übertragend.

Sir Richard erläuterte barsch: »Jede Nacht sind sie draußen – nicht immer hier in der Gegend.«

»Sie sind früh; es ist erst halb zehn. Ob sie wohl ...«

Der Lärm hielt inne, einen Moment lang zeigte ein fahles Licht den Himmel in der Dunkelheit. Dann setzte sich der Lärm hinter der Schutzwand der Bäume am Horizont wieder in Bewegung, an der Grenze des Besitzes, zittrig und gebeugt wie jemand, der hinter einer Hecke herschleicht. Bei dem unangenehmen Geräusch lief es den Zuhörern kalt über den Rücken. Sie hörten es mit einem Gefühl, als seien sie alle schuldig.

»Ein Lastwagen auf Geheimtour ist ganz schön gruselig.«

»Laurence, er ist nicht auf Geheimtour!« sagte Lady Naylor. »Kannst du nicht einmal normal sein? Wenn es nicht auf eine absurde Weise als demonstrativ angesehen würde, würde ich die armen Kerls auf einen Kaffee hereinbitten.«

»Sie fahren ziemlich vorsichtig«, sagte Hugo ungeduldig. Es war, als fände der Lastwagen seinen Spaß daran, recht bedrohlich an der Grenze entlangzutuckern, um zu zeigen, wie weit der Frieden auf dieser dämlichen Insel reichte, und die Einsamkeit zu stören. In der stillen Nacht hatten Geräusche eine scheinbar absichtliche Atemlosigkeit.

»Weil die Straßen schlecht sind«, sagte Lois. Sie sah schon die Besatzung in die Hecken rutschen, obwohl sie aufgepaßt hatte. »Wer«, fügte sie hinzu, »ist wohl heute nacht bei den Patrouillen?«

»Jemand, den Sie kennen?« rief Francie.

Doch Sir Richard, der es genauso wenig mochte, wenn seine Freunde ihm ihre Aufmerksamkeit wegen Lastwagen entzogen wie wegen philosophischer Tiefsinnigkeiten, Kopfschmerzen oder der Betrachtung der Natur, würgte diese Frage mit einem seiner Lieblingsthemen ab. »Der untere Tennisplatz, Hugo«, er gestikulierte in der Dunkelheit zur Seite, »ist auch nicht mehr, was er mal war. Nach dem Regen haben sich ein paar Kühe darauf verirrt und ihn zertrampelt. Wir haben ihn so oft gewalzt – man hätte einen Berg plattwalzen können –, aber er wird noch lange nicht wieder so sein wie früher. Weißt du noch die Doppel, die wir auf dem Platz in dem Sommer gespielt haben? War es sechsundneunzig oder wann? Du und ich und O'Donnell und der arme John Trent?«

»Ja, ja. Und wer ist nach Ceylon gegangen, James O'Donnell oder Peter?«

»Das war ein prächtiger Sommer; der schönste, an den ich mich erinnern kann. Ende Juni hatten wir das Heu schon drin.«

Der Lastwagen quälte sich nach Osten Richtung Ballyhinch; die Stille rieselte wie Sand auf seine Spur. Er verließ ihre Welt, die Atmosphäre entspannte sich. Nun hätten sie wieder hören können, wie sich ein Blatt in den Bäumen bewegte oder ein Vogel über einen Ast lief.

Aber sie fanden es plötzlich sehr dunkel. Francie zitterte, und Lady Naylor erhob sich förmlich und sagte, ihrer Meinung nach sollten sie sich nun alle hineinbegeben. »Der arme John Trent«, fügte sie hinzu und sammelte ihre Kissen zusammen, »er hat es nie verwunden, daß er mit den Sheehans wegen des Angelns im Madder einen solchen Streit bekam. Er ging ja vor Gericht, und natürlich verlor er. Wir haben ihm immer geraten, es nicht zum Prozeß kommen zu lassen. Er war sehr stur.«

»Ja, das war er«, sagte Sir Richard. »Er hat sich Sheehan zum Feind gemacht, und sich Feinde zu machen ist nicht gut. Aber heute ist er natürlich tot, und da spielt es vielleicht keine Rolle mehr.«

»Für die Archie Trents eventuell doch ... Laurence, hilf Onkel Richard, den Liegesessel hineinzutragen, und denk daran, danach deinen Sessel mit hineinzubringen.«

»Ich hatte gar keinen.«

»Ach, sie haben das Licht in der Eingangshalle nicht angezündet. Wie dumm! Ohne Sarah bin ich verloren. Erinnerst du dich an Sarah, Francie? Weißt du, daß sie tot ist?«

Lois, die ruhig zwischen den aufstehenden, hin- und herlaufenden und ein wenig desorientierten Gestalten saß, rief: »Aber nun fängt's doch erst an! Ihr verpaßt ja das Wesentliche. Ich gehe ein bißchen in der Allee spazieren.«

Francie tastete sich ins Haus; ihre Decke schleifte hinter ihr her. Die drei Männer trugen die Korbsessel. Man traf sich an der Tür; die Sessel stießen knirschend aneinander. Man setzte sie ab und entschuldigte sich. »Ich mache einen Spaziergang auf der Allee«, wiederholte Lois. Nachdem die Herren sich geeinigt hatten, in welcher Reihenfolge sie hineingehen wollten, betraten sie einander immer noch leise anrempelnd das Haus. Lois ging die Treppe hinunter. Sie wollte allein sein, aber von den anderen vermißt werden.

»Paß auf, daß du nicht ausgesperrt wirst!« rief ihr Onkel hinter ihr her. Die Glastüren schlossen sich klirrend.

Lois ging allein durch die Allee, in der sie mit Gerald getanzt hatte. Was für ein glücklicher Abend das gewesen ist, dachte sie, und für wie albern Mr. Montmorency mich nun hält. Sie konnte sich allerdings des Eindrucks nicht erwehren, daß er sich ärgerte, weil sie jung war und er nicht. Sie hatte die Hoffnung aufgegeben, ihm erklären zu können, daß ihr ihre Jugend auch ziemlich unecht vorkam und daß sie auf diese Weise lediglich jung war, weil man es von ihr erwartete. Sie hatte nie eine Rolle abgelehnt. Sie konnte auf dieses Sich-lebendiger-Fühlen nicht verzichten, auch nicht darauf, wie sie sprühte, wenn man sie für sehr glücklich und unbekümmert hielt, obwohl sie es gar nicht war. Sie konnte nicht hoffen, ihm zu beweisen, daß sie nichts von dem, was er verpaßt hatte, genoß, daß sie jetzt noch unsicher und ängstlich war, doch in seinem Alter durchaus davon überzeugt sein wollte, daß sie einmal glücklich gewesen war. Denn das zu erklären, fand sie – falls es denn möglich gewesen wäre, einem so förmlichen, ironischen und unfreundlichen Zuhörer überhaupt etwas zu erklären –, würde bedeuten, sich selbst und Gerald gegenüber illoyal zu sein, eine Illusion, die sie beide aufrechterhalten sollten, zu verraten.

An dem Abend, als sie getanzt hatten, war sie bei der Linde gestolpert und auf seinen Arm gesunken. Der hatte sich angespannt, und seine Hand war zwischen ihren Schultern hochgeglitten, und als sie, Lois, sich erneut sicher im Rhythmus bewegte, wieder hinunter. Sie waren lachend, laut und selbstbewußt losgetanzt, doch schon bald außer Atem geraten. Geralds Wange war nur zwei, drei Zentimeter von ihr weg und zu nahe gewesen, als daß sie viel hätte sehen können. Den ganzen Weg war er nicht aus dem Rhythmus gekommen; er war sehr zuverlässig. Und als ihr nun bewußt wurde, wie die Familie soeben ins Haus gegangen war, brüsk und ohne jedes Bedauern die Glastüren zugeschlagen hatte, merkte sie, daß sie genau das nun am meisten wollte: Geralds Begeisterungsfähigkeit und seine Beständigkeit. Wie einen festen Blick von ihm empfand sie die Vollkommenheit ihres Zusammenseins.

»Ach, wenn du doch jetzt hier wärst!«

Aber er, der sehr musikalisch war, leitete eine Jazzband in der Kaserne. Als sie nun in Gedanken zu ihm eilte, fiel ihr ein, daß seine Combo gerade übte. Sie war enttäuscht. Zu einer Melodie, die ihr der Gedanke zuwarf, tanzte sie auf der Allee.

Dann lief sie durch einen von dichter Dunkelheit erfüllten Pfad in den Strauchrabatten. Die Lorbeerbüsche in der Nähe verströmten Kälte: Lois spürte die Blattspitzen wie Zungen toter Tiere scheu und feucht auf ihren nackten Armen. Ihre Furcht vor dem Gestrüpp zerrte an ihrer Kette, Furcht jenseits von Vernunft, Furcht von vor ihrer Geburt; Furcht, wie der erste Keim ihres Lebens, der sich in Laura geregt hatte. Lois lief rascher – sollte die Kette nur reißen! – und sang, vor Grauen dramatisch eine Hand auf dem klopfenden Herzen. Sie stellte sich vor, sie bezwänge einen Paß. In ihrem – wie sie es sah, reduzierten – Leben hatte sie nie Gelegenheit, ihren Mut zu beweisen; er erschlaffte wie ein nicht gebrauchter Muskel und schlief ein.

Hoch oben kreischte ein Vogel, flatterte durch die Dunkelheit und stieß durch die Blätter. Die Stille schloß sich wieder, behielt aber eine Schreckensnarbe. Der Salon mit den geschlossenen Fensterläden, die Familie im Licht der Lampen versiegelt, geborgen und leuchtend wie Blumen in einem gläsernen Briefbeschwerer – das alles war wünschenswert, und es lohnte sich auch, vieles von dem hier draußen dagegen einzutauschen. Furcht kam nur bis zur Schwelle … Auf dem Pfad nun glitten graue Flecken, schlimmer als die Dunkelheit, bis zum Knie an ihrem Kleid hoch. Lorbeerbüsche ertastete ihr

Arm nicht mehr. Sie war beim Ilex angelangt, wo sich zwei Wege kreuzten.

Zuerst hörte sie die Schritte nicht, und als sie allmählich merkte, wie die Dunkelheit sich verschob, dachte sie, daß das, was sie befürchtete, nun kam, in ihr war – ja, sie besaß hellseherische Kräfte, war dem Entsetzen ausgeliefert und würde nun einen Geist sehen. Dann erklangen die Schritte hart auf dem glatten Boden; Zweige streiften einen Trenchcoat. Zur ausholenden Bewegung eines stetig voranschreitenden Menschen raschelte der Trenchcoat vor ihr auf dem Weg. Reglos blieb sie an dem Ilex stehen, ausgelöscht in ihrem Schwarz, und in Reichweite ihrer Hand lief, federnd mit langen Schritten, ein resoluter Mann, mächtig wie ein Gedanke. Dankbar für seine Leiblichkeit hätte sie am liebsten Kontakt zu ihm hergestellt: Nicht erkannt zu werden empfand sie wie ein Verhängnis. Vernichtung.

Ein schöner Abend, hätte sie gern gesagt oder, um sein Wohlwollen zu gewinnen: Es lebe Dublin! oder sogar kühn – denn schließlich war es das Anwesen ihres Onkels, wo sie unter einem Ilex kauerte: Was wollen Sie hier?

Er war bestimmt wegen Irland in solcher Eile; kam aus den Bergen und nahm eine Abkürzung durch ihren Besitz. Das war noch so etwas, an dem sie nicht teilhatte. Sie konnte ihr Land nicht gefühlsmäßig begreifen: War es eine Art zu leben, ein Konglomerat verschiedener Landschaften oder bloß ein schiefes, zerklüftetes Eiland, im Norden verankert, doch mit einer Atmosphäre des

Abgetrenntseins und, von der britischen Küste aus gesehen, nach Westen hinausgespült?

Mucksmäuschenstill und verächtlich, weil er sie nicht bemerkte, ließ sie den Mann vorbeilaufen. Seine Absichten brannten eine beinahe sichtbare Spur in die Finsternis; er wirkte so aufgekratzt, daß er ein Mörder hätte sein können. Die vielen, vielen Bäume, die sich aus passiver, umkämpfter Erde reckten und dem Land die Seele aussaugten und sie dann wieder ausatmeten, verschluckten ihn schließlich. Ob er die Waffen holen will? dachte sie. Ein Mann in einem Trenchcoat war an ihr vorbeigegangen, ohne sie zu sehen. Nicht mehr und nicht weniger.

Aufgeregt rannte sie zurück, um es den anderen zu erzählen. Unten wartete das Haus; riesengroß der Westflügel, dünne gelbe Linien verliefen um die Fensterläden im Erdgeschoß. Es hatte das ausgeschlossene, traurige, bedeutungslose Aussehen, das Häuser in der Dunkelheit annehmen. Innen würden die Bewohner enger zusammenrücken, im gnädigen Lampenlicht, das alles nur halb enthüllte. Umringt von derart zahlreichen Zeugen …, dachte Lois. Sessel würden mutlos herumstehen; oben warteten selbstsicher die Betten, die leeren Spiegel erschreckten; die Bücher, gelesen und vergessen, trugen nichts mehr zum Leben bei; der Eßtisch wußte, daß er regelmäßig in die Pflicht genommen wurde; der Elefantentrupp war durch wechselhafte Jahre nicht aus dem Tritt geraten.

Doch als Lois atemlos die Treppe hinauflief, war ihr Abenteuer schon unwichtig geworden. Es hatte noch Bestand, als sie in der Eingangshalle sah, wie das Reiseplaid, das Mrs. Montmorency dort hatte fallen lassen, wie eine Leiche über dem glänzenden Parkett ausgebreitet lag. Doch in den schwankenden Schatten zwischen den Möbeln schwand ihre Sicherheit. Es war durchaus denkbar, daß sie eben in den Staudenrabatten das Leben in einem bedeutungsvollen Augenblick überrascht hatte. Aber davon konnte sie nicht sprechen. Wenn Tante Myra sich des Abenteuers annahm, wurde es literarisch ausgewalzt, für Onkel Richard war es nur eine Unannehmlichkeit; ein kurzer Blick von Mr. Montmorency oder Laurence würde ihre Begegnung allen Lebens berauben.

Am wahrscheinlichsten jedoch war, daß sie gar nicht zuhören würden... Lois zündete ihre Kerze an und ging nach oben zu Bett, unhöflich, ohne jemandem gute Nacht zu sagen. Später hörte sie, daß ihr Onkel Richard bis zwölf Uhr hatte aufbleiben müssen, weil man ihm nicht gesagt hatte, daß sie hereingekommen war, und er es für falsch gehalten hatte, das Haus zu verschließen.

5

Gerald ging, seinen Schläger schwingend, über den Rasen zum unteren Tennisplatz. Einmal hob er die Hand und berührte seinen Hinterkopf, voller Selbstvertrauen: Er war vollkommen glatt und rund. Geralds Tenniskleidung war golden-weiß; fast leuchtete er in der Sonne. Er lächelte in alle Richtungen. Es wäre sinnlos gewesen, wenn er so getan hätte, als mache er sich nichts aus Gesellschaften; er ging überall hin, am liebsten wäre er jeden Tag ausgegangen.

Alle saßen auf den grünen Gartenstühlen am Rande des Schattens oder standen dort herum. Noch spielte keiner; es gab zwei Plätze und achtzehn Spieler; sie diskutierten, wer zuerst spielen sollte, ihre Stimmen klangen schrill, jeder wollte dem anderen den Vortritt lassen. Lois war nicht da; Laurence saß rauchend auf dem Boden und beteiligte sich nicht an der Debatte. Lady Naylor unterhielt sich angeregt mit etlichen Gästen, die in dem ungewöhnlichen Sonnenschein ihre Schirme sehr gerade hielten und glücklich wirkten. Sie warteten darauf, daß man mit dem Spielen begann und sie sich zum Gespräch niederlassen konnten. Livvy Thompson organisierte alles: Als Lois' Freundin war sie der Meinung, daß diese Aufgabe in deren Abwesenheit ihr oblag; außerdem organisierte sie gern. »Sie und Sie«, sagte sie mit gellender Stimme und stach nur ein paar Zentimeter von der Brust des jeweiligen Spielers oder der Spielerin entfernt mit ihrem spitzen Zeigefinger in die Luft. »Und warum nicht Sie und Sie?« Doch bevor sie noch das zweite Doppel zusammengestellt hatte, meldete sich das erste schon wieder.

»Oh, Mr. Lesworth«, rief Lady Naylor und wartete darauf, daß er näher kam, »wenn Sie wirklich hierherkommen, könnten Sie noch ein paar Decken für die Leute zum Draufsitzen mitbringen?«

Er drehte sich um und ging zurück ins Haus. Komisch, das mit Lois. Wo sie wohl war? Livvy Thompson sah ihm bänglich nach. War Mr. Armstrong nicht mitgekommen? Während ihre Aufmerksamkeit zeitweilig abgelenkt war, taten sich zwei Doppel selbständig zusammen und liefen los, um die Plätze einzunehmen.

Die Eingangshalle war nach dem hellen Sonnenlicht draußen sehr dunkel und voller Mäntel und Spanner für die Tennisschläger; Schuhe waren voneinander weggewandert, unter die Sessel. Geralds Gruppe, die mit einem Mietwagen von Clonmore herübergekommen war, wartete hier drinnen auf Mrs. Vermont. Hauptmann Vermont und David Armstrong standen neben ihr und hielten ihre Sachen, während sie sich unter einigen Mühen vor einem antiken Spiegel die Nase puderte.

»Sind Frauen nicht schrecklich?« rief sie frohgemut, als Gerald wieder zu ihnen stieß. Sie wußte, die Leutnants haßten es, ohne sie anzufangen. »Meine Lieben, wie gern wüßte ich, ob wir wirklich eingeladen sind. Lois drückt sich immer so – ich meine, na ja, also – so vage aus, findet ihr nicht?«

»Ja, aber man hätte doch sowieso nichts dagegen«, sagte David und versuchte nicht zu klingen, als fühle er sich hier schon zu Hause.

»Sie sind ja wahnsinnig gastfreundlich!« Betty Vermont war nun doch nicht von Irland enttäuscht. Noch nie in ihrem Leben war sie in derart vielen großen Häusern gewesen und hatte sich derart wenig klein gefühlt. Natürlich waren sie alle sehr verlottert und hatten kein bißchen Stil. Wie gern würde sie mal mit einem Topf weißer Farbe und ein paar hundert Metern richtig schöner Cretonne von Barker's auf eins dieser Häuser – egal, welches – losgelassen, sagte sie immer.

»Halb Irland ist hier«, sagte David, die vielen Automobile auf der Kiesauffahrt betrachtend. »Ich bezweifle, ob wir überhaupt zum Tennisspielen kommen.«

»Ach, David, Tennis können Sie noch und nöcher im Club spielen. Gerald, bitte schauen Sie mich nicht so böse an! Sie hassen Puder, stimmt's, Sie unfreundlicher Gesell.«

»Nein, nein, eigentlich nicht«, sagte Gerald und strahlte. Trotzdem fand er es schöner, wenn Mädchen einen natürlichen Teint hatten, und war überzeugt, daß

Lois' Teint natürlich war. Er hatte sich alle Decken, die er finden konnte, über die Schulter gelegt und sah aus wie ein Beduine, meinte Mrs. Vermont. Das hätte sie nicht zu jedem Mann sagen können, denn beim Orient bekam man mittlerweile alle möglichen Hintergedanken, doch er war so ein lieber Kerl, immer freundlich und nett. Alle zusammen gingen sie hinaus.

»Es kommt mir vor, als seien viel mehr Leute da, als wir eingeladen haben«, sagte Lady Naylor zu Mrs. Carey von Mount Isabel. »Lois lädt Leute, die sie im Club in Clonmore kennenlernt, ein und vergißt es dann. Ich mache mir schon Gedanken, ob die Himbeeren reichen; ich habe Lois in den Garten geschickt, damit sie veranlaßt, daß noch welche gepflückt werden. Oberst und Mrs. Boatley kommen – sie war eine Vere Scott, eine Vere Scott aus Fermanagh ... Warum sprechen die Hartigans eigentlich nie mit Männern? Ich meine, sie versuchen's ja gar nicht erst, finden Sie nicht? O Mr. Lesworth, wie nett, daß Sie daran gedacht haben, die Decken mitzubringen! Und jetzt sieht es aus, als sei gar niemand mehr da, der sich darauf setzt ... Schauen Sie, können Sie sich nicht unter die Gruppe Mädchen da auf der Böschung mischen? Ich glaube, sie sitzen auf nichts und wirken ohnehin gelangweilt und möchten sich unterhalten. Und ganz bestimmt wären sie froh, wenn Sie rauchen würden. Die Mücken sind schrecklich. Wer ist das Mädchen in Blaßblau, das gerade herauskommt?«

»Mrs. Vermont. Sie – äh – ich glaube, Miss Farquar –«

»Ach, unwichtig; es ist eine angenehme Überraschung.« Freudestrahlend ging sie auf Mrs. Vermont zu. »Ich freue mich, daß Sie kommen konnten; ganz reizend.«

Gerald musterte die Runde noch einmal genau. Dann scheuchte er die Miss Hartigans respektvoll von ihren Plätzen, legte eine Decke auf die Böschung und setzte sich zwischen sie. Er stand insofern vor einem Problem, als er nicht wußte, ob er ihnen schon einmal vorgestellt worden war, während sie vollkommen sicher waren, daß ja. Sie freuten sich, daß er sich zu ihnen gesellt hatte, wenn sie auch schrecklich unter den Mücken litten und sich in dem Moment nichts sehnlicher wünschten, als sich in aller Ruhe die Beine zu kratzen.

»Was ist das mal wieder für eine nette Runde«, plauderte Gerald los.

»Ja, sehr unterhaltsam«, stimmte ihm Norah Hartigan zu.

»Solche Tennisgesellschaften wie in Irland gibt's, glaube ich, nirgendwo sonst.«

»Wir waren schon bei Tennisgesellschaften in England«, erwiderte Doreen.

»Ja, Sie müssen uns wieder besuchen.«

»Ach, wir würden uns komisch vorkommen«, sagte Norah, und ihre Schwester stimmte ihr zu. Gerald lächelte sie eine nach der anderen so aufmunternd an, daß sie ihm erzählten, eine ihrer Schwestern, die heute nicht da sei, sei einmal ziemlich lange in der Nähe von

London gewesen und ihre Tante – schon sehr das, was sie eine Dame der Londoner Gesellschaft nennen würden – habe sie mit zu einem hochvornehmen Empfang genommen. In Südkensington sei es gewesen. Doch ihrer Schwester habe es überhaupt nicht gefallen, sie habe die Engländer unnatürlich gefunden und gesagt, der Klang ihrer Stimmen sei seltsam, wenn sie alle in einem Raum eingeschlossen seien. »Aber entschuldigen Sie«, sagte die ältere Miss Hartigan, wandte sich ab, weil sie befürchtete, das Gespräch sei zu persönlich geworden, und kratzte sich so diskret wie möglich am Knöchel, »Ihnen sollten wir dergleichen nicht erzählen.«

»Es war wunderbar von Ihnen, zu vergessen, daß ich Engländer bin. Aber wir werden Sie ja sicher bald verlassen; unsere ganze komische Besatzungsarmee.«

»Oh, aber so möchte man Sie doch nicht nennen«, sagte Miss Hartigan abwehrend.

»Sobald wir diesen komischen Krieg verloren haben.«

»Ach, man würde es doch nicht als Krieg bezeichnen wollen.«

»Wenn es jemand tun würde, wären wir mit diesen Lumpen in einer Woche ein für allemal fertig.«

»Wir würden es sehr schade finden, wenn Krieg herrschte«, sagten die Hartigans unbeirrt. »Es gibt doch schon genug Unannehmlichkeiten, finden Sie nicht? ... Und es wäre eine Schande, wenn Sie alle gingen«, fügte Doreen herzlich hinzu, aber nicht zu herzlich, weil es ja alles Männer waren. Es wurde ohnehin zu peinlich; die Mädchen richteten den Blick fest auf die Tennisspieler und wünschten, die Partien wären bald zu Ende. Sie fanden es tollkühn von Mr. Lesworth, daß er von so weit her zu der Gesellschaft gekommen war, und hofften nur, daß er auf dem Heimweg nicht erschossen würde; obwohl sie unweigerlich daran denken mußten, wie interessant sie beide würden, wenn doch. Der arme junge Mann, dachten sie ausgesprochen zärtlich, denn er sah sehr gut aus, und als sie spürten, daß sich diese Zärtlichkeit auch in ihren Augen zeigte, wagten sie beide nicht, ihn anzuschauen.

Livvy ging oben auf der Böschung mit David Armstrong spazieren. Sie lächelte, ein kleiner Zahn blitzte über ihrer Unterlippe, ihre vor weiblicher Empfindsamkeit bebende Nasenspitze zeigte nach unten. »Was habe ich Sie lange nicht gesehen, Mr. Armstrong!«

David war der netteste aller Leutnants; so umgänglich. »Ja, ja«, stimmte er ihr zu. »Wahrscheinlich ist es wirklich lange her.« Er warf einen Blick auf ihren Hutrand und fügte hinzu: »Mir jedenfalls kommt es furchtbar lang vor.«

»Ach, das dürfen Sie nicht sagen!« rief Livvy, wurde über und über rot und lachte.

»Warum denn nicht?« sagte David besorgt, aber erfreut.

»Also, ich meine, Sie sollten es nicht so sagen!«

»Aber ich kann nicht anders: Ich sage immer, was ich

meine.« Je verwirrter er wurde, desto männlicher wurde er auch. »So bin ich nun mal.«

»Sie sind schrecklich!« Livvy war schockiert von Davids Verhalten und lachte derartig viel, daß die unten an der Böschung sitzenden Leute erwartungsvoll aufschauten. Da sie ihn jedoch nicht mit ihnen teilen wollte, schob sie ihn in eine andere Richtung und fragte: »Warum waren Sie nicht bei dem Fahrradrennen auf Mount Isabel? Ich hatte Sie so verstanden, daß Sie kommen wollten. Jammerschade, daß Sie nicht da waren, es war ein großartiges Sportfest, und es gab auch ein Golfturnier. Und auf der Allee standen bewaffnete Wachposten, und sie haben vierundzwanzig Pfund für das Krankenhaus eingenommen. Und die Nichte des Pfarrers aus Kilnagowan ist hingefallen und hat sich die Lippe aufgeschlagen; sie hat schrecklich geblutet, aber Doreen Hartigan hat ja das Zeugnis vom Freiwilligen Frauenhilfscorps. Und beim Tee waren zweihundert Leute da. Wie kam es, daß Sie nicht konnten?«

»Ich hatte Dienst«, sagte David und schaute geheimnisvoll und trotzig drein. »Ich war mit ein paar Männern und einem Unteroffizier in den Bergen auf der anderen Seite des Madder.«

Livvy spürte, wie ihr von unter dem Rockbund ein heftiger kleiner Schauder den Rücken hinunterlief. Sie fühlte sich ganz als Soldatenfrau und sagte strahlend: »Also, das nenne ich furchtbar gefährlich.« »Dafür sind wir da«, erwiderte er. Sie sahen einander an, und angesichts dessen, was sie sahen, wurden sie beide verlegen – es war derart offensichtlich. Sie beugte sich vor; sie trug einen eleganten Strohhut mit abgebogener Krempe. Aus Davids Gesicht wichen die roten Flecken nur langsam; kaum war der letzte in seinem Haar verschwunden, kam schon der nächste aus dem gutsitzenden Kragen.

»Was um alles in der Welt macht bloß Lois?« Livvy lugte durch die Lücken in den Stauden zum Gartentor. Sie spannte die Sorge um ihre Freundin zwischen sich und David auf wie einen Sonnenschirm. Sie seufzte. Die Umrisse ihrer dünnen schmalen Gestalt, ihr sich hebender und senkender kleiner Spitzbusen waren unter der engen weißen Seidenjacke deutlich sichtbar. Den Hut hatte sie sich tief ins Gesicht gezogen, die hellen Strähnchen, die darunter hervorlugten, bildeten schwungvolle Kommata auf ihren Wangenknochen. Unter dem Hutrand schauten ihre Augen, in den Winkeln ein wenig schräg nach oben gestellt, mit verschleierter, doch konzentrierter Neugierde auf. Sie war so neugierig auf so viele Dinge, daß ihre Freundin Lois sich manchmal Sorgen machte. David beobachtete, wie sie die Staudenbeete nach ihrer Freundin absuchte, und dachte erschrocken, daß er offenbar wirklich im Begriff war, sich in dieses Mädchen zu verlieben. Er ergab sich in sein Schicksal wie ein chronisch Kranker.

»Es wäre doch zu dumm«, sagte Livvy, »wenn sie nicht bald kommt. Man könnte ja meinen, sie pflückt die Himbeeren selbst. Aus Clonmore sind nämlich alle Leute, die sie eingeladen hat, gekommen. Dabei wurden sie gar nicht erwartet. Wenn sie nicht bald wieder auftaucht, muß ich – ja, wirklich, Mr. Armstrong, ich muß – gehen und mich um die nächsten beiden Doppel kümmern. Laurence, ihr Cousin, ist unfähig dazu, er ist so intellektuell, und Lady Naylor kriegt vom Tennisspielen kaum was mit, solange die Gesellschaft gut läuft. Und es wäre doch auch schade, wenn Lois Mr. Lesworth nicht träfe. Mr. Lesworth spricht wahrscheinlich oft mit Ihnen über sie, Mr. Armstrong?«

»Äh – nicht daß ich mich erinnern könnte.«

»Ich finde es herrlich, wenn man sieht, daß ein Mann derart verliebt ist. Ich muß zugeben, ich frage mich oft, wie Liebe sich anfühlt. Denn ich empfinde gegenüber den Männern meiner Bekanntschaft immer nur natürlich. Das kommt wahrscheinlich davon, daß ich so jung bin, oder vielleicht bin ich ja auch von Geburt an platonisch. Glauben Sie an platonische Liebe, Mr. Armstrong?«

»Plato? Der gute alte Grieche ... Was?«

»Nein, hören Sie zu, glauben Sie daran?«

»Also, ich glaube«, sagte David und schaute sich angelegentlich seinen Schläger an, den er fortwährend in der Hand herumdrehte. »Natürlich ist es schrecklich schwierig, es auszudrücken, doch ich glaube, das richtige Mädchen und der richtige Mann können fast alles füreinander sein, wenn Sie verstehen, was ich meine.«

»Ich finde«, sagte Livvy, »Sie drücken es wunderschön aus.« Plötzlich wedelte sie mit ihrem Schläger. »Ah – da ist Lois!«

Lois kam atemlos und erhitzt durch den Staudenweg aus dem Garten, als sei sie von ihrem eigenen flotten Tempo alarmiert. Eine rosafarbene, nicht zugeknöpfte Strickjacke rutschte ihr von den Schultern, sie hatte die Hände in den Taschen, um sie festzuhalten. Ihr Hut klappte nach hinten, wie eine Welle erhob er sich überrascht über ihrem Gesicht. Hinter ihr bewegten sich die Büsche in einer beinahe sichtbaren Rückströmung. Wie sie mit langen Schritten daherlief, tauchte ihre Gestalt über den kniehoch gestutzten Lorbeerbüschen hinter dem Tennisplatz immer wieder auf und unter.

»Ach, da ist sie ja endlich!« riefen einige Leute, und alle schauten trotzdem wohlwollend und freundlich die Böschung hoch. In der dunklen Luft über den Staudenrabatten glitzerten die Mücken; Lois nahm die Hände aus den Taschen und wedelte sie weg. Dünne Sonnenstrahlen huschten wie Mäuse an ihr hoch und flatterten zögernd wie Schmetterlinge weg. Lois hatte auf die sich sehr verheißungsvoll entwickelnde Gesellschaft ungeduldig und gierig hinuntergeschaut, wie auf eine Schachtel Pralinen; die Augen wie Daumen und Zeigefinger bereit zum Auswählen. Nun, da alle sie mit Blicken fixierten, erstarrte sie; ihre Schritte wurden flacher, sie wäre am liebsten über den Boden gekrochen. Wie Mr. Montmorency bemerkt hatte, war sie sehr gehemmt.

Die Hartigans sagten zu Gerald: »Da kommt Lois, sieht sie nicht wunderhübsch aus?« Über ihn hinweg lächelten sie einander an.

»Doch, doch!« sagte er und steckte ihr Kompliment dankbar und unschuldig ein wie ein kleiner Junge ein Geldgeschenk. Seine Direktheit brachte sie aus der Fassung, sie waren schockiert. Dabei dachte er gerade, wie nett sie seien. In seiner Welt waren Gefühlsäußerungen selten und unmittelbar – geradlinig – wie Häuser in einer Landschaft, ohne Beziehung zueinander und konkret, wenn auch bisweilen groß und hell aufragend wie nun die sonnenbeschienene Westfront von Danielstown über den Tennisplätzen. Gerald betrachtete Liebe nicht als ein Geben und Nehmen von Gefühlen, sondern als etwas Absolutes, außerhalb der Reichweite des Denkens, jenseits der eigenen Person Liegendes, eher Stoff für selbstbewußtes nach draußen als ängstliches nach innen Schauen. Er hatte immer nur wenige Adressaten für seine Gefühle gesucht und brauchte auch nicht viele: seine Mutter, sein Land, seinen Hund, seine Schule, ein, zwei Freunde und nun – als Krönung des Ganzen – Lois. Er verlangte von ihnen nur, daß sie ruhig und präsent waren, sich nicht beirren ließen, aber auch nicht die Grenzen ihres großzügig bemessenen Raumes überschritten. Sein Leben war eine Folge pragmatischer Anpassungen, in denen der Faktor Individualität keinen Platz hatte. Seine Zurückhaltung – der man leicht mit zu taktvoller Achtung begegnete – hatte eher mit Bequemlichkeit als mit Selbstschutz zu tun. Wenn man ihn zu einer Erklärung gedrängt hätte, hätte er den Hartigans, Mrs. Carey, ja, allen dort sicher gesagt: »Ich liebe sie«, ohne sich unbehaglich zu fühlen, ohne zu hören oder zu erschrecken, daß das Wort laut auf etwas Hohlem aufschlug und vibrierte. Also schaute auch er nun die Böschung zu Lois hoch, während die Hartigans ihn beobachteten.

Mr. Montmorency saß im Schneidersitz auf dem Boden und umfaßte locker seine Knöchel. Der Kragen seines grauen Flanelljacketts war über seinem weißen Hemd hochgeschlagen, als wehe ein starker Wind. Einige Damen, die auf hohen grünen Stühlen über ihm saßen, redeten auf ihn ein, und obwohl er beim Antworten nach oben sah, schaute er nie höher als bis zu ihren Knien. Mehr denn je zuvor besaß er sein wächsernes Aussehen und blinzelte, als sei er wider seine Natur dem Sonnenlicht ausgesetzt. Seine Nasenflügel zogen sich ein wenig zusammen, als sei der Geruch, den er von den Wurzeln des Grases in den gleichbleibend heißen Strahlen einatmete, unangenehmer, als er zugestehen mochte. Er sollte in der nächsten Gruppe spielen, und Laurence freute sich auf die traurige Demonstration vergangenen Könnens. Eine surrende Spannung würde herrschen, dachte er, Zähne würden zusammengebissen werden und die Bälle sauber und direkt ins Netz gehen. Mr. Montmorency würde der phantastische Spieler von vor zehn Jahren sein und kleine schmerzliche Seufzer ausstoßen, wenn er Punkt um Punkt abgab. Laurence nahm an, daß Mr. Montmorency Gesellschaften und gepflegte Gespräche genauso haßte wie er selbst, doch da er weniger geschickt war, sie zu meiden, oder weniger grimmig darauf bedacht, daß seine Intelligenz nicht beleidigt wurde, konnte er nicht verhindern, zu reden oder angesprochen zu werden.

Laurence indes gelang es, sich zu entziehen, indem er mit gesellig aufmerksamer Miene zwischen zwei Gruppen saß, und wenn eine versuchte, ihn für sich zu vereinnahmen, so tat, als rede er mit der anderen.

Hinter den Sitzen war sorgfältig ein Netz aufgespannt, damit die Bälle nicht in die Staudenbeete flogen. Doch es war voller Risse, durch die die Bälle, die kraftvoll von der gegenüberliegenden Grundlinie geschlagen wurden, dann auch untrüglich ihren Weg fanden. Um diesen Mangel auszugleichen, waren Kinder aus dem Pförtnerhaus in Dienst gestellt worden; sie suchten und rannten und drängelten sich durch die Lorbeerbüsche. Sie bekamen Abendbrot, einen hervorragenden Blick auf die Gesellschaft und einen halben Penny für jeden Ball, den sie erspähten. Die Kinder, die keine Bälle fanden und enttäuscht aussahen, bekamen auch einen halben Penny. Warum also sollten sich die Gäste die Mühe machen? sagte Lady Naylor immer. Sie wollte um keinen Preis, daß sie hinter das Netz gingen und sich ihre hübsche weiße Tenniskluft schmutzig machten.

Als nun jedoch drei Bälle hintereinander in die Stauden flogen, brach sie ein Gespräch ab und rief, das sei zuviel! Ob jemand so freundlich sei – sie schaute Laurence an –, hinzugehen und beim Suchen zu helfen? Ihr Neffe erhob sich widerstrebend: Gleichzeitig ging Mr. Montmorency dankbar ums andere Ende des Netzes. Ein eifriger Knabe namens Hercules folgte ihm, das einzige Kind unter den Gästen und gänzlich unerwünscht. Die drei trafen sich in der Mitte.

Laurence klopfte ein bißchen auf den Büschen herum und sagte: »Stellen Sie sich einen kleinen Auferstehungstag vor, Sir, einen für kleine persönliche Dinge, wenn die Wälder ihre Tennisbälle und die Heuhaufen ihre Nadeln freigeben: die Strände ihre Verlobungsringe und die Flüsse ihre Zigarettenetuis und ein paar Uhren. Das Meer ist zu riesig, da geht's schon um Möbel und große Dampfkessel; mit den Gräbern zusammen kann es bis zu dem großen Tag warten … Ja, Hercules, das ist ein Tennisball, aber ein Vorkriegsexemplar. Leg ihn wieder in das Kaninchenloch, da können die Kinder ihn finden; für sie ist er einen halben Penny wert … Im letzten Trimester habe ich von der Brücke bei Parson's Pleasure ein Zigarettenetui in den Cher fallen lassen. Es war aus Gold, flach, dünn, mit abgerundeten Ecken, für einen nicht übermäßigen Raucher, ein Erbstück von meinem Onkel. Es stammte aus den Zeiten, als man seidengefütterte Capes trug und Damen den Hof machte und umbrachte. Es war ein Prachtexemplar, sehr jungfräulich; ich habe es Henry James genannt; ich mochte es sehr. Ich möchte sehen, wie es aus dem Cher hochgespült wird, totenbleich und mit Augäpfeln, wie man sie in der Tate Gallery zu sehen bekommt. Um solch einen Tag zu organisieren, braucht man eine Frau, die sich dafür interessiert; vielleicht die Jungfrau Maria? Was meinen Sie, Sir?«

Erschreckt von diesem Monolog, erwiderte Mr. Montmorency: »Ich bin noch nie in der Tate Gallery gewesen.«

»Apropos Jungfräulichkeit, nehmen Sie dieses Land je zur Kenntnis? Sexualität spielt hier überhaupt keine Rolle, finden Sie nicht?«

»Gewiß gibt es sehr viele unverheiratete Frauen«, sagte Mr. Montmorency und schaute unsicher durch das Netz zu den Miss Hartigans.

»Immer heißt es: ›Warum sollten wir?‹ Und ja, warum sollten sie auch? Es gibt keinen Grund, warum man nicht sollte, also macht man es nie. Das gilt für alles. Und für Kinder ist man in jeder Hinsicht unempfänglich.«

»Meine Mutter hat fünf«, sagte Hercules. »Ich bin das jüngste. Hercules ist ein Name, der in der Familie gebräuchlich ist, weil ich der einzige Junge bin. Aber wenn ich zur Schule gehe, heiße ich Richard nach meinem Patenonkel, weil alle sagen, daß Hercules, selbst wenn ich nur den Anfangsbuchstaben benutze, ein großer Nachteil für mich wäre, wenn auch nicht ganz so schlimm wie meine Angst vor Fledermäusen.«

»Wieso bist du eigentlich jetzt nicht in der Schule?« sagte Mr. Montmorency.

»Jetzt wären Ferien, da wäre ich in jedem Fall hier. Die dort Tennis spielt, ist meine älteste Schwester. Ich soll noch nicht ins Internat, weil ich immer noch Angst vor Fledermäusen habe. Außerdem brauche ich die restliche Zeit der Gouvernante meiner Schwestern auf.«

»Du tust mir wirklich in tiefster Seele leid, Hercules«, sagte Laurence. »Das ist eine unmögliche Gesellschaft.«

»Na ja, Sie hat man ja nicht hierhergeschleppt, oder?« sagte Hercules.

Der gräßlich starke Geruch der Lorbeerbüsche machte sie alle reizbar. Hercules riß die Spitzen von mürben Blättern ab, die immer wieder seine Stirn streiften. Laurence ging mit einem Ball auf dem Schläger zu Mr. Montmorency und sagte: »Den haben Sie bestimmt mit Onkel Richard und dem armen John Trent und dem Mann, der im Sommer 1906 nicht nach Ceylon gegangen ist, verloren.«

»Und ich bin nicht nach Kanada gegangen.«

»Ja, stimmt, wahrhaftig nicht.«

Lady Naylor kam und schaute sie durch das Netz an. »Wenn selbst ihr drei die Bälle nicht findet, Laurence«, sagte sie, »holst du bitte besser die Schachtel aus dem hinteren Flur. Ein neuer Satz beginnt, und es gibt nur drei Bälle.«

»Ich habe hier zwei, die ziemlich sauber sind, aber nicht mehr gut springen«, sagte Hercules.

»Ach, prima, du bist ein braver kleiner Junge!« Er reichte ihr die Bälle durch ein Loch. »Hier sind ein paar gute, mit denen wir erst einmal weiterspielen können«, rief sie aufmunternd und warf sie auf den Platz.

Mr. Montmorency und Laurence suchten weiter.

»Tante Myra zum Beispiel; was bildet sie sich eigentlich ein?«

»Na, wenn Sie so fragen«, sagte Mr. Montmorency, nun ungehalten, »was bilden Sie sich denn ein? Warum sind Sie hier, wenn es Ihnen nicht gefällt? Das hat ja selbst Hercules schon bemerkt. In Ihrem Alter war ich glücklich hier, das Haus war mein ein und alles, etwas Besseres gab's nicht für mich. Ich kann mir auch jetzt nichts Besseres vorstellen.«

»Oh«, sagte Laurence.

»Andererseits bin ich überzeugt, daß Sie recht haben, wenn Sie unzufrieden sind; meiner Meinung nach ist es der Fortschritt«, sagte Mr. Montmorency böse. »Für das Menschengeschlecht ist er wahrscheinlich gut.«

Laurence, der nicht einsah, daß er irgend etwas mit dem Menschengeschlecht zu tun hatte, erwiderte einigermaßen empört: »Ich habe kein Geld; was glauben Sie, woher ich Geld nehmen soll? Ich hätte diesen Monat mit einem Mann nach Spanien reisen sollen und im letzten mit einem anderen Mann nach Italien, aber was meinen Sie, mit welchem Geld? Irgendwo muß ich schließlich essen, und hier kommen die Familienbande ins Spiel.«

»Ah, da ist noch ein Ball; ich werfe ihn hinüber ... Ich wußte ja gar nicht, daß Sie so ein Materialist sind.«

»Gegen meinen Magen kann ich nichts machen. Außerdem esse ich gern, es ist so real. Aber mir wäre lieb, wenn hier noch mehr geschähe, wenn sich das Faktische mit aller Macht hereindrängte. Vom vielen Gähnen habe ich innen ein ganz aufgeblähtes Gefühl. Ich wäre gern hier, wenn dieses Haus brennt.«

»Unmöglich; undenkbar. Warum angeln Sie nicht oder tun sonst etwas? ... Unfug!« fügte Mr. Montmorency mit einem warnenden Blick auf das Haus hinzu.

»Natürlich wird es brennen. Und wir werden alle penibelst darauf achten, daß wir es nicht bemerken.«

»Sind Sie der typische Student von heute?«

»Ich würde ja gern absolut und vollkommen theoretisch reden.«

Pikiert von diesem geistreichen Geplauder, spürte Mr. Montmorency seine Isoliertheit, seine Heimatlosigkeit um so stärker. Das Leben war ihm eine einzige Unbill, doch dieser Unbill Ausdruck zu verleihen hätte er skandalös gefunden. Der viel zu feine Mechanismus seines Verstandes arbeitete angestrengt und unablässig, klemmte und holperte bei Kleinigkeiten. In männlichem Gespräch suchte er Zuflucht: Laurence traute er nicht. »Sie haben Glück«, sagte er. »Ich mußte stets auch andere Menschen in Betracht ziehen.«

Das fand Laurence prompt weibisch und sagte: »O ja,

die Liebe.« Gleichgültig stieß er das Wort aus und betrachtete es – wie Falschgeld.

»Nicht nur. Man hatte eine gewisse Verpflichtung ...«

»O ja, ja.«

Laurence wurde formeller, er besann sich auf seine Manieren. Er erinnerte sich daran, daß der Mann verheiratet war, viele Kompromisse gemacht und nicht einmal ein eigenes Bett hatte. Als Ehemann, der nun einen letzten Blick in und unter die Büsche warf, war er vernachlässigbar, verbreitete sogar eine gewisse Schalheit. Sich auch in Gedanken abwendend, ging Laurence tiefer in die Staudenbeete. Er hatte albernes Zeug geredet, für seine Verhältnisse dritt- oder viertklassig, und bedauerte nun, daß er trotzdem weiterschwadroniert hatte. Seine Taktlosigkeit war makaber gewesen, fand er, wie ein Besuch im Gefängnis.

»Bei der zweiten Partie hätte ich mitspielen sollen«, sagte Mr. Montmorency. »Sie ist offenbar gleich beendet: Na, dann spiele ich in der dritten.«

»Gleich gibt es Tee, vergessen Sie niemals, daß es Tee gibt.« Ja, man bewegte sich schon allgemein auf das Haus zu. Tee war eine zu gravierende Angelegenheit, als daß man ihn nach draußen verlegt hätte; man war auch an derart beständiges Wetter nicht gewöhnt.

»Ach, Hugo, komm zurück, Liebling«, rief Francie, als sie mit Mrs. Hartigan vorbeikam. »Ich glaube, die Bälle sind nun einerlei. Und die Trents sind gekommen. Siehst du? Wir gehen ins Haus, um sie zu begrüßen.«

»Archie? Ausgezeichnet!« Auf der anderen Seite der Stauden gelangte er auf einen Pfad und lief zum Haus. An einer Wegbiegung, in einem Bogen, der aus einem Ilex herausgeschnitten war, sah er Gerald und Lois; sie standen da, redeten und schauten mit ernstem Blick auf ihre Schläger. Wenn Lois den Kopf gesenkt hielt, sah sie aus wie ihre Mutter. Er fuhr zusammen und ging dann rasch vorbei.

Doch Lois merkte nicht, wie er vorbeiging. Sie sagte gerade: »Ich bin sicher, Sie täuschen sich in mir; ich glaube, Sie haben keine Ahnung, wie ich bin.« Und während sie das sagte, zählte sie die purpurroten Saiten in ihrem Schläger: drei senkrecht, sechs waagerecht.

6

Mrs. Vermont aß mehr ofenfrische Kekse, als sie wahrhaben wollte, denn sie schmeckten vorzüglich, und keiner merkte es. Dann kostete sie vom Schokoladenkuchen und der Linzer Torte, von der sie gar nicht lassen konnte. Daß man nicht viel essen sollte, wenn man eingeladen war, vergaß sie gründlich; zum guten Schluß verspeiste sie einen Teller mit Himbeeren. Alle Gedanken an ihre Figur schob sie rigoros beiseite. Mutter war natürlich schrecklich auseinandergegangen, einem selbst blieb das aber vielleicht erspart.

»Hm, hm, ei, wie lecker«, sagte sie zu David Armstrong, der neben ihr saß, und deutete auf die Himbeeren. »Auch ein paar, David?«

Livvy Thompson, die auf der anderen Seite neben David saß, verachtete Frauen, die Babysprache redeten. Ihre Anziehungskraft auf Männer war seriöserer Natur. »Mr. Armstrong muß im nächsten Set spielen«, warnte sie.

Arrogante Pute, dachte Betty Vermont. (Laut sagte sie es nicht, weil sie es zu ordinär fand. Aber heimlich gestattete sie sich diesen Luxus.) Sie wandte sich an Mrs. Carey (die Ehrenwerte Mrs. Carey), die auf ihrer anderen Seite saß, und bekannte freimütig: »Bei Ihren leckeren irischen Tees schlage ich mir immer das Bäuchlein voll. Und bei Tee im Speisesaal mit allem Drum und Dran werde ich zum kleinen Ferkel.«

»Ach, wirklich?« sagte Mrs. Carey und nahm sich in aller Ruhe noch ein Stück Schokoladenkuchen. Sie hielt Mrs. Vermont für ein dummes kleines Ding und befürchtete, die Neigung bei ihr entdeckt zu haben, wie die meisten Engländerinnen gern über ihre Innereien zu reden. Sie fragte sich oft, ob der Krieg nicht alle Menschen aus England ein wenig gewöhnlicher gemacht hatte. Freundlich sagte sie: »Dieser Schokoladenkuchen ist eine Danielstownsche Spezialität. Ich glaube, sie bakken ihn nach einer Zauberformel und nicht nach einem Rezept.«

»Ja, so was liegt in der Familie. Sie haben doch bestimmt auch alle Gespenster.«

»Nicht daß ich wüßte«, sagte Mrs. Carey und ließ sich noch eine Tasse Tee einschenken. Über den Tisch hinweg nickte sie der gerade ankommenden Mrs. Archie Trent lächelnd zu. »In letzter Zeit haben wir größere Sorgen mit den Leuten, die uns das Auto wegnehmen. Sie bringen es natürlich immer wieder zurück, doch die Vorstellung, daß es für niederträchtige Zwecke mißbraucht wird, ist nicht sehr angenehm. Das ist der große Nachteil bei einem Ford.«

Mrs. Vermont öffnete den Mund, um Mrs. Carey die allerneueste Ford-Geschichte zu erzählen, hielt aber rechtzeitig inne, weil ihr einfiel, daß die Leute in Irland Fords sehr ernst nahmen. Statt dessen sagte sie: »Ich finde ja, es ist alles sehr schrecklich für Sie. Und ich finde, Sie schlagen sich tapfer, so wie Sie auf Ihrem Posten bleiben und durchhalten. Wer hätte je gedacht, daß die Iren einmal derart illoyal würden. Ich meine natürlich die niederen Klassen. Ich weiß noch, wie meine Mutter 1916 – als diese schreckliche Rebellion ausbrach – gesagt hat: ›Ich bin zutiefst schockiert, ich werde die Iren nie wieder so achten wie bisher.‹ Wissen Sie, sie hatte uns, die ganze Baggage, zu einer großen Liebe für die Iren und die irischen Lieder erzogen. Ich habe immer noch ein kleines Schwein aus Mooreichenholz, das sie mir einmal von einer Ausstellung mitgebracht hat. Sie hat immer gesagt, die Iren seien das lustigste Volk der Welt und hätten Herzen aus Gold. Natürlich war von uns nie jemand in Irland gewesen.«

»Nun, dann hoffe ich, daß wir Sie jetzt, da Sie hier sind, nicht enttäuschen«, sagte Mrs. Carey, ganz die freundliche Gastgeberin. »Das wunderschöne Wetter haben Sie sicher alle genossen.«

»Na ja, wir sind ja nicht hierhergekommen, weil wir was genießen wollen. Wir sind gekommen, um uns um Sie alle zu kümmern, und sind natürlich heilfroh, daß wir das können. Nicht daß ich das Land nicht mag; es ist so malerisch mit den putzigen Bergen, und die Hühner flitzen aus den Katen rein und raus, genau wie Mutter immer erzählt hat. Aber, wissen Sie, man kann sich nicht dagegen wehren: Man macht sich die ganze Zeit Sorgen um Timmie – das ist mein Mann – und die Jungs: Manchmal sind sie die ganze Nacht draußen auf Patrouille oder oben in den Bergen.«

»Schrecklich. Und finden Sie das Klima hier ermüdend?«

Ein Wort erregte Mrs. Trents Aufmerksamkeit auf der anderen Seite des Tisches. »Was ist schrecklich?« fragte sie. »Wer ist schrecklich?« Sie war noch ziemlich jung, schroff und herrisch; die vermutlich vom wilden Reiten im Wind hochrosa Farbe ihres Gesichts verlieh ihr einen Ausdruck von Erregung, der Mrs. Vermont in Alarm versetzte. »Ich würde mir keine Sorgen machen«, sagte sie zu Mrs. Vermont.

Mit einem Hauch Schärfe entgegnete Mrs. Vermont, *sie* befänden sich zwar in einer Lage, in der sie sich sorgen müßten, sollten es aber genau deshalb nicht tun. »Denn wir sind hier, um auf Sie aufzupassen!« Diese Bemerkung, die in einem Augenblick des Schweigens festhing, wurde vom Tisch höflich und aufmerksam zur Kenntnis genommen. »Ausgezeichnet!« sagte Mrs. Trent frohgemut. Nachdem sie ihren Tee rasch ausgetrunken hatte, stand sie auf und ging nach draußen, um eine Zigarette zu rauchen. Ihr Gatte war Oberster Jagdleiter, und Mrs. Vermont dachte, wahrhaftig, sie grämen sich um nichts als ihre Telegraphendrähte. Unterstützung heischend, wandte sie sich an David, der mit hochroten Ohren heftig in seinem Tee rührte.

Vor fünf Tagen war eine Kaserne der Königlich Irischen Militärpolizei in Ballydrum angegriffen und nach langer Gegenwehr abgefackelt worden. Zwei der Verteidiger waren im Inneren verbrannt, die anderen beim Hinauskommen erschossen worden. Die Telegraphendrähte waren durchgeschnitten, die Straßen blockiert worden; niemand hatte Hilfe herbeirufen können, und dann wäre ohnehin jede Hilfe zu spät gekommen. »Diese schreckliche Sache« war Hauptgesprächsthema beim Tee zwischen den beiden Tennispartien. Keiner begriff so recht, warum Hauptmann Vermont und die Leutnants nicht entsetzter waren und intensiver mitdiskutierten. Wie sehr das Thema ihnen unter die Haut ging, konnte man nicht erkennen. Diese Dinge passierten, wurden bedauert und akzeptiert, und trotzdem meinte niemand, David oder Gerald, Smith, Carmichael oder Mrs. Vermonts Timmie hätten etwas daran ändern können. Da waren sie, spielten alle zusammen Tennis und schienen es zu genießen. Wenn sie uns bloß eine Woche rausließen, dachten die jungen Männer. David konnte nicht aufschauen, während er in seinem Tee rührte. Wozu waren sie nütze? Das sollten sich alle fragen, fand er. Aber ohne sie wäre die Gesellschaft auch langweilig gewesen, es hätten junge Männer gefehlt. Niemand wollte, daß sie woanders waren.

Lois machte sich hauptsächlich Sorgen, weil Gerald sich in ihr täuschte und ob Tante Myra schon gemerkt hatte, daß die Himbeeren immer noch nicht reichten.

Die Gäste, für die sie verantwortlich war, waren nicht nur unerwartet, sondern auch heißhungrig gekommen. Und während sie dasaß und Tante Myra beobachtete, beobachtete Gerald sie, als sei sie eine vollkommen andere Person, keine Person, die man beschreiben konnte. Nach dem Tee spielte sie auf dem oberen Platz mit Hauptmann Vermont gegen Gerald und Nona Carey. Sie spielte gut, ihre Schläge gelangen; offenbar tat Sorge ihr gut. Gerald nicht, er spielte schlecht. Da begriff sie: Er machte sich gar keine Sorgen; sie hatte nicht die Macht, ihn zu beunruhigen. Die Vorstellung, die er sich von ihr gebildet hatte, blieb ihr unbegreiflich; sie konnte sie nicht beeinflussen.

Der obere Platz befand sich nun im Schatten, sie huschten vor der dunklen Wand aus Bäumen wie aus hellgrünem Samt ausgeschnittene Figuren. Unten, wo heiße Lichtbahnen die Spieler immer noch blendeten, hingen unterschwellig Spannung und Aggression in der Luft. Immer wenn Lois hinunterschaute, schien Mr. Montmorency seinem Partner wortlos zornig Bälle zu geben. Er selbst spielte wahrscheinlich schlecht, vermutete sie und konnte nicht widerstehen hinunterzuschauen. Doch genauso rasch schaute sie wieder weg.

»Sie waren grandios«, sagte Hauptmann Vermont, als ihre Partie zu Ende war.

»Ach nein, war ich nicht«, sagte Lois automatisch und wünschte sich nur, daß alles andere, auf das sie immer »Ach nein, habe ich nicht« oder »Ach nein, bin ich nicht« antwortete, nur halb so wahr wäre. Und sie dachte, wie schade es sei, daß Mr. Montmorency sich nicht, anstatt sich fruchtlos zu verausgaben, an den Rand des Platzes gesetzt und ihr zugesehen hatte.

Gerald an ihrer Seite, ging sie den Hang vom Platz hinunter. Sie war sich der Aufmerksamkeit vieler Leute bewußt, aber nicht sicher, ob sie zu beneiden war oder albern wirkte. »Ich wünschte, Sie sähen nicht die ganze Zeit so zufrieden aus«, sagte sie zu Gerald.

»Ja … aber ich bin es.«

»Wieso?«

»Also, ich komme überaus gern hierher. Ich finde die Gesellschaften bei Ihnen immer schrecklich nett.«

»Ach so, die Gesellschaft … David findet sie auch schön, und er hat nicht diesen Ausdruck im Gesicht. Ja, er sieht ziemlich krank aus. Was er wohl hat?«

»Na ja, wir sind alle ein bißchen mitgenommen wegen der Kaserne.«

»Bitte nicht! Wissen Sie, daß ich, während das nur acht Meilen entfernt passiert ist, ein Kleid – aus Voile – zugeschnitten habe, das ich nicht mal brauche? Und daß ich das Grammophon gespielt habe? … Wie kommt es, daß es in diesem Land mit seiner derart gewalttätigen Realität für mich nichts als Kleider und das Gerede der Leute gibt? Ich könnte genausogut in einem Kokon sein.«

»Aber was hätten Sie tun können? Sie, Sie –«

»Ich hätte doch wenigstens etwas spüren können.«

»Aber Sie spüren doch etwas; Sie haben eine wunderbare Empfindungskraft.«

»Sie nehmen doch nie ein Wort von dem, was ich sage, zur Kenntnis. Was ich von mir erzähle, interessiert Sie nicht.«

»Sie wissen aber, daß ich Ihnen den ganzen Tag zuhören könnte.«

Als ob Sie mich dazu bringen könnten, den ganzen Tag zu reden, dachte sie, und um diesen Gedanken zu vertuschen, sagte sie ernst: »Sie meinen, wir verstehen nicht, daß Sie nicht rechtzeitig dort waren und auch danach nichts getan haben? Wir sind nicht alle Dummköpfe. Wir wissen, es ist furchtbar schwierig für Sie, und Sie müssen Ihren Befehlen gehorchen. Pech, wenn die Befehle dumm sind. Es hat alles mit diesem schrecklichen Gebot der Selbstdisziplin zu tun. Wenn *wir* nichts tun, dann aus Höflichkeit, doch England ist so moralisch, so entsetzlich bedacht darauf, nicht die Beherrschung zu verlieren oder auch nur mal eine Sekunde lang nicht edler als alle anderen zu sein. Ist es da ein Wunder, wenn dieses Land böse wird? Es wird genauso falsch behandelt, als wenn es eine Frau wäre. Ich habe nämlich nie begriffen, warum Frauen nicht geschlagen werden dürfen oder bei Schiffbrüchen gerettet werden sollen, obwohl alle sich beklagen und meinen, sie sind überflüssig.«

»Sie verstehen es nicht: Es wäre schrecklich, wenn man solche Prinzipien aufgäbe.«

»Warum? Ich sehe es nicht ein, und ich bin eine Frau.«

Aber genau deshalb konnte man auch Begreifen von ihr weder erwarten noch wünschen. Er lächelte, zu glücklich, um antworten zu können. Er riß eine Handvoll Blätter von der Ligusterhecke. Diese eine Schwäche hatte sie, seine liebste Lois; sie wollte nicht näher in sich gehen, hatte keine Ahnung, wer sie war, und haßte beinahe, daß seine Aufmerksamkeit ständig auf etwas gerichtet war, das sie nicht begriff. Ein Mann erwartete nicht, einem Mädchen das zu sein, was ein Mädchen einem Mann war – dieser Meinung war er nicht aus Bescheidenheit, sondern so funktionierte es einfach. Man mußte einem Mädchen verzeihen, wenn sie einmal nicht für Harmonie war oder durch mangelnden Respekt für Unstimmigkeiten sorgte. Mit dem Satz »Sie werden nie wissen, was Sie mir bedeuten«, verlieh er seinem Glauben an ihre Vollkommenheit als Frau konkret Ausdruck. Sie war nicht zur Erkenntnis geschaffen, dazu war sie nicht in der Lage. Sie machte *ihn* vollkommen – worüber er vielleicht mit Fremden, niemals aber mit ihr gesprochen hätte.

Er riß noch eine Handvoll Blätter aus der Hecke und streute sie sorgfältig über den Rasen. Sie lachten beide.

Sie dachte: Wie kann ich ihn schildern, wenn ich Viola das nächste Mal schreibe? Viola charakterisierte ihre Männer in einem Satz, mit ein paar schwungvollen Strichen ihres roten Federkiels. Der rote Federkiel in dem chinesischen Tintenfaß hatte wie eine dünne Flamme vor dem Fenster gestanden, ein sich neigender Flamingo in dem sonnigen Dunst jenes Tages in der Straße in Westminster. Es blieb ein Symbol für ihre Korrespondenz. Voneinander verabschiedet hatten sie sich im Dezember, an einem unbedeutenden Tag, hin- und hergerissen zwischen der enormen Vergangenheit und der Zukunft. Die Trennung war kaum real, sie hatten sich flüchtig geküßt, ungeduldig, nervös darauf gewartet, daß der Vorhang sich hob. Sie hatten gerade die Schule verlassen.

Sie hatten die Schule am Tag zuvor verlassen. Doch das neue Leben hatte auf Viola ungeduldig gewartet, sie entschlossen in Besitz genommen und von Lois im Taxi weggezogen. Viola war mit einer Feierlichkeit aus dem mit Schulkoffern überladenen Wagen ausgestiegen, als trete sie auf einen Teppich, der vom Bordstein bis zu den Türen ihres Zuhauses für ihre festliche Ankunft ausgelegt worden war. Und als die Mädchen sich am nächsten Tag voneinander verabschiedeten, war Violas Haar schon, ordentlich frisiert, in ihre Persönlichkeit verwoben. Ihr Pferdeschwanz war sozusagen das einzige lose Ende gewesen, das noch von ihr übrig war, ein von ihr unabhängiges Teil, ein kindlich baumelndes Ding mit einem Eigenleben. Nun war ihr Haar in geschmeidigen hellen Schnecken über den Ohren geflochten, jeder Strang glatt wie der Körper eines Aals. Sie wirkte komplett; Lois wußte, irgend etwas hatte sie die ganzen Jahre nicht bemerkt oder nicht beachtet. Viola mußte die Rolle eines Schulmädchens gespielt haben, so wie sie, Lois, nun die Rolle einer erwachsenen Frau spielen mußte. Wie Sonnen waren die kostspieligen Photographien von zwei jungen Männern auf Violas Kaminsims aufgegangen; diese jungen Männer waren seit den letzten Osterferien in Liebe entbrannt; mit dem Aufstecken von Violas Haar war ihre Position nun wie durch Magie legalisiert worden. Denn nur die Plebs hatte schon Affairen, wenn sie noch in der Schule waren, erklärte Viola. Und nach dem derart einprägsamen und wie durchs kurze Ende eines Teleskops gesehenen weit entfernten Abschied hatte Lois sie bei den gleichmütigen, wissenden Photographien und dem roten, schräg in der Sonne stehenden Federkiel zurückgelassen. Als sie losgegangen war, um während des Tages noch Einkäufe zu erledigen und abends den Nachtzug in Euston zu besteigen, hatte sie sich gefragt, ob das Leben auch für sie die Leidenschaft eines Mannes bereithielt; und wenn ja, wann? Und sie hatte ein Dutzend Paar Seidenstrümpfe und das schwarze Georgettekleid gekauft, das Tante Myra »alt« fand.

Aber allein um die Leidenschaft eines Mannes ging es gar nicht. Zu nuttig, meine Liebe. Viola besuchte ihren, wie man wohl sagen würde, ersten Ball; sie ging in rauchblauem Tüll mit einem schmalen Goldreif in Blattform im Haar – nicht aus poliertem, sondern aus Mattgold. Mehrere Leute hatten interessiert gewirkt, nein, waren eindeutig interessiert gewesen. Soundso zum Beispiel, ein grotesker Mensch (schwungvoller Strich der roten Feder), und der hochmögende, eigentlich maskenhafte Soundso würden Lois eventuell interessieren. Soundso (ein noch schwungvollerer Federstrich) allerdings hatte ihr nun wirklich Eindruck gemacht, gestand Viola Lois: Es war einfach beeindruckend gewesen. Aber genug von Viola. »Nun, meine süße Lois, mußt Du mir von den Leuten bei Dir erzählen. Ich muß sie alle kennenlernen.«

Und dann entstand wiederholt die Schwierigkeit, Gerald zu beschreiben. Wer sonst noch interessiert war, wußte Lois nicht genau. Wie sehr war jemand interessiert, wenn er vier Tänze ausließ und sich mit einem in ein Auto auf dem Platz vor den Kasernen setzte? Und würde Viola es nicht ziemlich nuttig finden, wenn man draußen im Auto saß? Wenn jemand mit Whisky-Atem versuchte, einen zu küssen, wieviel davon war interessiert und wieviel Whisky? Lois glaubte, ein Major habe ihr einen Antrag gemacht, obwohl er ziemlich alt zu sein schien. Doch er war so verwirrt und hatte derart in seinen Bart genuschelt, daß sie es nicht genau wußte. Und später machte man sie im Clonmore Club auf eine Dame aufmerksam, die, da war sie fast sicher, die Gattin des Majors war. David hatte interessiert gewirkt, doch schließlich interessierte er Livvy ja auch überdeutlich, und verlor ein junger Mann unter diesen Umständen nicht ein wenig an Wert? Lois wurde in ihren Aussagen so allgemein, daß Viola Verdacht schöpfte: Gab es nun jemanden oder nicht, fragte sie. Dann begann sie in dem aufmunternden Ton einer verheirateten Frau zu schreiben, der angesichts dessen, daß sie im Grunde ja auch schon verheiratet sein konnte, gerechtfertigt erschien. Lois war gezwungen zu erklären, ja, es gebe jemanden bei den Rutlands, einen Gerald Lesworth, den sie beeindruckend fand. Daß er interessiert sei, stehe wohl außer Frage; das falle mittlerweile allen auf. Also schrieb Viola zurück, sie wolle alles von ihm wissen, hätte es schon längst wissen müssen, ihre Lol sei wirklich die Sphinx leibhaftig. Sie wolle ihn kennenlernen, sehen, hören, ja, sogar riechen – denn die nettesten Männer dufteten, nicht wahr, undefinierbar, aber göttlich. Das merke man beim Tanzen oder manchmal, wenn man mit ihnen zusammensaß. Also bitte jetzt alles; postwendend.

Viola mochte keine Schnurrbärte, aber zu manchen Männern paßten sie. Geralds lag wie ein feiner dunkler Schatten über seinen Lippen, die sich mehr nach oben zu biegen schienen als der Schnurrbart selbst, der wiederum in gewisser Weise mit seinen Augenbrauen korrespondierte – die sich immer zusammenzogen, wenn ihr Besitzer sprach – und der weichen zerfließenden Dunkelheit um seine Augen. Wenn man behauptete, seine Zähne seien so weiß, daß sein Lächeln in dem gebräunten Gesicht wie ein langer, langsamer Blitz leuchtete, klang er da nicht wie Fairbanks? Er war aber –

völlig – anders. Beim Sprechen schaute er nach unten, als seien seine Gedanken unter seinen Lidern. Unter seinem Blick hatte sie sich manchmal ungeduldig, doch nie unbehaglich abgewandt. In den vielleicht nicht immer schicklichen Gedanken zeigte sich unverhülltes Gefühl; Nacktheit, keine zweideutige Halbangekleidetheit. Wenn man ihn ansprach und er schaute gerade woandershin, wendeten sich seine Augen einem mit einem Ausdruck außerordentlicher Herzlichkeit zu. Er hatte ein scharf geschnittenes, markantes Kinn mit einem starken Schatten. Einen angenehm unebenen, klugen Kopf, so daß Licht- und Schattenflächen auf seinem glänzenden Haar entstanden. Und sie wußte, etwas gefiel ihr an seinem Nacken: Es war ein individueller Nacken, nicht nur ein Verbindungsstück, eine enge Stelle, an der sich die Haut dicht über Muskeln spannte.

Als sie nun mit Gerald an der Ligusterhecke stand und ihn betrachtete, tauchte er aus dem Nebel der Vertrautheit klar vor ihrem geistigen Auge auf. Wie zum ersten Mal sah sie ihn und reagierte unmittelbar auf seine Schönheit; sie sah ihn, als sei er tot, als habe sie ihn verloren, wie eine schmerzliche Erinnerung. Solange sie ihn so festhalten konnte – bevor er zurück- oder zu nahe auf sie zutrat –, wäre sie gern ins Haus gelaufen und hätte Viola geschrieben. Garantiert würde Viola ihr auf den Kopf zusagen, daß sie ihn liebe, und die Vehemenz dieser Erklärung würde Lois dann todsicher beeindrucken. Bei dem Gedanken wurde ihr bange.

Sie hätte ihn liebend gern geliebt; sie empfand Wehmut, einen Mangel. Wenn doch bloß in ihr ein Wandel einträte, sich etwas bewegte – in ihr, außerhalb von ihr, irgendwo zwischen ihnen –, die Perspektive sich minimal verschieben und er ganz deutlich sichtbar würde, mit seinen Gedanken und Gefühlen, so wie sie selbst nun körperlich sichtbar war, dann könnte sie ihn lieben. Etwas mußte sich ändern ... oder ihr trotz seiner heftigen Liebe doch wenigstens die Luft verschaffen, in der sie wachsen konnte. So wurde ihre Phantasie erstickt.

»Was ist los? Kummer?« fragte er.

»Ich habe nachgedacht – in gewisser Weise über Sie.«

»Gut.«

»Ich habe Sie beschrieben. Wie würden Sie mich beschreiben?«

Er war überrascht, brauchte Zeit, darüber nachzudenken; er wußte es nicht.

»Hätten Sie was dagegen«, sagte sie, »wenn ich ganz schnell ins Haus gehe? Ich muß einen Brief schreiben. Der ist sehr wichtig. Bringen Sie ihn für mich in Clonmore zur Post?«

Doch mittlerweile hatten sie Lady Naylor verärgert. Als diese sah, daß Lois so unbekümmert unten an der Ligusterhecke stand und damit im Grunde die Gesellschaft, die zu ihrer Unterhaltung gegeben wurde, verschmähte, geriet sie so in Rage, daß sie fast interveniert hätte. »Lois – Lois!« rief sie nun.

Lois seufzte und ging zu ihr.

»Ich möchte, daß du den Trents und Maguires und Boatleys den Garten zeigst«, sagte Lady Naylor, als ihre Nichte näher kam. »Ich komme später«, murmelte sie dann, »wenn noch einige Leute gegangen sind. Mrs. Trent möchte einen Ableger von dem Nelkenpfefferstrauch und würde gern sehen, ob es sonst noch etwas gibt, von dem sie etwas haben möchte. Sag Donovan Bescheid.« Nach einer Pause fuhr sie fort: »Und laß Mrs. Boatley nicht mit Mrs. Maguire zusammenkommen; sie gehört zur Christian Science Church und redet bestimmt darüber, und du weißt ja, daß der kleine Neffe der Maguires daran gestorben ist. Und wenn die Boatleys die Pfirsiche mögen, gib ihnen ein paar; Donovan soll sie einpacken.« Noch leiser und vorwurfsvoller fügte sie abschließend hinzu: »Denn ich glaube, sie haben beim Tee überhaupt keine Himbeeren bekommen.«

7

Francie fand Laurence schließlich doch nicht so schwierig, man mußte einfach nur ganz natürlich mit ihm reden. Nachdem die Gäste gegangen waren, saßen sie zusammen oben auf der Treppe. Durch den abziehenden Rauch gesellschaftlichen Treibens sahen die Wiesen größer aus, der Himmel gütiger und ferner. Die Trents gingen als vorletzte, die Hartigans waren gerade Knie an Knie in ihrem offenen Zweisitzer mit ihrer Tante Mrs. Foxe-O'Connor durch die Allee davongezockelt. Die Räder hatten den Kies am Fuß der Treppe aufgewirbelt und Spiralen darin gebildet. Morgen früh würde man hören, wie die Gärtner ihn fleißig wieder glattharkten. Im Moment erklang das geschäftige Krächzen der Krähen. Bei dem Gedanken, daß die Krähen immer noch reden, sich in komplizierter Geselligkeit zusammenscharen und miteinander umgehen mußten, wurden Mrs. Montmorency und Laurence noch friedlicher und träger. Von dieser Verpflichtung waren die Menschen hier seit sieben Uhr befreit.

Es gab nichts zu sagen, sie hatten sich nichts zu sagen: Sie sprachen ihre Gedanken beiläufig aus, antworteten nicht aufeinander, befanden sich auf dem Rückzug ins

Schweigen. Den ganzen Nachmittag hatten sie Fragen gestellt und die Antworten so weit wie möglich ignoriert. Laurence wußte, solange er hier saß und allem Anschein nach Mrs. Montmorency unterhielt, würde ihn seine Tante nicht bitten, die Stühle hereinzubringen oder nachzuschauen, ob Lois den Garten abgeschlossen hatte.

Francie hatte nicht wissen wollen, wie es allen ging; Fragen der Gesundheit spielten in ihrem Leben ohnehin schon eine große Rolle. Sie hatte nicht wissen wollen, ob sie den Garten hübsch fanden – angesichts der überragenden Schönheit des Gartens auf Danielstown waren Urteile irrelevant –, ob sie den Winter lieber mochten als den Sommer wegen der Jagd oder den Sommer lieber als den Winter wegen des Tennisspielens. Auch Laurence hatte es nicht interessiert, ob noch jemand Tee wollte oder wirklich satt war, ob sie Angst hatten, von den Black and Tans, den britischen Soldaten, auf dem Heimweg in den Graben geschubst zu werden, oder ob sie Oxford kannten. Nun, da die Gesellschaft vorüber war, hatten sowohl er als auch Francie das Gefühl, als ob sie wieder lebendig würden und eine Art Widerstand aufgäben. Von oben aus einem Fenster hörten sie, wie Lady Naylor und Lois über die Gäste redeten und beide darin übereinstimmten, daß der Tag ein Erfolg gewesen sei.

»Ob dieses Wetter wohl anhält?« sagte Francie und weiter: das prächtige Wetter sei ja geradezu dazu angetan, alles neu wahrzunehmen; es mache Danielstown real wie eine Erinnerung.

»So empfinden sie es drinnen wohl nicht«, sagte Laurence.

»Ich habe mich gewundert, daß sie ein Kind wie Hercules mitgebracht haben. Ich habe ihn getroffen, als er durchs Haus gewandert ist. Ich war hochgegangen und hatte mir mein Luftkissen geholt. Der arme kleine Kerl ... Ich habe ihn mein Luftkissen aufblasen lassen und ihn dann mitgenommen und ihm die Photos vom Karneval gezeigt, die ich aus Nizza mitgebracht habe. Wir haben ziemlich lange miteinander geredet; er hat mir erzählt, er hätte Angst vor Fledermäusen. Ich möchte wirklich mal wissen, warum sie ihn Hercules genannt haben.«

»Wäre es nicht schrecklich, Soldat zu sein ...«

»Der junge Mr. Lesworth hat ja nur Augen und Ohren für Lois. Ob sie es überhaupt merkt?«

»Ich frage mich immer, was man in der Armee macht, wenn nicht etwas ganz Besonderes anliegt, etwas sehr Bestimmtes.«

»Ob sie wohl heiraten?«

»Heiraten?« sagte Laurence, vor Überraschung ganz aufmerksam. »Warum denn das? Andererseits: Warum nicht? Da Lois anscheinend nie etwas tut oder tun will, rechnet sie wohl damit zu heiraten. Und Lesworth ist nett und ziemlich hübsch, finde ich. Er sieht aus wie ein Mann auf einem Werbephoto, der sich den richtigen Kragen umlegt. Wie die Werbung um sich greift – Manchmal überlege ich, ob ich nicht in die Werbung gehen soll.«

»Aber zeichnet sie nicht sehr schön?«

»Sie könnte ja dann zeichnen, was die Leute bei der Armee machen, wie Lady Butler.«

»Sie ist reizend; ich beobachte sie zu gern.«

»Ihre Tennisspielerei nimmt allmählich überhand. Morgen wird auf Castle Trent gespielt, und ich muß sie hinfahren. Ich frage mich oft, ob die Black and Tans sie wirklich attackieren würden, wenn sie allein führe, oder finstere Patrioten oder ob sie jetzt nicht alt genug ist, um auf sich selbst aufzupassen.«

»In ihrem Alter, fürchte ich ...«, sagte Francie errötend. »Ihr Alter schützt sie nicht.«

»Ich kann mir gar nicht vorstellen, daß ich jemanden attackieren möchte. Aber die Mentalität anderer Menschen kann ich mir im Grunde ohnehin nie vorstellen. Oder ist das nicht die Mentalität? Warum ist es so viel schlimmer für ein junges Mädchen, ein Tennisturnier zu verpassen, als für einen jungen Mann, Spanien zu verpassen? Ich nehme an, es hat was mit den Triebkräften des Lebens zu tun, und man sollte gar nicht weiter verfolgen, ob ein Zusammenhang besteht.«

»Warum mag sie eigentlich diese Livvy Thompson so gern? Die reißt ja offenbar immer alles an sich.«

»Sie mag sie nicht; es ist wegen der Nachbarschaft. Warum zerstückeln sie den wunderschönen Namen Olivia in etwas, das wie Katzenfutter klingt?«

Den Grund dafür verstand Francie gut, sie selbst wurde nicht gern Frances genannt, weil es so formal klang. Seufzend zog sie ihre graublaue »Sprenkeldecke« fester um sich zusammen. Als sie gesehen hatte, wie gut sich Hugo mit Mrs. Trent verstand, hatte sie sich gefragt, und der Gedanke kam ihr nun wieder, ob Hugo nicht in Wirklichkeit eine Frau gebraucht hätte, die Schneiderkostüme getragen, die Hunde mit einem Fingerschnipsen herbeigerufen und entschlossen die Beine übereinandergelegt hätte. Mrs. Trent war lustig und patent; ja, sie verbreitete eine solche Atmosphäre, daß sich Francie nach ein, zwei Minuten Gespräch auch lustig und patent fühlte. Aber war Mrs. Trent auch so verständnisvoll? Andererseits: Vielleicht fühlte sich Hugo ein wenig erdrückt von diesem Verständnis, ein wenig klein gemacht? Zum Beispiel hatte Francie ehrlich gemeint, Hugo habe an dem Nachmittag hervorragend Tennis gespielt; etliche Leute hatten ihr gesagt: »Es ist ein Vergnügen, Ihren Mann wieder auf diesem Platz spielen zu sehen.« Das hätten sie doch sicher nicht gesagt, wenn er nicht brilliert hätte! Aber selbst mit diesem Argument konnte sie nichts gegen Hugos Überzeugung ausrichten, daß es mit seinen Fähigkeiten bergab ging, denn er redete nie darüber und wurde bestimmt sehr zornig, wenn man es ihm gegenüber ansprach. Also mußte sie weiterhin miterleben, wie sein Stolz litt, als werde er alt, obwohl man es ihm kein bißchen ansah. Ihr fiel wieder ein, wie er sich heute von den anderen abgehoben hatte, wie er unter den jungen Männern gespielt, gesessen, sich bewegt hatte. Sie mochte die jungen Männer, aber sie wirkten alle, als bestünden sie nur aus noch unverbundenen Gliedern und Gesichtern. Sie hätte gern gewußt, was Hugo von den jungen Männern hielt.

Sie dachte an ihr Zimmer oben und das ruhige Licht an der Decke; an die gespenstischen Rosen, die man auch dann noch undeutlich sah, wenn man die Vorhänge zuzog und das Tageslicht ausschloß. Besser, sie legte sich ein wenig hin; sie stand auf, murmelte etwas und ging ins Haus. Laurence erhob sich unschlüssig. Er überlegte, ob man ihn abfangen würde und er etwas tun müßte, wenn er sich nun hinaufwagte und sein Buch holte.

Doch Lady Naylor fing Francie ab, als diese durch das Vorzimmer ging und sie aus Lois' Zimmer kam. »Ah, da bist du ja, Francie. Gut! Ich wüßte ja nun zu gern, was du von ihnen allen hältst. Um dir die Wahrheit zu sagen, ich bin dankbar, daß es glücklich überstanden ist. Hoffentlich haben sie sich amüsiert! Es hatte jedenfalls ganz den Anschein.«

»Ach, bestimmt! Es war ein großer Erfolg.« Sie setzten sich auf zwei der karmesinroten Sessel, Trittsteine in einem See von Fußboden, und unterhielten sich über die Gesellschaft.

Francie sagte, wie reizend sie Mrs. Archie Trent gefunden habe und wie nett es gewesen sei, Mrs. Carey wiederzusehen, und wie hübsch Nona geworden sei. Und wie schade um die Hartigans, sie seien erwachsene junge Damen gewesen, als sie sie zuletzt gesehen habe, und es sei doch ungerecht! »Und, oh!« rief sie, strahlend vor Wonne und Sympathie, »ist dieser junge Mr. Lesworth nicht völlig hin und weg?«

»Ja, er hat ganz bezaubernde Manieren; er kommt recht oft hierher. Und er packt immer mit an bei den Stühlen und Decken: Ich wünschte, er wäre Laurence!«

»Aber er hat nur Augen und Ohren für Lois, was ja auch eigentlich nicht überraschend ist. Wie er ihr mit Blicken folgt – und mit den Füßen auch –«

»Psst!« rief Lady Naylor. »Sie ist in ihrem Zimmer! Ich möchte nicht, daß sie auf dumme Gedanken kommt wie Livvy. Und bist du eigentlich sicher, daß du nicht Mr. Armstrong meinst? Denn das scheint mir ja ein klarer Fall von ›Hin-und-weg‹ zu sein! Er folgt Lois, und Livvy folgt ihm. Bei dem allgemeinen Durcheinander und den vielen Leuten hast du die jungen Männer verwechselt. Sie sind alle gleich; schade, finde ich immer. Das mit Lois und Livvy ist auch schade; diese Freundschaft gefällt mir gar nicht. Doch die arme Livvy hat keine Mutter mehr, und sie kommt zu den Mahlzeiten immer her, und natürlich braucht Lois Mädchen in ihrem Alter. Sie hat sehr nette Freundinnen in ihrer Schule in England gefunden, aber leider, leider dürfen sie uns nicht besuchen. Etwas, das durch die englische Presse gegangen ist, hat offenbar die Vorstellung beflügelt, daß dieses Land gefährlich ist. Pech für Lois. Ich würde mich, was England betrifft, nie nach den Zeitungen richten ... Nein, Francie, wenn du die beiden Männer nicht verwechselt hast, weiß ich wirklich nicht, was du meinst.«

»Ach, das war sehr dumm von mir«, rief Francie, vor Aufregung errötend. »Natürlich hätte ich es nie gesagt, wenn ich nicht gedacht hätte – wenn ich nicht Veranlassung gehabt hätte, zu denken ... Nein, jetzt merke ich, daß ich völlig falsch lag. Aber nach dem, was alle sagen, dachte ich ...«

»Aber ich tappe immer noch im dunkeln, Liebes«, sagte Lady Naylor, auch sie errötete und lächelte vor Ärger. »Doch ich glaube, dir ist nun klar, daß, da ich nicht verstehe, was du meinst, eigentlich nicht sein kann, was du meinst.«

»O ja, natürlich«, stimmte Francie ihr zu und zerknautschte mit fahrigen, leichten Gesten die Seidendecke auf ihrem Schoß. »Trotzdem glaube ich, solltest du wissen, Myra, daß alle meinten ...«

»Gegen das, was die Leute meinen, ist man machtlos, wenn es auch immer ärgerlich ist. Nicht daß ich jemals genau weiß, was sie meinen: Ich lege Wert darauf, es nicht zu wissen. Dir ist ja klar, daß ich Klatsch immer entgegentrete, besonders in diesen Zeiten: Es ist ein Unding, wie überall geklatscht wird, sogar auf den Gesellschaften, die man selbst gibt. Ich finde, es ist eine große Gefahr für das Leben in diesem Land.«

»Ja, aber du kannst doch nicht sagen, daß das politisch war. Ich finde es eigentlich normal, daß die Leute sich dafür interessieren. Sie mögen Lois alle sehr gern. Wenn der junge Mr. Lesworth und sie wirklich –«

Nun fühlte sich Lady Naylor zum offenen Schlagabtausch genötigt. »Ach, das meinst du?« rief sie, nachdem sie es urplötzlich verstanden hatte. »Aber wirklich, meine liebe Francie, was für ein Lärm um nichts. Nein, nicht du, meine Liebe; ich habe nicht gemeint, daß du den Lärm machst. Doch mit all den Andeutungen ›Die Leute meinen‹ hättest du alles und jedes behaupten können. Also, da übertreffen sich die Freunde wirklich immer selbst! Nur weil Lois und Gerald zusammen Tennis gespielt und ein-, zweimal miteinander getanzt haben! Also, man könnte ja meinen, man sollte bei seinen Tennisgesellschaften Männlein und Weiblein trennen wie bei einem Quäkergottesdienst und solche schrecklichen Dorftänze veranstalten, wie es in England üblich ist: zum Beispiel dort, wo Anna Partridge wohnt. Da hopsen die Frauen in die eine Richtung und wedeln mit irgendwas, und die Männer hopsen in die andere und stampfen mit den Füßen. ›Also‹, habe ich zu Anna Partridge gesagt, ›wenn du das Mit-den-Menschen-in-Kontakt-Treten nennst, dann ist mir doch das, was du Feudalismus nennst, lieber.‹«

»Gut. Aber findest du es denn so unwahrscheinlich, Myra? Sie sind beide blutjung und so –«

»Aber das ist es doch gerade!« Noch erhitzter richtete

Lady Naylor sich abrupt im Sessel auf; ihre Augen schossen Blicke ab, die im Sturzflug auf die Flanke ihrer unbesonnenen Freundin niederzugehen drohten. »Genau das! Und dabei nur einer der vielen Gründe, warum es so unmöglich ist!«

»Ich habe ›unwahrscheinlich‹ gesagt!« sagte Francie merkwürdig genüßlich. Sie haßte Auseinandersetzungen wie Regen; doch wenn sie vom Regen überrascht wurde, hörte sie ihn wie im Rausch auf ihren Schirm krachen und spürte ihn auf ihre Schultern platschen. Sie hatte so wenig Abwechslung. Zum ersten Mal fühlte sie sich Myra ebenbürtig an Kraft und Persönlichkeit; sie fand, ihr Widerstand gegen sie müsse zumindest ihr Vertrauen zueinander vertiefen.

»Zunächst einmal«, sagte Lady Naylor, »ist er Leutnant. Und Leutnants dürfen nicht heiraten. Natürlich sind sie nicht wie Priester, aber bis sie Hauptmann und dreißig sind, sind sie keinen Deut besser dran. Oberst Boatley ist da ganz entschieden ... Gerald ist auch ein durch und durch netter Junge, sehr beliebt im Regiment. Aber was sind die Rutlands heutzutage? Gewiß, sie haben im Krieg hervorragend gekämpft. Doch jetzt scheinen sich dort nur noch Leute vom Schlage dieser bemerkenswerten kleinen Mrs. Vermont zu tummeln, die heute nachmittag in aller Selbstzufriedenheit hier aufgetaucht ist, obwohl Lois gar nicht mehr wußte, ob sie sie eingeladen hatte. Selbstverständlich ist er charmant, aber er scheint keine besondere Herkunft zu haben. Man weiß nicht, woher er kommt. Seine Mutter, sagt er, wohnt in Surrey, und du weißt genausogut wie ich, was Surrey ist. Absolut nichts; es fängt ja praktisch schon in Südlondon an. Wann hat man je einmal von jemandem gehört, der in Surrey wohnt, und wenn doch, hat er nie von all den anderen gehört, die in Surrey wohnen. Wirklich, insgesamt finde ich, daß alle Engländer schwer einzuordnen sind. Sie sind reizend und höflich, aber ich frage mich oft, ob sie nicht ein wenig oberflächlich sind: Aus den nichtigsten Gründen packen sie ihre Siebensachen zusammen und ziehen sechs Grafschaften weiter... Ich behaupte natürlich keineswegs, daß Gerald Lesworth aus einer Familie von Kaufleuten stammt. Dergleichen würde ich ohne Grund nie sagen. Außerdem hätten sie Geld, wenn sie Kaufleute wären; Engländern sieht man Geld immer an, und er hat ganz offensichtlich keines. Nein, ich würde sagen, sie sind bestenfalls Hausbesitzer.«

»Aber in England gibt es so viele Häuser«, sagte Francie, »daß manche von den Leuten, die darin wohnen, einfach nett sein müssen. Das denke ich oft, wenn ich aus dem Zug schaue.«

»Meinetwegen auf ihre Weise sehr nett, das glaube ich ja gern. Aber darum geht es doch erst einmal nicht, meine Liebe. Es steht völlig außer Frage – verstehst du? –, daß zwischen Mr. Lesworth und Lois etwas ist. Und natürlich denken sie auch nicht an etwas Derartiges, denn wenn sie daran gedacht hätten, hätten sie ja viel mehr darauf geachtet, daß es nicht so schien. Natürlich bin ich auch der Meinung, daß Lois vorsichtiger sein muß. In ihrem Alter war ich vorsichtig; ich war instinktiv vorsichtig; daran scheint es den Mädchen heutzutage zu mangeln. Erst setzt man ihnen Flausen in den Kopf, dann läßt man zu, daß sie sich wie dumme Gänse benehmen, und dazwischen scheint es nichts zu geben. Es ist ja auch alles sehr schwierig. Wenn sie meine Nichte wäre, würde ich mit ihr reden – mit Laurence werde ich reden, wenn er so weitermacht –, doch da sie Richards Nichte ist, sehe ich nicht recht, daß es mir zusteht. Es gibt eigentlich keine Basis. Und Richard kann ich wirklich nicht damit belasten, dann wird er so schwierig. Wenn er meint, er müsse etwas tun, aber nicht weiß, was, ist nie vorherzusehen, wozu er imstande ist. Und peinliche Situationen möchte man ja auch vermeiden. Freundlich ist es nicht, den jungen Mann nach seinen Absichten zu fragen, wenn man sie sofort zunichte machen müßte, falls er sie denn hätte … Nein, besser nicht daran rühren. Ich verlasse mich darauf, Francie, daß du allem diesbezüglichen Klatsch entgegentrittst, wenn du ihn hörst, und bitte Hugo, er möge gleichermaßen verfahren, wenn er etwas hört. Na, vielleicht sollte man ihn doch gar nicht erst darauf stoßen; dann vergißt er sich noch und redet mit Richard darüber … In der Zwischenzeit spreche ich mit Lois ernsthaft über ihre Zukunft. Sie zeichnet sehr schön; ich denke oft, daß sie vielleicht damit anfangen möchte. Ich muß ihr sagen, daß sie dir und Hugo einige von ihren Bildern zeigt.«

»Aber ich habe keine Ahnung vom Zeichnen.«

»Ach, sie braucht doch nur ein wenig Ermutigung.«

»Noch eins, Myra – ich finde, du bist sehr klug, und du hast ja auch vollkommen recht, wie du sehr wohl weißt. Im allgemeinen halte ich immer viel davon, daß man solchen Dingen ihren Lauf lassen sollte. Doch ... Da dieses keinen Lauf haben kann, nicht haben darf: Ist das gerecht gegenüber dem jungen Mann? Denn Lois ist sehr –«

Hier unterbrach sie sich, weil sie von einem schrecklichen Geklapper in Lois' Zimmer erschreckt wurde. Ein paar Möbelstücke waren heftig gerückt und ein Eimer umgetreten worden.

»Ach, Francie!« rief Lady Naylor vorwurfsvoll. »Du solltest daran denken, daß sie da ist! Man kann nicht vorsichtig genug sein! Ja, wenn du einverstanden bist, finde ich, sollten wir jetzt nicht länger reden. Geh und leg dich hin. Du siehst frisch wie eine Rose aus, aber ich weiß, daß Hugo darauf besteht.«

Sie standen auf, Lady Naylor nahm Francie am Arm und brachte sie zu ihrer Zimmertür. Francie fühlte sich wie etwas, das man in eine Schachtel zurücklegt. Lady Naylor ging hinunter und suchte Laurence. Laut rufend bat sie ihn, die Stühle hereinzuholen und den Garten abzuschließen.

Für Lois war das alles überaus schwierig gewesen. Da

war sie in ihrem Zimmer gefangen und hatte nicht den Mut hinauszugehen. Als die beiden Damen die Stimmen erhoben, wurde die Tür dünn wie Papier. Zuerst war das nicht weiter schlimm: Tante Myra wußte, daß sie dort drin war, denn sie war ja gerade erst von ihr weggegangen. Doch schon bald änderte sich der Ton der beiden Damen, er bekam etwas Eifriges, Jagdgieriges; das Thema verfolgten sie nun. Tante Myra hatte sich mitreißen lassen und vergessen. Als Lois »Lois … Lois … Lois …« hörte, summte sie und sang; doch sie bemerkten es gar nicht. Es war ein Schlag gegen ihr Ehrgefühl. Sie lehnte sich aus dem Fenster in die kühlende Luft, die Linden raunten in der Allee; sie beobachtete, wie Onkel Richard und Mr. Montmorency zum weißen Tor gingen. Ihre Köpfe nickten auf ihren Schultern wie Alte-Männer-Köpfe, zufrieden; sie redeten über Archie und Mrs. Archie und den armen John. Doch aus dem Nebenzimmer drangen die anderen Stimmen durch die Tür und verfolgten Lois. Sie warf sich aufs Bett, die Sprungfedern quietschten, sie hielt sich die Ohren zu, bis ihr die Ohrläppchen und Finger weh taten, sie zog sich die Kissen über den Kopf. Doch da wurde ihr heiß, und die Stimmen gelangten trotzdem bis zu ihr. Zielsicher wie die Himmelhunde kamen sie angeflogen. Wirklich furchtbar, wie sie gar nicht aufhörten zu reden.

Die Stimmen sprachen von Liebe, kritisierten aber nur daran herum. Liebe, hatte Lois gelernt, war ja wohl die Hauptquelle allen weiblichen Leidens. Alle Krankheiten entstanden aus der Liebe, das Kinderkriegen, die Krankheiten, die die Kinder hatten, auch die Diener, da das regelmäßige Praktizieren von Liebe bedeutete, daß man ein Haus führte; durch Geld wurde sie eingeschränkt, aufrechterhalten und in eine Form gebracht. Lois warf die Kissen weg und rannte durchs Zimmer. Sie war wütend; jetzt hörte sie aufmerksam zu, sie lauschte ganz offen. Aber als Mrs. Montmorency bei »Lois ist doch sehr –« war, wurde ihr plötzlich bange. Sie geriet in Panik. Sie wollte nicht wissen, was sie war, sie konnte es nicht ertragen: Dieses Wissen hinderte einen, engte einen ein, vernichtete einen. Sollte sie nun mit einem Adjektiv erschlagen werden, ihr Leben lang in einem Wesen herumkriechen wie eine Fliege in einem Krug? Was unterstand sich Mrs. Montmorency da?

Lois hob die Wasserkanne und knallte sie auf die Waschschüssel: Sie trat gegen den Abwassereimer und schubste den Waschständer herum ... Das war der Sieg. Später bemerkte sie einen Sprung in der Waschschüssel; er verlief zwischen einer Getreidegarbe und einem Füllhorn: Zu dieser Erntefülle beugte sie jeden Tag das Gesicht hinunter. Jedesmal, bevor das Wasser sich trübte, konnte sie den Sprung sehen: Jedesmal fragte sie sich, wie Lois *war*. Sie würde es nie erfahren.

8

Sir Richard, zu dem das Gerücht über Lois und Gerald mit der Zeit über die Familiengespräche doch noch durchsickerte, erklärte es für grotesk. Am meisten beunruhigte ihn allerdings, daß Lois Gerald von den Waffen in der unteren Schonung erzählt haben mochte. Er hatte sie strengstens davor gewarnt, doch sie war genau wie die arme Laura, ja, typisch deren Tochter: Sie redete und redete, und man wußte nie, woran man bei ihr war. Er verkündete, er sei nach reiflicher Überlegung der Meinung, es sollten nicht mehr so viele Leutnants kommen und auch nicht mehr so häufig. Er freute sich ungemein, als er vom Briefträger hörte und es auch gleich weitererzählen konnte, daß maskierte Männer drei jungen Frauen in der Nähe von Clonmore die Haare abgeschnitten hatten, weil sie mit Soldaten ausgegangen waren. Und nicht einmal der Priester hatte Mitgefühl mit ihnen, erzählte der Briefträger, denn der Priester wußte, daß englische Soldaten eine höchst laxe Moral hatten.

»Und wie würde es dir gefallen«, sagte Sir Richard empört zu seiner Nichte, »wenn dir so etwas passieren würde?«

»Dann hätte ich einen Bubikopf«, erwiderte Lois.

»Ich würde es als Zeichen nehmen. Aber ich bin noch nie auch nur einen Schritt mit jemandem, wie du es nennst, ausgegangen, Onkel Richard.«

»Aber maskierte Männer«, sagte Lady Naylor, »wären für ein Mädchen in deinem Alter doch eine äußerst gräßliche Erfahrung.«

Lois sagte, ihr wäre lieber, die Männer wären maskiert; denn falls sie sie später wieder treffen sollte, wäre es ihr weniger peinlich. »Was sie wohl mit dem Haar machen?« fuhr sie fort. Und dachte bei sich: Wenn man hier diese Auffassungen hat, kann man mir auch keinen Vorwurf machen, wenn ich mich in einen verheirateten Mann verliebe. Sie horchte angestrengt in ihr Inneres. Sie schrieb Viola, sie befürchte, sie sei im Begriff, sich in einen verheirateten Mann zu verlieben. Doch als sie Mr. Montmorency am nächsten Morgen beim Frühstück anschaute, und noch mehr, als sie ihn von Mount Isabel zurückfahren mußte, erschreckte sie die Vorstellung. Sie bedauerte, daß sie den Brief in solcher Eile zur Post gegeben hatte.

Innerlich schaudernd fuhr sie zügig nach Hause. In dem hellen Himmel hing Mr. Montmorencys Gesicht wie das einer Geistererscheinung. Klappernd nahm sie die Kurven der Ausfahrt von Mount Isabel; der Zweisitzer schaukelte auf der Achse, die Riemen quietschten. Hinter dem Tor lag das Licht flach und gelb an den Hecken, von denen sich die Brombeerranken ergossen; harte rote Brombeeren schlugen gegen die Speichen und schnellten glänzend zurück. Lois nahm die Abkürzung über einen Bergrücken; die hellrosa Straße knirschte wie Zucker unter den Rädern. Als sie aus den engen Wegen herauskamen, tauchten sie in das grelle Licht des offenen Raums ein. Höhe glich Tiefe: Während sie hochfuhren, hatten sie etwa eine Stunde lang das Gefühl, tiefer in ein großes, weiches, kristallklares, auf den Kopf gestelltes Meer zu tauchen. Von überall her aus der Ferne, sinnlos und unverbunden, glitt der Raum wie Wasser zwischen sie und breitete sich aus. Sie zogen sich voneinander zurück ins Leere. Auf den flittrigen gelben Ginsterblüten war das Licht hart und geradezu greifbar; über der ausgedörrten Heide verblaßte der Schatten, faltete sich Ton auf Ton und wurde auf zarten, spröden Spitzen zum Himmel gezogen.

Die Straße wand sich über einen Kamm, der Wagen bewegte sich auf den Leib des Pferdes zu; Mr. Montmorency und Lois setzten sich auf ihren Sitzen zurück. Sie starrten aneinander vorbei. Stechginster blühe angeblich immer, bemerkte er. Genau wie Küssen nie aus der Mode komme, fügte sie prompt hinzu. Aber das stimme nicht, korrigierte sie sich dann; vermutlich treffe das für beides eben doch nicht immer zu.

»Und solch ein erbitterter Streit«, rief er, »wegen dieses leeren Landes!«

»Was meinen sie eigentlich«, fragte sie, »mit Freiheit? Was kommt dabei heraus? Was ist Freiheit außer einer Ausrede für Krieg?«

»Wahrscheinlich«, sagte er mit matter Stimme, als habe er gerade gegähnt, »so etwas wie ein endgültiger Frieden – Stabilität.«

»Dann ist es absurd, zu kämpfen; je länger man kämpft, desto weiter entfernt man sich davon. Ein hoffnungsloser Beginn.« Sie schaute ihn ernst an, aufmerksam wie ein junges Hündchen.

»Sie sind sehr vernünftig ... Lesen Sie Zeitung?«

»Nein ... ich hasse Dinge, die gerade passiert sind.«

»Hm, da kann ich Ihnen nicht folgen.«

»Sie sind so grob.«

Die Straße war steil und das Pferd entschlossen zu traben; es stolperte; sie zog scharf an den Zügeln. Sie hätte gern vergessen, daß sie überhaupt fuhr. Er erschrak und legte eine Hand auf die Rücklehne des Sitzes, um sich festzuhalten. Er haßte es, wenn Dinge schlecht gemacht wurden; er hatte etwas Pingeliges. Sich insgeheim gegenseitig kritisierend, schwiegen sie. Als sie unten ankamen und die hinter ihnen zusammenrückenden Berge erneut zur Kulisse wurden, als Hekken die Straßenränder säumten, schwand das Gefühl der Distanz zwischen ihnen; nun waren sie einander lästig; der Zeitpunkt, zu dem sie miteinander hätten sprechen können, war vorüber. Sie hätten, fand sie nun, alles mögliche sagen können; doch was ungesagt geblieben, nicht einmal als Gedanke formuliert worden war, würde ihre Haltung zueinander hinfort stärker beeinflussen. Sie würde nun immer glauben, daß sie sich in der

Unvertrautheit des Schweigens nähergekommen waren. Von diesem nun erst empfundenen Gefühl erschreckt, rutschte sie hin und her, sein Blick, sein Verhalten, seine gesamte Gegenwart waren ihr körperlich zuwider. Immer wenn sie einen Fuß ausstreckte, berührte sie seinen; sie hatte den Eindruck, daß sie sich ständig zurückzog, entschuldigte, ihre Position verändern mußte. Als sie sich weit vorbeugte, um sich auf das Lenken zu konzentrieren, berührten sich ihre Knie.

»Dieser Wagen ist zu eng«, sagte sie schließlich. Und Mr. Montmorency – das Gesicht dunkel vor dem hellen Himmel – erwiderte: »Ach, ich weiß nicht – kommt darauf an, wie man sich arrangiert.« Wenn er bloß nicht lächeln würde! Doch er lächelte verkrampft. Außer Laura war er nie einer solch hibbeligen Person ausgesetzt gewesen. Aber Lauras Rastlosigkeit hatte etwas Strahlendes gehabt, die Facetten ihrer Persönlichkeit hatten sich darin gezeigt. Sie war eindeutig uneindeutig, wie ein Baum, der leuchtet und immer wieder seine Silhouette verändert; ein Lorbeerbaum, eine Pappel in Wind und Sonne. Ihre impulsiven Handlungen – diese unberechenbaren Ausbrüche des Verstandes durch den Körper – erfolgten wie die Bewegungen von Zweigen mit einer ungebärdigen Sicherheit. Er hatte in ihrem Wesen eine Struktur erkannt, deren sie sich völlig unbewußt war.

Lois dagegen drehte sich nun (da Lauras Baum umgefallen war) auf dem Sitz im Wagen von ihm weg, in ihrem schreiend rosafarbenen Pullover ein, zwei Nuancen der Ebenmäßigkeit, die als Schönheit galt, vielleicht näher als Laura. Sie sah verlegen aus, bedrückt, sicher, weil seine Gesellschaft sehr unbefriedigend war: Für sie mußte er ein alter Mann sein. Ein-, zweimal blickte sie zu den Bergen zurück, von denen ihnen auf der abschüssigen Straße immer noch ein leichter morastiger Geruch hinterherkam.

Plötzlich lachte sie, nahm die Zügel in beide Hände, breitete die Arme aus, riß an den Zügeln und schnalzte dem Pferd zu. »So«, sagte sie, »ist meine Gouvernante immer gefahren. Sie hat stets behauptet, sie könne es von Natur aus, ihre gesamte Familie sei pferdenärrisch. Ihr Vater sei Oberst gewesen, und sie habe sich immer Helme aus Wellpappe gefaltet und aufgesetzt. Sie hat meine Mutter geliebt, daß es schon peinlich war, und dauernd gestickt. Meine Mutter hat es gehaßt. Erinnern Sie sich?«

»An Ihre Gouvernante erinnere ich mich nicht. Was hat Ihre Mutter gehaßt?«

»Derartig geliebt und mit Stickereien beschenkt zu werden. Miss Part hat immer gelacht und gesagt: ›Tut mir leid, ich spinne, Mrs. Farquar‹, und Mutter hat immer gesagt: ›Ach nein, ich glaube eigentlich, nicht.‹ War das unhöflich?«

»Na ja, es klingt so.«

»Ob es ihr wohl gefallen hätte, in meinem Alter geliebt zu werden? Wissen Sie das noch?«

»Ich glaube, da hatte sie sich noch nicht entschieden.«

Plötzlich drehte Lois sich um und schaute ihn so eindringlich an, daß ihm unbehaglich wurde: Die Vergangenheit verlor ihren Boden, alle Gewißheit zerstob. Er würde nie erfahren, wieviel Laura ihrer Tochter in den letzten zehn Jahren erzählt hatte – Jahre, die ihm versperrt waren, Jahre, zu denen Lois den Schlüssel hatte. Bitter sagte er: »Wenn sie und ich geheiratet hätten –«

»Ja, ja ...«

»Mein liebes Kind, dann wären Sie nicht hier.«

»Doch, die Hälfte von mir schon. Und meiner Meinung nach«, sagte sie charmant, »wäre die andere Hälfte von mir viel netter.« Und als sie den Blick abwandte, war das viel intimer als jede Zugewandtheit.

»Danke schön – Überfahren Sie die Schweinchen nicht!«

Die ersten Vorboten von Michael Connors Farm waren ein paar rosafarbene, seidige Ferkel, die am Straßenrand entlangflitzten. Wie ein sehr mütterliches Schlachtschiff erhob sich eine Sau. Connorsche Kinder gafften, fielen kreischend von einem Tor herunter und flohen um einen Jauchetümpel im Vorhof herum ins Haus. Es sei eine hübsche Farm, erzählte Lois, Tür und Fensterrahmen seien blau gestrichen, wie auch alle Wagenräder. Die Connors seien süße Leutchen; langsam vorbeifahrend, beugte sie sich seitlich aus dem Wagen, um zu sehen, ob sie draußen waren. Das Haus war einstöckig und hatte ein Schieferdach. Mr. Montmorency runzelte die Stirn; er konnte sich nicht erinnern, ob das hier ein Michael Connor war, an den er sich erinnern mußte.

Michael Connor trat aus einem ginstergedeckten Schuppen an der Seite. Er nahm seinen breiten Strohhut ab und gab ihnen beiden die Hand. Die war knochig, nervös und trocken wie Erde.

»Ein herrlicher Abend«, sagte er mit melancholischem Lächeln.

»Ja, wirklich. Und wie«, fragte Lois ängstlich, »geht es Mrs. Connor?«

»Ach, die arme Frau ... die ist arm dran!« Michael schaute von ihnen weg, keiner sprach, bis Lois schließlich sagte: »Grüßen Sie sie von mir.«

»Ja, mach' ich«, sagte Michael, »da ist sie aber man stolz. Und Sie sehn wunderhübsch aus, Miss Lois; eine feine, kräftige junge Dame sind Sie geworden, Gott sei's gelobt.«

»Erinnern Sie sich an Mr. Montmorency?«

»Ja natürlich!« rief Michael und schüttelte Mr. Montmorency die Hand noch einmal in aller Ausführlichkeit. »Und an seinen armen Vater erst! Sie sehn großartig aus, Sir, fein und stattlich; da kenn' ich Sie schon manches Jahr, und ich muß sagen, stattlicher habe ich Sie nie gesehen. Und willkommen einmal wieder auf Danielstown, Mr. Montmorency, willkommen, Sir!«

»Geht's Ihren Enkelkindern gut?«

»Ja«, sagte Connor bedrückt, »aber sie sind sehr

schüchtern. Das einzige, was sie können, ist rumtrödeln, und zufrieden sind sie auch nie. Sie machen ihr großen Kummer, und sie kann ja nicht hinter ihnen herlaufen.«

»Aber ist Mrs. Peter Connor nicht bei Ihnen?«

»Doch, Miss Lois. Aber sie ist auch ganz herunter und mutlos von dem allem. Ja, Miss, sie hat großen Kummer; und sie fährt immer auf und guckt und starrt angestrengt den Reitweg hinauf. Sie ist innerlich zerrissen; verzweifelt wegen Peter und hat gleichzeitig Angst, daß er kommt. Wenn ihr Tag und Nacht mit ihr zusammen wäret, würdet ihr auch allen Mut sinken lassen, so wie sie ist, die arme Frau. Und jede Nacht erschrecken uns die Soldaten zu Tode, und wir finden kaum Schlaf, wenn sie in den Lastwagen rumjagen und -rasen. Oben in den Bergen kann man schon gar keinen Schritt mehr tun, ohne daß sie einem vor die Füße hüpfen wie die Kaninchen. Ist das nicht jammerschade, daß sie nicht lieber ihren Krieg mit den Deutschen zu Ende bringen, nachdem sie ihn einmal angefangen haben?«

»Und von Peter wissen Sie gar nichts?« fragte Lois vorsichtig.

»Nein«, sagte Michael mit ausdrucksloser und nun wieder gelassener Miene. Distanziertheit und Traurigkeit zusammen bewirkten seine besondere Würde. »Und wo das alles mal enden soll, weiß ich schon gar nicht«, sagte er, abschließend erneut in einen Gesprächston verfallend. »Und was rauskommen soll, wüßte ich auch nicht zu sagen. Das sind wirklich Zeiten, in denen man recht verzagt. Und danke schön, Miss Lois, und Ihnen auch, Euer Ehren.«

Noch einmal schüttelten sie sich die Hände, beglückwünschten sich abermals zu dem schönen Abend, und Lois ließ die Pferde wieder lostraben. Michael blieb am Tor stehen, bis sie um die Ecke gebogen waren. Der einsame Hof mit seinen nach Osten gebogenen, windzerzausten Fichten und den ginstergedeckten Ställen versank langsam hinter dem Bergbuckel. Ein glitzerndes Fenster schaute ihnen wie ein Auge am längsten nach. Mehrere Graugänse, die mit aufgesperrten Schnäbeln hinter dem Wagen hergewatschelt waren, ließen urplötzlich von der Verfolgung ab, gruppierten sich wieder zu einer Schar und watschelten eiligst in eine andere Richtung. Gleichgültig kehrten sie dem Geschehen den Rücken zu; machten den Wagen, das Paar darin, zum Trugbild. Und tatsächlich hatten Lois und Hugo beide das Gefühl, daß die Pause, das Gespräch, der gesamte Aufenthalt weniger als ein Schatten gewesen waren.

»Das ist nicht«, sagte Hugo nach einigem Nachdenken, »der Michael Connor, an den ich mich erinnere. Das war ein pfiffiger, energischer Mann. Hat der einen Sohn Peter?«

»Ja. Und Sie haben sich wahrscheinlich schon gedacht, daß er – auf der Flucht ist – ›vogelfrei‹, heißt das nicht so? Wer ihm begegnet, kann ihn ohne Anruf erschießen. Er wird wegen eines Überfalls aus dem Hinterhalt in County Clare gesucht; sie haben ihn einmal gefangen, aber er ist ihnen wieder entwischt. War ich da froh! Ich würde mich gar nicht wundern, wenn er eben den Reitweg hochgeflüchtet wäre. Ich weiß, daß er zu Hause ist, denn Clancey hat ihn vor drei Tagen gesehen. Aber reden Sie nicht darüber, man kann sich gar nicht genug in acht nehmen. Der armen Mrs. Peter geht es bestimmt miserabel, ganz egal, wo er ist. Mrs. Michael liegt im Sterben, müssen Sie wissen: schon seit geraumer Zeit. Als ich das letzte Mal da war, durfte ich sie nicht sehen, wegen der Schmerzen ... Von drei Farmen hier oben sind junge Männer weggegangen. Das hat mir Hauptmann Carmichael erzählt; er ist Geheimdienstoffizier. Und ich weiß, daß es stimmt, denn Clancey hat es mir auch erzählt. Meine Güte, wenn Gerald bei uns gewesen und Peter Connor den Reitweg heruntergekommen wäre, hätte Gerald ihn erschießen müssen, oder wäre er außer Dienst gewesen?«

»Nein, aber wahrscheinlich hätte Peter ihn erschossen.«

»O nein, nicht wenn er mit mir zusammengewesen wäre. Außerdem«, fügte sie hinzu, »ist Gerald so alltäglich. Nichts könnte ihn zur Tragödie machen.«

Während Hugo abzuwägen versuchte, ob Lois sehr klug oder sehr dumm war, und Lois sich in melodramatischen Phantasien erging, fuhren sie flott nach Hause. Unter ihnen gen Süden bildeten die Bäume von Danielstown ein deutliches, dunkles Rechteck, einen Teppich auf dem grünen Land. In der Mitte reflektierte das glänzende graue Dach den Himmel wie eine dorthin gefallene Brosche und funkelte ein wenig. Bei diesem Anblick kam es Lois vor, als lebten sie in einem Wald; die Rasenflächen wurden von der dunklen Last der Bäume überlagert. Sie wunderte sich, warum die Bewohner von Danielstown nicht erdrückt wurden; dann wunderte sie sich noch mehr, daß sie keine Angst hatten. Aus dieser Entfernung wurde auch ihre Isoliertheit offensichtlich. Das Haus schien sich vor Angst tief zu bücken, sein Gesicht zu verbergen, als sähe es mit Lois' Augen, wo es sich befand. In seinem entsetzten Erstaunen angesichts des weiten, hellen, lieblich lieblosen Landes, des widerwilligen Busens, an den es sich schmiegte, schien es seine Bäume dicht um sich zu scharen. Vom Fuße des Berghangs, wo der Wald von Danielstown begann, breitete sich das Land flach wie Wasser aus, durch dieses Becken flossen Madder und Darra und ihre hübschen, idyllischen Nebenflüsse, bis dort, wo die entfernten Hügel, undeutlich und spröde, sich dem Ansturm einer größeren Distanz entgegenstemmten und wie eine Glasscherbe in den tiefhängenden Himmel schnitten. Die Wiesen gaben dem Himmel Licht zurück – die Hekken warfen ein dünnes, durchlässiges Netz über sie –, als sei der Schimmer des Grases ein Schatten auf Wasser, ein Farbhauch, der die Lichtfläche trübte. Flüsse, klar bis zum Grund, strömten über ihr gläsernes Bett. Die Katen hoben ihre spitzen weißen Schornsteine, die rosa und gelben Bauernhäuser waren halb verborgen; unsicher warfen sie den Schatten des Lebendigen auf ihre Felder. Mächtige Rinder bewegten sich mit hirnloser Gewißheit wie Heilige durch die Wiesen. Einzelne Bäume auf einer Hügelfestung an einer Wegbiegung zogen Licht an ihren Wurzeln. Nur die dichtstehenden Bäume – wie ein Teppich ausgebreitet, um eine Begierde zu dämpfen, einen Kontakt zwischen dem Ich und den Sinnen, die die Routine des Lebens gefährden konnten, zu unterbrechen –, nur die Bäume des Gutes waren dunkel und verströmten Dunkelheit. Von ihnen aus würde sich die Dämmerung durch die Wege nach draußen schieben, sich bleiern über die Rasenflächen legen, in dem Kessel des Gartens sammeln, die Mauern verstärken, die Beetumrandungen verwischen, als sei ein Ascheregen gefallen. Die Dämmerung würde überall dort liegen, wo man hinschaute, als wäre sie in den eigenen Augen, als befände sich der Quell der Dunkelheit in der eigenen Wahrnehmung. Von oben betrachtet, wirkte das Haus in seiner Baumgrube wie ein Depot, in dem sich die Finsternis speicherte; wenn man aus den Türen trat, war man bestimmt befleckt davon. Der Küchenqualm, der schwankend über den verschwommenen Bäumen lag, wirkte wahrhaftig wie der Odem des Lebens.

Doch als Lois und Hugo hinunterfuhren, regten sich in ihnen rasch wieder heimatliche Gefühle; das Pferd kannte die Hecken und trabte hoffnungsfroh in der

Deichsel. Das Haus zog sie an wie ein Magnet, sie waren auf es angewiesen. Wie schön war es, in dieser Abendluft nach Hause zu fahren. Was hatten sie nicht alles von der Gesellschaft in Mount Isabel zu erzählen, was würden sie sich nicht alles von Sir Richards Tag in Cork anhören müssen! Über die Halbtüren von Katen lächelten sie freundliche Frauen an. Und sie fühlten sich beide aufgehoben und einander ebenfalls freundlicher gesonnen, als sie unter dem Bogen der Bäume in die Allee hineinfuhren; er akzeptierte sie mit Gleichmut, als wäre sie seine Tochter; sie tröstete sich mit der Illusion, er habe geweint, als sie über die Berge fuhren und er ihr erzählte, sein Leben sei leer, weil sie nie seine Frau werden könne.

»Ich hoffe, wir müssen nicht auf das Dinner warten; ich könnte es nicht ertragen«, sagte sie. »Wirklich?« erwiderte er, erschreckt, weil er sich dabei ertappte, daß auch er ans Dinner dachte.

Livvy Thompson war herübergeritten; sie saß auf der Treppe, das Reitkleid über die Knie gezogen, und winkte, als sie näher kamen. Sie hatte, kaum daß sie den Wagen gehört hatte, im Hof Bescheid sagen lassen, so daß sofort ein Mann zur Stelle war, um das Pferd in Empfang zu nehmen. »Hör mal –«, begann sie. Aber Lois gab ihr nur flüchtig die Hand; sie konnte nicht reden, bevor sie nicht an ihr vorbei in die Eingangshalle gelaufen war und nachgeschaut hatte, ob Post für sie dalag, denn es zerriß sie fast vor innerer Spannung. Ein quadratischer blauer, dezenter Umschlag von Viola lag dann auch prompt auf dem Tisch; neben Lady Naylors Handschuhen, die sie in Cork getragen hatte, ein paar englischen Zeitungen und einer Schachtel Tennisbälle. Wieder empfand Lois das eindeutige Gefühl von Enttäuschung. »Sie sind zurück«, sagte sie zu Hugo.

»Hör doch mal zu«, hub Livvy, die ihr gefolgt war, wieder an. Lois ließ Violas Brief in die Tasche gleiten und knöpfte sie zu. Denn was Viola von Livvy hielt, mochte sie sich gar nicht erst ausmalen.

Livvy wollte unbedingt wissen, ob Lois in letzter Zeit Mr. Lesworth gesehen hatte, und falls ja, ob er Mr. Armstrong erwähnt habe. Weil es komisch sei mit Mr. Armstrong, fand sie und befürchtete fast, er sei krank. Als sie hörte, daß auch Mr. Lesworth nicht dagewesen war, verhehlte sie ihr Erstaunen nicht, daß Lois sich deswegen keine weiteren Sorgen machte. Nun sei doch völlig klar, daß etwas passiert sei. Sie betonte, daß es ihre und Lois' Pflicht sei, sich zu erkundigen, ob die beiden jungen Engländer krank seien oder ihnen eventuell sogar noch Schlimmeres zugestoßen sei – was ja durchaus denkbar sei, in diesem feindlichen Land. Lois betastete Violas Umschlag und sagte, sie sei sicher, wenn das der Fall wäre, hätte man etwas gehört. Livvy äußerte den Verdacht, aus Furcht vor den englischen Zeitungen solle etwas vertuscht werden, in den englischen Zeitungen erscheine nichts, was die Leute in England beunruhigen könne.

»Wenn sie lediglich krank sind«, sagte Livvy, »könnten wir ihnen viele kleine Dienste erweisen. Ja, es kommt mir beinahe wie eine Chance vor. Ich denke oft, daß ein Mann erst dann, wenn er krank ist, begreift, was eine Frau für sein Leben bedeutet.«

Woraufhin Lois erwiderte, sie habe eher den Eindruck, daß kranke Männer extrem unleidlich und außerstande seien, selbst die netteste Frau attraktiv zu finden. Sie wies darauf hin, daß es in Clonmore ein exzellentes Krankenhaus gebe, sie also nicht befürchten müßten, David und Gerald wälzten sich fiebernd und unversorgt auf ihrem Lager. Sie glaube auch nicht, daß sie sie besuchen dürften, und gab zu, sie finde es ohnehin peinlich, wenn Leute lägen, während sie stehe: so komisch hubbelig, und es sei extrem schwer, sich mit ihnen zu unterhalten.

»Aber wenn alle Zeichen darauf deuten, daß er gar nicht mehr gesund wird«, sagte Livvy, »dann würde ich Mr. Armstrong gern das eine oder andere sagen. Und wenn er sich wider Erwarten erholt, ist er Gentleman genug, um es zu vergessen«, und darüber hinaus würde es nichts schaden, wenn sie einen angenehmen Eindruck hinterließen. »Ehrlich gesagt, Lois, habe ich mich oft gefragt, ob er mich nicht ein wenig reserviert und kühl findet. Hast du schon mal den Eindruck gehabt, daß er niedergeschlagen war? Weißt du, er ist an englische Mädchen gewöhnt, und die sind sehr frei; ich glaube, es gibt fast nichts, das sie einem Mann zu sagen verbieten, und sie lassen sich küssen, bevor sie verlobt sind. Trotzdem möchte ich nicht, daß er meint, ich hätte überhaupt kein Herz. Irische Mädchen werden nämlich in Büchern immer betörend und herzlos dargestellt. Ich möchte nicht, daß er mich für so eine hält, und wenn er doch wieder gesund wird, vielleicht zurück nach England geht und sich mit dem nächstbesten Mädchen nur, weil er enttäuscht worden ist, verlobt. Ich möchte nicht das Gefühl haben, ich hätte einem Mann das Leben ruiniert.«

»Ich glaube«, sagte Lois, »sie sind diese Woche mit Streifendienst dran.« Sie dachte: Wenn ich nur nicht so sicher wäre, daß morgen ein Brief von Gerald kommt! Wenn er mich doch in der Schwebe hielte! Er ist so entsetzlich präsent ... Wenn sein Kommen oder Schreiben doch einen Hauch von Wunder wirken, Zweifel ausräumen würde.

»Willst du nicht zum Dinner bleiben?« sagte sie zu Livvy. »Du kannst ein Kleid von mir borgen.«

»Das gelbe aus Taft würde mir gefallen, obwohl es mir zu weit ist. Es ist sehr lästig, Lois, wenn man so schlank ist wie ich, obwohl es ja überall bewundert wird. Und du bist sicher, daß deine Tante nichts dagegen hat? ... Ach nein, es geht nicht; mein Vater bringt mich um, wenn ich in der Dunkelheit nach Hause reite. Ich sollte sogar jetzt sofort gehen.« Sie schaute zum Himmel hoch. »Man weiß ja nie, stimmt's? Ach, ist das schade.«

»Sehr schade«, sagte Lois und griff nach ihrem Brief.

Sie ging mit Livvy zum Hof, Livvy holte ihr Pferd. »Aber hör zu«, sagte sie, als sie aufstieg, »eines sollten wir doch besser tun. Wir können am Mittwoch nach Clonmore zum Einkaufen fahren: Ich brauche wirklich Wolle für einen Pullover. Und wenn wir Mr. Smith oder Hauptmann Carmichael begegnen, sage ich einfach nur – und lache dabei –, wir hätten sie ja so lange nicht gesehen. Und dann erfahren wir vielleicht alles. Oder falls das nicht klappt, könnten wir bei den Fogartys Tee trinken; wenn auch sonst keiner da ist – Mrs. Vermont ist garantiert da. Ich glaube zwar nicht, daß sie vertrauenswürdig ist, aber wenn es etwas Definitives gibt, dann würde sie es uns ja gewiß sagen – wie Krankheit oder ein Hinterhalt, über den sonst nicht gesprochen werden darf. Oder wir haben Glück, und der erste, den wir treffen, ist Mr. Lesworth oder Mr. Armstrong... Also, ich finde, Lois, das sollten wir machen. Wenn dein Onkel dir den Wagen nicht gibt, nehmen wir den von meinem Vater.«

Sie ritt davon. Lois hörte zu, wie der romantische Klang der Hufe auf der Allee erstarb, hinter den Bäumen verklang. Livvys Art, zu kommen und zu gehen, hatte etwas von einem Auftritt auf einer Bühne, etwas Pikareskes, Historisches. Sie wäre bestimmt noch unerträglicher gewesen, wenn sie auf dem Fahrrad weggefahren wäre. Lois nahm Violas Brief aus der Tasche und las ihn draußen im Hof. In der Finsternis unter den Kastanien tanzten die Mücken.

Viola war der Meinung, Lois nehme Gefühle doch zu

ernst. Lois dürfe nicht weniger interessant werden. Sie gab zu, der kleine Gerald könne ja beeindruckend sein; einmal dürfe er passieren. Doch wenn sie die Erfahrung mit ihm erst einmal abgehakt habe, solle sie mehr Frau sein. »Verlier aber bloß nicht die innere Freiheit, Liebes; verlier nicht die Distanz.« Im übrigen sei sie entzückt, wenn Lois ihr »Triviales« erzähle. Sie gab zu, daß es sie erschreckt habe, durch das Gerede von einem neunzehnten Geburtstag daran erinnert worden zu sein, daß sie immer noch achtzehn sei. Sie fühle sich, sagte sie, älter als die Steine, zwischen denen sie sitze; sie schreibe aus einem Steingarten. Maurice Evans, ein wahrhaft alberner Mensch, sitze auf einem Büschel von etwas Rosanem, Wertvollem und male sie. Übrigens, lese Laurence Pater? Maurice nicht. Lese heutzutage überhaupt noch jemand Pater? Halte Lois es für möglich, daß Viola Laurence für sich interessieren könne? Drei Absätze lang war dann Laurence Gegenstand der Spekulation. Von Mr. Montmorency sprach sie nur indirekt und ganz zum Schluß. Sie warnte vor zuviel Nachdenken über sich selbst. »Denn Nachdenken über uns selbst, mein Liebes, macht uns zum Opfer der netten mittelalterlichen Menschen.« Sie klagte, in Lois' Briefen werde eh schon zuviel über sich selbst gegrübelt und zuviel Tennis gespielt. »Rede mit diesem älteren Mann nicht über dich.«

Lois, von Violas unzureichender Reaktion erleichtert, aber auch bekümmert, fragte sich, ob die Freundin ihre Epistel wirklich sorgfältig las. Grammatische Ungeschicklichkeiten fielen ihr immer auf; man konnte also nicht sicher sein. Lois ging durch die Hintertür ins Haus und dann langsam am Geländer des hinteren Aufgangs hinauf, um sich umzuziehen. Sie schnupperte: schon wieder Ente zum Dinner. Offenbar schloß sich ein Kreis. Heute morgen hatte sie neue Rosen in Mrs. Montmorencys Zimmer gestellt.

Als sie durchs Vorzimmer lief, federte eine Diele unter ihren Schritten und ließ eine nicht verriegelte Tür aufspringen. Sie sah Mr. Montmorency in Hemdsärmeln seiner Frau das Haar kämmen. Und Francie, die in den Spiegel schaute, sah Lois darin gespiegelt, sah, wie sie erschreckt auf dem glänzenden Boden still stehenblieb. Sie lächelten einander an. Mr. Montmorency, der in Gedanken versunken heftig bürstete, bemerkte diesen Blickwechsel nicht.

Miss Nortons Besuch

9

Livvys Nachmittag in Clonmore war derart erfolgreich, daß sie ganz vergaß, die Wolle für ihren Pullover zu kaufen. Gut angelaufen war es nicht. Sie überließ Lois die Zügel, während sie sich ausgiebig auf dem Platz umschaute, ins Hotel Imperial ging, um nachzufragen, ob ihr Vater dort einen Stock hatte liegenlassen, und beide Trottoirs der Cork Street absuchte, die sie von Anfang bis Ende abfuhren. Als sie gerade voller Verzweiflung vorgeschlagen hatte, zum Tennisclub zu gehen – vielleicht war ja dort jemand –, begann es zu regnen. Es hatte schon den ganzen Tag danach ausgesehen, die Berge auf dem Herweg hatten feucht und nah gewirkt – jedenfalls mußten sie nun bei den Fogartys Zuflucht suchen. Und während sie in Mrs. Fogartys schickem Salon nervös auf den Tee und die weiteren gesellschaftlichen Entwicklungen warteten, traten nach und nach die Leute ein, die sie treffen wollten: Hauptmann Carmichael, Smith mit Mrs. Vermont, schließlich Mr. Armstrong leibhaftig. Mr. Lesworth kam nicht (bestimmt eine Enttäuschung für Lois, flüsterte Livvy den Freunden zu): Er hatte Streifendienst, stellte sich heraus.

Mrs. Fogarty besaß eines der schmalen Häuser am Marktplatz im Stadtzentrum; gegen Blicke von draußen waren ihre Fenster von Immergrün in Kästen geschützt; zwischen der Scheibe und dem Immergrün fiel dunkler Regen. Mrs. Fogartys Salon war vollgestopft mit Photographien von all den braven Jungs, die vor Jahren in Clonmore stationiert gewesen und von denen leider viele in dem schrecklichen Krieg gefallen waren. Man konnte sich nicht hinunterbeugen und eine Tasse auf einem der kleinen Tische abstellen, ohne leichtes Bedauern und Verlegenheit zu empfinden, wenn man dem offenen Blick eines jungen Mannes begegnete, der nun tot war. Es gab unendlich viele Kissen im Zimmer, die von den schmalen Sitzflächen der Sessel rutschten und über die Rückenlehne des Sofas kullerten; Kissen mit Federzeichnungen von Blütenzweigen, Ausbrennerkissen mit Kätzchen; sehr futuristische Kissen mit Applikationen von Früchten, süße alte Kissen, aus deren Nähten alle möglichen Erinnerungen und Federn platzten. Und Kissen mit Union Jacks, die sie auch dann nicht wegtun würde, beteuerte Mrs. Fogarty, wenn »sie« nachts kämen und mit Pistolen in ihrem Zimmer stünden. Und das war um so anständiger von ihr, als sie katholisch war und Verwandte hatte, deren politische Umtriebe nicht über jeden Verdacht erhaben waren. Mr. Fogarty war Anwalt, hatte sich aber schon zur Ruhe gesetzt; er war unpolitisch. Wenn im Club politische Diskussionen aufkamen, wurde er sehr böse und angriffslustig und sagte, er könne wahrscheinlich nicht anders, er sei ein Lebenskünstler und betrachte die ganze Sache mit Gleichmut. Doch er trank, was bewies, daß niemand perfekt ist. Beim Tee war er nie dabei.

Als immer mehr Gäste kamen und die Stühle ausgingen, zogen die Leutnants die Kissen auf den Boden und setzten sich darauf. Mrs. Fogarty freute sich sehr. Es wurde warm im Zimmer, die Luft reichte gerade noch, daß alle halbwegs atmen konnten. Es roch nach Tapete, Tee und Teekuchen, blank gewichsten Sam Brownes, den ledernen Offizierskoppeln mit Schulterriemen, und dem Nuit d'Amour auf Mrs. Vermonts Taschentuch, das sie häufig zückte, um sich Honig von den Fingern zu wischen. Alle fühlten sich sehr wohl und sehr irisch – was vielleicht an Mrs. Fogarty lag, die erhitzt vor Wonne und Gastfreundlichkeit dasaß und wahrhaftig mehr als die Hälfte ihres eigenen Sofas einnahm. Sie trug eine braune Spitzenbluse und einen Tweedrock sowie eine grüne Muschelkette, die herunterbaumelte und an die Teekanne klirrte. Ja, es war alles sehr harmonisch; sie vermochte sich gar nicht vorzustellen, wie sie ohne das Militär in Clonmore leben könnte.

Nach dem Tee wurden Zigaretten gereicht, Feuerzeuge klickten und sprühten. Livvy sagte, sie werde nicht rauchen, nein, sie nicht. Da könnten sie lachen, aber sie sei ein altmodisches Mädchen. Ihr anhaltender Protest erregte reichlich Aufmerksamkeit, dann aber sah sie, daß die altmodischen Mädchen in der Mehrzahl waren. Auch die Tochter des Pfarrers und Doreen Hartigan saßen zustimmend und ziemlich unfertig um den Mund da. Da nahm Livvy eine starke Zigarette von Hauptmann Carmichael an, und Smith brüllte los und sagte, sie zerstöre sein Weiblichkeitsideal. Mrs. Fogarty schlug Musik vor. Sie halfen ihr, die Schalen und Photos vom Flügel zu stellen, der nun nackt und offen unter Mrs. Vermonts Fingern ein paar dumpfe Akkorde von sich gab. Es sei jammerschade, erklärte Mrs. Fogarty, die skeptisch lauschte, daß ihr Klavierstimmer in Cork gestorben sei und sie es seitdem noch nicht übers Herz gebracht habe, einen neuen zu suchen. Sie sagte, sie müßten richtige Musik hören und nicht nur den Flügel. Es seien ja auch richtige Talente anwesend, fügte sie mit auffordernden Blicken in die Runde hinzu. In dem nun folgenden allgemeinen Gewusel war Mr. Smith gezwungen aufzustehen. Das Gewicht auf ein Bein verlagert, stand er da und strich sich gedankenverloren übers Haar. Mrs. Vermont blätterte die Noten durch.

Und bemerkte nebenbei zu Hauptmann Carmichael, daß in diesem Land die außergewöhnlichsten Leute starben. »Ich meine«, sagte sie, »wer hätte das von einem Klavierstimmer gedacht? In einem Haus, in dem ich immer zum Tennisspielen gewesen bin, ist das Hausmädchen gestorben. Und letzte Woche bin ich zu Fitzgeralds und wollte ein wenig Gebäck kaufen, und sie hatten nur einfaches. Als ich nach ein paar feineren Keksen fragte, sagten sie, die Frau, die den Zuckerguß gemacht hätte, sei verschieden, Ruhe ihre Seele in Gott! Wirklich, die Konditorei hat was Gruseliges.«

»In der Mitte des Lebens sind wir vom Tode umgeben, wenn Sie wissen, was ich meine«, sagte Hauptmann Carmichael.

Mr. Smith sagte, ihm sei einerlei, was er singe; alle wollten »The Green Eye of the Little Yellow God« hören. Das Lied war sehr tragisch und düster, sie saßen ganz gebannt da, und Livvy merkte gar nicht, daß Mr. Armstrong ihr den Arm drückte, bis sie sah, daß Doreen Hartigan es merkte. Sie rückte ein Stück von ihm ab, näher zu Lois.

»There's a b-r-r-roken-hearted woman tends
the grave of Mad Carewe
And the Yellow God sits smiling up above.«

Lois errötete und ließ es zu, daß Livvy ihre Hand drückte. Sie fragten sich beide: Wie würde ich mich unter den Umständen fühlen? Die Leutnants um sie herum umschlangen mit verbissener Miene ihre Knie und dachten, was man nicht alles für eine Frau tat. Rauschender, tiefempfundener Applaus folgte. Dann rief Mrs. Vermont, sie sollten nicht albern sein, die Jungs seien Dummköpfe, sie könne überhaupt nicht singen, nur wenn man sie nötige. Und sie sang »Melisande«, bei dem alle Mädchen in verzücktes Selbstmitleid sanken; es war eindeutig über einen selbst geschrieben.

»With your eyes for fear and your mouth for love
And your youth for Pity's grace
All alone, Mel-lisande, all alone.«

Die Leutnants fanden es hübsch, sehr niveauvoll, aber eher langweilig, und klatschten frenetisch, als es zu Ende war. Dann traf es David Armstrong, der errötete und sehr überrascht über sich und alle anderen war. Als er die Hälfte von »The Shooting of Dan McGrew« zum besten gegeben hatte, war er immer noch rot, doch dann riß es ihn mit, und er riß sein Publikum mit. Mit

»A woman came between us,
She was beautiful as Venus«

kehrte man einen Augenblick lang in die Realität zurück. Er blickte zur Decke, um Livvy und Lois nicht ansehen zu müssen. Die Atmosphäre wurde angespannt und verkrampft; Leder quietschte, als die Leutnants auf ihren Sitzen hin- und herrutschten. Mrs. Fogarty ließ eine Platte mit Schokoladenplätzchen herumgehen. Wie schade, sagte sie, daß sie nicht ein paar fahrende Sänger organisieren konnten. Als David zu seinem Platz zurückkehrte, war Livvy rosarot; sie klimperte ihn mit ihren außergewöhnlich langen Wimpern an.

»Also wirklich«, erklärte Mrs. Fogarty und schaute von David zu Smith (der keinen Vornamen hatte), »so jemanden wie Sie beide habe ich noch nie gehört. Nein, nicht in Dublin beim Pferdemarkt und auch nicht in London oder Liverpool. Sie sind enorm talentiert. Ist es nicht bedauerlich, daß die Lieder sämtlich traurig waren? Sollen wir jetzt nicht alle etwas zusammen singen, etwas Erhebendes, was Sie im Krieg gesungen haben?«

»Ach, wissen Sie«, rief Mrs. Vermont, »daß ich erst, als ich nach Irland kam, erfahren habe, daß Tipperary wirklich ein Ort ist?«

»Na, so was!« rief Mrs. Fogarty und warf noch ein paar Kissen zu Boden. Sie fanden es alle sehr lustig. Mrs. Vermont schlug die Hände vors Gesicht. Lois nutzte die allgemeine Unruhe, erhob sich und sagte, sie müßten gehen. Es tat ihr leid, denn die Anwesenden schienen ein wenig gekränkt zu sein, und auch Livvy fühlte sich gerade so wohl. Aber wenn David nun starb, brauchte sie sich wenigstens keine Vorwürfe zu machen, fand Lois. Außerdem wirkte Hauptmann Carmichael interessiert; er hatte von seinen geheimnisvollen Abenteuern in den Bergen erzählt und von den Verkleidungen, die er manchmal benutzte. Er fühlte sich bestimmt wie in Scarlet Pimpernel; sie fand ihn wider Erwarten sympathisch. Als sie aufstand, sagte sie, sie müßten sich bald wiedersehen. Er und David kamen mit zum Hof des Imperial, um ihnen in den Zweisitzer zu helfen und die Decken festzustecken. Dann entließen sie sie nur widerstrebend auf die strapaziöse Fahrt, blieben stehen und schauten ihnen nach. Der Regen tropfte ihnen über ihre braungebrannten, soldatischen Nasen.

Sehr erhitzt und aufgeregt fuhren Lois und Livvy nach Hause. Der Regen bildete breite Schleier und verhüllte die Berge; braune glänzende Pfützen reihten sich am Straßenrand aneinander. Die beiden Mädchen waren über fast alle Gäste einer Meinung, besonders über Mrs. Vermont und die Nichte des Polizeiinspektors. Über die Kragen ihrer Regenmäntel lachten sie einander an, ihre Augen funkelten vor Verständnisinnigkeit und Seelenverwandtschaft, während der heftige Regen ihnen in die Nase stach und sie taub machte. Erst als Livvy sagte, »Melisande« sei doch wirklich ein wunderschönes Lied, erstarrte etwas in Lois: Sie fand es sentimental.

»Also, das ganze Theater nur wegen jemand x-Beliebigem. Verstehst du, was ich meine?«

»So ist Liebe aber, wenn du es recht bedenkst«, sagte Livvy. »Und ich finde es sehr gelungen.« Um ihre Nasenspitze war etwas derartig Erfahrenes, daß Lois verstummte. Sie hatte das Gefühl, sie selbst sei wie ein Kuchen, in dem man das Mehl vergessen hatte.

»Gerade heute abend wünschte ich, wir wären nicht so spät«, klagte sie. »Miss Norton kommt nämlich, und ich wollte so gern hübsch aussehen. Meine Nase taut bestimmt erst auf, wenn wir das Dinner halb hinter uns haben.«

»Oh, wer ist denn Miss Norton? Ist sie hübsch? Wie alt? Ist sie verlobt?«

»Ich kenne sie gar nicht, obwohl sie offenbar häufig

auf Danielstown gewesen ist. Aber ich glaube, sie ist eine Person, vor der man hübsch sein will. Tante Myra ärgert sich immer über sie, weil sie in einer Art und Weise Pech hat, die für andere Menschen mit weit mehr Unannehmlichkeiten verbunden ist als für sie selbst. Als sie klein war, kam sie einmal zu einer Kindergesellschaft auf Danielstown. Da stolperte sie sofort über den Schuhkratzer, schlug sich das Knie auf, das Blut floß in Strömen, und es gab ein irres Getue. Und ein anderes Mal, als Gäste zum Tee da waren, fing sie einen Streit über Kimberley an: Bis nach acht Uhr hockten alle in der Bibliothek und wühlten in der *Encyclopaedia Britannica*, während die Gäste schon zum Dinner eintrafen. Und wieder ein anderes Mal hat sie bei einer Tennispartie ihren Verlobungsring verloren, und alle haben sich sehr aufgeregt. Später schrieb sie, es sei nicht mehr wichtig, sie habe die Verlobung ohnehin gelöst und der Mann habe gesagt, er wolle den Ring nicht zurück, er hoffe, er liege auf dem Meeresgrund. Ich dachte immer, Leute, die eine Verlobung lösen, würden hochedelmütig, aber das klingt mir sehr nachtragend. Tante Myra hat sich auch dann noch geärgert ... Sie ist neunundzwanzig.«

»Ich finde es komisch«, sagte Livvy, »daß sie es immer noch nicht geschafft hat, sich einen zu angeln. Meiner Meinung nach«, fügte sie hinzu, »hat sie eine Enttäuschung erlebt.«

Da hörten sie einen Lastwagen. Black and Tans, die

sich innerlich ordentlich gegen das Wetter gestärkt hatten, schrien und sangen und feuerten gelegentlich Schüsse ab. Die Stimmen wurden durch den Regen gedämpft, doch das Knirschen der Räder auf dem steinigen Untergrund grub sich besonders entsetzlich durch die klamme Luft. Auf diesem engen Weg zusammenzutreffen war schlimmer als ein Alptraum; bevor noch der Lastwagen schemenhaft auftauchte, lenkte Livvy das Pferd rasch in einen Reitweg. Sie fuhren ein Stück hinein und warteten unter einem tropfenden Dornbusch: Wenn die Black and Tans sahen, daß man sich versteckte, trieben sie ihren Spott mit einem. Ängstlich hörten Livvy und Lois den Lastwagen am Ende des Reitweges vorbeiknattern. Sie fühlten sich schutzlos und gejagt. Lois erinnerte sich überrascht, daß sie vor dem Krieg einen ganzen Nachmittag lang geweint hatte, weil sie nicht jemand in einem historischen Roman war. Es hatte angefangen, dachte sie nun, als alle sagten, da müßte sie aber lange üben. Als die Straße wieder frei war, entdeckten sie, daß sie den Zweisitzer nicht wenden konnten; sie mußten rückwärts mit dem Pferd hinausfahren.

»Meine Güte!« rief Livvy und schaute zum Horizont. »Ich wünschte, ich hätte einen Lastwagen! In die Kerle würde ich gern frontal reinfahren!«

Kurz vor acht ließ Livvy Lois vor dem Tor von Danielstown aussteigen und fuhr gleich weiter. Sie versetzte dem Pferd ein paar Peitschenschläge, damit es galoppierte. Ihr Vater würde sie umbringen! Garantiert! Lois rannte die Allee hinauf, bis sie völlig außer Atem war, und mußte dann den Rest des Weges schleichen, um wieder zu sich zu kommen. Bange horchte sie auf den Klang des Dinnergongs, einen vorwurfsvollen Schrei vom Fenster. Doch ihre Unpünktlichkeit wurde nicht bemerkt; Miss Norton war selbst gerade erst angekommen. In der Eingangshalle stapelten sich die Koffer, ein Pelzmantel war achtlos über einen Sessel geworfen, Lois sah ein Racket und eine Tasche mit Golfschlägern.

Na, wo die arme Frau wohl Golf spielen will...! dachte sie. Ein schöner Mantel... Ah gut, sie hat den *Tatler* mitgebracht!

Es war noch nicht einmal jemand zum Umkleiden hinaufgegangen, und aus der Bibliothek erklangen aufgeregte Stimmen. Hinter der Salontür wurde geschimpft. Lois öffnete die obersten Knöpfe ihres Regenmantels und zog ihn aus. Auf dem Boden hinterließ sie einen feuchten Kreis. Gedankenverloren wrang sie das Wasser aus ihrer Mütze. Sie lauschte.

»Sie ist sicher, daß sie ihn im Zug hat stehenlassen«, sagte Tante Myra. »Sie sagt, sie kann schwören, daß man ihn in Kingsbridge mit ihr hineingepackt und sie ihn nach Darramore noch gesehen hat. Ich selbst halte nichts davon, mit kleinen Koffern zu reisen, da ist man ständig beim Zählen. Ich finde einen guten Überseekoffer am besten.«

»Vom Gesichtspunkt des Gepäckträgers aus betrachtet –«, sagte Mrs. Montmorency.

Die Bibliothekstür wurde geräuschvoll aufgerissen, und Laurence, der ganz munter aussah, kam in die Halle geeilt. »Sie meint, ein Telephonanruf genügt«, sagte er zu Lois. »Ich kann ihr nicht begreiflich machen, wie das Telephon in Ballyhinch funktioniert.« Laut rufend verschwand er im hinteren Teil des Hauses. Offenbar bestand zu nichts Eile. Lois setzte sich auf den Tisch in der Eingangshalle und blätterte den *Tatler* durch. Bei der Mode für den Frühherbst fiel ihr der Pelzmantel wieder ein. Nun bot sich die Gelegenheit, ihn anzuprobieren. Sie hoffte auf den süßen Schmerz, nun den Mantel zu finden, ohne den sie nicht mehr leben konnte ... Ihre Arme glitten hinein wie durch Seide; winzig fast tauchten ihre Hände aus den riesigen Ärmelaufschlägen auf. Ah, weg bin ich! dachte sie, drückte das Kinn herunter, verschwand in der schweren Fülle, schmolz dahin. Ach, wie man in den Kleidern anderer Leute sich selbst entkommen kann! Und sie schritt mit neuen Bewegungen durch die Halle: eine dunkle, aparte, sehnsuchtsvolle Frau, die ein flüchtiger Duft nach Jasmin umgab. »Oder etwa nicht?« sagte sie ganz aufgekratzt. Ihre Stimme erschreckte sie, dahinter lag Erfahrung. Sie berührte zart den Pelz, berührte die Kante eines Schränkchens, auf das ihre Fingerspitzen dann mit einer fremden Sinnlichkeit trommelten. Und die trüben Fensterscheiben, die dampfenden, sich bewegenden Bäume, die einsame Höhle der Halle hielten sie nicht länger umklammert. Wie sie leben könnte, spürte sie. Sie würde niemanden brauchen, sie würde wie ein Orchester sein, das nur für sich spielte. Ob es Nerz ist? überlegte sie.

»Sie sehen wunderhübsch aus!« sagte Miss Norton von der Bibliothekstür aus.

Lois wich jeder Ausdruck aus dem Gesicht. »Oh«, sagte sie.

»Wo ist diese unselige Lady Naylor?«

»Ich weiß nicht – hm, sie ist im Salon.«

»Wie dem auch sei«, sagte Miss Norton, »ich gehe nun hinauf. Wenn ich nicht mehr wie soeben angekommen aussehe, vergißt sie das mit dem Koffer vielleicht.« Sie schaute Lois ernst an. »Ich verliere nie etwas – nur wenn ich hierherkomme; in Wirklichkeit bin ich durchaus Herr meiner Sinne. Aber hier bin ich offenbar unweigerlich ...«

»Ich weiß.«

»Ach ja?« sagte sie neugierig geworden, mit einem scharfen, beunruhigend kurzen Blick. »Wie komisch!«

Sie schienen sich schon aufeinander zuzubewegen. Als Lois jedenfalls merkte, daß man sie anlächelte, zog sie sich ohne jede Verlegenheit den Mantel aus. Miss Norton, vom Verschwinden der Familie offenbar nicht überrascht, bat darum, daß Lois ihr zeigte, wo ihr Zimmer war. Sie gingen zusammen die Treppe hinauf; sie sollte ins oberste Stockwerk gegenüber Laurence.

»Wer war der tatkräftige Mensch? Der mich nicht hat telephonieren lassen – der junge Mann?«

»Laurence.«

»Aha, Laurence. Und die anderen? Ich habe ihre Namen nicht verstanden. Sie wirkten hier sehr zu Hause, ein wenig abweisend: Sie finden mich bestimmt entsetzlich. Er warf mir gleich vor, ich hätte mir, als ich drei, vier Jahre alt war, einmal das Knie am Schuhkratzer aufgeschlagen. Wer, sagten Sie?«

»Die Montmorencys.«

»Ach, Hugo und Francie? Natürlich habe ich von ihnen gehört. Ist sie nicht – praktisch – seine Mutter?« Miss Norton nahm ihren Hut ab und betrachtete sich gleichgültig und genau im Spiegel. »O Gott!« rief sie aus.

»Er bürstet ihr das Haar«, sagte Lois lachend – in der klaren, schattenlosen Atmosphäre, die Miss Norton um sich verbreitete, klang es mehr wie Kichern – und stieß mit dem Rücken an die Türkante.

»Ach, dann betüttern sie sich gegenseitig.«

»Ich kannte ihn besser, als ich klein war.«

»Ja, so sieht er aus. Vielen, vielen Dank; ich glaube, ich habe alles: Ja, jede Menge heißes Wasser. Würden Sie jetzt nicht gern gehen? Ich meine, gibt es jetzt nicht Dinner? ... Ach, Lois!«

Lois war schon auf der Schwelle, kam aber bereitwillig zurück. »Ja?« sagte sie.

»Ich meine, Sie sind Lois, nicht wahr? Ich habe so viel von Ihnen gehört ... Nein, Sie dürfen nicht zu spät kommen: Ich möchte nicht, daß Sie mir helfen.« Miss Norton hatte ihre Jacke ausgezogen und stand in Rüschenbluse da. Angewidert schaute sie auf ihre Koffer. »Gehen Sie«, sagte sie, »bitte, gehen Sie.«

Auf der Hälfte des Treppenhauses traf Lois Laurence, der hochkam.

»Und?« sagte er.

»Ich glaube, sie ist wirklich ganz schön verrückt«, sagte Lois unsicher.

»Klar, daß du das glaubst«, erwiderte Laurence und ging kühl an ihr vorbei.

10

Mit dem Telephonieren war das so eine Sache. Sechs Meilen entfernt in Ballyhinch gab es einen Apparat, doch sein Gebrauch stellte Wohlwollen und Aufmerksamkeit der Posthalterin auf eine harte Probe. Das verstand Marda nicht. Worauf Sir Richard sagte, man könne ja meinen, sie komme aus Amerika. Von ihrem Standpunkt aus fanden sie sie sehr modern. Nach dem Frühstück saßen sie auf der Treppe, warteten auf die Post und diskutierten, was sie tun sollten. Der Gedanke an den Koffer machte Sir Richard sehr zu schaffen. Marda sagte, er sei im Grunde völlig unwichtig, aber ihre Tennisschuhe seien darin. Zur Erleichterung aller machte der Briefträger der Diskussion ein Ende, denn er erzählte, daß in Richtung Brittas letzte Nacht wieder ein Anschlag verübt worden sei und erneut alle Leitungen am Boden lägen. Es sei eine größere Aktion gewesen, sagte der Briefträger, wenn die Jungs nicht geflüchtet wären, wäre es eine Schlacht geworden. In was für Zeiten sie doch lebten, sagte Francie und schaute Marda skeptisch an. Aber andere Zeiten, erwiderte Marda, andere Probleme. Es sei doch hoffentlich keiner verletzt? Nein, sagte der Briefträger, aber man habe auf die Black and Tans geschossen. Warum auch nicht, sie selbst ballerten ja auch ständig in der Gegend herum. Offenbar waren zwei von ihnen aus dem Lastwagen gekippt und sahen aus, als wären sie tot, und die Jungs hatten die Beine in die Hand genommen und sie liegengelassen.

»Woher wissen Sie das?« fragte Marda.

Der Postbote schaute sie streng an und fragte sie, wie man es denn vermeiden könne, es zu erfahren? Er könne allerdings nicht sagen, was wahr sei und was man nur höre. Sir Richard stimmte ihm hastig und mit einiger Herzlichkeit zu: Er wollte den Mann nicht vergrätzen.

Marda nahm ihre sechs Briefe ganz selbstverständlich entgegen und warf einen mißtrauischen Blick darauf. Lois beobachtete sie. Doch Marda legte ihre Post weg und schlug vor, da Laurence ja so tüchtig sei, solle er sie nach Clonmore oder Ballydarra fahren, damit sie sich neue Tennisschuhe kaufen könne. Laurence äußerte die Befürchtung, er fahre nicht sehr gut: Er könne Gegenständen ausweichen, neige indes zum Schlingern.

Sir Richard war zu seinem morgendlichen Rundgang verschwunden; er wollte sich gar nicht erst vorstellen, wieviel von seinem Getreide sich letzte Nacht im Regen »gelegt« hatte, sondern sich gleich mit eigenen Augen vergewissern. Es hatte schon vor dem Frühstück aufgehört zu regnen; doch immer noch trommelten Tropfen laut auf die Blätter; die regenduftenden Bäume bildeten eine nasse Wand. Dünne Schwaden zogen über einen zwischenzeitlich hellen Himmel; Entfernungen zeigten sich zart, als seien sie gemalt.

»Jetzt ist es mit unserem Wetter vorbei«, sagte die arme Francie.

»Ja, aber Tennisschuhe brauche ich.« Marda ließ sich nicht beirren. »Schlingern stört mich nicht.«

»Laurence ist ein eher intellektueller Typ«, erklärte Francie.

»Ach, das macht auch nichts.«

»Beim Autofahren schon«, sagte Lois.

»Soweit ich weiß, habe ich dich nie gefahren«, sagte ihr Cousin kalt.

Marda lachte; sie stand auf und stellte sich auf die Treppe. Wie angewurzelt in einer Reihe, schauten die anderen sie an. Sie war groß; als sie nun über die Wiesen schaute, sah ihr Rücken zart und kräftig aus wie der eines jungen Mannes. Zum Glück besaß sie nicht die weibliche Birnenform, sondern breite Schultern, und ihre Beine waren vom Knie abwärts lang. Ihr fließendes hellbraunes Kleid paßte wie angegossen und wirkte doch leger; der locker hängende Stoff verhüllte nicht, wie hager sie war. Diese Raffinesse eröffnete Lois weitere Horizonte. Marda griff nach ihrer Karneolkette und faßte sie in einem Bündel an der Kehle zusammen; sie glitt ihr immer den Nacken hinunter. Obwohl sie einfach nur dastand, hatte sie trotzdem eine Zielgerichtetheit, von der alle anderen auf ihren verschiedenen Wegen abschweiften. Mardas unerschütterliche Unbewußtheit ihrer selbst machte einen seiner selbst um so bewußter. Selbst der kürzeste Blick von ihr beobachtete, ihr beiläufiges Zuhören beurteilte, ihre aus der Festung ihrer Gleichgültigkeit geäußerten Worte empfand man als Blitzattacke auf die eigene Integrität.

Mit einem Gefühl der Verlassenheit blieben sie sitzen. Nur Hugo ging zu ihr hinaus, schloß die Glastür sorgfältig hinter sich und blinzelte in den Himmel. »Es klart auf«, sagte er und bat sie, einen Rundgang mit ihm zu machen. Leibesertüchtigung schien die Order des Morgens zu sein. Lois und Laurence sollten später Nachrichten ins Dorf bringen; Francie wartete, um Lady Naylor in den Garten zu begleiten.

»Soll ich sie nun eigentlich fahren oder nicht?« überlegte Laurence laut und warf einen schicksalsergebenen Blick auf Miss Norton.

»Das wird sie Ihnen sicher rechtzeitig mitteilen.« Francie lächelte fein und ironisch, errötete, und das helle Rot auf den Wangen bebte unter ihren Augen. So naiv war sie nicht. Hinter ihrer Zaghaftigkeit, ihrer anteilnehmenden Güte, der äußeren »Ziseliertheit« ihres Charakters – in den die Eindrücke wie Licht einzusickern und sich zu zerstreuen schienen, ohne eine Wirkung zu hinterlassen – verbarg sich eine delikate, doch durchaus stabile Struktur. Vom Temperament her war sie beharrlich, mit Feindschaften rasch bei der Hand und stur, durch das ständige Gegen-Schmerzen-Ankämpfen seelisch ebenso angespannt wie körperlich. Sie nahm die ewig lebende Laura gastlich auf, sie ließ sich von Mrs. Archie Trent mit Beschlag belegen, sie hätte auch Lois mit allen Mitteln unterstützt, doch als Marda neben Hugo in den Buchenweg bog, beobachtete sie das mit erhobenen Brauen, mit der vollkommen illusionslosen Klarsicht einer Katze.

»Sie hat eine sehr bestimmende Art«, sagte Laurence, ihnen nachschauend.

»Bei was zum Beispiel?« fragte Lois neugierig. Laurence hielt ärgerlich den Atem an und zog sich einen Strumpf hoch.

Marda wollte von Mr. Montmorency nichts als Unterhaltung. Sie war eine erfahrene Mit-Besucherin. Er interessierte sie; seine negative Einstellung war bestürzend. Davon beziehungsweise von ihm selbst hatte sie schon überall im Lande gehört, war in manchen Häusern in lautstarke Debatten geraten, sogar in Empörung und Erregung, die seiner Abreise gefolgt waren. Zu der Einsicht, daß er genau so war, wie man ihn ihr beschrieben hatte, kam nun noch Ungläubigkeit, fast Entsetzen. Dann freilich entdeckte sie Qualitäten in ihm, die ihre Freunde in der Hast der Diskussion nicht genügend oder überhaupt nicht wahrgenommen hatten: insbesondere eine gewisse vorsichtige Zurückhaltung in allem, was er tat, als werde etwas Helles vor seinen Augen hin- und hergewedelt. Wenn sein Blick jedoch erst einmal um dieses Hindernis herumgeschwankt war und sie anschaute, war er eigentümlich intensiv. Sie war als Frau schon real für ihn.

Nun fuhrwerkte er mit seinem Schlehenstock herum und schlug in hohem Bogen durch die Luft.

»Ich erinnere mich an diesen Weg«, sagte sie. »Es kommt mir vor, als sei ich gestern hiergewesen. Aber ich dachte, es sei irgendwo in Kerry, auf Castle Reagh.«

»O nein, es ist hier«, sagte er todernst. Sie lachten. Am Weg entlang glitt heller werdende Luft wie Gaze um die Buchenstämme; große zinngraue Äste wanden und reckten sich hoch wie glänzende Muskeln. Wenn ab und zu laute Tropfen auf seine Hutkrempe oder durch die Maschen ihres Kleides eisig auf ihre Schultern fielen, erschraken sie. Der Weg bot einen Anblick wie ein Glastunnel. Die Gedankenträgheit ihres Begleiters, das verhaltene Schweigen stellten eine Art Vakuum in ihr her; sie gähnte diskret.

»An einem solchen Morgen«, meinte er, »sollte man nicht gerade unter Bäumen herflanieren.«

»Stimmt, dann genau nicht.«

»O ... sollen wir lieber –?« Nein, sie liefen weiter.

»Ich gehe immer hierher«, führte er zur Erklärung an. »Ich biege ganz automatisch nach rechts ab. Als Junge war ich nämlich ständig hier.«

»Waren Sie hier, als ich auf der Kindergesellschaft so geblutet habe?«

»Nein, aber ich habe immer davon gehört. Haben Sie nicht auch einen Ring verloren?«

»Bei einer anderen Gesellschaft, natürlich in einem anderen Alter. Es war der hübscheste Ring, den ich je hatte. Von der Regent Street. Der Juwelier hat damals gesagt, es müsse ein Smaragd sein, weil die Dame Irin sei, und Timothy war ganz seiner Meinung. Während ich gar nicht wußte, daß ich eine so teure Nationalität besaß.«

»Schade drum!«

»Ja, um solche Dinge ist es immer schade.«

Er war nicht sicher, was sie alles damit meinte. »Machte es – war Ihr Timothy böse?«

»Nicht so wie die Naylors. Später ist er an der Somme gefallen. Aber er hatte zwei Söhne, also wurde doch noch alles gut – ich meine, er hat geheiratet.«

»Ach ja ... Sie sind wahrscheinlich oft hier. Ich habe viel von Ihnen gehört. In Johnstown und Ballyduff und oben im Norden habe ich mitbekommen, wie Sie erwartet wurden. Doch jedesmal bin ich kurz vorher abgefahren. Einmal, glaube ich, sind wir uns an einem Tor zu einer Allee begegnet.«

Offenbar, stellte sie lachend fest, waren sie beide unverbesserliche Besucher. Sie wußte überdies, erzählte sie ihm, daß er nicht nur Besuche machte, sondern auch reiste; er war fast überall gewesen, außer in Kanada. »Aber diesmal hätte ich wirklich nicht hierherkommen dürfen«, fuhr sie fort. »Irgend etwas ist in Lady Naylors Blick: ein verzweifelter Optimismus. Ich habe das Gefühl, daß das Ganze mit dem Koffer noch nicht ausgestanden ist. Bestimmt gibt es bald einen Überfall, und auf der Allee schießt man auf mich, aber ich überlebe, oder Laurence fährt mich spazieren und setzt das Auto in den Graben. Und das verzeiht sie mir dann nie, obwohl mir ihre Bemühungen dazu durch ganz Europa folgen werden ... Wie weit, meinen Sie, geht dieser Krieg noch? Können wir irgendwann einmal etwas anderes tun als ihn nicht zur Kenntnis nehmen?«

»Fragen Sie mich nicht«, sagte er, holte aber tief Luft wie unter der Last der Allwissenheit. »Ein paar hundert Tote mehr, denke ich, auf unserer Seite – was keine Seite ist – ziemlich furchtsam, ziemlich isoliert, nichts anderes zum Ausdruck bringend als das zähe Festhalten an etwas, das es nicht mehr gibt – und nie gegeben hat. Und von diesem idiotischen, erstickenden Mitleid der Gelegenheit zu Heldentaten beraubt. Mit diesem Land ist genau das los, was mit vielen von uns individuell los ist: Unser Gefühl von uns selbst ist ein Gefühl der Empörung, und daraus kommen wir nie heraus.«

Aber so sah die Herrschaft über das Land aus, gab sie zu bedenken, man konnte sie in persönlichen Kategorien betrachten und interpretieren. So schien es jedenfalls – »Wie bei Shakespeare«, überlegte sie, »oder nicht? ... Doch nun erzählen Sie mir von Lois.«

»Lois?« Bei dem Gedanken an Lauras Tochter zuckte er schuldbewußt zurück.

»Lois – haben Sie sie nicht bemerkt? Sie hat beim Dinner neben Ihnen gesessen.«

Leider könne er nicht gut mit Menschen umgehen,

wollte er gerade sagen. Doch die Bemerkung, noch einmal kritisch betrachtet, kam ihm nur wie ein Echo vor: Da redete er schon wie Laurence. Ihre kühlen Blicke, ihre in ironisch-freundlicher Verzweiflung zusammengezogenen Augenbrauen verwirrten ihn. Ihr Gesicht ähnelte dem einer Gliederpuppe aus Holz, sagte er sich wie zum Schutz, so akkurat war die rote und weiße Farbe verteilt, und es änderte seinen Ausdruck auch jetzt nicht, da sie ein Gesprächsthema angeschnitten hatte, das sie interessierte. Ihre Züge, die dunkle Linie ihres Haares, die über die weiße eckige Stirn verlief, sprachen in ihrer speziellen Beziehung zueinander eine deutliche Sprache, die er nicht verstand, aber jetzt lernen und im nachhinein entziffern sollte.

In Wirklichkeit war sie von seiner mangelnden Anteilnahme abgestoßen. »Lois«, sagte sie, »ist nett. Sie hat es so eilig, sie ist so konzentriert auf diese Eile, so hilflos, als müßte sie einen Zug erwischen und führe in einem Taxi gegen die Zeit an. Sie ruckelt und schuckelt, um dem Taxi zu helfen, schaut mit irren Blicken aus dem Fenster auf Dinge, die langsam vorbeiziehen, und hört in einem fort, daß dieser letzte Zug ohne sie abfährt. Ich fände es entsetzlich, wieder jung zu sein! Aber ich war auch nicht ehrgeizig.«

Er betrachtete sie von der Seite. »Ja, ja«, sagte er, »Ehrgeiz?«

»Ich habe noch nie eine Frau getroffen, die derart entschlossen ist, gut zu lieben, derart erpicht darauf, bald zu lieben, ihrer Fähigkeit dazu derart gewiß. Lois betet wirklich, daß jemand schicksalhaft daherkommt; sie starrt ständig auf die Türen. Und Sie sind alle miteinander eine Enttäuschung.«

»Zunächst einmal«, sagte Hugo erbost, »ist sie keine Frau –«

»Gräßlich, wenn nicht bald etwas passiert! Sie erinnert mich auch an ein kleines Mädchen aus dem Sportunterricht in der Schule; bei einem Staffelrennen, so einem mit Bohnensäckchen. Tritt am Ende der Reihe von einem Bein aufs andere, kommt langsam, einfach krank vor Eifer, nach vorn. Dann ist sie dran, sie ist die ganze Welt: Die Augen schießen ihr aus dem Kopf – sie läßt das Bohnensäckchen fallen. Ein einziges Aufstöhnen ... Mir zieht sich jetzt noch alles zusammen, wenn ich daran denke.«

»Es gibt einen jungen Mann – Harold –, nein, Gerald. Sie tanzen in der Allee.«

»Wie Kaninchen!«

»Zur Musik eines Grammophons.«

»Liebt er sie?«

»Meine Frau meint, ja. Und Laurence findet es auch ganz in Ordnung. Ihre Tante dagegen völlig unpassend. Sie will kein Wort davon hören, also liebt er sie offiziell nicht.«

»Das macht auch nichts. Geliebt zu werden ist ohnehin nicht ihre Sache, es ist völlig irrelevant. Sie liebt ihn nicht, das arme kleine Ding. Er ist nutzlos.«

»Ich erachte es eigentlich nicht als notwendig, daß ein junges Mädchen in ihrem Alter überhaupt schon jemanden liebt.«

»Ach, es ist in keinem Alter notwendig«, erwiderte sie ungeduldig. »Aber man hat ja so seine Vorstellungen.«

Diese abschätzige, ja frivole Bemerkung ärgerte ihn. Für sie traf das vielleicht zu. Sie besaß die Beschränkungen ihres Geschlechts: eine formbare Oberflächlichkeit, hundert mindere Fähigkeiten. Er jedoch, Opfer ständiger Selbstvorwürfe, war ein geborener Liebhaber und kannte die Zyklen in sich, Frühlinge und Herbste des Begehrens und der Enttäuschung und die dazwischenliegenden Phasen des Innehaltens, fade und ereignislos, an beiden Seiten entweder von der Vergangenheit oder den vorausgeworfenen Schatten kommender Veränderungen angenagt.

»Ich habe diese Vorstellungen nicht«, sagte er kühl.

Am Ende des Weges gingen sie durch ein Gatter in eine Tannenschonung. Hier wanderten sie zwischen dämmrigen Wänden, um dann wieder in einen luftigen grünen, von einzelnen Bäumen bestandenen Raum entlassen zu werden. Die grüne Fläche, schmal, doch unendlich vor ihnen, fiel zu ihrer Linken zu einer offenen Wiese ab und war zu ihrer Rechten von einer groben Steinmauer begrenzt. Unter der Mauer eilte ein unsichtbarer, plätschernder, plappernder Bach dahin. Der Pfad vor ihnen zeigte sich zaghaft, schwach auf dem hellgrünen Rasen. Hier standen die vereinzelten bildschönen Buchen; zwischen ihren Stämmen erglühten die hohen Berge in einem Strom fernen Lichts. Die Landschaft funkelte. »Es gibt noch mehr Regen«, sagte Mr. Montmorency.

Doch sie starrte nach vorn. Zwischen den Bäumen blitzte ein Trenchcoat auf, kam näher. Sie schaute genauer hin; ihr Blick wurde erwidert. Der junge Mann kam fast auf sie zugerannt.

Nach kurzer Überlegung sagte Mr. Montmorency: »Hallo!«

»Hal-lo!« rief Gerald, vor Ungeduld ganz rot im Gesicht. Noch nie waren sie derart freudig begrüßt worden. Er sei auf dem Weg, sagte er, in Hörweite kommend, und wolle von etwas Gebrauch machen, das Lady Naylor einmal voreilig geäußert habe, nämlich, daß er jederzeit zum Lunch kommen könne. »Sie sind doch da?« fragte er mit einer, wie Marda bemerkte, eigentümlichen, jähen Abgespanntheit. Wirklich? Ausgezeichnet, wunderbar. Früh auf den Beinen? Die ganze Nacht sei er draußen gewesen, erzählte er. Ja, ja – er spürte Mr. Montmorencys fragenden Blick auf dem Kinn –, rasiert habe er sich an der Straße; sein Rasierzeug habe er dabei, das habe er oft. Hier! Nein, das war seine Pistole. In der anderen Tasche. Marda lobte seine Voraussicht. Mr. Montmorency hatte vergessen, sie einander vorzustellen; sie standen zwanglos an einer Buche zusammen und boten einander Zigaretten an.

»Viel zu tun?« fragte Marda und beugte sich zu dem Streichholz hinunter, das Gerald mit der Hand abschirmte.

»Mal ja, mal nein – meist ja, aber wir wissen es selbst nicht.« Sie war wirklich außergewöhnlich, er schaute sie forschend an, doch nicht so scharf, daß ein Starren daraus wurde. Er mochte Gespräche solcher Art, direkt und sachlich, ohne daß man alles und jedes erklären mußte. Schön, daß sie zum Lunch im Haus war. Als sie wieder aufschaute, spielte das Licht in ihrem Haar. Auch der Lunch leuchtete wie eine Fackel in der Zukunft; zwischen jetzt und der Lunchzeit hatte er dann schon Lois getroffen, irgendwo, irgendwie, und erstaunlicherweise ihre erstaunten Hände geküßt. Bis zu dem Kuß würde Schweigen herrschen. Da entzog sie sich ihm. Das hatte er alles bedacht.

Und zwar auf dem Lastwagen, der sich durch die Dunkelheit gekämpft hatte. Da hatte er diesen Höhepunkt vorausgesehen – wie sich das Herz einer Blume durch das ungestüme Öffnen der hübschen verwirrten Blütenblätter enthüllte. Und während er zugesehen hatte, wie sich die morgendlichen Silhouetten am Horizont bildeten und wie Feinde aus der kalten Nacht krochen, hatte er, obwohl der Wind an ihm zerrte und zupfte, geglüht, weil Lois so nahe war. Die Heckenspitzen zitterten, als sie unter seinen Augen dahinflogen; er hatte gelacht und gezittert, eine Hand in der Pistolentasche, die andere am Rasiermesser. Und als er nun Marda anschaute und Lois noch einmal die Hände küßte, erkannte er, von Mardas Blick bestätigt, erneut die klare Wahrheit des ersten sich zeigenden Tageslichtes. In dieser Sicherheit wurde er immer stärker. Als Marda sich mit dem Ellenbogen an dem Baum abstützte und gelassen seinen direkten Blick erwiderte, rief sie in ihm eine bestimmte Erregung hervor, intensiv wie die bei seiner ersten Begegnung mit dem Krieg. Nun wollte er mehr als die Hände, er wollte Lois' gerundete Wange küssen, während sie sich entzog, und dann ihren zweifelnden Mund fest mit seiner Gewißheit verschließen. Treuherzig schaute er auf seine Armbanduhr.

»Ja, gehen Sie nur weiter«, sagte sie und sah durch die Bäume hoch, an deren Wipfeln ein heller Hauch zerrte. Er blickte an ihr vorbei, der Weg führte zu Lois. Dieser grüne offene, von Bäumen gesäumte Weg war (dachte er später) wie ein Himmelspfad.

»Bis Mittag wird es schon wieder regnen«, sagte Mr. Montmorency. Und tatsächlich zog es sich über ihnen zusammen und wurde fahler, und die Berge traten so scharf hervor, als hätten sie Angst.

»Ich hätte Ihnen gewünscht«, sagte Gerald zu Marda, »daß Sie heute morgen dort oben gewesen wären. Sie wären hingerissen gewesen, als es hell wurde.«

»Riecht das Tageslicht? Ich habe mal gehört, wie ein Mann gesagt hat –«

»Ach, typisch – Ich habe geraucht.«

»Hören Sie, Sie müssen weitergehen.«

»Ja, vielleicht –« Er ging weiter. Vor einem inneren Ansturm von Traurigkeit war sie nur halb durch ihre Ironie geschützt. Mit der Hartnäckigkeit des Nebensächlichen blieben ihr sein Blick und sein Lächeln im Gedächtnis haften: Rasch verklangen seine Schritte auf dem Gras. Stille. Eine kalte Vorahnung von Regen in den Buchen, das Plätschern und Plappern des Wassers hinter der Mauer. Hugo, der ein Stück vorgelaufen war, drehte sich um und schaute sie streng an. Sie erschrak. »Mist!« dachte sie. Denn hinter seinem Blick braute sich etwas zusammen.

»Laufen wir weiter?« Sie liefen weiter, wenn auch bedrückt, weil sie kein Ziel hatten. Sie begegneten dem weißen starrenden Blick eines Cottage, starrten zurück und wandten sich ab.

»Dort wohnt Dannie Regan. Bei der Kaninchenjagd hat er ein Auge verloren, und jetzt wird er auf dem anderen blind. Als Junge bin ich mit ihm auf die Jagd gegangen – hoch hinauf. Seine Mutter wohnt bei ihm, sollte sie jedenfalls noch; ich habe nicht gehört, daß sie verstorben ist. Sie muß einhundertundvier Jahre alt sein.«

»Kennen Sie den Mann, den ich heirate, Leslie Lawe? Er ist Börsenmakler. Er angelt viel. Seine Verwandten leben in Meath.«

»In Meath ...? Ich wußte gar nicht, daß Sie –«

»Doch, doch. Ich habe es den Naylors nur noch nicht gesagt. Sie halten meine Verlobungen immer für reine

Phantasie; sie haben sich ja auch alle zerschlagen. Ich hätte es den Naylors trotzdem erzählen sollen; gleich als erstes, aber dann passierte das mit dem elenden Koffer. Ich sage etwas beim Dinner, nicht beim Lunch: Bitte helfen Sie mir, die Atmosphäre zu entkrampfen, damit es nicht so überraschend kommt.«

»Wann?«

»Diesen Winter, hatten wir gedacht.«

Er schaute von einem Fenster des Cottage zum anderen. »Das ist eine schöne Abwechslung im Winter«, sagte er schließlich. »Da fahren Sie doch sicher irgendwo in die Sonne. Nach Algerien vielleicht oder Marokko, wenn Sie können.«

»Ja, er ist ziemlich reich.«

»An die Riviera würde ich nicht fahren ... Aber ich dachte, Sie hielten nichts davon.«

»Ich? Nein, das habe ich nie gesagt.«

Wenn er es nun recht bedachte, hatte sie es auch nicht ausdrücklich gesagt. »Ich hoffe, Sie werden glücklich.«

»Ach, ich glaube, ich bleibe so, wie ich bin.«

»Ich gehe jetzt wohl besser mal hinein«, sagte er, »und rede mit Dannie. Er hat bestimmt gehört, daß ich hier bin. Jetzt wäre ein günstiger Zeitpunkt. Stört es Sie?«

»Nein, ich kann ja mit Mrs. Regan reden.«

»Sie ist taub.«

»Dann lächeln wir uns an. Blind ist sie ja nicht.«

Sie gingen zur Eingangstür, die sehnsuchtsvoll wie

ein Auge den Pfad hochschaute. Aus dem Cottage roch es nach Torffeuerqualm, nach kalter festgetretener Erde, dem gespenstischen Dunkel der weißen Wände. Dannie nahm in dieser Dunkelheit Gestalt an und blickte sich mit seinem einen Auge suchend um. Aufmerksam und hilflos stand er da mit seinem weißen Bart. »Na, so was!« rief Hugo. Dann brach es aus Dannie heraus: Das war der junge Mr. Hugo, war er nicht der hübsche Gentleman, so prächtig und kräftig wie eh und je? Und da hatte er seine Frau mitgebracht, die wunderschöne Dame. Zitternd tastete er nach Mardas Hand. Sie habe seinen Augen den Anblick der Jugend zurückgebracht, rief er.

11

Es begann noch vor dem Lunch zu regnen. Als Gerald den Buchenweg hinaufging, hörte er laute Tropfen hinter sich. An jeder Buche erwartete er, daß die verblüffte Lois darum herum schaute. Als er im Dickicht einen Hund hörte, drehte er sich um und lachte erwartungsvoll. Aber es war der hinterhältige helle Köter aus dem Pförtnerhaus, der Kaninchen jagte. Bald schaute ein viereckiges schwarzes Auge des Hauses durch die Zweige auf Gerald hinunter – dann drei, vier; er kam unter der massiven, regenüberströmten kalten Wand heraus; weil das Haus innen dunkel war, sah es hohl aus. Der helle Hund ging an Gerald vorbei, schaute ihn von der Treppe aus verächtlich an und lief voller Besitzerstolz durch die Tür. »Hallo!« rief Gerald und schaute sich um.

Aber sie war nirgends. Ohne ihre Anwesenheit wirkte das Haus kalt und verlassen. Die Tennisgesellschaft wurde zum Traum, die Sonnenschirme mit dem farbigen Licht darunter, die ausgebreiteten Decken, die schimmernden Mückenschwärme, der freundliche Wettstreit der Stimmen. Mit unausgesprochener Endgültigkeit war dem Haus etwas genommen worden. Alles war sehr eigenartig und still, sagte Gerald sich: und das mit Lois war enttäuschend. Er zog an der Klingel; ein Hausmädchen erschien überrascht, steckte sich hastig das Haar auf dem Hinterkopf fest, bat ihn mit einem Lächeln und ein paar einladenden Worten hinein und ließ ihn allein. Die Eingangshalle mit den herabstarrenden Portraits zog sich um einen Handschuh auf dem Tisch zusammen, einen grauen Reithandschuh aus Wildleder mit Riemchen am Handgelenk. Gerald nahm ihn und küßte ihn. Aber das Haus war voller Damen, der Handschuh konnte sehr gut auch Mardas sein. Unsicher geworden, ließ er ihn fallen.

Ein hübsches Geheimnis weiblichen Lebens: Was machte ein junges Mädchen morgens? Er stellte sich eine Klaviertastatur vor, über die rosafarbene Finger glitten. Erinnerte sich an die graugrünen geschlechtslosen Einbände intellektueller Bücher. An den muffigen Geruch von Nähkästchen, hastig weggepackte, durch Seidenpapier schimmernde muschelrosa Handarbeiten. Man fragte ein Mädchen nie, was es werden sollte.

Er lauschte, zog seinen Trenchcoat aus, ging zur Salontür. Die fünf hohen Fenster standen offen, man hörte den Regen und das Geräusch der Blätter, der Regen trommelte auf die Fensterbänke, das Grau der Spiegel bebte. Blankpolierte Tische glänzten wie kalte Lichttümpel. Der Duft nach Sandelholzschachteln und eine Art Glasur auf der Luft von all den Chintzmöbeln dämpften Geralds gesunde Vitalität, er war plötzlich nur noch Rippen und Uniform. Er fühlte sich als Eindringling. Er wagte es nicht, ungebeten in die Bibliothek zu gehen, wo Sir Richard mit Kneifer streng vom Schreiben aufschauen mochte. Der Eingangshalle wollte er sich aber auch nicht wieder aussetzen. Er wollte den Handschuh nicht noch einmal sehen.

Er nahm den *Spectator*, las einen Artikel über die Unruhen und dachte ans Empire. Automatisch fuhr er sich mit der Hand an die Krawatte. Er freute sich auf eine Zeit, wenn all das ordentlich und endgültig ausgefochten und begraben war. Dann sollte es ruhig und warm und hell werden und entspannt, wie wenn er an einem Herbstnachmittag vom Gärtnern mit seiner Mutter zum Tee hereinkam. In Gedanken kehrte er auf sicheres, englisches Land zurück, zu Tagen wie dem Blick aus Hundeaugen, Zimmern, die im Schein des Kaminfeuers klein wurden, nachbarlichem Licht durch Bäume. Er dachte an eine liebevolle Frau, die da war und die niemals einen solchen Schmerz, eine solche Leere hervorrufen würde ... Ein Türvorhang wurde vorgeschoben; Lois kam aus dem Eßzimmer, sie schlug sich den Regen von ihrem Mantel aus grober Wolle. Angesichts ihrer hastigen Bewegungen stand er einen Moment lang beinahe verzweifelt da, als versuche er, sie zu photographieren. Dann trat er vor und küßte sie, seine Hände lagen auf ihren nassen Schultern.

»Oh! – Aber schauen Sie doch!« rief Lois.

Doch sie war seine wunderbare Frau: geküßt. Er strahlte sie an, sie war hilflos. Sie schaute in den hoffnungslosen Regen hinaus.

»Ich liebe –«, sagte er aufgeregt.

»Ach, aber schauen Sie –«

»Aber ich liebe –«

»Was machen Sie im Salon?«

»Ich bin zum Lunch gekommen.«

»Weiß man Bescheid?«

»Ich habe noch niemanden gesehen.«

»Ich wüßte auch nicht, wem ich jetzt Bescheid sagen sollte.« Sie war beunruhigt. »Sie sind alle verschwunden; sie sind permanent verschwunden. Man könnte meinen, dies sei das leerste Haus in Irland. Wir haben kein Familienleben. Brigid zu informieren hat auch keinen Zweck, sie vergißt es sowieso, und das Hausmädchen ist immer nur mit Umziehen beschäftigt. Ich sollte Ihnen besser selbst ein Gedeck auflegen. Aber ich weiß nicht, wo die Messer sind. Ich weiß gar nicht, warum Sie auf einmal so überhastet sind, in jeder Hinsicht: So waren Sie doch sonst nicht. Ich habe noch nicht einmal die Blumen arrangiert. Ich wünschte wirklich, Gerald, Sie wären nicht so – real, meine ich. Und seien Sie beim Lunch natürlich, sonst bin ich die dumme Ziege. Sie hätten mich wirklich fragen sollen, ich spreche die Dinge immer gern durch. Aber nun wird jeden Moment der Gong ertönen. Und woher wollen Sie wissen, daß ich nicht in einen verheirateten Mann verliebt bin?«

»So neurotisch wären Sie nicht; ich meine, wie eine Figur aus einem Roman. Ich meine, seien Sie natürlich, Lois.«

»Schauen Sie nicht so, so entbrannt drein ... Miss Norton ist hier; sie ist ein Mädchen, na, eine Art Mädchen. Sie ist furchtbar attraktiv.«

»Ich habe sie, glaube ich, schon kennengelernt. Sie ist schrecklich – hm, schön nicht, aber ... Ach, Lois.«

»Seien Sie normal: Spielen Sie Klavier.«

»Ich kann nicht anfangen, Klavier zu spielen, bevor ich noch nicht einmal Bescheid gesagt habe, daß ich zum Lunch gekommen bin. Ich bin vielleicht musikalisch, Lois, aber kein Künstler.«

»Na gut«, sagte sie und ging weg von ihm durch das Zimmer. So war das also, geküßt zu werden; nur ein Druck und innen Leere. Sie war einsam und sah, daß es keine Zukunft gab. Sie schloß die Augen und versuchte – wie manchmal, wenn sie seekrank war und zwischen Holyhead und Kingstown in diesem elenden Zustand gefangen lag – sich im Nichts einzuschließen, an einem idealen Nicht-Ort, vollkommen und klar wie eine Blase. Oder sie stellte sich vor, sie sei bei einer Gesellschaft, unwirklich und lebhaft, oder laufe über harten Sand. »Am Strand hätte es nicht so viel ausgemacht«, sagte sie zu Gerald.

»Aber wir sind nie am Strand.«

Sie öffnete eine Sandelholzschachtel und schaute hinein: drei blaue Perlen und eine Quittung von ihr von

Switzers: über drei Shilling und elf Pence für gelbe Samtstiefmütterchen, einmal bei einem Tanz getragen und zerdrückt. »Dabei sind wir nicht einmal bei einem Tanz«, fuhr sie fort.

»Lois, ich habe die ganze Nacht an Sie gedacht, oben in den Bergen – dort oben –, als Sie geschlafen haben. Sie waren wunderbar.«

»Sind Sie überhaupt nicht im Bett gewesen?«

»Nein, ich bin nämlich –«

»O Gerald – Oh ... Liebster – Aber gefrühstückt haben Sie?«

Der Gong ertönte. Das blecherne Echo kreiste durch die leeren Zimmer. Das Hausmädchen schaute flüchtig herein. »Lunch?« sagte Gerald zu Lois.

»Es ist niemand drinnen, und ich glaube, der Lunch ist nicht einmal fertig. Gerald, haben Sie wirklich gefrühstückt?«

»Ja, ausgiebig in Ballydarra ... Was haben Sie gesagt, Lois? Wie haben Sie mich genannt ... vor dem Gong?«

Doch nun errötete sie und sagte: »Ich bin klatschnaß; ich dampfe, ich rieche wie ein Hund. Ich hätte ja nun gemeint, daß auch Sie wollen, daß ich gehe und mich umziehe. Ich hätte gedacht, Sie wären – fürsorglicher.«

»Sie wissen, daß ich für Sie sterben würde.«

Sie schauten sich an. Die Worte hallten feierlich wider wie unter den hohen, dunklen Bögen einer Kirche, in der sie standen und vermählt wurden. Sie dachte an den Tod und warf einen Blick auf seinen Körper, lebendig, hübsch, anwesend und dennoch zerstörbar. Etwas ging über das bloße Gefühl hinaus und berührte ihr Bewußtsein mit einer Art Schwere und Wärme; sie sah eine Ruhe jenseits der Erfahrung, als habe er viele Nächte neben ihr geschlafen.

»Was habe ich denn gesagt? Sagen Sie es.«

»›Liebster‹.«

Doch sie drehte sich weg. Sein Blick kam ihr zu nahe.

Unter den drei Westfenstern gingen Lady Naylor und Mrs. Montmorency vorbei – sie sah sie im Profil –, sehr eng nebeneinander unter einem grünen Schirm. Sie redeten über die Vizeregentschaft der Aberdeens. Gleichzeitig hörte man Mr. Montmorency und Miss Norton regelrecht atemlos die Treppe heraufkommen, sie redeten über Geld. Sie waren sich wohl beide im klaren, daß sie ein wenig vulgär, ein wenig englisch waren, denn als Sir Richard klirrend die Glastür aufschob und auf sie zutrat, brachen sie das Gespräch sofort ab.

»Ihr seid bestimmt sehr naß«, sagte Sir Richard. »Marda, dein Koffer. Ich habe mir überlegt –«

»Sir Richard, ich möchte unter keinen Umständen, daß Sie –«

»Mein liebes Mädchen, ein Koffer ist ein Koffer – Myra, ich habe gerade zu Marda gesagt, daß ich über ihren Koffer nachgedacht habe –«

»Wir sollten den Lunch besser gleich einnehmen«, ordnete Lady Naylor an.

»Miss Norton muß sich sicher umziehen.«

»Hugo, wie konntest du es zulassen, daß sie so naß wurde!«

»Ich bin kein Schirm, meine Liebe.«

»Marda, wie konntest du ohne Regenmantel hinausgehen!«

Im Salon ging Gerald zu einem Fenster, starrte verwundert in den Regen, strich sich über den Hinterkopf und sah wie ein ganz normaler Leutnant aus. Lois betrachtete sich in einem Spiegel und lief dann in die Halle, um Bescheid zu sagen, daß Gerald da war. Als alle sie anschauten, fuhr sie sich mit der Hand ins Gesicht. »Mr. Lesworth ist zum Lunch gekommen. Du, Tante Myra, hast ihm gesagt, er könne kommen, wann er wolle«, sagte sie mißbilligend. »Da hat er wohl gemeint, er könne kommen.«

»Natürlich«, sagte Lady Naylor. »Mary hast du hoffentlich schon informiert.«

»Nein, ich weiß nicht, wo sie ist; sie zieht sich ja dauernd um.«

»Unfug, sie zieht sich nicht dauernd um. Würde ich ein Hausmädchen behalten, das sich dauernd umzieht? Sie zieht sich nur einmal am Tag um, doch du suchst sie immer zur falschen Zeit. Wo ist Mr. Lesworth?«

»Im Salon.«

»Wie merkwürdig! Er wäre doch sicher viel lieber in der Bibliothek gewesen. Richard, warum hast du Mr. Lesworth nicht in die Bibliothek gebeten? Jetzt sollten wir uns wohl besser frisch machen.«

Lois ging hinauf: Marda kam hinter ihr her und hakte sich bei ihr unter; Lois erschrak. Ihr fiel nichts ein, was sie sagen konnte, Marda versuchte erst gar kein Gespräch anzuknüpfen; sie gingen schweigend hinauf.

»Kann ich Ihnen irgendwann einmal«, sagte Lois, als sie auseinandergingen, »meine Zeichnungen zeigen? Sie sind grauenhaft schlecht.«

»Kommen Sie doch nach dem Tee in mein Zimmer.«

Während des gesamten Lunchs redete Sir Richard mit Gerald über den Burenkrieg und die Miliz in Cork. Er mochte den jungen Burschen. Laurence unterhielt sich mit Marda über den Walfischfang, Lady Naylor und Francie sprachen weiter über die Aberdeens, Lois versuchte Hugo Augustus John zu erklären. Der Regen hörte auf, sie waren alle der Meinung, daß es sich nur um einen Schauer gehandelt hatte. Lois und Gerald saßen nebeneinander, doch sie mußten nicht miteinander reden, nur Dinge weiterreichen. Ihre Gerald zugewandte Seite fühlte sich taub an.

»Himbeeren?« fragte sie gegen Ende der Mahlzeit befangen.

»Ja, bitte.« Er war überhaupt nicht nervös. Komisch, dachte sie verwirrt, wie Männer Handlungen von ihrem eigenen Ich abschütteln, ohne über diesen Bruch auch nur mit der Wimper zu zucken. Sie bleiben intakt; ihr Handeln hängt am Ort des Geschehens in der Luft, über dem Gras oder den Möbeln, konzentriert sich im Gedächtnis: ewig, kompakt und für die Berührung des

Gedankens geformt wie ein Klavier für die Berührung der Hände. Sie selbst fühlte sich mit allem, was sie tat, emotional verbunden. Doch daß er sie geküßt hatte, sein Überfall, war nicht mehr Teil von ihm. Er widmete sich seinen Himbeeren, die er zerdrückte, der nun wunderschön von dem Karmesinrot durchzogenen Sahne, dem rot anlaufenden Zucker. Sie betrachtete das Werk auf seinem Teller. »Ausgezeichnet«, sagte er zu Sir Richard, einer Meinung mit ihm über die Corker Miliz.

Als sie durch die Halle hinausgingen, bot Laurence Gerald eine Zigarette an. »Amerikanische – extra mild.«

»Danke schön – ich –«

»Was macht Ihre Jazzband?«

»Wir üben sehr wenig; haben natürlich kaum Zeit.«

»Sagen Sie mir, haben Sie jemanden getötet?«

»Wie viele?« sagte Gerald überrascht.

»Letzte Nacht?«

»Meine Güte, nein!«

»Aber sind Sie nicht genau deshalb unterwegs?«

»Nein, wir suchen nach Waffen. Und nachts findet man die Leute, die man am wenigsten dort erwartet, zu Hause. Wir waren hinter einem Burschen namens Peter Connor her. Wir haben ihn geschnappt. Er lag zu Hause im Bett. Diese Schufte meinen, wir seien dämlicher, als wir sind.«

»Hochmut kommt vor dem Fall ... Na, was sagst du dazu, Onkel Richard? Lesworth hat Peter Connor gefangen.«

»Das tut mir aber leid«, sagte Sir Richard und errötete heftig. »Seine Mutter liegt im Sterben. Doch Sie müssen wohl Ihre Pflicht tun. Wir dürfen nicht vergessen, jemanden hinzuschicken und uns nach Mrs. Michael Connor zu erkundigen. Wir müssen ein paar Trauben schicken. Die arme Frau. Es ist aber auch zu schlimm.« Seufzend ging er in die Bibliothek.

Gerald war entsetzt. Seine Pflicht, so helleuchtend und abstrakt, war plötzlich in die dunklen Klauen des Privaten geraten. »Ich wußte ja gar nicht«, rief er Laurence zu, »daß diese Leute Freunde von Ihnen sind.«

»Das ist hier nicht zu vermeiden«, sagte Laurence. »Meiner Meinung nach ist er eh ein Mistkerl ... Wenn Ihnen die Zigarette nicht schmeckt, Lesworth, rauchen Sie eine von Ihren. Wir haben Sie ja so lange nicht gesehen. Wie macht sich Ihr Krieg eigentlich wirklich? Ist Ihnen klar, daß ich nichts weiß? Das Ganze könnte genausogut auf dem Balkan stattfinden. Manchmal wünsche ich mir wirklich, ich hätte auch eine Waffe. Ein, zwei Dinge möchte ich Sie gern fragen. Aber lassen Sie sich durch mich nicht davon abhalten, mit jemand anderem zu reden.«

»Nein, nein.«

Die Damen waren im Salon und lachten miteinander. Mit ihrem Lachen errichteten sie eine Barriere in der offenen Tür, die die anderen ausschloß. Laurence und Gerald wanderten durch die Halle; sie gingen freundlich, wenn auch unverbindlich aufeinander ein. Laurence war drei Jahre jünger, gebärdete sich aber ganz und gar als der Ältere. Mit dem zerzausten hellen Haar, den überrascht aufgerissenen Augen und dem legeren grauen Flanellanzug sah er für Gerald aus, als hätte er den ganzen Morgen verschlafen. Während Gerald im Kreis herumlief, lag der graue Handschuh auf dem Tisch, die Finger spöttisch gewellt. In plötzlich unverantwortlich ausbrechendem Sonnenschein leuchteten die nassen Wiesen draußen metallisch. Gerald dachte an Lois' Schultern, ihre runde Eckigkeit, daran, wie sich der nasse Wollstoff in seiner Hand angefühlt hatte. Laurence' Interesse schmeichelte ihm, war ihm aber auch unbehaglich, denn für ein einfaches Gemüt hatte es tatsächlich eine unangenehme Bedrohlichkeit, als werfe jemand ein Netz aus. Er spitzte die Lippen, als wolle er pfeifen, und zuckte ein wenig die Achseln.

»Was, zum Beispiel, halten Sie persönlich von all dem?«

»Also, meiner Meinung –«

»Nein, ich will nicht Ihre Meinung, ich will Ihren Standpunkt hören.«

»Also, die Situation ist durch und durch verfahren. Doch Recht bleibt Recht.«

»Warum?«

»Hm ... vom Standpunkt der Zivilisation aus. Außerdem kämpfen sie nicht sauber.«

»Ja, ja, den Geist der Public School suchen Sie in Irland vergeblich. Doch sagen Sie mir: Was meinen Sie mit ›vom Standpunkt der Zivilisation aus‹?«

»Na – unseren.«

Laurence lächelte zustimmend. Diese Überzeugung, gar nicht einmal arrogant gemeint, klang absolut aufrichtig. Gerald, dem Laurence' Wohlwollen peinlich war, nahm wieder Zuflucht zu seinem Hinterkopf, der so angenehm glatt war. »Wenn man es recht bedenkt«, erklärte er, »ich meine, auf die Geschichte zurückblickt – nicht daß ich ein Intellektueller bin –, sieht es doch so aus, als seien wir das einzige Volk.«

»Wobei die Schwierigkeit darin bestehen wird, es ihnen klarzumachen.«

»– und hätten das, was sie eigentlich wollen ... Je mehr man natürlich darüber nachdenkt, desto kleiner fühlt man sich persönlich.«

»Ach, wirklich? In der Art fühle ich mich nicht klein. Aber ich bin ja auch kein Engländer –«

»O nein – ich bitte um Entschuldigung.«

»– Gott sei Dank!«

»Das verstehe ich nicht.«

»Gott vielleicht. Sollen wir nach den anderen schauen?«

Verstört ging Gerald vor Laurence in den Salon. Ihr Gespräch, das an dieser heiklen Stelle abrupt abgebrochen worden war, schien von seinem bloßen Charakter her zur Unvollständigkeit verdammt gewesen zu sein. Gerald hätte gern ausgeführt, daß niemand einen gesunderen Respekt als er selbst und sein Land vor dem Prinzip der Nationalität haben könne und daß er durchaus mit dem Bewußtsein hier sei, in gewisser Weise fehl am Platze zu sein, ja, es paradox finde, daß er die Iren jagen und erschießen solle. Als sie auf die Damen zugingen, wurde seine Aufmerksamkeit von einer leichten Benommenheit überlagert, weil er angestrengt nach etwas, das Napoleon einmal gesagt hatte, etwas bemerkenswert Klugem und Treffendem suchte, das er sich einmal in ein Heft geschrieben hatte. Laurence wiederum hatte gehofft, daß er nichts zu erklären brauchte; er hatte sich gewünscht, daß Gerald einfach davon ausging, daß ihre jeweiligen Vorstellungen von diesem Gebilde, der Zivilisation, konträr waren. Laurence sah sie als ziemlich verwirrendes System von Gepflogenheiten; als exakte, sensible Wechselbeziehung von Spannungen zwischen einzelnen Wesen, wie sich überwölbende Bögen; eine gleichgültige Freundlichkeit, die zu Selbstsucht oder rassischem Dünkel verkam; ein von einem Begreifen, in dem alles erklärende Geschwätz erstarb, kaltes Schweigen. Darin, glaubte er, lag das Ende der Kunst, der Begierde, wie es auch das Ende des Kampfes sein werde, und auf dieses Ende, diese gesichtslose, doch schöne Negation, hatte er innerlich das Glas gehoben, als er »Gott sei Dank!« gesagt hatte.

Gerald wußte, daß jemand, der so lax von Gott sprach, keinen Glauben besaß. Er hatte gehört, daß in Oxford der Sozialismus reüssierte, das falsche Resultat von zu vielem Denken, und in diesem Lichte betrachtet, waren Laurence' Worte entschieden Sinn Fein. Doch er mochte und respektierte Lois' Cousin, der ihn mit dieser naiven Neugierde am Blutvergießen zum Mann machte – einer Neugierde, die Gerald seit den Tagen fremd war, da *The Boys' Own Paper* auf seinem Kinderzimmerfußboden gelegen hatte. Laurence hätte auch nie so beständig gelangweilt bei Gesellschaften ausgesehen, wenn er nicht, wie alle sagten, sehr intellektuell gewesen wäre.

Als Lois sah, daß Gerald ohne ein Lächeln, ja fast mit düsterem Gesicht, hereinkam, war sie überzeugt, daß sie ihm Unrecht getan hatte. Seine Angespanntheit (das Nachdenken über Napoleon) verlieh ihm eine ernste Schönheit. Auch ihm mußte der Kuß unter der hohen Decke noch gegenwärtig und fühlbar sein. Sie merkte, daß er aus irgendeinem Grunde viel männlicher wirkte, und wollte seine Lippen noch einmal spüren, wollte nun erleben, was sie zuvor verpaßt hatte. Der rasche Blick, den Marda vom einen zum anderen warf, besiegelte ihre Stimmung, denn Marda hatte erkannt, was vor sich ging.

»Können wir nicht hinausgehen?« sagte Lois allgemein, doch es galt natürlich Gerald.

»In einer Minute regnet es garantiert wieder«, sagte Lady Naylor und warf einen kurzen, spöttischen Blick hinaus. Ein paar Tropfen funkelten schon im Sonnenlicht. »Und ich möchte auch endlich einmal mit Mr. Lesworth sprechen. Wenn er kommt, spielt er entweder immer Tennis oder ich vergesse es. Ich möchte ihn wirklich ein paar Dinge fragen ... Ich möchte seinen Standpunkt hören ...«

Sie setzte sich in einen ausgebleichten Korbsessel; buchstäblich knisternd vor Erwartung, machte sie es sich darin bequem. Francie, gleichfalls interessiert, schleppte ihre Röcke und ihre Handarbeit zum Sofa; Marda steckte sich eine Zigarette in die Zigarettenspitze und beugte sich über die Lehne. Lois wanderte von dieser Phalanx neugieriger Gesichter davon. Die drei waren kaum mehr ihre Feindinnen als ihre eigene Unentschlossenheit oder die hellen, widerlichen Regentropfen, die jetzt gegen die Scheibe klatschten. Doch alles zusammen, unvorhergesehen, bedrückte sie nun doch. Sie gähnte bei ihrem Anblick.

»Lois, gähn nicht«, sagte ihre Tante. »Also, ich möchte wissen, Mr. Lesworth, was Oberst Boatley wirklich von Vergeltungsmaßnahmen hält. Weiter natürlich nichts. Sie dürfen nicht meinen, ich möchte, daß Sie Geheimnisse ausplaudern ... Laurence, schließ doch bitte die Tür.«

Laurence schloß sich aus. Und Gerald setzte sich mit einem Seufzer hin und sagte, es sei natürlich alles ein Problem. Er begegnete Mardas Blick, dunkel leuchtend vor Vergnügen, und las darin, daß dieser Nachmittag unter keinem guten Stern stand.

»Ja? Ja? Ja? Das ist hochinteressant – du hast mich doch auch gefragt, Francie, und ich habe gesagt, wir würden Mr. Lesworth fragen ... Marda, hör zu, Liebes, macht nichts, schnips die Asche auf den Teppich, das darfst du nicht verpassen. Denn in diesen Zeiten, wo soviel Unsinn auf beiden Seiten geredet wird, ist man verpflichtet, nur zu sprechen, wenn man Nachrichten aus erster Hand hat. Es sei denn, Mr. Lesworth möchte es lieber nicht. Nun bitte, fahren Sie fort.«

Und Gerald, halb in Trance, bewußt sparsam und nicht das Vertrauen seines Obersten genießend, erzählte ihnen, was er in der *Morning Post* gelesen hatte. Zwar hatte Lady Naylor einmal gesagt, niemand werde doch im Traum daran denken, die *Morning Post* ernst zu nehmen, weil sie so anti-irisch sei, doch eine Meinung dazu von jemandem zu hören, der so sehr »in den Dingen« steckte wie Mr. Lesworth, lohnte sich doch. Und hinterher sagte sie, es sei bemerkenswert, daß noch soviel Erfahrung diese jungen Engländer nicht erschüttern könne. Ihre Köpfe seien doch immer nur ein Sammelsurium von Einzelteilen.

12

Ein Panzerwagen holte Gerald um vier Uhr ab. Im Regen wurde er weggefahren. Gegen Ende des Nachmittags war er sehr still geworden, ein Nebelschleier legte sich über seine Person; er gab zu, müde zu sein. Lady Naylor bemerkte, wie schade es doch sei, daß er nicht zum Tee bleibe, da hätte er sich ein bißchen stärken können. Es gebe immer noch so vieles, das sie wissen wolle. Gerald kam der Salon zusehends phantastisch und dünn wie ein Eispalast vor; mit den Spiegelungen in beiden Richtungen wirkte er wie eine Reihe von Galerien in Versailles, durch die er, Gerald, sich, vor Bewunderung taub werdend, schleppen mußte. Er sah Lois nicht mehr allein. Immer mal wieder schaute sie herein, blickte ziellos in die Runde und ging wieder hinauf. Er hörte, wie sie oben das Grammophon laufen ließ. Sie kam mit Marda auf die Treppe hinaus, um ihn zu verabschieden, untergehakt standen sie da und wischten sich den Regen aus dem Haar. Das letzte, was sie von ihm sahen, war ein Bein mit Wickelgamasche, das vorsichtig ins Auto gezogen wurde. Etwas Stählernes glitt zu; sie winkten, aber eine Hand kam nicht mehr heraus. Das Fahrzeug schien ihn sich schon einverleibt zu haben. Mit militärischer Unpersönlichkeit wurde er von ihnen wegtransportiert.

Um halb sechs ging Lois mit ihren Zeichenblöcken nach oben, hielt einen Moment inne, um Selbstvertrauen zu schöpfen, und klopfte dann leise an Mardas Tür. Sie betrat das veränderte und nun ganz lebendige Zimmer und warf die Skizzenbücher erleichtert auf eine Fensterbank. Marda saß am Schreibtisch und manikürte sich die Finger. Nagelpolierer, Tiegelchen und Flaschen standen vor ihr aufgereiht; über die Knie hatte sie sich ein Ledertuch gelegt. Ein süßer Duft nach Nagellack hing in der Luft, es roch nach Bonbons.

»Ich schaffe mal gerade«, sagte Lois eifrig, »meine sauberzuhalten.«

»Das reicht doch auch. Es ist ja nur eine Angewohnheit, alle Teile, die von einem sichtbar sind, zu verschönern ... Lois, wollen Sie eine Zigarette?«

»Mhm ja, gern ... Es stört Sie nicht, daß ich gekommen bin?«

»Nein, warum, meine Liebe?«

»Was für hübsche Bürsten! Was für ... Was für ein ungewöhnlicher Rahmen für eine Photographie!«

»Ja, das ist Leslie Lawe.«

»Oh? Aha.« Lois schwieg unsicher. »Wie gut er aussieht! Kennen Sie – kennen Sie ihn gut?«

»Sehr sogar. Wir sind verlobt.«

»Oh, wie schön!« Lois fühlte sich plötzlich ganz klein.

»Ja, wußten Sie das nicht?«

»Doch, ich habe mir schon mehr oder weniger gedacht, daß Sie verlobt sind. Werden Sie in London wohnen?«

»Ich glaube, ja. Ich glaube, das müssen wir.«

»Wie schön!«

Marda lachte und begann die Deckel auf die kleinen Tiegel zu schrauben. Angesichts des prächtigen Lebens, das ihr bevorstand, wirkte ihre Gewandtheit auf Lois unerreichbar. Man mußte schon neunundzwanzig Jahre derart intensiv, unbeschwert und wild gelebt haben, um rosafarbene Zelluloiddeckel mit solch behenden Fingerspitzen auf kleine weiße Tiegel zu schrauben, mit genau diesem Maß an Amüsement, ebendiesem gleichmütigen Lächeln und der konzentrierten Haltung. Und mit dem Duft des rosafarbenen Nagellacks, den über einem Stuhl ausgelegten Kleidern – eine Schuhschnalle blitzte auf, über dem Spiegel schwebte eine Puderwolke – gewann der Raum in Höhe der Baumwipfel selbst ein Wissen, lächelte geheimnisvoll, besaß den Glanz und die Tiefe der Erfahrung. Auch die Vögel auf dem Wandfries flogen in wissender Erregung darauf entlang.

»Was für ein hübsches Kleid!« sagte Lois und faßte einen roten Ärmel so am Ende an, daß es aussah, als stehe sie Hand in Hand mit dem Kleid dort.

»Aus Wien.«

»Oh, und das wunderschöne grüne! ... Betatsche ich die Sachen zu sehr?«

»Ich finde das schön. Aber haben Sie nicht Zeichnungen mitgebracht?«

»Zeichnungen? Ach ja, meine Zeichnungen! Ach – ich fürchte, die langweilen Sie.«

»Das glaube ich nicht.«

»Na gut, hier sind sie.«

Sie hatte zwei Skizzenbücher in einem fröhlich gesprenkelten Einband mitgebracht; zwischen den Blättern lag Seidenpapier. Sie brachte sie zu Marda und wandte sich dann ab. Es handelte sich um Illustrationen zu Morte d'Arthur und Texten von Omar Chaijam. Die schwarzweißen Tuschezeichnungen erinnerten an Beardsley. Lois stand am Fenster und hörte, wie Marda mit dem Seidenpapier raschelte; sie konzentrierte sich auf die Betrachtung des Regens. Hinter den Bäumen von Danielstown ratterte ein Fuhrwerk über die Straße. Marda blätterte gewissenhaft zum Titelblatt zurück. Dort hielt sie inne, denn Lois hatte in unsicheren gotischen Buchstaben darauf geschrieben:

»Bin Malerin und kann nicht malen;
Im Leben eher Teufel denn Heilige;
Im Kopf nicht minder arm, ich dummes Ding:
Was ich nicht kann, nimmt gar kein End!
Doch eines kann ich ganz gewiß –
Einen Mann über die Maßen
Lieben oder hassen –«

Lois Honoria Farquar: Ihr Buch.

»Oh«, sagte Marda.

»Browning.«

»Aber können Sie es auch wirklich?«

»Warum nicht?«

»Und meinen Sie tatsächlich, daß Sie nicht malen können? Haben Sie es jemals versucht?«

»Ich habe zwei Mädchen in der Schule gehaßt, und ich glaube, ich hasse auch Mr. Montmorency relativ heftig. Und ich lasse mich immer wieder auf Menschen ein, ich kann nicht anders. Persönliche Beziehungen stürzen mich vollkommen ins Chaos; das hat meine Direktorin gesagt. Viel Gelegenheit habe ich hier natürlich nicht dazu gehabt. Erwachsen zu sein kommt mir irgendwie banal vor. Ich meine, sich anzukleiden und kurze Nachrichten statt Briefe zu schreiben und immer zu versuchen, einen guten Eindruck zu machen. Wenn man so viel darüber nachdenken muß, was andere Menschen von einem halten, bleibt einem kaum Zeit, darüber nachzudenken, was man selbst von ihnen hält. Alle sind gleich freundlich zu einem, es ist schon monoton. Komisch, aus irgendeinem Grunde finde ich junge Männer nicht anregend. Was ich aber wahrscheinlich sollte. Hatten Sie jemals Schwierigkeiten mit dem Anfang?«

»Nicht daß ich mich erinnern kann. Ich kann nie auf die andere Seite der Dinge, die geschehen sind, zurückblicken.«

»Ich glaube, das Titelblatt muß ich herausschneiden.

Ich habe es beschrieben, als ich noch ziemlich jung war. Aber es würde gewiß nicht soviel über Liebe geredet, wenn nicht etwas daran wäre. Ich meine, sogar an Seife, obwohl dafür natürlich viel Werbung gemacht wird ...«

»Doch, doch, finde ich auch. Lassen Sie mich die anderen Zeichnungen sehen.«

Marda, die mit übereinandergeschlagenen Beinen auf dem Tisch sitzen geblieben war, schlug das nächste Buch energisch auf. Doch Lois hatte sich in Rage geredet und konnte sich nicht abhalten zu bemerken: »Jemand hat zu mir gesagt, ich sei neurotisch.«

»Darüber würde ich mir keine Sorgen machen.«

Mit einer Brutalität, deren sie sich nicht bewußt war, kehrte Marda zu den Zeichnungen zurück. Lois dachte: Ich interessiere sie nicht. Sie setzte sich auf den Fußboden und lehnte sich mit dem Rücken an die Kommode. Auf dem bunten Teppich kringelten sich seltsame rosafarbene Farnwedel: Jemand, der nun tot war, war beim Kauf des Teppichs für eine Idee von Schönheit empfänglich gewesen. Lois dachte, daß in Mardas Schlafzimmer nach ihrer Heirat vielleicht ein dunkelblauer Teppich mit einer traubenähnlichen Blüte liegen würde und daß dieses Zimmer, diese Stunde, dann vergessen waren. Schon senkte sich das Dunkel des Vergessens herab. Lois hoffte, daß der Teppich nicht in den Sommern mit freudlosem Sonnenschein zu Staub zerfiel, sondern mit dem Haus in einer scharlachroten

Nacht verbrennen und einen flammenden Appell an Mardas Gedächtnis richten würde. Wieder begriff sie, daß schließlich niemand ihretwegen gekommen war. Ich muß Gerald heiraten, dachte sie.

Ihr Herz hüpfte, als sie hörte, wie die Seiten nacheinander umgeblättert wurden. Sie spürte den Druck jeden Blicks, als sei sie das Papier. In der Regel reagierten die Leute auf Lois' Zeichnungen knapp und abgehackt. »Meine Liebe! ... Sie haben etwas Sinistres ... Was für ein wunderbarer Muezzin! ... Sind das nicht die sieben Königinnen?« Und allmählich kam es ihr ja auch so vor, als drückten die Zeichnungen etwas aus. Wenn sie selbst sie auch nicht mehr richtig zu sehen vermochte, gab ihr ein kurzer Blick die jähe Sicherheit, die man wohl besaß, wenn man Mutter wurde.

Marda sagte nichts; ein- oder zweimal änderte sie ihre Haltung, schob das Buch von einem Knie aufs andere. Vom Regen losgelöster Ruß fiel laut auf den Papierfächer im Kamin; die Frauen erschraken so sehr, daß sie einen Blick wechselten. Dann schloß Marda das Buch und sagte langsam: »Ich glaube, Sie sind klüger, als Sie zeichnen können.«

»Oh –«

»Es stört Sie doch nicht, wenn ich das sage? Schauen Sie – Rauchen Sie noch eine. Warum schreiben Sie nicht oder machen was anderes?»

»Das ist mir zu peinlich. Selbst Dinge wie – die größten Nebensächlichkeiten werden persönlich.«

»Ich weiß. Ich lese ja schon gar nicht mehr – ich bin ihren privaten Kleinkram leid ... Und was ist mit Schauspielerei? Warum bloß bleiben Sie hier?«

»Weiß ich eigentlich auch nicht«, sagte Lois überrascht.

»Sind Sie gern das reizende junge Mädchen?«

»Ich bin gern eingebunden in eine Struktur.« Sie fuhr mit dem Finger an einem rosafarbenen Farnwedel entlang. »Ich möchte mit etwas in Beziehung stehen; ich muß werden, was ich bin. Nur zu sein führt zu nichts, macht einsam.«

»Dann wird es Ihnen gefallen, Ehefrau und Mutter zu werden.« Marda glitt vom Schreibtisch herunter und zog sich andere Strümpfe an. »Eine Laufmasche«, erklärte sie. »Gut, daß wir immer Frauen sein können.«

»Ich hasse Frauen. Aber ich weiß absolut nicht, wie ich es anstellen soll, etwas anderes zu sein.«

»Ein Klimawechsel.«

»Aber ich würde es auch hassen, ein Mann zu sein. Ein solcher Aufwand bei allem, was man tut. Laurence vielleicht – aber er ist ein Lümmel. Soll ich nach London gehen?«

»Sind Sie mal im Ausland gewesen?«

Natürlich nicht, sagte sie, wegen des Krieges, und natürlich würde sie gern. Nach Rom, dort würde sie gern allein in einem Hotel wohnen. Überhaupt das Ausland; sie frage sich immer, wie lange das Gefühl, fremd zu sein, anhalte. Und dann Amerika, aber man müsse schon Empfehlungen haben, und man bekomme sicher einen steifen Hals, weil man ständig nach oben schauen müsse. Sie würde sich gern in London real fühlen. Sie sei niemals über einen Paß gegangen und habe auf lauter kleine weiße Städte ohne Rauch hinabgeblickt. Sie sei nie länger als fünf Minuten in einem Tunnel gewesen; sie habe gehört, es gebe Tunnel, in denen man beinahe ersticke. Sie habe nie etwas gesehen, das größer sei, als sie sich vorstellen könne. Sie wolle Hintergründe sehen, sagte sie, ohne daß Heilige Familien sich hineinschöben; kleine schwarze Bäume, die weiße Berge hinauf- und hinunterwüchsen. Sie glaube, die kleinen Dinge seien wichtig: Bäume, aus denen elektrische Lichter wüchsen – davon habe sie gehört; bunte Siphons. Sie wolle überall dorthin, wo der Krieg nicht gewesen sei. Sie wolle wo hin, wo es unbeschwert zugehe, wo die Leute Politik langweilig fänden, wo in heißen Nächten Musikkapellen im Freien spielten und keiner schlafen gehe. Sie wolle, ohne daß man sie dazu ermahnen müsse, Kathedralen besuchen und unvorbereitet in die fahle, fremde Tiefe sehen. Es müsse ideale Städte geben, wo die Schatten stark wie Gebäude seien, Städte, die geheim seien, ohne kalt und unwissend, ohne gleichgültig zu sein. Sie möge Berge, doch aus schönen Ausblicken mache sie sich nichts. Sie wolle keine Abenteuer erleben, doch ein einziges Mal beinahe umkommen. Sie wolle etwas sehen, an das nur sie sich würde erinnern können. Könne man in einem Gletscherbach wirklich einen Stein schwimmen lassen? Sie liebe unverheiratete Orte. Sie wolle weder das Tadsch Mahal sehen noch den Eiffelturm (könne man das vermeiden?), weder in die Schweiz noch nach Berlin oder in die Kolonien reisen. Sie wolle Menschen kennenlernen und zu Dinnerparties auf Terrassen gehen, und sie finde es doch schade, wenn man die Liebe verpasse. Könne man allein reisen? Sie mache sich nichts daraus, aufzufallen, weil sie eine Frau sei, im Gegenteil: Sie sei es müde, nicht bemerkt zu werden, weil sie eine Dame sei. Sie könne sich nicht vorstellen, daß sie jemals niemanden haben wolle, mit dem sie sich um die Teezeit unterhalte. Wenn sie ins Reisebüro, zu Cook's, ginge, könne man ihr dort wohl alle Züge heraussuchen? Die in Spanien und überall? Sie sei noch nie bei Cook's gewesen. Existiere ein Gesetz bezüglich des Verkaufs von Fahrkarten an Minderjährige?

Marda, die sich die letzte Falte im Strumpf glattstrich und den Hüfthalter zuhakte, sagte, nein, das glaube sie nicht.

»Natürlich können alle anderen das auch. Doch sie wären nicht ich.«

»Aber interessieren Sie sich für das, was Ihnen widerfährt, um seiner selbst willen! Erwarten Sie nicht, berührt oder verändert zu werden oder in irgend etwas, das Sie tun, wirklich drin zu sein. Man schaut zu. Der Schmerz entsteht aus dem Mißverständnis.«

Dieser Rat, Frucht ihrer eigenen Beziehung zu Erfahrung, Unverstand, dem es an feinerer Banalität mangelte, war – was sie noch beim Sprechen begriff – für ihre junge Freundin bedeutungslos und ohne Wert. Die unendliche Verschiedenheit dessen, wie zwei Menschen mit Erfahrung umgehen, übersteigt die Spannbreite des Verständnisses zwischen ihnen und macht den Versuch zur Empathie, zum bloßen Tasten nach Ausdruck an den Grenzen des eigenen Ichs.

Lois schaute versonnen in den Himmel und dachte, daß sie unmöglich mit einem grünen Segeltuchkoffer, der ihre Schulinitialen trug, durch Europa reisen könne. Wie gern hätte sie drei Lederkoffer. Traurig sagte sie: »Der Gedanke an Orte ohne einen hat was furchtbar Einsames.«

»Reißen Sie sich zusammen, mein liebes Kind.«

»Finden Sie nicht, daß Flitterwochen eigentlich verschwendete Reisen sind?«

»Das erinnert mich – ich muß einen Brief schreiben. Gehen Sie nicht – schauen Sie, rauchen Sie noch eine. Was für ein Datum ist heute?«

»Ich weiß es nicht. Ist es wichtig?«

Offensichtlich ja. Marda mußte einen Koffer bis zum Boden auspacken und das Datum in einem Notizbuch nachschlagen. Woraus Lois schloß, daß Leslie einer dieser strengen, altmodischen Leute war, die sich nichts aus neunzehnjährigen Mädchen machten; deren Blick unduldsam an einem vorbeiglitt, die sich für nichts begeisterten und die nicht nur die Biographie von Disraeli, sondern auch von anderen Politikern lasen. Sie hörte

Marda schreiben, innehalten und dann wieder losschreiben. An Mardas Schultern und der Neigung ihres Kopfes sah man, daß sie eine Pflicht erfüllte. Wie unbedingt sie heiraten wollte, dachte Lois, welch große Angst sie hatte, Leslie zu vergraulen, und wie sehr ihre ständige Distanziertheit und ihre rasche, wegwerfende Art ein falscher Eindruck sein mußten, zufällig und vorübergehend.

»Ich glaube«, sagte Lois, »ich bin eine Frauenfrau.«

»O ja. Wo gehen wir morgen zum Tennisspielen hin?«

»Nach Castle Trent – aber wir gehen gar nicht hin, weil es regnet. Führt Mr. Lawe ein reges gesellschaftliches Leben?«

»In Maßen. Natürlich möchte er nette Leute um sich haben. Wie hieß der Mann beim Lunch, ich meine, mit Nachnamen?«

»Lesworth. Gerald ist gern unter Menschen. Die ganze Zeit lächelt er wie ein Hund. Finden Sie das gut bei einem Mann?«

»Ich erzähle Leslie, er will sie heiraten. Darf ich?«

»Hat Mr. Lawe dann einen guten Eindruck von mir?«

»Na, es schmückt Sie aus. Und mir fällt nichts ein, was ich sonst schreiben könnte.«

»Streichen Sie es nicht durch«, sagte Lois nach einer Pause. »Doch, um ehrlich zu sein: Von Heirat hat er nicht gesprochen. Er hat mich nur geküßt. Engländer haben ganz andere moralische Maßstäbe.«

»Außerdem war er ja auch die ganze Nacht auf.«

»Wie sind Männer, mit denen man verlobt ist?«

»Sehr besorgt und gütig«, sagte Marda und drückte das Löschblatt auf die beschriebene Seite. »Sachlich, leidenschaftlich und penibel. Wenn Sie einen an die Brust drücken, knistert ein Papier, und wenn man sich wieder gerade hinsetzt, das Gesicht herrichtet und das Haar glattstreicht, räuspern sie sich, ziehen das kleingefaltete Papier heraus und sagen: ›Apropos, ich wollte zu Folgendem deine Meinung hören.‹ Eßservice kommen wie in einer Harlekinade durch die Luft geflogen. Man fühlt sich, als wäre man in einem Laden geküßt worden. Ich benehme mich immer daneben. Ich habe vorgeschlagen, daß wir jetzt schon an Public Schools schreiben wegen freier Plätze für unsere drei Jungs, aber das war offenbar nicht brav. Wenn man verlobt ist, lebt man in der Zukunft, und ein großer Teil der Zukunft ist unanständig, bevor er passiert ist.«

»Oh ... Was würde jetzt passieren, wenn Sie Ihren Verlobungsring verlören?« fragte Lois vergnügt.

»Ich traue mich nicht, ihn zu tragen. Ach, da schauen Sie, ich rede dummes Zeug. Es tut mir leid, Lois, aber Sie dürfen nicht mit mir sprechen, wenn ich Briefe schreibe. Ich brauche Leslie. Eßservice sind uninteressant. Wenn Sie nie jemanden so sehr brauchen, können Sie sich glücklich schätzen. Ich weiß auch nicht mehr, auf was es ankommt. Ich bin dieses ewige Ausprobieren müde. Suchen Sie sich ein Buch oder dergleichen? Gehen Sie nicht!«

Lois wollte auch gar nicht gehen, doch sie dachte: Warum will sie, daß ich hierbleibe, wenn sie an Leslie denkt? Lois fühlte sich ausgeschlossen und war unglücklich. Sie versuchte sich eine Situation vorzustellen, in der Leslie lächerlich wirkte. Sie betete, daß die drei vorschriftsmäßigen kleinen Jungs nie geboren würden. Sie hoffte, er kriegte fünf Töchter und alle wären künstlerisch begabt. »Noch eines«, sagte sie, »wie kommt es, daß Männer so selten im Profil photographiert werden? Sollen sie einen offen anschauen?«

Durch den Flur kamen Schritte, erbarmungslos, zielgerichtet; es hätte Leslie sein können, es war aber eindeutig Laurence.

Er klopfte und sagte durch die Tür, daß seine Tante Myra wissen wolle, ob die Briefe fertig seien. Timothy werde losgehen; er könne fünf Minuten warten, doch wenn es länger dauere, werde er die Post fast sicher verpassen.

»Verdammt!« sagte Marda.

»Was haben Sie gesagt?«

»Ach, kommen Sie herein. Warum habe ich mir die Nägel lackiert?«

Laurence setzte sich auf die Fensterbank. Überrascht und ärgerlich stellte er fest, daß Lois da war. Er verdächtigte sie, Marda belästigt, vertrauliche Gespräche mit ihr geführt, herumgezappelt und nach der Liebe gefragt zu haben. Außerdem habe sie bestimmt Mardas Hüte anprobieren wollen, wahrscheinlich auch noch einen Gedichtband angeschleppt und immer wieder mit dem Daumen am Rand auf die Verse gezeigt, die sie am meisten mochte. Ach, wenn sie doch heiratete und Danielstown verließe; er konnte sie sich prima vorstellen, wie sie als sehr rosafarbene Braut, später als blutjunge Gattin à la Tschechow in rosafarbener Bluse, geräuschvoll Bonbons lutschend, über die Liebhaber ihrer Freundinnen tratschte und endlos mit Papier raschelte. Er hoffte nur, sie würde Gerald heiraten, der keine Papiere zum Rascheln hatte.

»Na, hoffentlich«, sagte er, »hat Lois Sie gut unterhalten.«

»Sei still«, sagte Lois. »Sie will ihren Brief zu Ende schreiben.«

»Allem Anschein nach ja«, sagte Laurence.

»Erklären Sie ihm, wer Leslie ist«, sagte Marda, hastig schreibend. »Das wird uns beim Dinner helfen.«

»Sie ist verlobt«, sagte Lois, »mit einem Mr. Lawe. Das dort ist sein Photo. Er heißt Leslie.«

»Aha«, sagte Laurence.

»Er ist keine Witzfigur«, sagte Marda, drehte sich zu ihnen herum und schob den Brief beiseite. »Bei ihr klingt es wie – wie ›mit einem Mr. Wilkinson, Pfarrer‹. Lady Naylor wird zufrieden sein, ich habe es ihr noch nicht erzählt. Helfen Sie Mr. Montmorency und Lois, eine öffentliche Meinung zu bilden? Und seien Sie bitte nicht überrascht, wenn ich beim Dinner über ihn rede. Am Ende des Fischgangs, dachte ich … Ich kann den Brief nicht zu Ende schreiben; ich werde ihn morgen zur Post bringen und statt dessen ein Telegramm schicken.«

»Ich habe auch noch eine gepfefferte Neuigkeit. Castle Trent ist letzte Nacht nach Waffen durchsucht worden. Natürlich haben sie keine gefunden. Die Trents sind der Meinung, daß die ganze Aktion total stümperhaft durchgeführt worden ist und gar nichts mit der I.R.A. zu tun hat. Die Männer haben ein paar Stiefel mitgehen lassen. Die Trents glauben, einer der Beteiligten war der Cousin eines Gärtners aus Ballydarra, der die Familie haßt. Er hat eine ziemlich überflüssige Nachricht hinterlassen mit einem Schädel und verkreuzten Knochen; reichlich dämlich, finde ich. Ich hoffe ja fast, daß sie heute nacht hier zu uns kommen. Wir haben zwei südafrikanische Wurfspieße und ein Stilett, das Onkel Richard als Brieföffner benutzt.«

»Es ist ein Brieföffner«, sagte Lois, »der so aussieht wie ein Stilett. Wahnsinnig! Wie aufregend! Bleiben wir doch alle auf.«

»Ich werde aufbleiben, aber du gehst besser ins Bett. Sonst wirst du noch kompromittiert.«

»Also, so weiblich bin ich nun auch nicht.«

Laurence zuckte mit den Achseln.

»Erzähl aber auf keinen Fall den anderen was. Onkel Richard regt sich auf und verdirbt es, und wenn Tante Myra mit ihnen zusammentrifft, verwickelt sie sie die ganze Nacht in ein Gespräch.«

»Eigentlich komisch«, sagte Laurence, »daß sie meine Blutsverwandte ist und nicht deine.«

Marda schaute ihn über den Stuhlrücken nachdenklich an. Daß er so gemein werden konnte, hatte sie nicht gewußt. Wenn er nicht aufpaßte, wurde er wie Mr. Montmorency. Das sagte sie ihm und fügte hinzu, sie sei überrascht, daß er Lois nicht möge. »Sie ist sehr charmant«, sagte sie, »und sehr intelligent. Denken Sie daran, was für Cousinen Sie hätten haben können! Es ist doch nicht Lois' Schuld, daß Sie nicht auf Tahiti oder in Valladolid sind oder wo immer Sie diesen Sommer sein wollten. Wenn ich nicht heiraten würde, würde ich Lois fragen, ob sie mit mir ins Ausland kommt. Mit ihr langweilt man sich keine Minute.«

»Das wäre herrlich«, sagte Lois. Nun, da Laurence hereingekommen war, fühlte sie sich mehr allein mit Marda und ihr näher; jetzt fielen ihr all die Dinge ein, die sie hatte sagen wollen. Überglücklich, weil man sie als charmant bezeichnet und Laurence an ihr herumgekrittelt hatte, hockte sie sich an den Fuß des Holzbettes, wo sie mit den Beinen baumelte und lächelte, ganz der Backfisch. Sie spürte Bewegung, einen Wind im Gesicht, als sei sie im Bug eines Schiffes. Urplötzlich trug das Leben sie wieder vorwärts. Sie war überzeugt, daß Leslie sterben oder die Verlobung lösen würde. »Herrlich«, sagte sie noch einmal.

»Na, dann fragen Sie sie doch«, sagte Laurence, »ob sie Ihre Brautjungfer werden will.« Und dann stand

Lois einsam und verlassen im Mittelgang einer Kirche, heiße Luft strömte ihr aus einem Gitter die Beine herauf, und die Tränen tropften ihr von der Nase in einen Chrysanthemenstrauß. Sie würde das Band von ihrem Bukett aufheben und es einzig Gerald zeigen, wenn sie an ihrem Hochzeitsabend auspackte.

»Ich überlege, recht bald ins Ausland zu reisen«, sagte sie zu Laurence.

»Mr. Montmorency ist spazierengegangen«, erwiderte Laurence. »Er mußte einen Schirm mitnehmen. Normalerweise nimmt er offenbar keinen mit, aber als er halb die Allee hinunter war, sagte Mrs. Montmorency plötzlich, er müsse einen haben, denn so habe es noch nie geregnet. Also nahm sie einen Schirm für ihn und einen für sich und lief hinter ihm her. Tante Myra sagte, das hätte sie nicht tun dürfen, wegen ihres Herzens, und suchte mich, aber ich hatte mich flugs ins Eßzimmer verzogen, wo man zwischen den Mahlzeiten am allerwenigsten vermutet wird. Onkel Richard jedoch hat sie gefunden, und er hat einen weiteren Schirm genommen, ist rasch hinter Mrs. Montmorency die Allee hinuntergelaufen und hat immer gerufen, sie solle langsamer gehen. Als er sie eingeholt hat, hat er ihr einen Schirm abgenommen und ist hinter Mr. Montmorency hergeflitzt, der so getan hat, als höre er nichts, und weitergerannt ist und von hinten aussah, als sei er stinkwütend.«

»Und woher weißt du das alles, wenn du im Eßzimmer warst?«

»Ich bin zum Bibliotheksfenster gegangen und habe hinausgeschaut, als sie unterwegs waren. Lois, hat Lesworth dir erzählt, daß er Peter Connor gefangengenommen hat? Offensichtlich lag er im Bett.«

»Laurence!« rief Lady Naylor vom Ende des Korridors. »Wo bist du? Was ist mit Mardas Briefen? ... Jetzt ist es zu spät«, fuhr sie im Näherkommen fort. »Timothy hat zehn Minuten gewartet und muß nun den ganzen Weg rennen und wird trotzdem die Post verpassen ... Ach, hier seid ihr alle!«

Sie bedachte ihren Neffen und ihre Nichte mit einem mißbilligenden Blick und setzte sich aufs Bett. »Erstaunlich«, sagte sie, ohne jemanden anzuschauen, »daß man in diesem Hause keinen mehr damit betrauen kann, etwas auszurichten ... der Tag war anstrengend«, fügte sie hinzu. »Jemand Netteren als diesen jungen Mr. Lesworth gibt es ja wohl kaum; intelligent ist er allerdings nicht. Und danach sind alle mit Schirmen durch die Allee gelaufen. Und stellt euch vor! Auf Castle Trent sind sie nach Waffen durchsucht worden. Sie glauben, die ganze Sache ist vom Cousin ihres Gärtners initiiert worden. Sie haben Stiefel gestohlen.«

13

Als alle zu Bett gegangen, die Lampen unten gelöscht und die Türen oben hinter den letzten Stimmen knarrend geschlossen worden waren, sprach Francie über Mardas Verlobung und sagte, sie freue sich darüber. Sie freue sich als Ehefrau, daß das Netz weiter ausgeworfen werde. Sie redete, doch Hugo antwortete nicht; er war wegen des Schirms immer noch so böse, daß er auch nicht mit ihr sprach, als sie allein waren. Also lagen sie bis tief in die Nacht hinein in angestrengtem, zornigem Schweigen unter der Dunkelheit nebeneinander. Dann weinte sie und sagte, sie hätten gar nicht nach Danielstown kommen sollen.

»Mir ist, als könnte ich mich absolut nicht erinnern, wo was ist.«

»Hör mal, wenn du nicht schlafen kannst, nimm etwas!«

»Hugo! Ich glaube, auch dir bekommt der Aufenthalt hier nicht.«

Er verkniff sich eine böse Bemerkung, doch er fand es unerträglich, daß sie ihn in seiner Schlaflosigkeit störte. Wo auch immer er sich in dieser kläglichen Freiheit hinwandte – und die Wege seines Kummers öffneten sich wie fächerförmig sich ausbreitende tiefe Alleen, die am Ende alle weiß waren, weil dort eine gesichtslose Statue stand –, kam sie, die Hand auf dem Herzen, hinter ihm hergestolpert. »Versuch zu schlafen«, sagte er und schickte sie böse fort.

Verbissen tat sie so, als schlafe sie, hielt es jedoch kaum aus, dort zu liegen. Da sie ihm so nahe und gleichzeitig so isoliert von ihm war, ballten sich ihre Gedanken zusammen wie eine Faust. Wie gern hätte sie unten in den leeren Zimmern das Tagesleben wiederaufgenommen. In Südfrankreich hatte sie wach gelegen, sie hatte in dem sandigen, trockenen Wind Palmen knarren, festgeklammerte Fensterläden gegen die Wand klappern hören; sie hatte in Städten wach gelegen, ihr Zimmer ein einziges Schlachtfeld von Lichtern, die durch die dünnen Jalousien kamen, Lichtern, die wie ihre Gedanken aufblitzten und sich verkreuzten. Doch über diesen Schlachtszenen, unter den langen Lanzen, hatte etwas Tröstliches gelegen wie Uccellos Rosen: eine Art Zufriedenheit im Leiden, die Zärtlichkeit imaginierter Berührung. Sie hatte geweint, weil er nicht bei ihr gewesen war. Nun überkam sie Sehnsucht nach dieser Einsamkeit, nach einer Wand, die sich dort, wo nun der Schlafende lag, der ausgestreckten Hand geduldig und glatt darbot und ihre Tränen versiegen ließ. Er dachte, sie schlafe.

Doch gegen zwei Uhr sagte sie: »Ich erinnere mich. An eine Miss Lawe. Ich habe sie zuletzt in einer Straßenbahn in Dublin gesehen. Ich erinnere mich, daß sie damals von einem Neffen geredet hat. Ob das Leslie war?«

»Hat sie seinen Namen erwähnt?«

»Weiß ich nicht mehr; ich bin aus der Straßenbahn ausgestiegen ... Hugo, ich habe solchen Durst.«

Seufzend stand er auf.

Auch Laurence konnte nicht schlafen. Irgendwas im Abendessen ... Er wünschte, die Soldaten kämen, und lauschte angestrengt in die Stille, die gleich der Dunkelheit eine klebrige, erstickende Struktur wie Spinnweben hatte und die Sinne betäubte. Es hatte aufgehört zu regnen, die Bäume hatten die Wasserlast abgeschüttelt, kein Tropfen plumpste mehr herunter oder pladderte aufs Fenstersims. Einmal, dachte er, hörte er eine Fahrradkolonne auf der Allee; er richtete sich auf, stützte sich auf die Hände, sammelte sich und bereitete sich darauf vor, hinunterzugehen und die Männer höflich hereinzulassen. Er wollte ihnen Brot und Äpfel anbieten und ein gepflegtes Gespräch – und dann noch Konfitüre und Whisky. Doch wenn er von dem Vorfall erzählen würde, würde er nur das Brot und die Äpfel erwähnen, ihm gefiel das Frugale daran, der orientalische Ernst. Aber es kamen keine Fahrräder; niemand klopfte; alles, was er zu sagen hatte, blieb ihm im Halse stecken. Er hatte nur ein paar Kühe gehört, die dicht ans Haus gekommen waren und sich an den Zäunen rieben. Und dann wieder weggingen.

Laurence zündete eine Kerze an, die Flamme zuckte, er mußte blinzeln, er blies sie wieder aus. Unangenehm Normalität andeutend, zog die Dunkelheit wieder ein. Allem Anschein nach sollte sich das zufällige Ereignis Tag und mit ihm die Tat nicht wiederholen. Von diesem völligen Stillstand, dieser Konfrontation mit einer tatsächlichen Zukunftslosigkeit, liefen Laurence' Gedanken wie eine Spinne auf dem von ihr selbst gesponnenen Faden zum Vorwärtskommen wieder zurück, ein wenig stolpernd und schwankend auf dem komplizierten Gewebe. Laurence erwischte Züge, die er verpaßt hatte. Raste aus dem gleißenden Rachen von Bahnhöfen in das grenzenlose Mögliche, bestellte noch einmal Mahlzeiten in kosmopolitischer Ferne, aß sie erneut, dachte über das Denken nach, wich jedoch zurück vor diesem windigen Abgrund, in dem leere Buchdeckel verhängnisvoll klapperten. Weit genug zurück in der Zeit, in einer Art ungeborener Freiheit, stiftete er sogar andere Ehen. Laura Naylor schenkte Hugo spöttisch bräutliche Zärtlichkeiten; sie bekamen vier Söhne, die alle schleunigst nach Kanada gingen und dort ganze Kerle wurden. In diesem Zimmer, das ihres gewesen war, hatte Laura an ihrem Hochzeitsmorgen gelegen und beobachtet, wie eine Spinne den Baldachin des Bettes hochgekrabbelt war, während sich Hugo fünf Meilen entfernt bereit machte, von dem armen John Trent herbeigefahren zu werden und ihr vorm Altar die Hand zu reichen, und die vier kleinen Söhne zappelten vor Aufregung unter den Cherubim. Richard wiederum heiratete Francie, die, voll erblüht, gleich bei seinem ersten Antrag die Seine wurde und ihm das Leben zur Kinderwiege machte, rüschenverziert und schummrig. Tante Myra erfreute sich eines entschiedenen Zölibats, während Laurence, um als zweiter Weininger in die Nachwelt einzugehen, sich in einem Anfall vorübergehender Niedergeschlagenheit das Hirn bei – zum Beispiel – Avila ausblies, ohne je von Danielstown gehört zu haben. Lois wurde natürlich überhaupt nicht geboren.

Er mußte allerdings seinen Charakter in gewisser Weise ummodeln, denn um nichts in der Welt hätte er sich eine Pistole in den Mund gesteckt. Ein Gewehr durch ein Fenster abgefeuert gern. Daß die Soldaten das Haus ignorierten, nagte an seinem Selbstwertgefühl. Und alarmiert vom schleppenden Ticken der Uhr unter seinem Kissen, das angesichts der tödlichen Krankheit Zeit langsamer zu werden schien, drehte er sich um und dachte wütend, daß er sich partout nicht vorstellen konnte, warum Laura Mr. Farquar geheiratet hatte. Mr. Farquar war der ungehobeltste Mann in Ulster, mit einer unschön frischen Gesichtsfarbe und einem Blick wie ein Pferd. Lauras Verwirrung hatte sich in der Luft des Zimmers zusammengeballt und schien immer noch in der tiefsten Dunkelheit unter der Decke zu hängen. Hier, erstickt in diesen Bettvorhängen, hatte sie sich in den sagenhaften Wutanfällen hin und her gewälzt; wütend auf Hugo, auf Richard, auf überhaupt eine Zukunft im Leben; sie hatte in das dicke, harte Kissen gebissen, bis sie eines Tages aufgestanden und vor ihrem Spiegelbild herumgetänzelt war, sich die Augen abgetupft, ein enges, fließendes Kleid, wie es damals Mode war, über ihrem bebenden Busen zugeknöpft, ihre Kleider in große Reisekoffer gepackt hatte (die seitdem zurückgekommen waren und auf dem Speicher verrotteten) und, sich mit zorniger Miene von dem starrenden Haus abwendend, losgefahren war. Mit dieser Wut war sie nach Norden gefahren, hatte Mr. Farquar becirct und geheiratet. Sie hätte vollkommen anders handeln können, doch selbst im breitesten Spektrum unseres Schwankens liegt ein unwiderstehlicher Drang zur Eingleisigkeit, erkannte Laurence.

Unter ihm, durch den Boden zu hören, verwandelte sich ein schleppendes leichtes Kratzen in eine holprige Melodie, in synkopierte Tanzmusik, gespenstisches Hüftwackeln in der schrecklichen Dunkelheit. Lois, Kind dieser unklugen Heirat, ließ das Grammophon spielen. Laurence horchte, vor Empörung wie gelähmt, dann langte er nach einem Stuhl und stieß ihn auf den Boden. Sie reagierte sofort; die Musik brach abrupt ab, es entstand eine zuckende Ruhe wie nach einer Amputation. Er oben, sie unten, dachten sie beide mit Entrüstung aneinander.

Bestimmt, dachte Laurence, war etwas mit dem Essen gewesen.

Doch Sir Richard und Lady Naylor schliefen tief und

fest. Sie träumte von den Aberdeens, während er mit einem Motorrad über Land fuhr und nicht absteigen konnte. Seine Freunde schnitten ihn; er entdeckte, daß er ein Black and Tan war. Die Nacht breitete sich dicht und ereignislos über ihnen aus. Ihre Gäste strengten sich mit aller Kraft an, um zu schlafen. Die Finsternis, die ihre schlaflosen Köpfe umklammerte, ließ keinen einzigen Augenblick in ihrem wahnsinnigen Druck nach; erst eine Stunde vor dem Frühstück fanden sie sich völlig grundlos der Illusion des Tageslichts wiedergegeben. Schicksalsergeben, teilnahmslos nahmen sie die Tätigkeiten der Lebenden wieder auf.

Der Morgen begann mit einer Enttäuschung. Livvy kam gerade in dem Moment, als Lois mit Marda zum Dorf aufbrechen wollte, um das Telegramm aufzugeben. Livvys Pferd lahmte, deshalb kam sie mit dem Fahrrad, und ganz gewiß, dachte Lois nun, als sie zusah, wie Livvy das Rad an die Ligusterhecke lehnte, hatte Livvy eine Menge weniger schöner Seiten. Denn Marda stand in einem grünen Pullover oben auf der Treppe und wedelte mit dem Telegrammformular in der Luft herum, damit die Tinte trocknete. Das Grün, eigentümlich metallisch, schnitt überraschend stark in die trüben Farbtöne des Hauses und des Morgens. In drei Tagen war sie wieder fort. Und während nun Livvy ihren Hut zurechtschob, ihr Äußeres richtete und sich überlegte, was sie zu ihr sagen wollte, ging Marda lächelnd die Treppe hinunter und durch die Allee weg, ohne sie auch nur eines Blickes zu würdigen. Sie kam allein zurecht. Die Hunde begleiteten sie. Mißmutig sah Lois ihren wackelnden Hinterteilen hinterher.

»Hör zu«, sagte Livvy und packte Lois am Ellenbogen. »Also, hör zu, Lois: Was ist los? Was hat die für einen todschicken Pullover an. Meinst du, sie hätte das Muster? Es liegt natürlich zum Teil an ihrer Figur. Ich frage mich wirklich, warum sie nicht geheiratet hat... Lois, können wir hoch in dein Zimmer gehen?«

Lois meinte, das Bett sei bestimmt noch nicht gemacht. Livvy errötete auf ihre feine, bestimmte Art und sagte, sie müsse ihr etwas anvertrauen. Also gingen sie in den Salon – wo Geralds Kuß hing; all die Zweifel der Nacht konnten ihn nicht verscheuchen – und stellten sich an den Flügel. Zu Lois' Überraschung drückte Livvy das Kinn herunter und zog aus intimen Tiefen etwas heraus: einen Ring an einem langen blauen Band. »Damit hatte ich ja nun überhaupt nicht gerechnet«, sagte sie bescheiden und nahm den Blick von dem Finger, auf dem der Ring gefunkelt hatte.

»Na, bravo!« hätte Lois spontan rufen können. Doch sie beherrschte sich und sagte skeptisch: »O je...«

»Auf wen tippst du?«

»Mr.... Mr. Armstrong.«

»Du bist ja eine ganz Fixe! Hör zu, schwör mir, daß du es niemandem erzählst. Denn mein Vater weiß es nicht, und ich glaube, er bringt mich um.«

»Wie hast du... Wie hat er...«

»Also, es war so: Bei Mrs. Fogarty hat er mich gefragt, wann er mich wiedersehen würde, und da habe ich gesagt, daß ich wahrscheinlich am Donnerstag nach Cork zum Zahnarzt müßte, und da hat er gesagt, daß er vielleicht auch nach Cork müßte. Dann habe ich nicht mehr daran gedacht. Doch stell dir vor, wie mir zumute war, als ich aus dem Bahnhof kam und ihn in voller Lebensgröße dort stehen und wie ein Wachhund den Zug beäugen sah. Er hat mich gefragt, wo ich zum Tee hinginge, und da habe ich gesagt, wenn ich nicht allein wäre, würde ich ins Imperial gehen, wegen der Kapelle, aber mein Vater wollte nicht, daß ich allein dort hinginge, wegen der Offiziere. Da hat er gefragt, ob ich mit ihm hingehen würde, und weil es regnete und mein Termin auch erst um halb sechs war, habe ich gesagt, daß man uns nicht zusammen sehen dürfte, doch ich habe mir den Hut tief ins Gesicht gezogen, und wir sind hineingegangen und haben uns die Kapelle angehört. Er wirkte total konfus, und als ich ihn gefragt habe, ob ihm etwas im Kopf herumging, sagte er nein, und ich sagte, doch, es müsse was sein. Da wurde er knallrot und zog an seinem Gürtel und schaute zur Decke hoch und sagte, er liebe mich. Dann kam der Ober mit dem Tee, und ich kann nur hoffen, daß er mich nie wiedererkennt. Als der Ober weg war, habe ich ihm gesagt, er solle leiser sprechen, und er hat gesagt, er könne nicht wegen der Kapelle. Dann habe ich ihm gesagt, daß so was natürlich ein Schock für ein Mädchen wäre, und er fragte, ach ja?, und ich habe gesagt, ja natürlich. Ich habe gesagt, daß ich nicht wüßte, ob ich mich überhaupt mit der Vorstellung, verheiratet zu sein, anfreunden könnte, und da hat er mich sehr überrascht angeguckt. Ich habe gefragt, an wann er denn gedacht hat. Und da hat er gemeint, das schlimmste sei, daß er keine Aussichten hätte. Da habe ich gesagt, wir Iren wären nicht geldgierig und daß ich ohnehin wüßte, er hätte einen Onkel – Es war ungünstig, Lois, daß ich den Hut so tief im Gesicht behalten und dauernd nach unten gucken mußte, aber ich konnte auf der anderen Seite einer Palme die Tante der Hartigans sehen, Mrs. Foxe-O'Connor, und ein Mann, von dem mein Vater Vieh kauft, stand ständig auf und blickte sich in dem Raum um. Außerdem war ich natürlich sehr durcheinander, und David quietschte auf seinem Stuhl herum, und dann noch die Kapelle, ich weiß nicht, wieviel er von dem, was ich gesagt habe, verstanden hat. Aber wie dem auch sei, wir fanden trotzdem, daß wir einen Ring kaufen könnten, selbst wenn ich ihn nicht tragen kann. David war völlig derangiert, und ich mußte ihn durch den Verkehr lotsen. Und mir selbst war natürlich auch ganz schön blümerant zumute. Wir sind ja beide noch nie verlobt gewesen. Wenn ich auch zwei Anträge hatte. Dann hat er gesagt, er müßte wieder in die Kaserne und hat mich zur Straßenbahn gebracht, damit ich zum Zahnarzt konnte. Kaum saß ich drin, habe ich gemerkt, daß es die falsche war, hatte aber nicht das Herz, auszusteigen, bevor sie um die Ecke war, nachdem er sich solche Mühe gegeben hatte, der arme Junge. Aber die Straßenbahn ist richtig gerast, und ich konnte erst an der Kathedrale aussteigen und mußte eine sehr teure Droschke nehmen. Ich war zu spät beim Zahnarzt. Er hat mir zwei Zähne gezogen.«

Dann war Livvy offenbar wie im Traum durch die regennassen Wohnbezirke Corks gelaufen. Wie im Traum hatte sie im Eisenbahnwaggon gesessen und aus den Wunden geblutet. Sie sperrte den Mund auf und zeigte die beiden Löcher, die der Zahnarzt ihr gemacht hatte, als seien es Wunden der Liebe, und Lois betrachtete sie mit ernster Miene. Hatten Sie sich überhaupt geküßt? Nein, dazu hatten sie keine Gelegenheit gehabt. Sie hätten eine Droschke nehmen können, doch Lizzy hielt es für unmoralisch, mit einem Mann in einer Droschke zu fahren; es stachelte seine Leidenschaften an. Lois sagte, sie fände, der Geruch in einer Droschke sei ohnehin furchtbar abstoßend, und Livvy sagte, daß, so gesehen, eine Droschke reine Geldverschwendung sei.

»Aber kann er heiraten? Kann ein Leutnant heiraten?«

»Ach, ich kann ein paar Jahre warten. Aber ich werde seine Verwandten besuchen und einen Ring tragen und so weiter, damit auch alles ganz klar ist.«

»Warum erzählst du es deinem Vater nicht sofort, und ihr annonciert es?« sagte Lois hoffnungsvoll. Sie sah ihr Gesicht von dem fleckigen Deckel des Flügels hochschauen und fühlte sich sehr einzigartig, unantastbar und verdammt, wie Melisande. »Ich«, sagte sie, »hätte, glaube ich, keine Angst vor deinem Vater.«

Denn Livvys Vater wirkte eigentlich wie ein sehr depressiver, sanfter Mann, der seinen blonden Hängeschnurrbart immer über den Rand seiner Teetasse heben mußte. Schwer vorstellbar, daß er, wie Livvy behauptete, sie mit einem Schlehdornstock jagte, mit der Faust auf den Eßtisch schlug, daß die Teller hochsprangen, oder mit einer halben Torte hinunterging, um die Köchin fertigzumachen. Das Schlimmste, was Lois erlebt hatte, war, daß er, als Livvy einmal zu spät kam, die Uhr herausgenommen und mit dem Daumen auf dem Deckel dagestanden – ohne darauf zu schauen, als könne er den Gedanken an die Zeit nicht ertragen – und zwei-, dreimal geschluckt hatte. Er war Witwer. Livvy behauptete, ihre Mutter sei seinetwegen gestorben. Er war Abstinenzler; eine halbe Karaffe Whisky stand in seinem verschließbaren Flaschenschrank, doch er hatte den Schlüssel verloren. Lois behauptete gegenüber Livvy nun, ihr Vater werde der ideale Schwiegervater sein; sie sei überzeugt, David werde ihn mögen. Er werde zu Besuch zu ihnen kommen und absolut nicht stören.

»Er hat ein Vorurteil gegen Heeresoffiziere«, sagte Livvy mutlos. »Wenn es die Marine wäre, wäre es ihm egal. Aber was habe ich in der Hinsicht für Chancen, wo ich so weit im Binnenland wohne? Ich glaube, selbst wenn David General mit lauter goldenen Orden auf der

Brust wäre und von Heirat reden würde, würde er ihn umbringen. Er sagt, ich sorge mit meinem Treiben noch mal dafür, daß ihm das Haus über dem Kopf angezündet wird.«

»Und wenn er hört, daß du im Imperial deinen Ruf aufs Spiel gesetzt hast?«

»Nachmittags setzt ein Mädchen seinen Ruf nicht aufs Spiel«, sagte Livvy mißmutig.

Mr. Thompson lud nicht oft Gäste ein, aber Lois erinnerte sich, wie sie im Frühsommer einmal mit David und Gerald zum Abendessen dort gewesen war, bevor die Lage so schlecht wurde, daß die Offiziere zeitig in die Kasernen zurückmußten. Mr. Thompsons Eßzimmer schaute auf Bäume hinaus, durch die sich ab und zu Lichtstrahlen über den Tisch ergossen und die sich dann wieder in dunklem Grün schlossen; es roch nach Fleisch, und in einem riesigen Mahagonisideboard mit Säulen wie an einer Tempelfassade konnte man Mäuse herumtrippeln hören. Mr. Thompson schwieg – eher aus Furcht, dachten sie, denn aus Mißmut –, zupfte die ganze Zeit lange schwarze Pferdehaare aus dem Sitz seines Sessels und legte sie aufs Tischtuch. Bei jedem Haar beugten sich David und Gerald vor und öffneten den Mund, um etwas zu sagen. Doch Mr. Thompson zog sich in seinen Kragen zurück, und sie konnten nichts sagen: Statt dessen redeten sie miteinander. Und Lois hatte unter ihren Lidern hervorgeschaut und sich über seine angeblich durch nichts zu erschütternden Meinungen ihre Gedanken gemacht. Die Schwester, Miss Thompson, war auch dagewesen, doch sie war taub. Das Eßzimmer war dunkelrot und die Decke ganz verräuchert, und Gerald sagte hinterher, er habe sich wie eine Krankheit in einer Leber gefühlt. Als das Blancmanger kam, fiel es mit einem Seufzer in sich zusammen, und Miss Thompson schaute es böse an. Halb sank es hin, dachte Lois und behielt es für später. Livvy schaute ihre Freunde unentwegt warnend an, aber sie blieben alle höflich. Ein paar Enten kamen durch die Verandatür gewatschelt, und die Gäste versuchten sie mit ihren Servietten zu verscheuchen. Doch Mr. Thompson sagte: »Ach, laßt sie doch!«, und die Enten liefen wahrhaftig einmal mit ihrem typischen gehetzten Blick um den Tisch herum und dann wieder zur Tür hinaus. Mr. Thompson stand auf und schloß die Mailuft aus. »Die Zeiten werden immer schlechter«, sagte er zu Gerald, der ihm so lebhaft zustimmte, daß David den Dialog der neugierigen Miss Thompson wiederholen mußte. Kein Wunder, daß Livvy ihr Zuhause langweilig fand.

Aber das Glück dieses Abends, die Nähe der vier zueinander, das bei allen spürbare innere Beben, das krampfhaft zurückgehaltene Lachen waren Lois immer gegenwärtig, als hätten sie sich unter diesem starken Zwang fest an den Händen gehalten. Auch eine – unter dem Druck des Lachens, das bis zum Explosionspunkt zusammengepreßt war – aufgestaute besondere Erregung von Stolz und Lust, die plötzliche Vertrautheit, wenn sie redeten und sich bewegten. Sie waren sich dessen auch noch bewußt, als sie sich hinterher ausgelacht und dann leer und ernst, ungewöhnlich schüchtern miteinander gesprochen hatten. Bei diesem Abendessen lernte sie Gerald erst so richtig schätzen – seine kristallklare Nettigkeit.

Denn Mr. Thompson, dem noch ein bißchen Blancmanger am Schnurrbart hing, war aufgestanden und gegangen. Und danach hatte sich Miss Thompson den Rock über den Hüften glattgestrichen, und Gerald hatte ihr die Tür derart formvollendet aufgehalten, daß sie hindurch- und hinausgehen mußte, damit die Geste nicht verpuffte. Um zu zeigen, was sie von ihrer Familie hielt, erhob sich Livvy und tanzte um den Tisch, riß die Verandatür auf, rannte auf den Rasen und sprang hochvornehm über alle Krockettore. David hinter ihr her. Und zum erstenmal drehte sich Gerald um und schaute Lois an, die wegschaute. Sie schenkten sich noch etwas Gerstenlimonade ein und machten, in schlechten Manieren schwelgend, Blasen in ihren Gläsern. Dann setzten sie sich draußen unter einen Fliederstrauch auf den Sitz am Krocketrasen. Wächserne Blütenblätter berührten Lois' auf der Rückenlehne ausgestreckten Arm, die Luft roch nach Mandeln, Falter kamen aus dem Busch geflogen und flatterten funkelnd fort in die Dämmerung.

Beim Abschied erklärte Miss Thompson, es sei ihr eine Freude gewesen, und lud sie ein, wiederzukommen.

Nun sagte Lois: »Ich an deiner Stelle würde es meiner Tante sagen, sie hat so wenig Abwechslung; ich bin überzeugt, sie würde sich schrecklich mit dir freuen.«

»Ich finde es immer schwierig«, sagte Livvy, »das Thema Heirat anzuschneiden.« Und sie schlug die Augen nieder, machte ein wichtiges Gesicht, das Wort erblühte in seinen vielen Andeutungen, so daß es Lois vorkam, als sitze Livvy mit gerunzelter Stirn gleichzeitig in einem Abgrund und auf einem Gipfel, wie sie da ihren Granatring baumeln ließ.

»Wenn David nur entschlußfreudiger wäre!«

»Aber bist du denn nicht sicher, daß er dich heiraten will?«

»Doch, aber man muß alles für ihn organisieren. Nur weil ich so ein tüchtiges Mädchen … Hör zu, Lois: Wenn du dich mit Gerald Lesworth verloben würdest, dann würde in gewisser Weise der Stein ins Rollen gebracht. Dann würde ich zu meinem Vater sagen –«

»Ja, aber –«

»Gut, vielleicht fragt er dich gar nicht. Aber wenn doch, dann würde ich zu meinem Vater sagen –«

»Pst!«

Laurence war schon mitten im Salon, als er Livvy an den Schultern erkannte und sah, daß ihr rosafarbenes Spiegelbild ihn im Spiegel annickte. Er errötete vor Ärger und verbeugte sich. Auf seiner Stirn zwischen den Augenbrauen war Tinte; da hatte er sich mit der Spitze des Füllfederhalters gekratzt. »Guten Tag«, sagte er und zu Lois: »Ist Miss Norton schon losgegangen? Ist sie – schon – ins Dorf gegangen? Fort?«

»Oh ... ja.«

»Schade. Hattest du den Eindruck, daß sie ... gewartet hat?«

Livvy kicherte. Lois sagte, o nein, den Eindruck habe sie nicht gehabt. Warum?

»Nur so. Ich hätte es für sie erledigen können; ich habe nichts zu tun.«

»Sie hatte doch auch nichts zu tun.«

»Stimmt.« Die beiden Mädchen, die da Schulter an Schulter am Flügel standen, erfüllten Laurence mit einer unbeschreiblichen Traurigkeit. Er konnte sich nicht von ihnen losreißen. Er ging zu einem Tisch mit Büchern, nahm eines über Nigeria, blätterte angelegentlich darin herum und blies Staub aus den Seiten. Er hatte das Gefühl, daß das einzige lebende Wesen aus dem Haus gegangen war. Er hatte Hunger, obwohl es gerade erst halb zwölf war. Er konnte weder nach oben gehen und arbeiten noch sich auf sonst etwas konzentrieren. Er fühlte sich, als sei er das Wetter. »Le temps, c'est moi!« Er wünschte, er gehörte zu den Männern, die in einer solchen Situation in den Hof gingen und das Auto auseinandernahmen. Marda war die einzige, die ihn amüsant fand. Aber vielleicht war er gar nicht amüsant, vielleicht hatten sie recht. »Mrs. Montmorency hat auch nicht geschlafen«, sagte er. »Hast du heute morgen ihre Augen gesehen?«

»Wie bitte?« sagte Livvy.

»Es ist furchtbar hier, Miss Thompson. Wenn ich Sie wäre, würde ich nicht zum Lunch bleiben. Außerdem gibt es bloß Hammel, ich habe die Köchin gefragt. Lois, hast du Schreibpapier? Ich glaube, ich schreibe einen Roman.«

»Ja, mach das! Ach, wie schön! Nur habe ich kein Schreibpapier. Frag Onkel Richard. Er hat noch welches von damals übrig, als er seine Memoiren schreiben wollte ... Laurence, willst du *hier* bleiben?«

»Nein, ich gehe wohl besser.« Er dachte, daß es so schlimm auch nicht sei, wenn er zu den Careys zum Lunch ginge. Nach der Öde und Dumpfheit hier wären ihre Öde und Dumpfheit erfrischend, während seine für sie einen Zauber besäßen, eine anregende Fremdheit. Die Familien hatten sich seit drei Tagen nicht gesehen. Sie waren zwar beide nach Castle Trent gefahren, um sich wegen der Hausdurchsuchung zu erkundigen, hatten sich aber um eine halbe Stunde verpaßt. Man könnte über die Hausdurchsuchung reden und wie die Trents damit fertig wurden; außerdem lebten die Careys gut. Etwas Schlechteres als Hammel gab es dort gewiß nicht. »Ich gehe zum Lunch nach Mount Isabel. Soll ich Nona was ausrichten?«

»Oh!« sagte Lois. Bei dem Gedanken, daß jemand etwas ohne sie tat, verdunkelten sich ihre Augen vor Enttäuschung. Sie verpaßte alles, keiner interessierte sich auch nur einen Deut für sie, sie würde nie heiraten.

Als Laurence hinausging, blinzelte sie und schloß die Tür.

»Komisch«, sagte Livvy, »daß dein Cousin jedesmal, wenn er mich sieht, rot wird.« Sie schaute sich in dem hohen Spiegel an und strich sich das Haar an den Schläfen glatt. »Also, Lois, ich meine immer: Ein Mädchen ist nur einmal jung –«

»Und das«, sagte Lois, »ist wahrscheinlich auch am besten so.«

14

»Um ehrlich zu sein«, sagte Lady Naylor auf dem Rundgang durch die Begonienbeete auf Mount Isabel, »tut es mir einerseits leid, daß sie abfährt, andererseits auch wieder nicht.«

Sie musterte Mrs. Carey von der Seite, um sicherzugehen, daß die genaue Bedeutung ihrer Worte auch verstanden worden war. Mrs. Carey nickte und krauste sehr heftig die Stirn. Sie dachte an etwas anderes. Sie blieb stehen, zupfte drei verwelkte Begonien aus und stopfte sie in die Tasche.

»Denn wenn sie das beabsichtigt, wäre mir lieber, sie würde es nicht bei uns tun. Vor allem, weil wir mit den Lawes verwandt sind; es sind angeheiratete Cousins einer meiner Cousinen. Man weiß ja nie, ob dann nicht vielleicht von Beeinflussung die Rede ist. Obwohl niemand sich weniger einmischt als ich, kann man nie wissen, nicht wahr, was in der Familie herumerzählt wird. Und ich bin abergläubisch bei Mardas Besuchen; diesmal hat sie schon einen Koffer verloren. Man fühlt sich einfach verantwortlich.«

»Aber sind Sie sicher«, sagte Mrs. Carey und schaute sich kritisch in ihrem Garten um, als wolle sie in diesem

Teil alles herausreißen und neu anpflanzen, »daß sie die Verlobung löst?«

»Das möchte ich nicht sagen. Aber sie ist mittlerweile so nervös, daß sie sich angewöhnt hat, dauernd Telegramme zu schicken. Hin und her, hinein ins Dorf und wieder zurück. So geht das den ganzen Tag. Das ist doch bei einer jungen Frau, die verlobt ist, nicht normal, oder? Und dabei sind sie mitnichten schon beim Hauskauf oder dergleichen. Es geschieht auch immer in aller Öffentlichkeit – es sei denn, sie sieht über die Posthalterin hinweg, was sie, glaube ich, nicht tun sollte, denn es ist unsere Posthalterin. Und noch etwas: Ich weiß nicht einmal, ob ich darüber sprechen sollte, aber mit der armen kleinen Francie kann ich es nicht diskutieren. Ich glaube, auf Hugo übt sie überhaupt keinen guten Einfluß aus. Sie wissen ja, wie er normalerweise ist. Und jetzt ist er völlig anders. Regelrecht beflissen … Ich glaube zwar nicht, daß es irgend etwas bedeutet. Nein. Man sagt auch leicht zuviel.«

Sie hielt inne, seufzte und wartete.

Mrs. Carey schaute sie freundlich an. »So?« sagte sie. »Aha. Aber was meinen Sie?«

»Ich weiß, daß Francie es merkt; ich weiß, daß es ihr mißfällt. Sie ist natürlich immer unglücklich, aber nun ist sie auf eine andere Weise unglücklich. Man haßt es natürlich, es auszusprechen, doch man weiß ja, wie Hugo ist …«

»Oh – wirklich …?« sagte Mrs. Carey überrascht.

»Hugo braucht richtige Probleme. Wenn die arme kleine Francie sterben würde ...«

»Ist sie ernsthaft –«

»Nein, ich glaube, daß er zuerst stirbt, er hat doch so eine Art, den Dingen auszuweichen. Laura hat er ja auch nicht geheiratet... Aber ich glaube, ich mache mich total lächerlich; ich möchte um keinen Preis übertreiben. Das kommt davon, wenn man Laurence so lange im Haus hat. Ist Ihnen schon aufgefallen, wie geschickt junge Männer – In England ist er, glaube ich, noch schlimmer; dort halten sie ihn für amüsant. Natürlich tut Marda niemandem etwas zuleide; man kennt sie ja von klein auf. Sie ist nur ungebärdig; zwei ihrer Onkel waren auch so. Haben Sie je vergessen, wie ihr Knie an dem Nachmittag geblutet hat? Danach habe ich drei Jahre lang keine Kindergesellschaft mehr gegeben.«

Sie langten am Rand des Rasens an und schauten auf einen Tennisplatz hinunter, wo Marda, Lois, Laurence und Nona Carey spielten. Imposant wie Statuen schauten die beiden Damen zufrieden und mit dem Anflug von Selbstgefälligkeit zu, mit der eben eine Generation eine andere betrachtet.

»Irgendwie ist sie... ich weiß nicht... charmant«, sagte Mrs. Carey, während Marda und Lois den Ball immer wieder über die Linie schlugen. »Sollen wir uns vor dem Tee noch die Dahlien anschauen? Ich wollte Sie fragen ...«

Nachdem sie einen eindrucksvollen Schatten auf das

Bewußtsein der Spieler geworfen hatten, drehten sie sich um und gingen durch das weiche, schwere Gras zum eisernen Gartentor. Mrs. Carey, die in dem hellen tiefen Licht des Nachmittags fast zerschmolz, fand es normal, daß Hugo sich zu einer Mitbesucherin hingezogen fühlte; dergleichen kam und ging, flüchtig wie der Sommer. Sie war nicht der Meinung, daß man irgend etwas unternehmen müsse, und sagte es Lady Naylor.

Das schöne Wetter war wieder da. Ein in rosafarbene Luft gehüllter Berg schaute aus der Ferne freundlich über das Dach von Mount Isabel. Das Licht glitt über die mächtigen glänzenden Bäume. Die cremefarbene, hohe, selbstbewußte Fassade des Hauses sah in der Sonne aus wie aus Karton, das Haus gewichtlos, eine weniger reale Erscheinung als die scharlachroten oder wachsrosafarbenen Blütenblätter der Begonien, als die Begonien selbst, die ungeduldig in den glühendsten Farben blühten und über den Rand eines herzförmigen Beetes wucherten. Die vier jungen Leute kamen vom Platz hoch, über dem schimmernden Gras lag Stille. Dann beugte sich ein Hausmädchen aus dem Dunkel des Salons zum Fenster hinaus und schlug zum Tee auf den Messinggong: einen Mollton.

Marda war vielleicht ungebärdig wie ihre Onkel, aber nicht gedankenlos. Sie hatte schon unmittelbar nach ihrer Ankunft begriffen, daß sie nichts Ärgeres anstellen konnte, als Mr. Montmorency für sich einzunehmen. Von ihm geliebt zu werden wäre die übelste Katastrophe ihrer vom Pech verfolgten Besuche. Schon die Idee kam ihr albern vor – sie konnte sich gar nicht vorstellen, daß sie, Marda, Schicksal spielte –, setzte sich aber in ihr fest in dem Anfall extremer Ängstlichkeit, der von dem Verlust ihres Koffers ausgelöst wurde. Sie befürchtete, der Koffer wäre nicht das Ende ihrer Missetaten; nein, nachdem sie Hugos Bekanntschaft gemacht hatte, sah sie, daß dem nicht so sein würde. Sie mochte nicht Schicksal spielen, doch *hier* spielte das Schicksal ganz gewiß mit ihr. Zum Teufel mit ihm! dachte sie, ganz bewußt ungerecht, und tat ihr Bestes, um ihn abzuweisen, zu verärgern und zu langweilen, tat alles, was man einmal die Listen ihres Geschlechts genannt hätte. An dem Tag, als sie unter den Buchen spazierengegangen waren, war ihr in der Kate des alten Dannie ganz kurz klargeworden, welch magerer Erfolg ihr beschieden sein würde. Hartnäckig uncharmant, unermüdlich in ihrem Bemühen, nicht zu gefallen, mußte sie zu ihrem Ärger letztendlich doch in weiblicher Vorsicht, Zurückhaltung und Besonnenheit Zuflucht suchen, all dem, was sie immer verachtet hatte. Ihre Belohnung: beim allgemeinen Zubettgehen am Fuße der Treppe eine Berührung der Fingerspitzen – er ganz in der Berührung –, als er ihr die Kerzen gab: ein verschreckter Blick über die Flamme. Und als die vier Kerzen, eine Schattenflut hinter sich herziehend, mit den Damen hinaufgingen und sie und Lois sich an einer Biegung der Treppe umgedreht hatten, sahen sie ihn immer noch dastehen, wie er aus der überwältigenden, stärker werdenden Dunkelheit hinaufschaute. Da hatte sie sich bei Lois untergehakt.

Es war die Nacht, in der er nicht schlief und Lois auch nicht.

Heute war Smith zum Tee und wegen Nona nach Mount Isabel gekommen. Lächelnd stand er über dem funkelnden Tablett, in den hohen dunkelgelben Schatten, erfreut, doch namenlos. Er war ein Mann, dessen Namen man sich nicht merken konnte. Doch sein Erscheinen beunruhigte Mrs. Carey, die sich erinnerte, daß er nichts zum Tee aß. Sie hoffte, daß alles glimpflich verlief.

Mit den Gedanken woanders sagte sie zu Marda: »Ich freue mich, daß Sie glücklich werden. Ich hoffe aber auch, daß Sie nun wirklich heiraten.«

»Vielen, vielen Dank«, sagte Marda. »Doch, doch, das werde ich tun.«

»Ich sollte natürlich«, sagte Mrs. Carey, ohne Smith aus dem Blick zu lassen, »nicht ihm gratulieren, sondern Ihnen.«

»Ich habe großes Glück.«

»Nein, nein, das meine ich gar nicht. Zeigen Sie mir Ihren wunderhübschen Ring. Oh, Sie haben ihn gar nicht an. Aber Sie haben doch einen hübschen Ring? Mr. Smith, ich hoffe, Sie spielen Tennis.«

Mr. Smith, der aufs Tennisspielen nicht erpicht war, hatte seine Schuhe nicht mitgebracht. Mit Tennis hatte er nichts im Sinn. Er hatte an einen kleinen Spaziergang im Garten gedacht, ein paar Pflaumen ... Nona stand sehr rosa und demonstrativ auf und machte mit den Kuchenplatten die Runde. Ihr war klar, daß sie sich solcher Leute wie Mr. Smith entledigen mußte, denn im nächsten Sommer würde sie bei Hofe eingeführt und die Saison in London verbringen. Lady Naylor schaute natürlich prompt Mrs. Carey an und hob die Brauen.

»Wie schade«, bemerkte diese, als sie Sessel an den Teetisch schoben, »daß Sie die Montmorencys nicht mitgebracht haben. Wollten sie nicht kommen?«

»Er schon«, sagte Laurence, »aber da ich nicht fahren darf, war kein Platz mehr im Auto. Wir waren zu viele.«

»Nicht böse sein«, sagte Marda. »Am Samstag bin ich wieder weg.«

»O nein, nein!« rief Lois und fügte mit allem Respekt hinzu: »Seien Sie nicht albern.«

Lady Naylor holte tief Luft. »Leider muß Marda zurück nach England. Ich weiß gar nicht, was wir ohne sie anfangen sollen ...«

»Gefällt es Ihnen in England?« fragte Nona Carey, sich von Smith entfernend. »Wollen Sie wirklich dort wohnen? Ich meine immer, da sieht alles so neu aus. Aber es ist auch stets eine Menge los ... Wo wohnen *Sie*, Mr. Smith?«

»In Eastbourne.«

Obwohl Lady Naylor sofort sagte, dort sei es ja sicher sehr gesund, wurde Smith unter dem allgemeinen

Mitleid ganz klein. Er schlug die Beine noch einmal anders übereinander, betrachtete angestrengt seine Schuhspitze und sagte, er überlege manchmal, ob er nicht nach Ostafrika gehen solle. Ein Gefühl der Verlassenheit und Kränkung, das sie bei Mardas Ankündigung ihrer Abfahrt überkommen hatte, wurde nun durch die potentielle Abtrünnigkeit Mr. Smiths noch stärker. Lady Naylor bemerkte geringschätzig, dann werde es ja ziemlich einsam, während Mrs. Carey sofort Smiths edle Silhouette vor dem heißen afrikanischen Firmament sah, das Gefühl hatte, sie seien unfreundlich gewesen, und ihn bat, herüber aufs Sofa zu kommen und von sich zu erzählen. Er erzählte. Nona saß auf dem Klavierschemel und drehte sich damit herum.

»Smith«, sagte Laurence, »Sie sollten hierbleiben und uns beschützen.« Und Smith mußte versprechen, er werde die Armee nicht verlassen und nach Afrika gehen, bevor nicht hier alles wieder in Ordnung sei.

Aber Laurence und Lois klang das alles schon nach Vergangenheit. Sie empfanden es beide als Galgenfrist oder auch wie einen Prolog, der zu lange, mit unnötiger Bedeutungsschwere und verschwenderischer Aufmerksamkeit für Details ausgespielt wurde. Getrennt, doch sich des jeweils anderen durchaus bewußt, eigentümlich verbunden durch Feindschaft, tranken sie beide unzufrieden ihren Tee; sie waren böse, daß sie so viel von sich in etwas gaben, das vergessen werden würde. Der Tag verlief ereignislos, ein stereotyper Tag im Spätsommer, absolut unempfänglich für ihre Spuren. Die gelbe Sonne, die schräg durch die Rouleaus auf das üppig schwere Silber schien, auf Hände, die behutsam das Worcester-Porzellan hielten, auf Hunde, die bettelnd die Schnauzen unter dem Tischtuch heraufstreckten, wirkte alt, gebraucht, sickerte aus dem Überfluß einer glücklichen Erfüllung, während irgendwo anders und unerreichbar etwas ohne sie geschah.

Marda wollte noch Tee. Doch alle waren abgelenkt, weil um Smith ein heftiger Streit entbrannt war. »Müssen Sie wirklich am Sonnabend abfahren?« fragte Laurence und nahm ihre Tasse. »O ja. Warum?« Sie beugte sich aus dem Sonnenstrahl heraus in den Schatten der Vorhänge. Der Schatten verlieh ihren Farben etwas Durchscheinendes; seine braune Klarheit machte ihr Gesicht verräterisch hart, so daß sie sich, ohne den Schutz guter Manieren, einen Moment lang in ihrer Bangigkeit preisgab. Ihr grünes Leinenkleid sah vor dem ziemlich grellen Blütenmuster des Cretonnes gespenstisch aus.

»Gerade dann, wenn es am schönsten ist«, sagte Laurence, so aufrichtig, daß es schon wieder banal war.

»Deshalb fahre ich ja auch.«

Er hörte einen Augenblick hin, und als man sich weiterhin lautstark stritt, sagte er rasch: »Lois und ich sind keine Bereicherung, meinen die Montmorencys. Sind Sie deshalb gelangweilt? Noch nie ist jemand so schnell wieder abgereist. Ich wollte immer noch einen bestimmten Spaziergang mit Ihnen machen.« Verzweifelt klapperte er vor ihr mit Tasse und Untertasse. »Ich finde, daß Sie einen Fehler machen, wenn Sie gehen.«

»Gut, wahrscheinlich, aber –«

»Schauen Sie nur Lois an. Die Augen quellen ihr aus dem Kopf. Wenn Sie weg sind, geht sie in Ihr Zimmer und weint auf Ihrem Bett. Da hat sie morgens immer was zu tun.«

»Ach, seien Sie still. Sie kann Sie hören.«

»Nein«, sagte Laurence, »kann sie nicht, obwohl sie es versucht. Mir tut es nicht ganz so leid, aber ich glaube, es ist phantasielos von Ihnen, wenn Sie gehen. Warum müssen Sie sich mit Mr. Lawe treffen? Ich meine, ganz nüchtern betrachtet, haben Sie für ihn doch noch jede Menge Zeit ... Ich bin wirklich«, beschloß er seine Rede, »wegen all dem stinkwütend, über den Punkt des Beleidigtseins hinaus.«

»Im Moment möchte ich eigentlich am allerdringlichsten«, sagte Marda, »noch etwas Tee.«

Da er die Aufmerksamkeit ihrer Gastgeberin nicht erregen konnte, beugte sich Laurence über das Tablett und nahm die Teekanne. Aus der eisernen Konzentration, mit der Marda auf die Begonien starrte – sie warfen kleine zinnoberrote Flecken in ihre Augen –, erriet er, daß letztendlich jemand dahinterstand und daß es Mr. Montmorency war. Als er, Laurence, sich nämlich aus dem Fenster gelehnt hatte, während seine Tante unten auf der Treppe mit Mrs. Montmorency redete, hatte er mitbekommen, daß alle dachten, Marda erwäge, die Verlobung zu lösen. Er selbst hielt es für unwahrscheinlich. Dagegen sprach zuallererst Mr. Montmorency selbst; außerdem war sie im Begriff, sich ein schönes Zuhause samt dem, was damit verbunden war, zu verschaffen: Geld, Sicherheit und ein Betätigungsfeld. Er wünschte, er bekäme das auch so leicht. Nun stand er über ihr, hielt die Tasse Tee und hätte bis drei zählen können, bis sie sich umdrehte. Aber dann – ach, wie verschwendet sein Verständnis für sie war – sah er, daß sie lachte.

Sie lachte bei dem Gedanken, wie die Leute von hier ihre Überraschung zu unterdrücken versuchten, wenn sie zu ihrer Hochzeit kamen; kaum angemessen gekleidet, weil sie ihr zutiefst mißtrauten, und am Anfang des Mittelgangs noch die weißen Handschuhe zuknöpfend. Aber den Grund des Mißtrauens fand Marda nicht witzig; ja, für ihren Geschmack hatte er etwas gleichzeitig Tragisches und Vulgäres angenommen. Sie erklärte Laurence nicht, was sie so lustig fand, sondern dankte ihm und trank den Tee, doch das war ganz falsch.

Endlich zerstreute sich die Gesellschaft. Die Leute schlenderten mit ihren Zigaretten durch die Verandatür nach draußen und wandelten, geblendet, einzeln durch die Blumenbeete. In ihrem eigenen Bewußtsein groß, wachsend von etwas unter Lebensgröße, für ein Auge vom Berg herab ameisengleich – allerdings kleiner und weniger zielstrebig – oder wie verstreute Perlen. Das Gefühl, preisgegeben zu sein, einer ironischen Gleichgültigkeit ausgeliefert zu sein, ohne sich wehren zu können, veranlaßte Laurence, zu dem Berg über dem Dach des Hauses hinaufzuschauen. Die Gesellschaft schien in jemandes Blick – dem eines Mannes, der sich dort oben, in den Klüften und Bergkämmen, versteckte und sie beobachtete – gefangengehalten, eingeschlossen zu sein und nur darin zu existieren. Das Gefühl, beobachtet zu werden, Quell von Energie und Neugierde zu sein, war Laurence peinlich, und er wandte sich von dem Berg ab. Doch das unvermeidliche, einengende Starren beeinflußte, ja verwandelte die einzelnen Gestalten mit ihren ordentlich verwobenen Schatten, den wohlgepflegten Rasen und die Beete, die in diesem Muster aufgingen.

Auf der Heimfahrt erzählte Lady Naylor, zwischen Marda und Lois Hüfte an Hüfte hinten in den Wagen gepfercht und mit ihnen im Takt über die unebene Straße holpernd, daß sie eine Entdeckung gemacht habe: Auch Mrs. Carey verstand moderne junge Leute nicht. Sie schienen, hatte Mrs. Carey gesagt, keinen Idealismus mehr zu haben, keine Abenteuerlust, sie dachten immer nur an ihre Bequemlichkeit. Hatte Mrs. Carey nicht doch unrecht? Aber eigentlich, glaubte sie, sei sie der gleichen Meinung. In ihrer Jugend hätten sie und Mrs. Carey überaus neugierig an allem, was um sie herum geschah, teilgenommen. Alle jungen Menschen müßten Rebellen sein, meinte sie; sie sei jedenfalls eine

Rebellin gewesen. Doch seit dem Krieg lungerten sie im Grunde nur noch herum. Sie selbst habe eine tiefe Liebe zur Poesie gehegt; sie erinnere sich noch, wie sie mit Shelley unterm Kissen eingeschlafen sei. Sie sei immer allein in den Bergen gewandert und habe es gehaßt, wenn sie zu den Mahlzeiten nach Hause kommen mußte. Nona wiederum, habe Mrs. Carey bemerkt, versäume um keinen Preis eine Mahlzeit, sie sei immer unpünktlich, fehle aber nie. Vielleicht schätze die Mutter das Mädchen aber auch falsch ein. Mrs. Carey und sie hätten Phasen tiefsten Unglücks hinter sich. Und dennoch sei ihre Jugend eine goldene Zeit gewesen; sie möchten sie nicht missen. Es wäre doch schade, hätten sie beide gemeint, wenn man schon im mittleren Alter geboren würde.

Diese letzten Bemerkungen waren mit einem gewissen Ärger an Laurence' Hinteransicht gerichtet, der vorn im Auto beim Chauffeur saß. Seine unglücklich geformten Ohren wellten sich halb durchsichtig im Abendlicht. Er sagte nichts, dachte aber nach; er mußte diesen Roman schreiben, denn hier lag eine Goldmine (dann Spanien und die Erstausgaben, ein Picasso und Gardinen für seine Studentenbude). Er würde die modernen jungen Leute vor seiner Tante und ihrer Generation rehabilitieren. Er wußte nur noch nicht, ob er über Cocktail-Parties oder schrullige Erstsemester schreiben sollte.

15

Hugo war stumm, seine Gefährtin ignorierte ihn mit Schweigen. Sie gingen über die Wiesen des Darra-Tales am Flußufer entlang. Mit seinem Stock schlug er auf das grellgoldene Kreuzkraut. Bei jedem Hieb schaute sie überrascht auf, sagte aber nicht: »Lassen Sie doch!« Lois kam hinter ihnen her; sie warf Zweig um Zweig in die angeschwollene, eilig daherfließende Darra, rannte richtig aufgeregt ein Stück mit, verlor den Zweig und warf einen neuen hinein. Sie wirkte ganz bei der Sache, doch vage abhängig, wie einer der Hunde. Wäre sie laut platschend und schreiend hineingefallen, hätte sie das Paar vor sich abgelenkt, aber sie bewegte sich sicher im Gelände, und um absichtlich hineinzufallen war sie auch wieder nicht selbstbewußt genug.

Die Erinnerungen an Laura waren für ihn nun aus dem unerwartet grünen Tal weggewischt, die Szenerie öde. Weder die Lage der Steine im Fluß, noch das Abbrechen der Grassoden am Ufer, noch der normannische Bergfried mit den abbröckelnden Ecken (an den angelehnt sie sich gestritten hatten, bis Laura sich laut wünschte, er werde auf sie fallen) gaben ihm das zurück, was sie von der zerbrechenden Beziehung genommen hatten. Es war, als wären er und sie nie hiergewesen; sie waren verstoßen. Die spitzen Felsen, die aus dem Gras herausstaken, das gleichgültig strömende Wasser waren nackt und mußten als sie selbst betrachtet werden, die ihn in gewisser Hinsicht ausschlossen; wie die Landschaft, die man vom Zug aus sieht, ohne Vergangenheit oder Zukunft. Und nachdem Laura sogar ihre Machtlosigkeit hierzusein bewiesen hatte, verschwand sie und nahm auch die allgegenwärtigen Erinnerungen an sie mit. Sie hinterließ nur – wie im wiederentdeckten Tagebuch eines vergessenen Jahres – ein paar rätselhafte Spuren, Spaziergänge, ein paar eingehaltene Verabredungen, Briefe, die empfangen, und Briefe, die geschickt worden waren.

Nun meinte er sogar, er habe sie nie geliebt. Schokkiert, doch mit einem belebenden Gefühl der Befreiung drehte er sich zu Marda um, hatte aber immer noch nichts zu sagen. Mit langen Schritten lief sie eigentlich zu schnell neben ihm her. Sie fuhr am nächsten Tag ab; sollte auf unbestimmte Zeit in England bleiben: Sie schien es zufrieden zu sein. Und deshalb richtete sich seine Wut, von Laura losgelöst, nun gegen sie. Er liebte sie; ein Gefühl von sich selbst durchflutete ihn, erfüllte das Tal. Wieder waren die Felsen verwandelt: überall in Lichtflächen aufgebrochen, die Härte überwunden, aus Sandstein waren sie nicht mehr.

»Mrs. Montmorency kennt Leslies Tante«, sagte Marda plötzlich. »Sie auch? Ich kann es kaum glauben!«

»Wenn ja, habe ich sie vergessen.«

»Sie ist sehr nett.«

»Das glaube ich unbesehen.«

»Bitten wir doch Lois hier zu uns, und unterhalten wir uns mit ihr.«

»Sie wirkt ganz fröhlich. Wo fahren Sie hin – übermorgen?«

»Nach Kent. Kaum zu glauben!«

Nachdem er dieser Angelegenheit eine überdeutliche Aufmerksamkeit geschenkt hatte, verkündete er, was sie alles unglaublich finde, erscheine ihm übertrieben. Sie stimmte ihm zu, daß sie oft recht unterschiedlicher Auffassung seien. »Unterschiedlich!« rief er. »Vollkommen entgegengesetzter! Wie gut, daß wir einander nie verstehen müssen.«

»Ich versuche nie, überhaupt jemanden zu verstehen«, sagte sie in aller Ruhe.

»Ja, wirklich«, erwiderte er voller Sarkasmus. »Wer ist es denn auch schon wert?«

Bei diesen Worten schaute sie sich noch einmal nach Lois um. Sie mußte an Francie denken, die sie in rosafarbener Bluse an der Treppe verabschiedet hatte, und an den Blick, der ihnen über die Allee hinterhergeflattert war. Kein Wunder, daß Francie wie eine Anemone aussah – ihr Gatte hatte die unselige Fähigkeit, jederzeit jung zu sein. Bei seinen unerklärlichen Stimmungsschwankungen benahm er sich oft ungezogen wie ein Schuljunge; sein dummes Gerede fand sie peinlich. Doch wenn er zornig war, strahlte er geradezu: wurde heller und gewann Konturen, und man konnte ihn erstmals als liebenswert betrachten. Sie allerdings fühlte sich in dieser privaten Atmosphäre, die durch seinen Jähzorn hervorgerufen wurde, am wenigsten wie sie selbst, ja, beinahe wie nicht existierend.

»Ich würde gern dorthin gehen«, sagte Marda und deutete über den Fluß zu den Bäumen, die an einem Abhang begannen und steil herunterwuchsen, die Wipfel vom Licht gelb bestäubt.

»Das können wir nicht«, sagte er triumphierend, »die Trittsteine sind unter Wasser.« Er zeigte ihr eine kaum sichtbare Linie, wo sich das Wasser brach und die Strömung verlangsamte.

»Ich habe gar nicht gedacht, daß da Trittsteine sind. Ich wollte nur hinüber, weil es nicht geht. Warum ist man wohl immer auf der falschen Seite?«

»Sie doch nie, meine ich. Legen Sie nicht sogar allergrößten Wert darauf, daß das nie der Fall ist?«

Sie wurde so ärgerlich, daß sie alle Vorsicht in den Wind schlug. »Mr. Montmorency, was ist eigentlich los?«

Als er sah, daß er zu weit gegangen war, daß er sich lächerlich gemacht hatte, hob er höflich verwundert die Brauen – »Los?« –, antwortete aber nicht direkt, sondern fing an, über seine Reisen zu reden – der grünste Fluß, den er kenne, sei der Ain (ob sie denn noch nie auf den Ain hinuntergeschaut habe?) –, einen Posten, den er im Norden innegehabt hatte (da gewöhne man sich das Reisen vollends ab), seine fünf Jahre in London (vom Norden befreit), ein Handelsunternehmen, dem er verbunden gewesen sei. Es habe nie auf soliden Füßen gestanden, sehe er heute, habe jedoch einmal eine Erfolgschance gehabt. Sie betrachtete ihn nun, was er auch beabsichtigt hatte, als den gescheiterten Mann der Praxis. Sie redeten über die Kanadageschichte, darüber, ob er wohl dort Erfolg gehabt hätte. Sie fand es nachgerade schade, daß er es nie probiert hatte. »Aber der Gesundheitszustand meiner Frau –« »Ach, ja, Mrs. Montmorency ...«

»Tatsache ist, ich habe sie nicht glücklich gemacht.«

»Ein wenig glücklich wäre sie immer gewesen; sie ist wunderbar uneigennützig.«

»Meinen Sie –«

»Oh, was ist denn das? Der Geist eines Palasthotels?«

Die Mühle erschreckte sie alle drei, schaurig starrte sie mit ihren hellen Augen um eine Biegung im Tal. Lois mußte schleunigst herbeirennen, um zu erklären, wie sehr sie ihr angst mache. Um nichts in der Welt werde sie dort hineingehen, aber doch gern so nah, wie sie sich traue. Es sei eine Furcht, die sie auch gar nicht überwinden wolle, eine Art Lust. Die toten Mühlen – das Land war voll davon, sie wurden nie nackt und weiß wie ein anständiges Skelett, sondern sahen aus wie allerwiderwärtigste Kadaver. »Noch einer unserer nationalen Mißstände«, erklärte Hugo. »Von der englischen Gesetzgebung ausgehungert …« Doch Lois wollte schnell weiter: Sie und Marda liefen schon voraus.

Der Fluß wurde dunkler und brauste auf das Mühlgerinne zu, das Licht traf voll auf die hohe Fassade des Verfalls. In unglaublicher Einsamkeit, dachlos, bodenlos – die Balken liefen kreuz und quer durch dunstiges Tageslicht im Inneren –, schwankte das ganze Gebäude, als wolle es bei einem Atemhauch zusammenbrechen. Wo eine Tür abgerissen worden war, bluteten rostige Angeln; sechs Stockwerke hoch zerfledderten immer noch Fensterscheiben das Tageslicht. Den dicht mit Bäumen bestandenen, steilen Berghang hinauf zogen sich einige ebenfalls dachlose Katen und schmiegten sich düster und vergeblich in den Schatten der Mühle. Ein Pfad führte von dem torlosen Tor den Hügel hinauf und verlor sich unter den Bäumen. Ungenutzt. Im Leben die Banalität per se, hatte die Mühle das Tal der Phantasie verschlossen; tot wurde sie nun Teil der Demokratie des Gespenstischen, glich in Vergeblichkeit und Schmerz zerfallenen Palästen; wurde durch die Wahrnehmung des Betrachters verklärt, zeigte nicht den Zerfall ihrer Armseligkeit, sondern einfach nur Verfall; nahm alles von der Vergangenheit, der sie nichts gegeben hatte.

Krähen rumorten in den Bäumen, zerstörten das Echo. »Gehen Sie nicht hinein!« schrie Lois und packte Marda krampfhaft am Arm.

»Ach was«, sagte Marda, »ich pfeife auf alle Vorsicht,

ich bin wieder ein Mädchen. Verstecken wir uns vor Mr. Montmorency.« Lois lugte mit mehr als vorgetäuschter Bangigkeit durch das Eingangstor. Ihr Alptraum: morsche, starrende Ruinen. Mr. Montmorency trödelte immer noch mißmutig am Fluß herum; die Vorstellung, ihm fortzulaufen, war unwiderstehlich. Aber die Szene war seltsam bereitet für ein Watteausches Tableau. Hinter dem Mühlentor wucherten hoch die Brennnesseln; ein Balken war verrottet und heruntergefallen, Schutt vom Dach lag auf dem Boden.

»Wenn er anfängt zu schreien«, sagte Lois ängstlich, »kracht garantiert die ganze Mühle zusammen. Nein, ich kann nicht da rein, nein, auf keinen Fall. Es ist gräßlich da drin; mir wird schlecht. Sie sind total verrückt!«

»Und Sie ein schrecklicher kleiner Feigling, finde ich.«

»Vor etwas, das rational erklärbar ist, habe ich keine Angst. Aber schwache Nerven, nichts zu machen.«

»Kommen Sie durch diese Tür.«

»Die ist so hoch.«

Marda umschlang ihre Taille, und solcherart mitgerissen, geriet Lois in Hochstimmung und betrat die Mühle. Die Furcht intensivierte den Genuß; sie begrüßte das Hereinströmen dieser Furcht, ließ den Blick die bleigrauen schorfigen Wände hochschweifen bis zu dem grausig starrenden Himmel. Risse verliefen nach unten; nunmehr unbekümmert, rechnete sie jeden Moment damit, daß sie sich verbreiterten, daß die Wände sich von einem Spalt wegrollten wie die des Hauses Usher.

»Und, ist es schlimm?« fragte Marda.

»Mit Ihnen traue ich mich alles.«

Durch die Fensterhöhlen warf die Sonne ein paar wilde goldene Rechtecke, die von den Balken verzerrt wurden; Gräser an den Fenstern zitterten im Licht. Marda drehte sich um und bahnte sich einen Weg durch die Nesseln; es gab noch eine weitere Tür, die ins Dunkle führte; irgendwo hielt auch noch ein Dach.

»Marda, Hilfe, hier ist eine tote Krähe!«

»Tsch!«

»Sie ist aber sehr tot!« Lois schüttelte sich übertrieben, hüpfte furchtsam über die Nesseln auf die dunkle Tür zu, begierig nach Ansprache, Zurechtweisung, Trost. Sie war ein kleiner Dummkopf und appellierte, davon war sie überzeugt, an besondere Nachsicht.

Im Dunkel eines Anbaus bewegte sich Marda schemenhaft. »Stufen!« rief sie warnend. Im nächsten Moment war sie dann wieder da, stand in der Tür und versperrte sie. Angespannt; ihre Haltung verriet Gefahr.

»Was?« flüsterte Lois.

»Pst – da schläft jemand.«

»Vielleicht ist er tot?« Lois starrte über Mardas Schulter in die Dunkelheit, lachte begehrlich und schlug die Hand vor den Mund, eine unnatürliche Geste, dem Drama angemessen. Dann sah sie allmählich den Mann; auf dem Bauch liegend, die Arme ausgebreitet und das

Gesicht zur Seite gelegt, damit er atmen konnte, ruhte er auf einem zum Kissen gerollten Mantel. Eine locker geballte Faust hatte sich in einen Brennesselstrauch verirrt; die Knöchel waren ganz weiß gestochen worden. Er spürte es nicht. Einen solchen Schlaf mußte man sich einmal vorstellen! Hinter ihm ging eine Treppe ins Sichtbare hoch, in eine klaffende Wunde aus Tageslicht.

Verlegen standen die beiden jungen Frauen eng nebeneinander. Marda trat zurück, ein wenig Putz zerbröckelte unter ihrem Absatz.

»Was ist?« sagte der Mann leise.

»Kommen Sie schnell weg – kommen Sie –«

Doch der Mann, noch mit der Ruhe des Schlafs, drehte sich um und setzte sich auf. »Bleiben Sie stehen!« Es klang, als wolle er sie überreden, doch eine Pistole verlieh seinen Worten Nachdruck. Eine merkwürdige Begegnung, es war ihnen peinlich. Aus dieser Nähe hatten sie beide noch keine Pistole gesehen; sie sah klein aus, kaum größer als ein Schaltknopf. Der Mann saß da, musterte sie aufmerksam und versuchte sie einzuschätzen, wie ein Affe; dann stand er langsam auf. Die Pistole blieb auf sie gerichtet.

»Seien Sie nicht albern«, sagte Marda. »Schlafen Sie weiter. Wir sind nicht –«

»Sind noch mehr von euch da draußen?«

»Einer. Der interessiert sich aber auch nicht für Sie. Lassen Sie uns besser jetzt gehen, dann wird um so weniger geredet.«

»Wir gehen hier nur spazieren«, sagte Lois, überrascht von ihrer eigenen Stimme.

»Was Sie nicht sagen«, erwiderte der Mann. »Ist ja auch ein prima Abend für einen Spaziergang, alles klar. Ihr seid von Castle Trent, stimmt's?«

»Nein, von Danielstown.«

Der Mann schaute von einer zur anderen und blieb spöttisch zwischen ihnen stehen. In der Dämmerung war sein Gesicht metallblau und schien bis zur Unbeweglichkeit betäubt. »Wird Zeit«, sagte er, »daß ihr aufhört mit dem Spazierengehn. Wenn ihr nichts Besseres zu tun habt, bleibt lieber zu Haus, solange ihr es noch habt.«

Marda, eine Hand am Türrahmen, beeindruckte er damit nicht, doch Lois mußte ihm zustimmen. Sie fühlte sich ausgestoßen, hier hatte sie nichts mehr zu suchen. Besser, sie ging. Doch wohin? Sie dachte: »Ich muß Gerald heiraten.« Doch mittlerweile hatte Marda, die sie die ganze Zeit am Arm gehalten hatte, sie sanft, aber ironisch gedrückt. Sie fühlten sich beide umstellt, waren befangen, als schauten sie in eine Kamera. Der Mann, der sie weiterhin mit unruhigem Mißfallen betrachtete, fragte, woher sie gekommen seien, wen sie getroffen und ob sie Truppenbewegungen in der Gegend beobachtet hätten. Zufrieden war er mit ihren Antworten nicht; offenbar sahen sie aus wie Lügnerinnen.

Mr. Montmorency, der vermutete, daß Lois und Marda sich amüsierten, sich jedoch keinesfalls mit hineinziehen lassen wollte, hatte sich in der Zwischenzeit auf eine niedrige Mauer, an deren Fuß die Uferböschung abfiel, gesetzt und rauchte; laut rauschte der Fluß, ganz dunkel vor Eile, unter seinen baumelnden Füßen her. Die Mühle hinter ihm berührte ihn wie ein Gefühl von Zukunft; ein unangenehmes Gefühl, als ob man über ihn hinwegtrampelte. Lichtfetzen wurden bis zum Mühlgraben an ihm vorbeigezogen, klammerten sich wie Hände an den Rand und zerstoben auf dem Weg nach unten. Er betrachtete den gegenüberliegenden Berg, dessen deutlich sichtbare, friedliche Bäume. Dort gehörte Marda hin, ja, man konnte sich vorstellen, daß sie dort in aller Muße herumspazierte.

Er schnipste die Asche ab, beugte sich vor und stöhnte angesichts des trennenden Wassers – »auf der falschen Seite«. Er sehnte sich nach Francie; ein großer Kummer wallte in ihm auf, er mußte Francie davon erzählen. Selbstlose Frau, die sie war, würde sie dezent rascheln; sie beschäftigte sich immer beiläufig mit etwas anderem, damit man nicht merkte, wie konzentriert sie zuhörte. Bekümmert wegen ihres Mannes, würde sie kleine Seufzer ausstoßen. Er würde ihr alles erzählen ... Doch er konnte nicht. Marda war allgegenwärtig, eine rötlich-weiße, überraschte Maske. Mit ihrem kühlen bedrohlichen Amüsement beeinflußte sie ihn in seiner Gesamtheit, sein tiefinnerstes Gefühl von sich selbst. War ihr Geist überall? Etwas von ihr war auch in Francie.

»Also, es verhält sich so«, begann er zu proben, »ich brauche –«

Ein Schuß riß Kreise in die Stille. Ungläubig, mit bebenden Trommelfellen vernahm er den Widerhall. Ein Kampf – ein Tod in der Mühle? Wessen Tod? Sofort durchzuckte ihn nur ein Gedanke, eine blitzartige Erleichterung in der Panik. Die Fassade grinste leer. Er rannte darum herum: um den Leichnam eines Idioten. An der Tür blieb er stehen und faßte sich, sah zu, wie seine Zigarette in die Brennesseln fiel, und stolperte über den Schutt hinein. Eine flüchtende Krähe flatterte aufgeregt unter den Dachsparren her, vom Putz lösten sich Brocken und fielen herunter. Inmitten der Trümmer hielt er inne, hatte Angst um sie alle. Die Krähe schwebte durch das Dach hinaus.

»Marda!«

»Schon gut«, sagte Lois.

Sie tauchten in einer Tür auf und schauten ihn ernst, beinahe mißtrauisch an.

Marda fuhr sich mit der Hand an den Mund. Bei einem ungläubigen halben Blick bildete er sich ein, er sehe Blut um ihre Lippen.

In seiner Stimme machte sich Erleichterung bemerkbar. »Marda«, sagte er, »um Gottes willen –«

Als breche die Mühle nun zusammen, wurde Lois erst weiß, dann feuerrot. Einen Moment lang befürchtete er einen Schock. Marda lutschte in ihrer Verblüffung weiter an ihrer Hand. Dann nahm sie das Taschentuch, das

Lois ihr anbot, tupfte sich die Fingerknöchel ab, wischte sich das Blut von den Lippen – es kam aber keines mehr – und widmete sich wieder ihren Knöcheln. »Ich habe ein bißchen Haut verloren«, sagte sie schließlich leicht vergrätzt. »Eben ist eine Pistole losgegangen. Versehentlich. Haben Sie es gehört? Offenbar habe ich ein paar Hautstücke eingebüßt.«

»Lassen Sie mich vorbei«, sagte er aufgebracht.

»Wir haben geschworen –«, sagte Lois.

»Jemand ist hoch und nach hinten gegangen, nicht sehr vernünftig, er hat seit vier Tagen nichts gegessen. Ein bißchen Putz ist – natürlich, eine Pistole ist losgegangen. Es war eigentlich dumm. Schauen Sie, meine dämliche Hand – ich habe die Tür festgehalten.«

»Lassen Sie mich vorbei –«

»Aber wir haben geschworen, Mr. Montmorency –«

»*Sie* sollte man wirklich erschießen!« Auf diesen Ausbruch reagierte er in einer Weise, die sie alle – am meisten ihn selbst – erschreckte. »Offenbar begreifen Sie nicht – scheinen sich keine Vorstellung zu machen –«

»Und warum sitzen Sie dann da und rauchen?« sagte Lois zitternd. »Ich habe Sie gesehen – Sie und Ihre blöden Vorstellungen.«

»Seien Sie still«, sagte Marda, »ach, seien Sie still!«

»Stehen Sie nicht da herum, lassen Sie mich vorbei; ich –«

»Nein, lassen Sie uns über etwas anderes reden –«

»Wir haben geschworen«, sagte Lois hochnäsig. »Es war niemand da, wir haben niemanden gesehen, Sie haben nie gehört, daß –«

Doch ihre Worte verhallten ungehört. Mr. Montmorency bedeutete ihr durch eine Handbewegung zu schweigen.

»Tatsache ist«, sagte Marda, »wir sind beide nicht gut bei Explosionen. Vielleicht sollten wir uns hinsetzen und uns alles noch einmal durch den Kopf gehen lassen. Vielleicht sollten Sie einen Spaziergang machen – nicht oben im Wald!«

»Jetzt ist Schluß mit Versteckspielen«, sagte er, vor Wut sogar zum Scherzen aufgelegt. »Bluten Sie noch –?«

»Nicht soviel, wie ich kann. Ich habe ein ziemlich hohes Niveau. Erinnern Sie sich an den Fußkratzer? Das – hier – hätte ich mir an einem zerbrochenen Schieferstück zufügen können: Gut, eine Schieferkante soll es sein, falls Sie nichts dagegen haben. Und da ich ich bin, war eh klar, daß es passierte.«

Er war entschlossen, die Grenzen des Anstandes zu überschreiten. »Ist Ihnen nicht bewußt, daß Sie –«

Marda lachte und ging Seite an Seite mit ihm durch die Tür aus der Mühle. Er schaute auf ihre Lippen – höher nicht – zornig, mit brennenden Augen. Lois sah rasch weg. Wie schon der bloße Gedanke an den Tod diese schreckliche Intimität mit sich brachte, dachte sie.

Sie und Marda setzten sich auf seinen Platz auf der niedrigen Mauer. Mißtrauisch beobachteten sie, wie er den Weg, den sie gekommen waren, zurückging, angestrengt, als schwimme er gegen einen Strom. Lois nahm die Streichholzschachtel, die er hatte liegenlassen, schüttelte sie und steckte sie in die Tasche. Ihr Geschlecht war eine starke Bastion, das mußten sie stillschweigend zugeben; traditionellerweise konnte man immer in den Kollaps flüchten. Als Mr. Montmorency nun jedwede Aufregung mitgenommen hatte, saßen sie eigenartig schüchtern da.

»Was man alles redet!« sagte Marda.

Lois verband ihr die Hand und sagte, es sei Vorsehung, daß ihr Taschentuch heute sauber sei. Mardas war bunt, man hätte es nie nehmen können. Es hieß ja immer, daß die Farbe in das Blut rann.

»Das glaube ich nicht«, sagte Marda. »Außerdem kann man es kochen; es ist wirklich ein gutes Taschentuch ... Dumm, wenn man so große Hände hat.«

»Stimmt, sie sind ziemlich groß.«

»Tut es Ihnen leid, daß wir hineingegangen sind?«

»Nein.«

»Sie sind nett zu mir ... Aber ich bin kein kleines Mädchen mehr. Im Grunde, meine ich, waren wir dumme Gören.«

»Aber ich habe ... ich habe etwas begriffen«, sagte Lois. Sie beugte sich vor, über den Fluß, spürte, wie Lichtstreifen über ihr Gesicht flogen, und fand, wenn sich die Ereignisse derart überschlugen, durfte man sich auch in weniger wohlgesetzten Worten ausdrücken.

»Mr. Montmorency... es geht ihm schrecklich. Wegen Ihnen, stimmt's?«

Es war mehr eine vorsichtige Behauptung denn eine Frage. Doch in Mardas Gesicht spiegelte sich so viel, daß es undurchdringlich wurde.

»Ihretwegen. Ich hatte ja keine Ahnung – verflixt, ich war zu unschuldig«, erklärte Lois nun genauer. »Erst als wir alle da drin standen und schrien – haben Sie gehört, wie er gesagt hat, man solle mich erschießen?«

»Er war völlig – durcheinander. Er mußte ja seinen Mann stehen.«

»Ach, das wäre mir egal gewesen. Aber ich meine, sind Sie nicht – ist es Ihnen nicht peinlich?«

»Gegen manche Dinge ist man machtlos.«

»Ich habe mich furchtbar benommen, ich habe ›Sie und Ihre blöden Vorstellungen‹ gesagt. Aber sie sind altmodisch, finden Sie nicht? ... Also, ich meine, immerhin war er verliebt in meine Mutter.«

»Na, ich fahre ja nun bald ab.«

»Gut, aber was nützt es? Es ändert sich nichts.«

Völlig aus dem Blauen heraus sagte Marda: »Ich hoffe, ich kriege ein paar Kinder; schrecklich, wenn ich unfruchtbar wäre.«

»Einmal wollte ich ihn wirklich lieben, aber das hätte nie geklappt.«

Marda lehnte sich an Lois' Schulter. »Sie sind wunderbar!«

»Nicht so behütet, wie Sie meinen.«

»Nichts entgeht Ihrer Vorstellungskraft.«

»Ich wünschte«, sagte Lois nachdenklich, »ich wäre wirklich erschossen worden. Aber das ging ja nicht.« Später fügte sie hinzu: »Es tut mir leid, was ich über Mr. Montmorency gesagt habe. Was wird aus ihm?«

»Nichts.«

»Ich bin froh, daß er nicht mein Vater ist.«

»Er könnte niemandes Vater sein.«

»Wo sind Sie morgen um diese Zeit?«

»Im Zug.«

»Komisch«, sagte Lois. »Seltsam.« Ihr Herz hämmerte, sie schaute auf die Uhr. »Halb sieben«, sagte sie. »Aus irgendeinem Grunde finde ich es schwer, mir vorzustellen, was ich tue oder wo ich sein werde.«

»Auf einem netten Spaziergang mit Laurence, bei einem netten, fröhlichen Schwatz. Wenn Sie ein Thema brauchen, über das Sie reden können, reden Sie über mich.«

»Nein, nein, ich meine ... Nein.« Sie schaute vom Wasser hoch. »Wissen Sie«, sagte sie, »nach dieser Geschichte nun hat die Mühle jeden Reiz für mich verloren. Ja, es ist ein Verlust. Ich glaube nicht, daß ich noch einmal zu diesem Teil des Flusses komme ... Müssen Sie es Leslie erzählen? Ich finde, Sie sollten es nicht tun: Ein Schwur ist ein Schwur, auch in England, finden Sie nicht?«

Nichts hätte Marda veranlaßt, Leslies Meinung zu bestätigen, daß ihr Land nicht nur gefährlich war, sondern auch leichtfertig machte. Ihm mißfiel ja sogar der Gedanke an seine Tanten auf der Seite der Irischen See. In etwa achtundvierzig Stunden spazierte sie wahrscheinlich mit ihm durch einen wohlgepflegten, traditionellen englischen Garten im Licht der Grafschaft Kent. Unter diesen Einflüssen würde sie von sich Rechenschaft ablegen. Leslies Aufmerksamkeit, sein gerader grauer Blick würden diese Wochen, in denen sie unstet umhergereist war, unermeßlich verändern, kein Urteil würde nicht von ihm beeinflußt werden. Auch viel Ungefestigtes in ihr würde durch seine Idee von ihr feste Formen annehmen. Die wesentlichen Dinge würden von ihrem Zusammensein stabilisiert und verortet, wie die Bausteine und Tapete eines Heims werden.

Nun aber lag die Mühle hinter ihr, morsch und kaum noch erschreckend, wie ein Traum von vor zwei Nächten. Und Lois warf ihr immer wieder einen hartnäckig tragischen Blick zu.

Lois spürte, daß der Gedanke an Leslie sich aus dieser Szene nicht vertreiben ließ. Resigniert sagte sie zu Marda: »Er schöpft bestimmt Verdacht.«

»Ich erzähle ganz gewiß nichts.«

»Dann bleibt es ein Geheimnis?«

»Mein Wort darauf.«

»Vielen, vielen Dank«, sagte Lois. Als bräche sie einen Bann, erhob sie sich von der Mauer, setzte die Füße auf den Boden und war überrascht, als ihre Beine unter ihr zitterten. »Da«, sagte sie gnädig, »kommt Mr. Montmorency.«

Und zwar »mit feierlich ernstem Schritt«. Sie lächelten und riefen am Ufer entlang: Ja, sie kämen jetzt; ja, es ginge ihnen hervorragend. »Sind wir zu spät zum Dinner?

»Unmöglich«, rief Mr. Montmorency, der gefaßt und freundlich aussah, als er zurück zu ihnen kam.

16

Marda mußte erst nach dem Lunch abfahren, doch schon den ganzen Morgen waren alle betrübt, fühlten mit ihr, konnten sich auf nichts konzentrieren und wanderten ziellos durchs Haus.

Jedesmal, wenn Lady Naylor Marda sah, fragte sie sie, ob sie nicht packen solle, und wenn Marda dann bei offener Tür genau das tat, schaute sie dauernd herein und sagte, wie traurig es sei, sie derart beschäftigt zu sehen.

Francie saß im Vorzimmer und nähte; wann immer jemand vorbeikam, blickte sie nervös auf. Der Regen fiel, die Fenster waren offen, die Zimmer rochen nach Fensterbank. Mit einem Seufzer legte Francie ihre Arbeit zusammen und ging hinauf zu Marda, um ihr zu sagen, wie leid es ihr tue, daß das Wetter so schlecht sei.

»Es wird auf der ganzen Fahrt regnen«, sagte sie.

»Das Autodach ist ja dicht«, sagte Marda und faltete die Ärmel ihres scharlachroten Kleides.

»Aber Regen ist so trübsinnig, wenn man wegfährt. Und dann erwartet einen ja auch bloß ein Zug.«

»Aber ich mag Zugfahren, wirklich. Ich werde immer in Gespräche verwickelt.«

»Hugo wird es sehr leid tun, er hat sich so gern mit Ihnen unterhalten.«

»Er war sehr nett zu mir.«

Sir Richard schaute Mardas Zug in einem Fahrplan vom vergangenen Mai nach und geriet in Unruhe, weil er ihn nicht finden konnte. Ob sie irgendwelche Unterlagen habe, erkundigte er sich, wozu er extra hochkam, daß er seitdem eingesetzt worden sei? Sei es nicht klüger, den Zug um zwölf Uhr dreißig zu nehmen und dann reichlich Zeit für ein Dinner in Dublin zu haben? Außerdem, was solle er tun, falls ihr Koffer jemals wieder auftauche? Er befürchte nun allerdings, daß das nie der Fall sein werde. Seufzend ging er in die Bibliothek zurück.

Laurence saß bei offener Tür mit einem Buch in seinem Zimmer; über den Zwischenflur konnte er in Mardas Zimmer schauen. Offensichtlich konnte sie sich nicht entscheiden, welchen Hut sie auf der Reise tragen wollte. Sie probierte drei an und betrachtete sich damit. Ihm war ihr Aussehen oder ihre Kleidung im Grunde völlig gleichgültig; sie war in beiderlei Hinsicht sehr selbstbewußt. Für wessen Aussehen oder Kleidung er sich überhaupt interessierte, wußte er nicht. Schließlich ging er zu ihr und sagte, er wolle *Südwind* nicht zurück, sie könne es behalten und im Zug vergessen oder einfach mit einpacken.

»Danke schön«, sagte sie, »schreiben Sie meinen Namen hinein, bitte.«

Bei diesem greulichen Ansinnen zuckte er zurück.

Ihr Zimmer war ein einziges Chaos. Über dem Bett verstreut lagen Kleider, überall thronten Hüte; sie hatte den Stützkeil des Spiegels verloren, so daß der ganz nach vorn kippte und die stumpfe Rückseite zeigte. Sie nahm mehr aus dem Haus mit als sich selbst und ihr Gepäck.

»Es wird auf der ganzen Fahrt regnen.«

»Das Dach ist ja dicht«, sagte sie automatisch und warf ein paar aufgerollte Strümpfe aus dem Koffer, um Platz für Schuhe zu schaffen.

»War Lois noch nicht oben?«

»Ich glaube nicht.«

»Was treibt sie denn bloß?«

»Als ich sie das letzte Mal gesehen habe, hat sie einen Tennisball zwischen die Portraits an der Eßzimmerwand geworfen. Sie sagt, im Moment hat sie nicht viel zu tun.«

»Kann ich irgendwas –?«

»Ja, wenn Sie meine Gepäckanhänger schreiben würden –«

»Ja natürlich, das mache ich, aber ich hasse Blockschrift. Muß man –?«

»Hm, ja, leider hätte ich das doch ganz gern –«

»Prachtvoll, diese orangefarbenen Anhänger«, sagte Laurence und nahm ihr höflich das Päckchen aus der Hand. »Da ist Livvy Thompson«, fügte er hinzu, als er aus dem Fenster schaute. »Sie muß hergeritten sein, um Ihnen auf Wiedersehen zu sagen.«

»Aber ich kenne sie doch gar nicht.«

»Das weiß sie nicht. Sie sind einander vorgestellt worden.«

Marda beugte sich aus dem Fenster und rief Livvy Abschiedsworte zu. Livvy winkte und schrie zu ihr hoch, daß es auf der ganzen Fahrt regnen werde. Marda zog sich zurück und schloß lautstark das Fenster.

»Wie schade«, meinte Laurence, »daß unsere jungen Herren keine Möglichkeit haben, Ihnen auf Wiedersehen zu sagen.«

»Ich habe nur einen von ihnen kennengelernt – Gerald.«

»Ach stimmt, bei unserer letzten Gesellschaft waren Sie noch gar nicht da. Wie ungeheuer kurz Sie überhaupt nur hiergewesen sind ... Ich hoffe, daß Sie bald wiederkommen. Mit Ihrem Mann?«

»Danke, Sie sind sehr nett.«

Laurence verbeugte sich und ging mit den Anhängern weg.

Als Lois Livvys Stimme auf der Treppe hörte, flüchtete sie in den hinteren Teil des Hauses und versteckte sich in einer Abstellkammer. Sir Richard mußte Livvy mitteilen, daß er nicht wisse, wo Lois sei; als er sie das letzte Mal gesehen habe, habe sie Stapel alter Spielkarten im Salon sortiert und sehr beschäftigt ausgesehen. Livvy war tief enttäuscht; sie brachte aber ihr Pferd in den Stall und setzte sich in die Halle, um zu warten.

Lady Naylor, die nur mit Mühe für Marda Zeit hatte erübrigen können, weil es an dem Morgen sehr viel zu tun gab, wurde angesichts dieser Entwicklung sehr nervös. Vom Fuß der Treppe aus rief sie Lois.

»Sie ist nirgends zu finden«, erbarmte sich Francie schließlich aus dem Vorzimmer.

»Aber Livvy Thompson sitzt in der Halle.«

»Bitte Hugo, sie zu suchen.«

»Ihn kann ich auch nicht finden.«

»Vielleicht sind sie beide in den Garten gegangen?«

»Doch nicht bei dem Regen.«

Seufzend hob Lady Naylor zwei Küchenkatzen auf, die sich unerlaubt auf die Treppe vorgewagt hatten, und enteilte durch eine Schwingtür. Es war zwanzig vor zwölf: erstaunlich, wie einem der Morgen davonlief! Lunch sollte wegen Mardas Abreise unnatürlich früh serviert werden; Livvy würde allem Anschein nach nun auch dabeisein. Lady Naylor schaute vorwurfsvoll in die Bibliothek. Doch dort unterhielt sich Sir Richard mit dem Viehhirten; sie sprachen über den Schweinemarkt in Darramore.

In der Abstellkammer wurde Lois mittlerweile sehr melancholisch. Das Fenster war dicht mit Efeu überwachsen und dunkel, so daß sie nicht hinausschauen konnte. Der Raum war zu feucht, um dort etwas anderes als die Koffer aufzubewahren, die ohnehin nicht mehr gebraucht wurden; aus den alten Überseekoffern ihrer Mutter stieg ein ebenso modriger Geruch auf wie aus einem Stoß zusammengepreßter Pappkartons. Auf die weißgekalkte Wand hatte ihre Mutter, der diese

Räumlichkeit auch sehr vertraut gewesen sein mußte, L.N. geschrieben, L.N., und außerdem eine beleidigende Zeichnung von jemandem hinterlassen, vermutlich von Hugo. Sie war mit mehr Leidenschaft als Können dorthin gekritzelt. Lois schaute sie an und bemühte sich, etwas zu fühlen, doch sie fühlte nichts. Ihr Problem war nicht, wie sie, ohne gesehen zu werden, hier hinauskam, sondern zu welchem Zweck sie es überhaupt sollte.

Sie kannte Marda eigentlich nicht gut; hinaufzugehen und Hilfe beim Packen anzubieten wirkte sicher übertrieben. Oder schlimmer noch: als wenn man gestern ausnutzen wolle. Unter dem scharfen, kleinen Schweinsauge der Pistole war man vorübergehend sehr intim miteinander gewesen, hatte jedoch nicht wieder darüber gesprochen. Wenn die Situation es erlaubte, könnte sie in den anderen Zimmern etwas suchen, das glaubwürdig so aussah, als gehöre es Marda – eine Illustrierte, ein Taschentuch –, und es hinaufbringen. Aber sie würde unweigerlich auf Livvy stoßen, die vor Liebe nur so strahlte und vor vertraulichen Mitteilungen barst wie eine Baumwollkapsel. Bei solchen Gedanken an Livvy war sie entsetzt.

Doch Livvy war nun privilegiert. Wenn sie sich entschloß, ihre Verlobung bekanntzugeben, mußte sogar Sir Richard innehalten und zuhören. Eine solche Verlautbarung war ein Freibrief zum Überschreiten jeglicher Grenzen. Angeregt von einem Impuls, über den sie sich keine genauere Rechenschaft ablegte, nahm Lois zwei Kartondeckel und schlich sich aus der Abstellkammer. Kaum wagte sie zu atmen. Sie lugte durch das Geländer der Hintertreppe und lauschte. Lady Naylor hatte es aufgegeben, sie zu rufen, man hörte aber noch, wie sie sich bei jemandem im Untergeschoß beschwerte, daß sie nicht wisse, wo Lois sei.

Marda war mit Packen fertig, fand jedoch, es schicke sich nicht, unten zu früh zu erscheinen. Besonders da das Wetter es nicht zuließ, daß sie vor dem Lunch mit ihrer Gastgeberin und ihrem Gastgeber eine »letzte Runde« machte, das hieß in aller Form noch einmal über das Anwesen spazierte. Sie freute sich, als sie Lois in der Tür erblickte.

»Ich habe ein paar Pappen mitgebracht, falls Sie Photographien einpacken wollen.«

»Ich habe keine Photographien.«

»Und Sie haben schon fertiggepackt ... Soll ich mich irgendwo draufsetzen?«

»Nein, ich glaube, sie gehen alle zu.«

»Was ist mit Leslie?«

»Ach, er ist in Talkumpuder – unzerbrechlich.«

»Nein, so was, nun habe ich Ihren Verlobungsring doch nicht gesehen.«

»O ja, wir müssen den Ring sehen!« rief Laurence von jenseits des Zwischenflurs. Überrascht von der plötzlichen Stille im Sturm hatte er sich für den Rest des Vormittags noch an eine Arbeit gesetzt. Doch nun kam er herbei, beugte sich, die gehörige Ehrerbietung andeutend, wie Lois tief über den Ring und kehrte dann zu seiner Arbeit zurück. Er schloß geräuschvoll die Tür. Dann hörte man Lady Naylor auf der Treppe; im Hinaufgehen redete sie mit jemandem unten. Lois entfuhr ein Aufschrei der Verzweiflung, und sie flitzte hinter einen Fenstervorhang. Lady Naylor brachte eine Schachtel mit Kuchen. Sie sagte, sie glaube nicht, daß der Zug einen Speisewagen habe, doch Marda könne sich wahrscheinlich einen Teekorb in Ballybrophy kaufen. »Aber aus Teekorbkuchen machen Sie sich bestimmt auch nichts. Wir jedenfalls alle nicht.«

»Vielen herzlichen Dank!«

»Meine Liebe«, sagte ihre Gastgeberin, »das mit Ihrer Hand tut mir wirklich furchtbar leid. Besonders, weil es die linke ist, denn ich fürchte, nun, da Sie nach England fahren, werden Sie tun müssen, was sich gehört, und Ihren Ring wieder tragen. Erstaunlich, was Ihnen alles zustößt, Marda.«

»Wir müssen dankbar sein«, erwiderte Marda, »daß diesmal nichts Schlimmeres passiert ist.« Beide dachten an Hugo, schauten sich aber wohlwollend heiter und ohne ihre Gedanken zu verraten an. Wenigstens hat *sie* nicht *das* im Kopf, dachte die eine wie die andere.

Überrascht erblickte Lady Naylor Lois' Füße. »Wie albern«, sagte sie, »daß du dich dort versteckst. Ich habe dich überall gerufen. Livvy wartet unten auf dich.«

»Ich will sie nicht sehen.«

»Sie wartet aber in der Halle auf dich.«

»Ich habe nichts zu sagen und bin es leid, daß ich das immer und immer wieder sagen muß.«

»Das ist nicht meine Schuld, sie ist deine Freundin. Und ich hatte den Eindruck, daß sie sehr gekränkt war.«

»Dann bleibt sie bestimmt zum Lunch.«

»Wie wankelmütig Mädchen sind«, sagte Lady Naylor und setzte sich auf die Fensterbank. Die Art, wie sie sich hinsetzte und wartete, signalisierte überdeutlich, daß sie wünschte, Lois möge gehen.

Obwohl Lady Naylor viel zu tun hatte, konnte sie dieser letzten Gelegenheit nicht widerstehen. Bevor sich der Schleier einer internationalen Heirat herabsenkte, wollte sie in Erfahrung bringen, was Marda wirklich von den Engländern hielt. Denn an Leslie war außer seinen Tanten nichts irisch.

»Sie, Marda, sind natürlich sehr anpassungsfähig«, sagte sie. »Ich möchte beinahe behaupten, das sind wir alle, aber einige von uns müssen sich nicht anpassen. Meiner Meinung nach werden Sie sehr glücklich. Wo wollten Sie noch gleich leben?«

Leslie hatte London im Auge, Marda hatte sich zugegebenermaßen noch keine Gedanken darüber gemacht.

»Das ist natürlich kaum England«, sagte Lady Naylor freundlich. »Und im übrigen ist es wunderbar, weil Sie von dort aus leicht ins Ausland reisen können; Sie sind viel näher an allem dran. Und Sie haben keine Nachbarn; ich glaube, die hat man dort nicht.«

»Nicht sehr ermutigend ...«

»So zu leben wie Anna Partridge würde Ihnen natürlich nie gefallen. Sie hat einen unnatürlich liebenswürdigen Charakter: Ich habe oft Mitleid mit ihr ... Ich finde immer, in England kommt es nur darauf an, daß man viel redet, und Gott sei Dank sind sie immer wild entschlossen, einen amüsant zu finden: Doch wenn man aufhört zu reden, erzählen sie einem die erstaunlichsten Dinge über ihre Männer, ihre Geldangelegenheiten, ihr Inneres. Es scheint ihnen gar nichts auszumachen, daß man nicht danach gefragt hat. Und sie wirken sehr intim miteinander; ich nehme an, das kommt davon, daß sie so eng zusammenleben. Sie sind natürlich sehr entschlußfreudig und pragmatisch, nur schade, daß sie über das, was sie tun, so viel reden. Ich begreife nie, warum sie das für wichtig halten. Stellen Sie sich doch nur vor, ich käme hier hoch und bestünde darauf, Ihnen zu schildern, was ich den ganzen Morgen getan habe.«

Marda, der klar war, daß Lady Naylor so unrecht nicht hatte, zog eine leere Schublade auf und schaute tief deprimiert hinein.

»Obwohl ich es nicht fair finde«, fuhr Lady Naylor fort, »zu behaupten, sie hätten keinen Humor, und natürlich legen sie großen Wert darauf, daß man sie nicht für konventionell hält, und sie sind die Güte in Person, wenn sie einen erst einmal ›eingeordnet‹ haben ... Marda, Sie wollen doch wohl nicht in dem dünnen Mantel reisen? Also, bitte, brüten Sie keine Erkältung aus, bis klar ist, daß Sie sich die nicht hier geholt haben. Was haben Sie für ein Pech mit dem Wetter. Nur der eine schöne Tag auf Castle Isabel und gestern abend, als Sie spazierengegangen sind. Bevor Sie kamen, war es herrlich – jammerschade, daß Sie unsere letzte Gesellschaft verpaßt haben – und ich habe ja schon gesagt – nanu, Hugo –«

Erfreut, bei ihnen zu sein, wirkte er nicht. Er war verdutzt, daß die Tür offenstand; er hatte behutsam klopfen wollen. Francie hatte darauf insistiert, daß er Eau de Cologne hinaufbrachte. Sie vermutete zwar, daß Marda, modern, wie sie war, sich nichts aus Eau de Cologne machte, wollte ihr aber ein kleines Erinnerungsgeschenk für die Reise mitgeben: Sonst war ihr nichts eingefallen. Zu ihrer Überraschung erhob Hugo Einwände gegen dieses Geschenk. Und wenn es denn sein mußte, warum konnte sie es nicht selbst hinaufbringen? Ihr großer, empörter Blick ermahnte ihn: Ihr gemeinsamer Lebensplan schloß Treppenlaufen für sie aus, und sie war auch schon einmal ganz oben gewesen. Also war er nun hier, bereit, drei Schritte zurückzutreten, sollte Marda zur Tür kommen, ganz Herr der alten Schule.

Er trat von der Tür zurück und schaute überrascht in das Zimmer, das so gar nichts verriet – auf die Sessel, das Fenster –, als falle ihm erst jetzt auf, daß in diesem Teil des Hauses überhaupt ein Zimmer war und dann noch dieses. Einige Baumwipfel begannen unter seinen prüfenden Blicken zu schwanken. Wo er den ganzen Morgen gesteckt habe, wollte seine Gastgeberin wissen; niemand habe ihn finden können. Ach, wirklich? Da konnten sie aber nicht lange gesucht haben. Er habe im Eßzimmer gesessen, unten am dunklen Ende, und sich die *Illustrated London News* herausgeholt, alte, gebundene Bände, an die er sich aus seiner Jugend erinnere. Zum Beispiel an den Zaren, auf den die Nihilisten ein Bombenattentat verübt hätten: sehr interessant.

»Ich begreife nicht, wie sich diese Zaren überhaupt sicher fühlen konnten«, sagte Lady Naylor trübsinnig.

Er betrachtete skeptisch die Flasche Eau de Cologne. Lady Naylor fragte ihn sofort, was er da habe, und als er es ihr sagte, verlieh sie ihrer Bewunderung für Francies Einfühlungsvermögen dezidiert Ausdruck.

»Es geht doch nichts über Eau de Cologne am Ende einer Überfahrt, wenn man versucht, wieder halbwegs manierlich auszusehen. Heute abend und nacht ist es ja vielleicht gar nicht so schlimm. Der Anblick dieser Bäume gefällt mir im Moment allerdings nicht. Das Wetter hier bei uns im Inland ist manchmal vollkommen anders; es kann überraschend ruhig sein, wenn man nach Kingstown kommt. Ich frage mich oft, ob man, wenn man auf einer Insel lebt, nicht viel gläubiger wird – die Franzosen wären zum Beispiel nie so demütig, obwohl sie natürlich Eisenbahnunfälle haben. Aber an all das würde ich gar nicht denken, Marda, das ist bei weitem am besten. Ich bin überzeugt, oft wird man nur vor lauter Nervosität seekrank.«

»Ich weiß nicht, was Miss Nortons Freunde von ihrer Hand denken werden«, sagte Hugo. »Ihre schlimmsten Befürchtungen werden bestätigt; sie glauben bestimmt, wir hätten auf sie geschossen. Zu dumm, daß sie gestolpert ist.«

»Ich hätte das Stück Schiefer von der Mühle mitbringen sollen.«

»Ich mache dich verantwortlich dafür, Hugo; du hättest sie dort nicht herumklettern lassen dürfen. Je nun, da haben sie was zu reden.«

»Ihnen wird schon was Gutes einfallen«, sagte Hugo zu Marda. »Man darf nicht auf die Idee kommen, daß wir alle furchtbar zahm sind. Man erwartet wahrscheinlich, daß Sie ein bißchen die Heldin geben; Sie müssen erzählen, was alles hätte passieren können.«

Marda fand einen Platz für die Flasche Eau de Cologne oben in ihrem Kosmetikkoffer und erklärte: »Das Thema wäre unerschöpflich.«

»Man findet es vielleicht merkwürdig, daß Sie sich in den Hand*rücken* geschnitten haben ...«

Die drei geschlossenen Koffer verbreiteten Endgültigkeit. Marda wollte hinuntergehen und sich bei Francie bedanken; auf das freundlichste parlierend, überquerten die drei den Zwischenflur. Laurence griff sich fest in die Schläfenhaare und beugte sich tiefer über sein Buch. Seine höchst konzentrierten Gedanken wurden von einer Welle von Gehässigkeit verdunkelt. Mardas Tür, die niemand geschlossen hatte, schlug klappernd auf und zu.

Im Hof liefen Lois und Livvy in Regenmänteln unter den tröpfelnden Kastanien herum. Lois wollte nachmittags die Hunde waschen; vielleicht merkten sie das und verschwanden. Jedenfalls hielt sie es für besser, nun schon hinunterzugehen – gefüttert waren sie bereits – und sie in die Ställe zu schließen. Sie war mit Livvy oben im Haus gewesen und hatte sich aus keinem ersichtlichen Grund mit ihr auf dem Dachboden umgeschaut, in all dem Plunder und den toten Schwalben. Nun gingen sie langsam, vergeblich nach dem Gong lauschend, zurück.

»Komisch«, sagte Livvy, »daß sie schon wieder abfährt; es ist doch, als sei sie erst gestern gekommen. Ich gewöhne mich immer so an eure Besucher. Ich habe ihr schon auf Wiedersehen gesagt. Ich habe ja nicht geahnt, daß ich zum Lunch bleibe. Aber ich glaube nicht, daß sie sich daran erinnert, sie wirkte ziemlich hektisch. Laurence war bei ihr oben; ich finde es komisch, einen Mann ins Schlafzimmer zu lassen, selbst morgens, aber sie ist wahrscheinlich sehr mondän … Doch schade, Lois, daß du vergessen hast, sie nach dem Pullovermuster zu fragen.«

»Erinnerst du dich an die Black and Tans auf der Straße, als wir aus Clonmore kamen? Die erinnern mich immer an sie.«

»Warum?« sagte Livvy. Und fügte mit ihrem tugendsamen Augenaufschlag, den Lois bisher erfolgreich ignoriert hatte, hinzu: »Das war für mich natürlich ein denkwürdiger Tag.«

»Warum?« fragte Lois unwirsch.

»Da haben David und ich beschlossen, nach Cork zu fahren.«

»Ich dachte, du hättest erzählt, es sei purer Zufall gewesen.«

»Es war Vorherbestimmung. Ich muß dir aber erzählen, Lois –«

»Also, wie etwas, das eingetreten ist, kurz bevor die Leute wie ein Teil davon wirken.«

»Wie redest du denn daher...«

»Tu ich doch gar nicht.«

»Lois«, fragte Livvy scheinheilig, »zwischen dir und Gerald ist doch hoffentlich alles in Ordnung?« Seit sie verlobt war, sprach sie von allen jungen Männern mit ihren Taufnamen und gebärdete sich gegen jedermann spontan und mütterlich, wie Mrs. Vermont.

Hugo wollte in der *Illustrated London News* weiterlesen, doch das Hausmädchen deckte den Tisch und schaute ihn konsterniert an. In der Eingangshalle spielten die beiden jungen Mädchen, die Haare feucht von ihrem Ausflug, »Tennisbälle mit der linken Hand Fangen«. Da mußte er in die Bibliothek gehen, wo seine Frau und Marda immer noch über Eau de Cologne redeten. Marda stand am Kaminsims, fröhlich und unsentimental schaute sie in Mantel und Rock aus. Eau de Cologne sei kein Parfum, faßte Francie zusammen; sie hasse Parfum, sie fand, damit preise man sich an. Sir Richard gesellte sich zu ihnen; sie redeten alle vier unnatürlich angeregt, als hätten sie sich gerade erst kennengelernt.

Ja, die Fremdheit des Augenblicks machte sie sich selbst fremd, wenn es auch nun so schien, als habe sie nur auf sie gewartet wie eine Falle, in die sie alle mit einem gewissen Maß an Natürlichkeit hineingetappt waren. Sir Richard, der am wenigstens betroffen war, fand die Montmorencys über Gebühr aufgekratzt und Abschiede ohnehin unangenehm. In seinem Haus nahmen Besucher allmählich Gestalt an, sie kamen aus einem Dunst von Gerüchten und überlagerten leicht und angenehm den alltäglichen Tagesablauf, dann riß eine Abreise große Fetzen aus dem Gewebe des Sommers. Francie rieb mit den Handflächen leicht über den Gobelin-Bezug der Sessellehnen. Sie wußte, daß das Leben nicht freundlich war und Marda es nun zumindest zu ahnen begann; sie fragte sich, wieviel Marda von dem Eau de Cologne begriffen hatte. Die wandte ihnen halb den Rücken zu und klopfte eine Melodie auf den Rand des Kaminsimses, lachte bei dem geringsten Schweigen und spürte, wie entschieden Hugo sie nicht anschaute. Es sollte sich keine Möglichkeit ergeben, daß etwas ausgesprochen wurde, das schmerzlich unausgesprochen bleiben mußte. Hugo hätte gern ein Feuer im Kamin gehabt. Das Zimmer war kalt wegen des Regens, und draußen vor den Fenstern bewegten sich Äste ruhelos auf und ab. Mardas Gesicht und Gestalt, die er nicht anzuschauen wagte, beherrschten seine Phantasie mit gespenstischer Klarheit.

»Ich fürchte, es wird auf der ganzen Reise regnen«, sagte Sir Richard schließlich. Für Francie war die Bemerkung wie ein Echo. Hatte sie es gerade sagen wollen, oder hatte sie es schon einmal gesagt?

Draußen in der Eingangshalle stolperte Livvy über eine Teppichkante, stürzte heftig und riß einen Korbsessel mit um. Der Tennisball sprang weg, Lois kreischte, wie leid es ihr tue. Alle traten bestürzt zurück und waren entzückt.

Als Livvy zum Lunch kam, duftete sie nach Pond's Extract und hatte ein glänzendes Pflaster auf dem Kinn. Immer wieder fuhr sie sich mit dem Finger an die Beule und betastete sie: Morgen mußte David sie »heil pusten«. David hätte sehen müssen, wie tapfer sie war. Offenbar war er zunehmend von ihren guten Eigenschaften beeindruckt; ein Mädchen mit solchen Qualitäten hatte er noch nie erlebt. Gestern war er mit ihr zum Tee bei den Vermonts gewesen; auf ihren Vorschlag hin hatten sie es den Vermonts »erzählt«, vertraulich. Es war ein voller Erfolg gewesen. Man hatte ihr sofort das Gefühl gegeben, daß sie zum Regiment gehörte. Sie hatte ja keine Ahnung gehabt, daß Mrs. Vermont so pfundig war; sie hatte Livvy zu einem ordentlichen kleinen Plausch mit in ihr Schlafzimmer genommen; sie waren beide der Meinung, es wäre eine Riesengaudi, wenn das Regiment nach China müßte. Livvy schaute aufreizend von Sir Richard zu Lady Naylor und dachte, was für eine veritable Überraschung sie für die beiden in petto hatte. Sie ließ sich zweimal von dem Hühnerfrikassee geben, aß stumm und entwarf in Gedanken ihren Morgenmantel für die Flitterwochen; der alte Mr. Montmorency saß neben ihr und schwieg gleichfalls.

»Lunch um ein Uhr gefällt mir«, sagte Lady Naylor überrascht. »Da ist zwar der Morgen kürzer, aber man hat viel mehr Zeit am Nachmittag. Ich weiß gar nicht, warum wir es nicht immer so machen.«

»Ich sehe keinen Grund, der dagegen spricht, meine Liebe«, sagte Sir Richard, der im Gegensatz zu einem englischen Ehemann in diesen Dingen nicht konservativ war.

Das Auto kam zwanzig Minuten zu früh, doch Sir Richard sagte, der Chauffeur habe ganz recht. Er hielt es kaum aus, zu sehen, wie Marda auch noch ihren Kaffee trank, und wurde nicht einmal ruhiger, als sie sich verbrannte. Zu Livvys Entzücken tat sich Mr. Montmorency zweimal Zucker in den Kaffee. Sie tranken ihn draußen in der Eingangshalle, im Stehen; es war wie beim Pessachfest. Marda ging nach oben und kam in ihrem Reisemantel wieder herunter. Hugo stand hinten in der Halle am Fuß der Treppe und drehte die Schrauben an seiner Tennisschlägerpresse fester.

»Auf Wiedersehen«, sagte sie. »Danke, daß Sie nett zu mir waren.«

»Oh«, erwiderte er und schaute sie mit seinen hellen Augen verständnislos an. »War ich nett zu Ihnen? Fein!«

»Auf Wiedersehen.«

»Auf Wiedersehen – Marda.«

»Kommen Sie nicht auf die Treppe –«

»Nein, ich mache das hier mit der Presse fertig –«

Sie drehten sich beide halb um und hörten die Standuhr einmal schlagen; Marda ging zur Eingangshalle zurück. Dort waren alle außer Lois.

Die stand wartend hinter der Tür im Salon. »Marda«, sagte sie durch den Spalt. »Hallo?« sagte Marda. Sie ging um die Tür herum und schob sie hinter sich ein kleines bißchen zu. Sie gaben sich einen Kuß.

»Marda, ich kann nicht –«

»Macht doch nichts.«

»Meine Liebe!«

»Seien Sie brav!«

»Glückliche Reise!«

»Ja danke.« Sie trennten sich.

Marda ging zurück in die Halle, ohne noch jemanden besonders anzuschauen, und zog sich die Handschuhe an. Lady Naylor fragte sie, ob sie den Kuchen eingepackt habe. Sir Richard tätschelte ihr den Arm, sagte, sie sei ein braves Mädchen und verdiene es, glücklich zu werden, und war dann sehr beschämt und erschreckt über seine eigenen Worte. Laurence schaute gelangweilt drein, kolossal gelangweilt; er tat ihr leid. Sie sagte: »Ich fahre wirklich.« »Schade, daß Sie fahren. Ich finde, es ist nicht –« Sie schüttelten einander die Hände, er drehte sich sofort um – ziemlich unhöflich, fand sein Onkel – und ging in die Bibliothek.

Schließlich winkten nur Sir Richard, Lady Naylor, Francie und Livvy Marda von der Treppe aus zum Abschied und sahen zu, wie das Auto über die Allee in die Regenschleier fuhr. Zu wenige, fanden sie, wenn man bedachte, wie lieb Marda war und wie sehr sie sie nun alle mochten. Warum waren die anderen weggegangen und wohin, überlegten sie und versuchten, so herzlich wie möglich zu lächeln und zu winken. Und diesem Bemühen begegnete Marda mit knappen Bewegungen ihrer behandschuhten Fingerspitzen über der Motorhaube auf das freundlichste, spöttischste.

»So, das wär's«, sagte Livvy, als sie Lois endlich im Salon entdeckte. »Bei Abschieden werde ich immer todtraurig. Jetzt hör zu, Lois –«

»Tut mir leid, mir geht's nicht gut, ich habe irgendwas gegessen«, sagte Lois. »Entschuldige –« Sie schlug sich das Taschentuch vor den Mund und floh durch die andere Tür aus dem Salon. Dabei stolperte sie über den Vorhang. Livvy lief rufend hinter ihr her und kehrte dann um. Wie unangenehm, dachte sie bei sich, wenn ein Mädchen solch einen empfindlichen Magen hat.

In Mardas leerem Zimmer fand Lois ein Stück Papier, das wie ein lebendiges Taschentuch über den Boden kroch. Durch die schutzlosen Fenster schaute der leere Himmel; die graue Zimmerdecke war ganz weit nach oben verschwunden. Es zog heftiger, Blumen bewegten sich in der Vase, die Seiten eines Buches, das offen neben dem Bett liegengeblieben war, blätterten rasch um. Das Kissen war eingedellt, als hätte sich Marda während des Packens darauf ausgeruht. Oder als hätte das Kissen seit heute nacht nicht vergessen, wie sich ihr Kopf anfühlte.

Geralds Abschied

17

Hauptmann und Mrs. Rolfe von der Artillerie veranstalteten einen Tanz in ihrer »Hütte«. Denise Rolfe und ihre teure Freundin Betty Vermont von den Rutlands waren den ganzen Morgen bienenfleißig gewesen. Aufgeregt und glücklich rannten sie im Haus herum, schnitten Sandwiches, verstreuten Wachsflokken auf dem Boden, dekorierten die Wände mit Stoffen und verhüllten die elektrischen Lampen mit rosafarbenem Kreppapier, um die erwünschte zauberische Atmosphäre zu erzeugen. Ab und zu ließen sie sich auf ein Möbelstück plumpsen, das noch übrig war, blickten sich an und brachen in unbändiges Gelächter aus. Was für ein Jux das doch alles war. Sie rauchten Zigaretten und traten die Asche in den Fußboden, da glänzte er hoffentlich noch mehr; sie spielten die neuen Schallplatten derartig oft, daß Mrs. Rolfe schließlich meinte, die Nadeln würden stumpf, und resolut den Deckel des Grammophons knallend zuschlug.

Mrs. Rolfes Oberst mißbilligte den Tanz stumm, während Oberst Boatley ihn überhaupt keine gute Idee fand. In den Kasernen Festivitäten zu veranstalten hatte man ja schon lange aufgegeben. Doch gegen das, was die

Damen als »ein bißchen Spaß in der Hütte« bezeichneten, Einspruch einzulegen war nicht leicht. Quartiere für Verheiratete gab es nur in begrenzter Anzahl; als die Besatzungsarmee verstärkt wurde, errichtete man hinter den Artillerie-Kasernen immer mehr Siedlungen, deren Häuser sich in Reih und Glied den Berg hinaufzogen. Aber die Tanzgesellschaften dort waren unübertrefflich; schon allein, weil die Böden so wunderbar federten. Und je weniger Paare, desto intimer die Veranstaltung. Denise und Betty hatten für den offiziellen Ball der Rutlands in der Kasernensporthalle beide nichts als Verachtung übrig, lauter Walzer tanzende Majore, und vom Regimentsfagott wurde man fast vom Parkett geblasen.

»Trotzdem«, sagte Betty und fuhr, einen Moment lang mutlos, mit der Schuhspitze über eine Diele. »Wenn es doch nur glatter würde. Meinen Sie wirklich, daß man nicht steckenbleibt?«

»Das wäre nicht so schlimm wie der Standortkommandeur«, scherzte Denise. »Wenn er nicht wäre, könnten wir bis zum Frühstück durchmachen.«

»Es liegt an den vermaledeiten Patrouillen und so«, sagte Mrs. Vermont.

»Dumm, wenn wir zu wenige Mädchen hätten. Ich glaube, ich hole meine Schwester noch dazu.«

»Für heute abend haben wir jede Menge«, sagte Mrs. Vermont, der kleine Schwestern auf die Nerven gingen. Die Damen der Umgebung hatten Mrs. Rolfes freundliche Absichten gelobt, doch gesagt, sie befürchteten, im Moment seien die Straßen nachts nicht das Richtige für ihre Mädchen. Aber die Mädchen sagten Mrs. Vermont, als sie sie im Tennisclub trafen, selbstverständlich seien sie dabei. »Wenn alle kommen«, sagte Mrs. Vermont besorgt, »muß ich sogar noch ein paar von unseren Jungs aus dem Kasino herbeirufen.«

Hauptmann Rolfe hatte um die Lunchzeit Dienstschluß, und den ganzen Nachmittag schauten, zu zweit oder allein, Freunde vorbei und boten Hilfe an.

»Guckt nicht!« kreischte Denise jedesmal und warf sich an die Wand, um die Dekorationen zu verbergen. »Es ist alles eine Überraschung für heute abend.« Nach einem hastigen Blick in die Runde stellten sich die Leutnants dann auch bereitwillig blind. Sie begannen eifrig über den Boden zu schlittern und stießen dabei mit den Köpfen an die chinesischen Lampions, die Betty zu niedrig gehängt hatte. Tubby (Mr. Simcox) betätigte sich als Bohnerbesen: Er setzte sich auf eine Matte und ließ sich von seinen Freunden durchs Zimmer schieben.

»Eigentlich«, schlug einer allen Ernstes vor, »sollten wir den Boden mit Champagnerflaschen rollen ...«

Die jungen Mädchen, die fest entschlossen waren, zum Tanz zu kommen, hatten es so organisiert, daß sie in Clonmore oder in den Quartieren der Verheirateten »untergebracht« waren. Die beiden Miss Raltes von Castle Ralte in Richtung Tipperary kamen gegen vier Uhr, rosa von einer Zwölfmeilenfahrt und elterlichem

Widerstand. Ihr Vater war sogar mehr als schwierig gewesen. »Er findet«, erzählte Moira Ralte und betrachtete glückselig die Dekorationen, »das Ganze nicht nur kriminell, sondern wahnsinnig. Er sagt, er versteht nicht, daß der Kommandeur es angesichts der gegenwärtigen Situation im Lande erlaubt. Bis wir durchs Tor waren, haben wir wirklich immer noch gedacht, er läßt uns nicht.«

»Aber nun sind wir da«, sagte Cicely. Alle lachten. Die Miss Raltes spielten die Rolle der wilden jungen Irinnen und gefielen sich sehr darin. Doch nun tauschten sie unbehagliche Blicke. Über Vater zu lachen war vielleicht doch nicht das Wahre.

»Zum Krieg gehören zwei«, sagte Mrs. Rolfe weise. »Wir kämpfen nicht.«

»Eine Schande ist das«, sagte ein Mr. Daventry von den Rutlands mit Nachdruck. »Himmelherrgott noch mal, wenn sie –« Die Miss Raltes, die Fluchen nicht gewöhnt waren, rümpften die Nase. Einen Moment lang herrschte leichte Verlegenheit, das Nationalgewissen sprach.

»Wäre es nicht ein Jux«, sagte Moira und versuchte taktvoll die Situation zu entspannen, »wenn sie versuchten, durchs Fenster zu ballern, während wir am Tanzen sind?«

»Ich werde die Vorhänge zuziehen!« rief Mrs. Vermont.

Cicely warf einen kurzen Blick auf das Grammophon, summte einen Foxtrott und klopfte, scheinbar ganz spontan, mit dem Absatz auf das Parkett. Doch die Leutnants rutschten weiter mit Karacho über den Boden und stießen gegeneinander. Dabei sollte das Tanzen erst beginnen, wenn die Nichte des Polizeiinspektors da war. Die Nichte des Polizeiinspektors kam mit großem Tamtam und wurde lautstark begrüßt. Sie war unbezahlbar. Das hellrote Haar hatte sie sich locker in die Stirn gekämmt, ihr breites Lächeln wurde durch die Lücken in ihren Zähnen noch breiter, und mit ihrem Corker Akzent war sie nie um eine schlagfertige Antwort verlegen. Denise und Betty liebten sie inniglich. Sie war katholisch: Ulkig, wenn man sich vorstellte, daß sie den Papst anbetete. Die Miss Raltes kannten sie kaum. Als sie kam, breitete Daventry die Arme aus, sie rannte kichernd hinein, und sie fingen an zu tanzen. Das Grammophon ließ ruckelnd Töne vernehmen; weitere Paare begannen sich zu der kratzigen Musik zu bewegen.

Mr. Daventry, der dienstälteste Leutnant, elegant, groß und einen Hauch zynisch, war von der komischen kleinen Person hellauf angetan. Sie konnte mit großer Geschmeidigkeit gleichzeitig reden und tanzen, und das tat sie nun auch. Er schüttelte sie und murmelte: »Seien Sie doch still!« Sie tanze federleicht und das wolle er nicht verdorben sehen, flüsterte er ihr ins Haar.

»Wie sehr?« kreischte die Nichte des Polizeiinspektors durch die Musik und reckte das Gesicht zu ihm hoch.

Mrs. Rolfe, eine unaufmerksame Gastgeberin, schwebte wahrhaftig in die Arme des Adjutanten, der für ein paar kurze Augenblicke vorbeigekommen war. Er behauptete immer, er sei ein vielbeschäftigter Mann, doch sie wußte, das war nur Theater. Beim Tanzen war sie aber doch mit den Gedanken ganz woanders und sagte dauernd: »Gläser für die Bordeaux-Bowle ... Gläser für die Ciderbowle ... Zigaretten ... Den Waschständer zudecken ...«

»Waschständer?« fragte der Adjutant dienstbeflissen.

»Vom Tanz ausruhen müssen sich die Leute in Percys und meinem Schlafzimmer. Meinen Sie, das macht was?«

Der Adjutant nahm Mrs. Rolfe fester in den Arm, sie war ein ätherisches Wesen, das die Gewohnheit hatte, einem wie ein Papierdrachen immer ein wenig aus der Reichweite zu entschweben. Er schluckte und sagte eher zu liebenswürdig: »Das wird ja ein richtiges Remmidemmi heute abend. Wir – wir müssen es auskosten; es mag für einige Zeit das letzte Mal sein. Wir verdoppeln jedenfalls die Wachen. Der Kommandeur –«

»Das Ekel!« sagte Denise und schaute dem Adjutanten tief in die Augen.

»Pst!« sagte der Adjutant und zwinkerte ihr zu. »Übrigens: Dobson von den Rutlands kriegen Sie heute abend leider nicht. Ich habe ihn eben getroffen. Er muß auf Patrouille.«

»Aber er hat gesagt, er könne sich da rauswinden. Er hat mir versprochen –«

»Das stand ihm nicht zu; er war seit Ewigkeiten für diesen Dienst eingeteilt. Sein Kommandeur –«

»Der verdirbt mir alles. Hauptmann Dobson ist einer meiner besten Tänzer.« Sie blieb stehen und stellte das Grammophon ab. »Hör mal, Percy! Sie schicken Hauptmann Dobson urplötzlich auf Patrouille. Ich möchte wissen, was ich nun machen soll? Ich habe alles genau ausgerechnet.«

»Aber Dens, wir hatten vier Männer mehr, als wir brauchten«, sagte ihr Gatte, durchaus der Wahrheit entsprechend. »Und daß Lesworth und Armstrong kommen, weißt du genau.«

»Armstrong kann ich nicht mitzählen!« Alle lachten: Betty hatte ein paar Freunden Bescheid gesagt. Vertraulich ...

»Mr. Lesworth«, beschwerte sich Denise, immer noch betrübt, bei dem Adjutanten, »eigentlich auch nicht. Er hat eine spezielle Vorliebe für die kleine Farquar.«

Diese Pärchenwirtschaft! dachte der Adjutant. Auch sein Vorgesetzter mochte diese Verbindungen nicht. Das Grammophon begann – in einem hörbar tieferen Ton – erneut zu spielen, und man tanzte weiter.

»Und was ist«, sagte die Nichte des Polizeiinspektors während einer Pause, »wenn wir Mädchen heute abend alle sitzenbleiben, weil keiner kommt und mit uns tanzt?«

»Dann tanzen wir miteinander«, sagte Cicely Ralte mit fester Stimme.

»Aber ich mache mir nichts aus Tanzen ohne Männer«, sagte die Nichte des Polizeiinspektors, ungeniert schmachtende Blicke um sich werfend. Sie hatte sich oben auf die Vitrine gesetzt, in der die Schallplatten waren, ließ die Beine in den glänzenden Strümpfen baumeln und zog sich den auffallend karierten Rock über den Knien glatt. Ihre grünen Augen schweiften umher und erwiderten selbstbewußt die ihr zuteil werdenden Blicke.

Daventry stand mit dem Rücken zu den kunstvoll drapierten Musselinstoffen an der Wand, eine Hand auf der Vitrinenkante. Immer wieder schloß er die Augen; denn jedesmal, wenn er aufhörte zu tanzen, spürte er seine Kopfschmerzen. Er war die ganze Nacht und fast den ganzen Morgen in den Bergen gewesen und hatte ein paar Häuser nach Waffen durchsucht, die bekanntermaßen dort lagerten. Insbesondere hatte er Order gehabt, die Betten durchzuwühlen und mit spezieller Strenge die Häuser zu durchkämmen, in denen die Männer abwesend waren und die Frauen am lautesten weinten und beteten. In fast allen Betten hatten sehr alte Frauen oder Frauen mit sehr jungen Säuglingen gelegen, doch der Unteroffizier, der an diese Arbeit gewöhnt war, bestand darauf, daß sie es hinter sich brachten. Daventry war immer noch ein wenig übel, immer noch atemlos von der dicken Luft und Weiblichkeit, betäubt von dem Lärm. Er hatte eine Kriegsneurose gehabt, nun begann er Irland zu hassen, nachdrücklich und mit allen Fasern seines Seins; er haßte sogar, wie sich die Luft anfühlte und das Wasser roch. Ohne das viele Tanzen, den Whisky, Bridge, die Sausen in den Quartieren und wieder Whisky hätte er nicht gewußt, was aus ihm würde. Durchdrehen würde er, verrückt werden wahrscheinlich. Er öffnete die Augen: Das Nachmittagslicht lag in Bahnen auf der verrauchten Luft. Die blitzenden Beine seiner Partnerin in den durchsichtigen Strümpfen ärgerten ihn, er packte sie am Knöchel – brutal, als sei sie ein Mann. Sie trat aus, und ein hochhackiger Pumps schoß durch den Raum. Ein Wald von Händen erhob sich. Selbstgefällig schaute die Nichte des Polizeiinspektors auf die breiten, dicht an dicht stehenden Rücken der Leutnants. Die anderen Mädchen kicherten und blieben am Rand stehen.

»Oh, Vorsicht! Vorsicht!« jammerte Denise. »Paßt auf, meine Wandbehänge!« Sie lockerte einen Musselinzipfel, und als ihr keiner zuhörte, begann sie ärgerlich lachend alle mit Wachsflocken zu bewerfen. Die Nichte des Polizeiinspektors blickte Daventry plötzlich seltsam an: Ihre Augen waren auf gleicher Höhe. Seine waren vor Müdigkeit und Nervosität dunkel und standen zu eng zusammen, wie bei einem gutaussehenden Betrüger.

Das Gewusel ging unvermindert weiter; Cicely Ralte gähnte verstohlen. »Wenn es heute abend losgeht, sind wir alle schon müde«, sagte sie zu dem Adjutanten.

Doch der erwiderte: »Da kommt Miss Farquar. Sie sieht aus wie das blühende Leben.«

Lois trat mit David Armstrong in die Tür. Livvy wollte erst abends kommen, sie würde zu konfus werden, befürchtete sie; sie wußte nicht, wieviel die anderen wußten. Sie war im Moment in Clonmore und kaufte sich todschicke schwarze Stiefmütterchen zum Anstekken. Sie und Lois wollten bei den Fogartys in Clonmore übernachten. Lois war immer noch ganz benommen von der langen Fahrt unter dem unnatürlich weißen sonnenlosen Himmel. Sir Richard und Lady Naylor hatten ihrer Abfahrt mit den düstersten Befürchtungen zugesehen, doch Francie hatte behauptet, sie werde sich amüsieren. Nach Mardas Abreise, sagte Francie, seien diese letzten Tage sicher sehr fade gewesen. Und sie hatte heimlich ein Duftkissen mit kalifornischem Mohn oben in den Koffer gesteckt, in dem Lois' grünes Tüllkleid lag.

Lois und David schauten die wild durcheinander laufenden jungen Männer mit einer gewissen Hilflosigkeit an, als falle es ihnen zu, sie zu trennen. Dann kamen sie ins Zimmer und gaben Mrs. Rolfe und ihren Freundinnen die Hand. Lois, die den Adjutanten mit ihrer Frische erfreute, trug einen hellblauen Filzhut und eine blaue Wolljacke. Auf dem Kasernengelände sollte sie sich nicht ohne Anstandsdame bewegen und sah auch keine Möglichkeit, es zu vermeiden: Sie war gekommen, um Mrs. Vermont zu suchen. Von der Hitze in dem

Raum wurde sie rosa und spürte, wie Mr. Daventry sie anschaute und dann die Augen wieder schloß. Mr. Daventry hatte etwas Verzweifeltes, das sie hätte lieben können. Offenbar aber wollte er unbedingt Entspannung. Sie hatte die Erfahrung gemacht, daß er sich in ihrer Gegenwart nicht entspannte.

Gerald war nicht da, erriet sie aus den mitleidigen Blicken. Er nahm das Tanzen sehr ernst und hatte wahrscheinlich keine Lust, sich schon beim Bohnern müde zu machen. Oder er hatte Dienst oder wartete bei Mrs. Fogarty. Im Moment konnte sie sich an nichts von ihm erinnern, nur an das Bein, das er behutsam in den Panzerwagen gezogen hatte. Seitdem hatte sie nichts mehr von ihm gehört; wie ein Hummer hätte er in eine Dose eingeschlossen und konserviert worden sein können. Bereute er den Kuß? Er hatte kein Wort mehr dazu gesagt.

Mr. Simcox, der korpulenteste, liebenswürdigste Artillerist drehte das Grammophon auf, ohne sie aus den Augen zu lassen, und bat sie um den Tanz. Er sah so verschwitzt aus, daß sie ihn auf den Abend vertröstete. »Aber vergessen Sie es nicht«, sagte Mr. Simcox und legte die Hand aufs Herz. Und als habe er damit wie durch Zauber etwas heraufbeschworen, wurden die Räume heller, vibrierten; die Luft war warm wie Rauch auf Lois' kühlem Arm, und sie tanzte mit Gerald los. Durch ihr dünnes Kleid spürte sie seine Hand auf dem Rücken – sehen konnten sie sich nicht, dazu waren sie einander zu nah –, seine Wimpern ehrfürchtig an ihrem Haar. Sie dachte, sie brauche sich um ihre Jugend keine Sorgen zu machen; die verbrauchte sich von selbst, wie Sonnenlicht, das woanders schien, oder Feuerschein in einem leeren Zimmer.

Sie dankte Mr. Simcox und sagte, sie werde Nummer sechs freihalten und sich nicht verzählen. Mrs. Vermont, die auf einmal gereizt aussah, sagte, es sei Zeit für den Tee, und scheuchte die jungen Männer aus dem Haus wie Hühner. In dem müden, wissenden Nachmittagslicht gingen sie über den Schlamm und zerstreuten sich in alle Richtungen.

Abends erhob sich ein Wind. Lois und Livvy kleideten sich in Mrs. Fogartys Gästezimmer an, sie stolperten um die Kanten des großen Bettes. Abwechselnd schauten sie in den Spiegel; wenn sie bei der Toilette Pause machten, liefen sie zum Fenster und blickten hinaus. Lois fand es eigenartig und schön, wieder in einer Stadt zu sein. Der Platz, über den raschelnde herbstliche Blätter wirbelten, war in helle Aufregung versetzt. Obwohl Mrs. Rolfe nur zwölf Paare geladen hatte, schien ganz Clonmore davon zu wissen. Durch die Schwingtüren des Imperial eilten die Leute ein und aus. Jemand spielte einen Walzer und brach mittendrin entmutigt ab; zwei Handelsvertreter schlugen einander auf die Schulter. Livvy steckte die schwarzen Stiefmütterchen unter ihrem Busen fest und drehte sich, Bewunderung heischend, um. Lois fand die Stiefmütterchen gewöhnlich, doch da sie wußte, daß sie vier Shilling und sechs Pence gekostet hatten, sagte sie, sie seien höchst originell. Ihr eigenes grünes Tüllkleid glitt ihr wie ein Wasserfall über den Kopf. Als sie oben herauskam, leuchtete sie regelrecht. Wenn doch Marda sie nun sehen könnte... Es war halb sieben: Sie hatte sich geschworen, an Marda zu denken.

Sie kleideten sich früh an, weil sie oben in den Kasernen bei einer Mrs. Perkins speisen sollten. Mrs. Perkins konnte nicht versprechen, daß es großartig was zum Dinner geben werde, aber schließlich seien sie in Irland und es werde puppenlustig werden.

Hauptmann Vermont sollte Lois und Livvy abholen. Sie knöpften ihre Mäntel über ihren Ballkleidern zu. Mrs. Fogarty küßte sie auf dem Weg nach unten und ermahnte sie, keine Herzen zu brechen. Man treffe sich später, sie werde kommen und dem Tanz zusehen.

Seit Hauptmann Vermont Betty erobert hatte, war natürlich sein Vorrat an Gesprächsstoff mit hübschen jungen Damen stetig zur Neige gegangen; biologisch war die Zeit dafür abgelaufen. Sie gingen stumm an den Mannschaftsbaracken entlang und bahnten sich vorsichtig einen Weg durch den Schlamm zwischen den Offiziershäusern. Eisige Dunkelheit kam mit der Luft herunter. Von den Bergen, über ein tiefes Tal, wo dunkel die Bauernhöfe lagen, pfiff der Wind messerscharf durch die Häuserreihen. Besorgt tasteten die Mädchen nach ihren Lockenfrisuren. Das Haus der Perkins streckte dem Wind eine Flanke entgegen; es war eiskalt, nur zögernd glitt man mit den nackten Armen aus dem Mantel, als man zu Tisch ging.

Das Dinner war nicht so ausgelassen, wie Lois befürchtet hatte. Mrs. Perkins wirkte zerstreut und stritt sich flüsternd mit ihrem Mann wegen eines Dosenöffners. Mrs. Vermont konnte von nichts anderem reden als der armen Denise. (»Eine schwere Geburt«, sagte Livvy spöttisch, »so ein Tanz.«) Hauptmann Perkins und Hauptmann Vermont entschuldigten sich wiederholt bei den Mädchen, weil sie alt und verheiratet waren; ihre Gattinnen schalten sie, sie sollten nicht albern sein. Sie sagten, die Mädchen sähen durchaus, daß es für junge Männer gar keinen Platz mehr gebe: Ihre sechs Stühle stießen ja schon dauernd an die Täfelung. Außerdem würden die Mädchen im Verlaufe des Abends ihre jungen Männer noch kriegen. Lois stimmte dem höflich zu, doch Livvy wünschte, sie wäre zum Dinner in Clonmore geblieben, wo man wenigstens Mr. Fogarty beim Trinken hätte beobachten können. Sie saß da, kniff die Augen zusammen und sah, wie ihr der Puder allmählich von der Nase krümelte.

Mit bedrückender Gerechtigkeit teilten sich die Damen eine Flasche Weißwein; die Männer tranken Whisky. Mrs. Perkins' Kneifer funkelte lebhafter. Doch wie von Sinnen zerrte der Wind am Haus, Balken knirschten, Türen klapperten, durch die Wände lief ein Zittern; ein Schwall Luft wehte durch einen Spalt herein und versetzte die Lampen in wüste Schwingungen. Während einer angestrengten kurzen Schweigepause, zwischen zwei Windstößen, bemerkte Mrs. Vermont, daß bestimmt ein Engel über das Haus fliege; alle sollten auf seinen Flügelschlag horchen. Sie lauschten: Sie dachten an leeres Land, ausgelöscht durch die Dunkelheit.

»Still hier, stimmt's?« sagte Mrs. Perkins.

»Sie gehen zwischen den Tänzen besser nicht zu weit spazieren«, sagte Hauptmann Perkins. »Und vor allem nicht bis zum Zaun. Es ist stockdunkel, und wir wollen nicht, daß sich eins der Mädchen verirrt.«

»Opa!« sagte Mrs. Vermont. Livvy fiel auf, daß zwischen den Verheirateten ein Gefühl der Zusammengehörigkeit herrschte. Jede Ehefrau durfte ein wenig unhöflich zu den Gatten der anderen sein.

»Ich gehe zwischen den Tänzen nicht spazieren«, rief Livvy entrüstet.

»Was Sie nachher tun, wissen Sie jetzt noch nicht!« sagte Mrs. Vermont, und alle lachten.

Lois war nervös, in ihrem Hals steckte ein fester kleiner Klumpen; sie konnte kaum schlucken. Vor einem Tanz war sie immer ein einziges Nervenbündel. Aber heute war es besonders schlimm; sie erwartete nicht, von jemandem aufgefordert zu werden: Sie sah rabenschwarz. Sie hatte kein Wort von Gerald gehört; bei den Fogartys war er nicht gewesen. Hatte es ihm nicht gefallen, sie zu küssen? War er enttäuscht? Ihr grünes Kleid glitzerte im Licht; sie schaute immer wieder auf ihre

Brust und in ihren Schoß, wo der weite Rock im Dunkel unter dem Tisch verschwand. Wenn Gerald nicht da war, wenn sie kam; wenn sie ihn nicht sah, bevor er sie sah (wie sie in der Dunkelheit den Berg heraufkam), wenn er nicht in dem vollen rosafarbenen Licht an der Tür stand und auf das Stück Dunkelheit starrte, das sie freigeben sollte – würde sie sterben, dachte sie. Denn an dem Morgen hatte sie Viola geschrieben, sie wolle Gerald heiraten.

18

Die Tür der Rolfes ging ständig auf und zu; dann wehte der Krach vom Grammophon den Hügel hinunter; es klang wie Husten. Als die Dinnergesellschaft der Perkins von den Laufbrettern trat, walzte Gerald in einem Gazewirbel mit der Nichte des Polizeiinspektors an der Tür vorbei. Der Raum war dunstig, das Licht erdbeerfarben, unangezündete Lampions wackelten zwischen den Leitungen der elektrischen Lampen; die Tänzer schienen sich wie durch Gelee zu bewegen. Eine Gruppe junger Männer stand an der Tür und räusperte sich. Offiziell war man aber noch nicht erschienen. Blinzelnd nahm Lois die silbernen Schuhe aus der Tasche; jemand zog sie einen Flur entlang in einen Raum, in dem sie sich umkleiden konnte.

In dem Raum, den Denise als kleine Küche bezeichnete, am Ende des Flurs, rauchten die fünf zusätzlichen Männer, schauten in ihre Whiskygläser und wünschten, sie könnten Bridge spielen. Lois schaute herein; sie hoben zur Begrüßung die Hand, doch Livvy zog sie schnell weg: Das müsse die Garderobe der Herren sein, meinte sie. In einem Fünfzehn-Zentimeter-Stück Spiegel zwischen den Mänteln begegnete Lois zu ihrer Überraschung ihrem eigenen forschenden Blick.

David kam und forderte Livvy auf, Betty sank in Mr. Simcox' Arme und tanzte mit ihm über den weißlichen See von Fußboden. Mr. Daventry starrte ernst zur Flurtür, legte seine Zigarette auf den Rand des Grammophons, ging schweigend auf Lois zu und zog die Stirn in Falten. Dann breitete er langsam die Arme aus. Sie tanzten; sie hatte gar nicht gewußt, daß sie so wunderschön tanzen konnte. Als die Platte zu Ende war, setzte Mr. Daventry die Nadel gleichmütig wieder am Anfang auf. »Anstrengender Tag«, sagte er.

»Nein, das finde ich nicht.« Sie tanzten weiter.

Die Nichte des Polizeiinspektors befreite verschiedene Körperteile Geralds von den Gazebahnen ihres Ballkleides und ging mit einem adlernasigen Artilleristen von dannen. Über Lois' Schläfe bewegte sich Mr. Daventrys Kinn; seine Halsmuskeln spannten sich an. Wieder drehte er das Grammophon auf. »Gibt es keine Pause?« fragte Lois atemlos. »Nicht unbedingt«, erwiderte Mr. Daventry. Mittlerweile schien sich eine Wand des Hauses an Geralds kerzengeraden, ärgerlichen Rücken zu lehnen.

»Wie viele Leute …«

»Wie bitte?«

Sie redete nicht weiter. Ängstlich tanzend diente sie lediglich Mr. Daventry zur Rache. Mrs. Vermont, die an Gerald vorbeikam, sagte: »Ach, Sie Ärmster!« und fragte dann Mr. Simcox, ob er schon bemerkt habe, daß hübsche Jungs am hübschesten aussahen, wenn sie schmollten. Mr. Simcox, der sich so sorgsam umblickte, daß er einen falschen Schritt tat, erwiderte, das nenne er nicht schmollen ... Eher besorgt.

»Unsinn, Tubby, worüber soll er sich Sorgen machen?«

»Das weiß man nie.«

Mr. Simcox hatte die Ruhe weg, weil er so fett war. Mit einem Seufzer überließ er Mrs. Vermont einem anderen jungen Mann und ging durchs Zimmer zu der schüchternen kleinen Schwester von jemandem. »Pech gehabt?« sagte er auf dem Weg zu Gerald. Und Gerald schaute ihn offen und voller Verzweiflung an.

Der Abend verging wie im Fluge, ja, derart hektisch und ungestüm, daß es allen ein wenig über den Kopf wuchs. Man schaute und redete und tanzte eng mit überdrehter Hilflosigkeit; es herrschte eine geradezu atemlose Intimität. Sandwiches waren Ambrosia, brachten die Augen zum Leuchten; Tellerränder luden sich elektrisch auf, wo sich Finger berührten. Mrs. Rolfe lachte in einem fort, vor Verzweiflung, konnte man meinen. Sie schob sich im dunkelsten Teil des Flurs an eng zusammen stehenden Paaren vorbei, betrat aufkreischend die kleine Küche und fegte ein paar Spielkarten vom Tisch. Die überzähligen Männer tanzten miteinander. Ständig rannte sie in ihr Schlafzimmer und wedelte den Paaren, die auf der Kommode und dem mit türkischen Kissen zugedeckten Waschständer hockten, mit einer Schale Pralinen unter der Nase herum. Hätte sich das Haus erhoben und wäre hoch in die Luft geflogen, so daß jemand, der aus der Tür treten wollte, schwindelig hätte zurückweichen müssen, wäre sie kaum überrascht gewesen. Zwei Leutnants, die sich noch Soda im Kasino holen wollten, sprangen tatsächlich wie aus großer Höhe auf den Morast hinaus.

Es wurde heiß; man zog die Vorhänge zurück und öffnete die Fenster; scharf umrissene kleine Rechtecke aus Nacht starrten eigentümlich herein. Paare gingen zu einem Spaziergang hinaus, um sich die Gesichter zu kühlen. Livvy wurde zweimal geküßt und verschwand, um sich das Kinn zu pudern.

»Das ist natürlich der Nachkriegswahnsinn«, sagte Mr. Simcox, der an einem Fenster stand.

»O ja«, stimmte Lois ihm zu.

»Wirklich grauenhaft ... Sie verstehen ja sicher, was ich meine.«

»O ja.« Sie wünschte, Mr. Simcox wäre nicht interessiert, sie streckte beide Hände aus dem Fenster und spürte den kalten Wind wie Wasser in einem Brunnen an ihren Handgelenken. Gerald kam von hinten auf sie zu.

»Der nächste ist für mich«, sagte er, als wären sie gerade erst voneinander geschieden. »Was für ein Lärm!« brüllte er.

»Dieser Jazz«, sagte Simcox.

»Sie hätten mich und meine Kapelle spielen lassen sollen«, nörgelte Gerald. »Viel mehr Platz als Mrs. Fogarty hätten wir auch nicht gebraucht.«

Tatsächlich war Mrs. Fogarty in einem violetten Nachmittagskleid gekommen und hatte sich am Ende des Raumes niedergelassen. Ihr Umfang war enorm, unten staken ihre Füße heraus, doch sie war sehr lieb. Jedesmal wenn ein Paar über ihre Füße stolperte, strahlte sie und nickte freundlich. Gerade hatte sie Gerald, der ihr ein Glas Limonade gebracht hatte, flüsternd gefragt: »Also, wo ist *Ihr* Mädchen?« und die Augen verdreht, die dunkel vor Sorge waren. Gerald hätte es nicht ertragen, Mrs. Fogarty zu enttäuschen.

Er tanzte nicht stumm. Seine Hand umfaßte Lois' Handgelenk, kühl und vertraut. Sie hatte das Gefühl, wieder zu Hause zu sein; sicher vor menschenleeren Räumen, dem Eindringen der Stille, des Regens, der Heimatlosigkeit. Nichts konnte ihr etwas anhaben; sie hätte einschlafen können. Doch Gerald weckte sie.

»Also, was habe ich getan?«

»Wie –?« fragte sie, völlig unpassend.

»Sie wissen schon. Warum sind Sie – warum müssen wir –?«

»Gerald – oh! Bitte seien Sie – psst!«

Ein Paar wich ihnen aus.

»Für grausam hätte ich Sie nun nicht gehalten«, sagte er in ihr Haar, fast, als vertraue er ihr ein Geheimnis an.

»*Sie* haben *mich* doch geschnitten.«

»Wie bitte? Wann? Sie haben mich ja kein einziges Mal angeschaut – Lois, Sie sind reizend, aber Sie sind so –«

»Hören Sie, wir können nicht gleichzeitig reden und tanzen.«

»Und was von beidem wollen Sie dann nicht?«

Sie schaute auf einen Knopf seiner Uniformjacke. »Reden«, sagte sie nach einer kurzen, zufriedenen Pause. Er glitt mit der Hand an ihrem Arm hoch, sie tanzten weiter. Die Nichte des Polizeiinspektors schwebte an ihnen vorbei und lachte Daventry an. Auf der vollen Tanzfläche hatten Lois und Gerald ein wenig Platz für sich allein. Der rosarote Raum um sie herum schmolz, selig und süßlich. Bei dem wunderbaren Zwang zur Bewegung war er ihr näher denn je.

»Sie tanzen göttlich.«

»Was?« fragte er und klang gespenstisch wie Daventry. Jemand hielt das Grammophon an; erschreckt schauten sie einander an. Irgend etwas hatte ihn absurd unglücklich gemacht: Sie hätte ihn gern getröstet.

»Gehen wir hinaus.«

»Ist Ihnen dann nicht zu kalt?«

»Gerald«, sagte sie mutlos, »seien Sie nicht albern.«

Der Wind peitschte um die Häuserkante, fuhr ihr an den Wurzeln durchs Haar und biß ihr in die Ohren – eine bedrohliche Energie in dieser starren, rechteckigen Welt; man sah nichts, das sich bewegte. Gerald ging neben ihr in die Finsternis. Unbekannt.

»Es gab einmal eine Zeit«, sagte Lois und hielt ihren wild flatternden Rock um sich fest, »da wäre ein Mädchen an so was hier gestorben.«

»Zigarette?«

»Oh – können Sie die hier anzünden?«

»Ich kann fast überall eine anzünden.« Sie beugte sich über seine Hände, eine Feuerschale. In seinen Augen waren zwei helle Flecken. Dann flog das Streichholz fort und erlosch in der Dunkelheit.

»Ich habe sie eben gar nicht verstanden. Was ist schiefgelaufen?« sagte sie.

»Sie waren an dem Donnerstag so komisch. Am Abend davor waren Sie wie ein Teil von mir; dann – paßte nichts mehr zusammen. Klar, ich habe mich danebenbenommen – wenn ich auch sagen muß, daß es mir nie leid tun wird ... Wenn Sie einfach nur böse oder so gewesen wären ... Aber es kam mir vor, als seien Sie dann sofort weggegangen. Ich wußte gar nicht, woran ich war. Beim Lunch waren Sie die ganze Zeit wie ein Mädchen im Tennisclub. Dann haben Sie mich mit allen da sitzen- und Blödsinn reden lassen und sind mit dem greulichen Grammophon weggegangen.«

»Das war nicht meine Schuld – wollten Sie, daß ich zuhörte, wie sie Blödsinn geredet haben? – Gerald, mir war nicht klar, daß Sie böse waren; ich hätte nie gedacht, daß Sie das werden könnten ... Ich habe erwartet, daß Sie mir schreiben.«

»Ich habe so viele Briefe angefangen; ich habe eine

halbe Schachtel Briefpapier verbraucht. Ich wußte nicht, was ich sagen sollte.«

»Trotzdem hätten Sie schreiben können.«

»Aber wie?« fragte er ganz offen.

Obwohl sie viele Bücher gelesen hatte, wußte sie nicht mehr, wer als erster redete, wenn ein Kuß, falls nicht erwidert, so doch gegeben worden war. Folgte Empörung oder Kapitulation? Sie hatte weder so noch so reagiert. »Haben Sie denn gehofft, daß ich schreiben würde?« fragte sie und begriff plötzlich alles.

»Sie waren ja immer so verständnisvoll.«

»Aber Gerald, ich hätte gedacht, Sie wären entsetzt gewesen, wenn ich –«

»Oh? ... Vielleicht wäre ich das. Aber ich wollte, daß alles ganz normal wurde. Ich werde nie vergessen, was ich in dem Panzerwagen empfunden habe. In meinem Inneren werden Sie immer mit dem Geruch nach Öl verbunden sein – Lois, finden Sie, daß ich zuviel grübele?«

»Sie wissen doch, daß Sie müde waren.«

»Ja, vielleicht lag es daran«, sagte er skeptisch. »Aber als ich dann zurück in die Kaserne mußte und Sie mit diesem Mädchen wieder in diesen Koloß von Haus gingen ...«

»Sie meinen, es ist ein Koloß?«

»Den Eindruck macht es auf mich.«

Diese neue Version des ständig sich anders darstellenden Nachmittags überraschte sie dann doch. Auch für ihn war er weitergegangen; sie hatte vergessen, Türen zu schließen, Fenster hatten sich geöffnet, im Salon war das monotone Gerede weitergegangen, der Regen hatte eine andere Bedeutung angenommen. Hätte sie vielleicht mehr über Gerald nachdenken und sich weniger wundern sollen? Nun sah sie vor sich, wie der Panzerwagen immer kleiner wurde, als er spritzend über die braune Straße nach Clonmore fuhr, mit Gerald als dem einzig Lebendigen darin. Dann dachte sie an das leere Gästezimmer und wie es ihn gerächt hatte.

»Marda ist fort.«

»Ich dachte, sie wäre ohnehin nur zum Lunch dagewesen!«

»Gerald! ... Merken Sie denn gar keinen Unterschied zwischen jemandem, der zum Lunch, und jemandem, der zu Besuch da ist?«

»Sie hat keinen Hut getragen«, sagte Gerald nach einigem Nachdenken.

»Sie ist vor zwei Tagen abgereist. Jetzt ist sie in Kent.«

»Tut mir leid«, sagte Gerald höflich. Und als er spürte, wie verkrampft und aggressiv die Pause wurde, fügte er hinzu: »Auf mich wirkte sie schrecklich nett.«

»Fragen Sie sich überhaupt nicht, ob ich sie vermisse?«

»Das tun Sie gewiß. Ich vermisse Besucher immer, wenn sie einem auch vorher immer viel Arbeit machen.«

»Sie hatte gar kein Vorher, was mir jetzt komisch vorkommt.«

»Lois ... Sie sind mir aber nicht böse?«

»Wie bitte?« Sie sammelte sich und schaute ziellos in die Dunkelheit. Ein Paar kam auf sie zu; sie legte eine Hand auf seinen Arm, damit er still war; er legte seine Hand darüber. Sie hörten Daventrys zorniges Lachen, seine Partnerin rannte über die schmierigen Laufbretter. Gerald und Daventry begegneten sich in der Dunkelheit mit einem seltsamen, stummen Blickwechsel.

»Mr. Daventry ist ganz schön alt für einen Leutnant.«

»Es ist auch absurd, daß er das ist. Aber so geht's in dem angeblichen Frieden. Er hatte 1916 in Frankreich eine Kompanie, danach war er diensttuender Major. Er ist ein großartiger Bursche, schade, daß Sie ihn nicht häufiger treffen. Er geht nicht gern raus und nur selten außerhalb des Kasernenbereichs. Denn«, fügte er entschuldigend hinzu, »er ist es leid, hierzusein. Offenbar tut es ihm gar nicht gut.«

»Gefällt es Ihnen denn hier?«

»Ach, Dienst ist Dienst. Wenn ich auch Daventrys Standpunkt nachvollziehen kann. Es kommt einem unnormal vor.«

Sie waren am Ende der Kasernen angelangt – an einer oben mit viel Stacheldraht versehenen Mauer am Fuß des steilen Abhangs. Nichtmenschlich, wie ein Pendel schritt ein Wachposten die Mauer auf und ab. Vom Land schien eine starke Bedrohung auszugehen. Gerald schaute in die Weite; jedesmal, wenn seine Zigarette aufglühte, leuchtete sein Gesicht rötlich in der Dunkelheit.

Sie rieb sich die nackten Ellenbogen und zitterte, ohne es zu merken. Er schien gleichzeitig nah und fern, vertraut und unpersönlich; sie begriff, warum sie bis jetzt in dem, was er gesagt hatte, vergebens nach ihm suchte. Ihm lag nichts daran, sich mit Worten ausdrücken. Sie streckte eine Hand nach dorthin aus, wo er war. Er warf seine Zigarette weg, drehte sich um – und sagte nichts. Der Wachposten marschierte vorbei.

Zwischen den Kasernen gingen sie denselben Weg zurück, den sie gekommen waren.

»Gerald, ich war nicht böse ... über das, was Sie gemacht haben.«

»Nein, Sie waren die ganze Zeit wunderbar.«

»Begreifen Sie es denn nicht?« sagte sie scharf – »Gerald?«

»Begreifen? ... Lois!«

Während sie sich küßten, hörte sie, nun, da ihre Schritte verstummt waren, wie jemand in einem Haus oben in der Reihe herumlief. Das Geräusch war weit, weit weg, auf der anderen Seite einer Stille.

»Deine Arme sind so kalt.«

»Ich bin so einsam gewesen.«

»Sie sind *eiskalt*.« Er küßte sie in die Armbeugen.

»Ich mag deinen Hinterkopf«, sagte sie nach einer Weile, während ihre Fingerspitzen ihn erkundeten.

»Ich wußte ja gar nicht, daß du mich so angeschaut hast.«

»Gerald, ich war so ... leer.«

»Ich hätte nie gedacht, daß du Interesse an mir hättest.«

»Ich –«, hub sie an. Das leise Rascheln ihres Kleides im Wind wurde ihr durch irgendeine Verbindung mit einer anderen Stimmung auf einmal schmerzlich unerklärbar – der Schmerz rührte daher, daß sie ihn nicht verstand. »Gerald, deine Knöpfe tun weh.«

»Mein Liebling –« Er ließ sie los, hielt aber, immer noch wie in Trance, feierlich eine ihrer Hände fest. »Kannst du mich wirklich heiraten?«

»Das weiß ich erst, wenn du mich gefragt hast.«

»Lach nicht –«, rief er.

»Hörst du denn nicht, daß ich gar nicht lache?«

»Lois –« Da kam noch mehr; sie wartete, hörte, wie er Atem holte. »Gehen wir zurück und tanzen wir«, sagte er beinahe ehrfürchtig. »Ja?«

Die Menschen drängten sich im Haus. Sie trat erschreckt zurück wie vor einer gefährlich rasch sich drehenden Tür. Nun, da es vorüber war, erinnerte sie sich genau an den Geruch der Erde… David Armstrong drehte sich stürmisch von seiner Partnerin weg und schlug Gerald mit einem roten Luftballon über den Kopf.

Mrs. Rolfe hatte gedacht, es sei eine gute Idee, wenn der Tanz mit einem Kotillon zu Ende ging. Sie wußte zwar nicht genau, wie man Kotillons tanzte, doch vorsichtshalber hatte sie Luftballons verteilt, Pfeifen, aus denen lange Zungen kamen, wenn man hineinblies, und gestreifte Pappstäbe, aus denen Luftschlangen flatterten, wenn die Tänzer sie sich gegenseitig aufs Haupt schlugen. Mrs. Vermont fand, diese Dinge paßten besser zu einem Kostümball, doch Denise meinte, eine Gaudi könne man doch jederzeit veranstalten. Mädchen duckten sich und wedelten kreischend mit den Luftschlangen über die Schultern ihrer Partner. Denise, in strahlendem Schwarz mit einem Sträußlein Kapuzinerkresse, tanzte mit Bettys Mann einen Walzer, eine Angelegenheit längerer »Pausen«. Sie biß ein Stück Luftschlange ab, spuckte einen Mundvoll Papier aus und sagte glücklich bebend: »Ist es nicht wunderbar, Timmy? Ich kann kaum glauben, daß ich wach bin!«

»Doch, doch!« nuschelte Hauptmann Vermont enthusiastisch. Dann wurde er von Mr. Simcox und jemandes kleiner Schwester angerempelt.

»Das hat Betty wunderbar gemacht«, fuhr Denise fort. »Oh Timmy, werfen Sie mal einen Blick auf Reggie Daventry – dort, mit dem Mädchen in Scharlachrot. Er sieht piekfein aus!«

Doch Timmy fand Daventry nicht. »Betty's Bälle sind am schönsten!« jubelte Denise.

»Na, na, na!« widersprach Hauptmann Vermont und packte sie fester um die Taille. Ihn erfüllte ein warmes, zärtliches Gefühl, wenn er daran dachte, wie sehr sie und seine Betty sich mochten.

»Sagen Sie«, Denise schmiegte sich so eng wie möglich an ihn, »sind wir schrecklich leichtsinnig? Ärgern sich die Iren über so was?«

»Sie erfahren es ja nicht.«

»Sie haben doch jede Menge Spione.«

»Dann aber: Psst, Denise! Es sind ja heute abend jede Menge hier.«

»Spione?«

»Iren – die Raltes und Co.«

»Die sind anders.«

»Trotzdem haben sie Gefühle.«

Denise seufzte. »Ich könnte ewig so weitertanzen.« Doch Hauptmann Vermont wollte viel lieber etwas trinken. Ein Luftballon platzte. »Hurra!« schrie Mrs. Fogarty. Um ihr eine Freude zu machen, ließen sie noch vier platzen.

»Ist das wie ein Bombardement?« fragte Moira Ralte.

»Nein«, sagte Mr. Simcox.

Wenn sie nicht aufpaßten, warfen sie noch das Grammophon um. Mr. Daventry fand es an der Zeit, daß das passierte. Es sei überhaupt Zeit, daß etwas passierte. Er tanzte mit der Nichte des Polizeiinspektors durch den Flur und küßte sie, wobei er ihr den Kopf nach hinten in die Mäntel drückte. Sie wehrte sich vergeblich; sie wand sich wie ein Wiesel, doch als er sie weiterküßte, wurde ihre Miene starr, und sie schloß die Augen. Als sie sie wieder aufschlug, guckten sie so verschlagen wie eh und je. Trotzdem wußte er nicht, was sie dachte. Die Trommeln in seinen Schläfen schlugen unablässig; selbst beim

Tanzen konnte er es nicht vergessen. Sie hatte sich mit White Rose betupft. Ihr krauses Haar kitzelte ihn am Mund, als er sich dicht über sie beugte.

»Werden Sie oft geküßt?«

»Engländer waren ja schon immer mit dem Mund vorneweg.«

»Wenn wir fort sind, wissen Sie nicht mehr, was Sie mit sich anfangen sollen!«

»Sie sollten zurück nach Hause gehen, solange Sie noch können, alle Mann hoch!«

»Und was wird dann aus Ihrem Onkel?«

»Der Whisky schmeckt Ihnen wohl?« Sie hob unhöflich eine Hand, um sich vor seinem Atem zu schützen. Das erinnerte Daventry an etwas. Abrupt ließ er dieses ordinäre Weibsstück los und ging zur kleinen Küche, wo er einen Siphon hörte. Lois stand in der Tür, sie wartete darauf, daß David ihr Sodawasser brachte. Aber wolle sie denn nicht einmal ein leckeres Tröpfchen probieren? Nur einmal, damit sie um so besser tanzen könne? Nein? Daventry stand ein Stück von ihr entfernt, ließ seinen Whisky im Glas kreiseln und starrte mit dumpfem Ingrimm ihre Füße an.

»Schade um Ihre silbernen Schuhe, Miss Farquar.«

»Hier kann man wunderschön spazierengehen«, sagte David grinsend.

»Miss Farquar sollte schweben, nicht laufen; sie sieht aus wie eine Seerose«, sagte Daventry und musterte ihr grünes Kleid von oben bis unten mit anzüglichen Blikken. »Kommen Sie, tanzen Sie«, sagte David und nahm ihr das leere Glas ab. Sie habe den nächsten für Gerald reserviert, wandte Lois ein, doch Daventry sagte: »Miss Farquar und ich haben Hunger, wir suchen uns ein Sandwich.«

In einem winzigen, engen Eßzimmer standen Platten mit arg angetrockneten Sandwiches im Licht der nackten Glühbirnen. Niemand war da. Mr. Daventry schaute Lois streng an und legte dann mit einer eigenartigen Bewegung die Handfläche an seine linke Schläfe, als wolle er hören, ob eine Uhr aufgehört habe zu schlagen.

»Hühnchen mit Schinken«, sagte er, »Zunge und Puter; angeblich alles Katze.« (Was soll ich dazu sagen? dachte Lois.) Voller Verachtung betrachtete er einen Stuhl und setzte sich dann darauf. »Ich glaube nicht, daß ich Ihnen schon einmal begegnet bin«, fuhr er fort.

»Vielleicht haben Sie es bloß nicht gemerkt.«

»O je«, sagte Mr. Daventry und schaute in ein Sandwich. »Nein, das stimmt nicht, das glaube ich nicht.«

»Dann finden wir es nie heraus«, sagte Lois und hatte das Gefühl, vor Aufregung zu glitzern.

Ihr kam er vor, als sei er aus Wellingtons Armee übriggeblieben: ein Haudegen. Er schaute nachdenklich auf, kniff die Augen zusammen, richtete angestrengt, fast schielend, den dunklen Blick auf die Wand direkt über ihrem Kopf und fragte: »Wohnen Sie hier in der Gegend?«

»Mehr oder weniger –« Sie war überrascht, daß sie

dem dunklen Blick nun auf gleicher Höhe begegnete. Ihr Land sei, sagte er, bemerkenswert schön.

»Ich fürchte, Sie –«

Freundlich zuckte er die Achseln. Spielte das eine Rolle? Er starrte mit solcher Intensität auf ihre Armbeuge, daß sie das Gefühl hatte, Geralds Küsse seien dort abgedruckt. War er ein Flegel? Sie hatte nicht genügend Erfahrung, um das beurteilen zu können.

»War der Spaziergang schön?« erkundigte er sich.

»Ihrer auch?« konterte sie.

»Ich glaube, ja«, sagte Mr. Daventry nach einigem Überlegen. »Um ehrlich zu sein, ich habe heute nicht meinen besten Tag.« Sie schauten sich unverwandt an. »Nichts«, sagte er, »reizt mich.« Sie strich mit den Händen nervös über ihr Seidenkleid. Er war völlig außer sich, nicht er selbst.

»Wie meinen Sie das, ›mehr oder weniger‹?« fragte er plötzlich.

»Eigentlich wohne ich nirgendwo.«

»Ich schon. In der Nähe von Birmingham.« Angewidert legte er das halb aufgegessene Sandwich auf das Tischtuch an den Rand des Tischs und zog einen Teller herbei, den er darüberlegen wollte. Sie hatte das Gefühl, als sei sie damit entlassen. Angenommen, dachte sie, alle wären so. Sollte sie gehen? Sie machte eine Bewegung, er sah es nicht; sie war enttäuscht. Er legte die Hand an die Schläfe und lauschte wieder.

»Müde?«

»O nein«, sagte er spöttisch.

»Ich gehe wieder zurück.«

»Wie schade. Jemand derart Charmantes ...«

»Mir ist langweilig«, sagte sie.

»Schade, daß Sie das mit meinem Kopf nicht wissen, es ist ein höchst kurioser Kopf, er würde Sie interessieren ... Wie soll ich Sie festhalten? Also, ernsthaft, schauen Sie, dieser Lesworth –«

»Ja?« fragte sie, innen plötzlich kalt.

»Unser junger Freund –« Er zog seinen Stuhl nah an sie heran; sie hatte ein Gefühl, als schlösse sich ein Tor. »Sagen Sie mir eins –«

Doch der fröhliche Lärm, der bisher hinter der Tür gleichmäßig und mächtig wie ein Wasserfall vorbeigerauscht war, zersplitterte mit einem Krachen. Stille setzte ein, hart und wuchtig. »Gott sei Dank! Sie haben das Grammophon umgeworfen!« Daventry schlug sich aufs Knie, distanziert, als übe er die Geste. Dann lachte er trocken auf. »Kaputtgemacht«, sagte er, und bei dem Gedanken wurde er ganz heiter. Gleichzeitig ertönte ein allgemeines Kreischen: Es war kaputt, funktionierte nicht mehr. Also wirklich, dachte sie, du mit deiner diabolischen Lache!

»Na schön«, sagte Daventry und ließ seinen Whisky wieder kreiseln, »es war ein netter Abend.« Dann kamen alle angelaufen; sie trampelten in Scharen durch den Flur. Lois freute sich, denn angesichts seines Gelächters, das über ihre Zweisamkeit hinweggefegt war und das Intermezzo beendet hatte, hatte sie untröstlich dagesessen und gefroren. Ein Grammophon, das zerbrochen war, ein Grammophon weniger auf der Welt – was war daran witzig? Aber sie spürte, wie er zwischen den Lachanfällen auf ihre Lippen schaute, ihre Arme, ihr Kleid, wie ein Geist, mit Wehmut und kalter Neugierde. Wegen ihres jungen Freundes? Das sollte sie nie erfahren.

Auch Mrs. Vermont wirkte zerbrochen, sie stützte sich auf den Adjutanten. »Beruhigt sie mit Sandwiches«, rief jemand, »tröstet sie mit – mit noch mehr Sandwiches!« Moira betupfte sich die Augen mit einem Zipfel ihres Kleides, doch niemand merkte es. Sie drängten sich um den Tisch. Teller klirrten, wurden in alle Richtungen geschoben. »Hier sitzt ihr?« rief Gerald hocherfreut. »Ausgezeichnet!« Jemand schwenkte eine Mundharmonika: Konnte man zu der tanzen? Mehr und mehr Leute quetschten sich durch die Tür. Am Ende platzte das Zimmer noch. Die Risse in den Wänden, die noch vor einer Minute gerade wie Stangen gewesen waren, schienen sich jetzt sichtbar auszudehnen. Unser junger Freund, unser junger Freund, unser junger Freund, dachte Lois und beobachtete Gerald. Obwohl sie genau darauf achtete, wo er hinging, konnte sie ihn nun nicht sehen. Aber sie hatte den Eindruck, daß es außer seinem glatten runden Kopf nichts gab, auf das sie ihren Blick heften konnte, er schien ihr zum ersten Mal bemerkenswert. Sie suchte seinen Mund – der sie geküßt hatte –, fand aber, daß er haargenau so aussah wie der anderer junger Männer, die auch in der Dunkelheit zwischen den Kasernen herumgeschlendert und stehengeblieben waren. Die Tagebuchseite dieses Abends war ohnehin mit lauter Sternchen – leidenschaftlichen Phantasieküssen – bedeckt. Ein einzelner Kuß im Wind, in der Dunkelheit war nichts Besonderes mehr: Sie konnte sich weder an sich noch an Gerald erinnern.

Als er zu ihr kam, schaute sie rasch weg. Sie blickte auf einen leeren Teller auf dem Boden, auf eine dünne schlaffe Gurkenscheibe am Rand. Was habe ich getan? dachte sie: Angstvoll betrachtete sie den Teller. »Sandwich gefällig?« fragte Gerald und holte noch ein paar... Vielleicht finde ich es morgen normal? Nichts bewahrte sie nun davor, ein Sandwich essen zu müssen. »Liebling...«, flüsterte er, als er ihre Schulter berührte.

»Müde?« fragte Mr. Simcox beim Anblick ihres Gesichts.

»O nein«, sagte sie, mindestens so sarkastisch wie Mr. Daventry.

19

Mr. und Mrs. Montmorency saßen auf der Treppe, als Lois die Allee hochkam. Francie winkte, und Hugo lugte mißtrauisch um den *Spectator* herum. »Und …?« rief Francie, als Lois in Hörweite war. Über ihnen starrten zwanzig dunkle Fenster erhaben aus der hellgrauen Fassade des Hauses über die Wiesen. Die Bäume hatten Lichtränder; alles schien weit, weit weg. Seufzend legte Hugo den *Spectator* beiseite und ging hinunter, um Lois' Koffer aus dem Zweisitzer zu holen.

»Und …?«

»Ach, herrlich … Aber stellen Sie sich vor: Wir haben das Grammophon kaputtgemacht!«

»Ach, das arme Grammophon!«

»Es war das Grammophon der Artilleristen … Wo sind die anderen?«

»Wir haben keine Ahnung.«

Die Montmorencys waren der Meinung, es müsse ein anstrengender Tag gewesen sein, selbst Lois sah blaß aus. Sie hatten ein vertrauliches Gespräch über die Zukunft geführt, beide kamen sich mutig vor, als hätten sie falschen Anstand endlich einmal hintangestellt. Warum, hatte Hugo gesagt, bauten sie nicht irgendwo einen

Bungalow? »Ohne Treppen?« Francie war gleich Feuer und Flamme und schob ihre Hand in Hugos. »Und dann bleiben wir darin wohnen?« Sicher doch – warum nicht? –, sie würden die Möbel aus dem Lager holen. Und bei dem Gedanken, daß ihre Tische und Sofas aus der Verbannung zurückkamen, leuchtete Hugos Gesicht regelrecht trotzig.

»Aber wo wollen wir bauen?« sagte Francie und runzelte freudig bange die Stirn. Hugo sagte, wenn sie ein wenig mit dem Automobil herumführen, werde sich zweifellos von selbst etwas anbieten. »Wir könnten uns nach der Aussicht entscheiden«, sagte Francie. An dieser Stelle griff er jedoch aus unerfindlichen Gründen wieder zum *Spectator*.

Der Pferdeknecht kam und holte das Pferd: Lois setzte sich auf die Treppe und begann zu plaudern. Wirklich überraschend, was alles passiert war. Und denken Sie sich nur, der Oberst war wütend ... Selbst Hugo hörte mit halbem Ohr zu. »O je«, sagte er, als Lois von Mr. Daventry erzählte. Francie meinte, es sei sicher eine große Erleichterung für einen Mann in dem Gemütszustand, wenn er ein Mädchen traf, mit dem er wirklich reden konnte. »Aber er hat nicht geredet; er war wirklich sehr, sehr seltsam. Gut, er war sogar mal Major.« Francie wünschte, sie hätte Lois' Auftritt in dem grünen Kleid gesehen, ganz – wie konnte sie sich ausdrücken? –, ganz wie eine Mohnblume, nur in einer anderen Farbe. Ob Lois es wohl für sie heute abend noch einmal anziehe?

»Es ist eigentlich eher ein Ballkleid«, sagte Lois abwehrend. Worauf Francie meinte, in mancher Hinsicht sei es ja fast zu bedauern, daß Laurence so intellektuell sei. »Aber wissen Sie, Hugo soll mit Ihnen tanzen. Er tanzt wunderbar Walzer.« Doch der Gedanke, daß Hugo Walzer tanzte, machte Lois melancholisch – was Hugo auch vermutete.

Laurence, der sich durch Lois' Stimme gestört fühlte, schloß oben ein Fenster. Er war neuerdings bemerkenswert fleißig. Er schrabbte mit dem Stuhl und starrte durch eine alte Fensterscheibe, in die Laura Naylor mit einem Diamanten ihren Namen geritzt hatte, die Bäume an. Mit den Ellenbogen geriet er immer wieder an wackelige Bücherstapel, die in einer Lawine zu Boden fielen, wenn er sich bewegte. Um ihn herum flog eine Wespe unsicher im Zickzack hin und her. »Hau ab«, murmelte er, »du bist hier nicht erwünscht.« Schließlich sah er sich gezwungen, die Tür aufzumachen und die Wespe hinauszuscheuchen; sie taumelte über den Zwischenflur und dann durch die halboffene Tür in Mardas Zimmer, als hätte sie dort eine Verabredung. Obwohl ihm die Wespe einerlei war, ging er ihr hinterher, um nachzuschauen, ob Marda *Südwind* nicht hatte liegenlassen. Hatte sie – typisch. Die Wespe flog triumphierend immer im Kreis herum über dem Spiegel; Laurence zielte mit dem Buch auf sie und verpaßte sie nur knapp. Eine Acht-Tage-Uhr tickte; es war fünf vor vier, bald war Teezeit.

Als er wieder aus dem Zimmer trat, kam Lois mit einem Koffer die Treppe hoch.

»Hallo! Wofür bringst du den denn mit?«

»Ja, wofür?« sagte sie und stellte ihn überrascht ab. »Ich wollte ihn eine Etage tiefer lassen.«

»Und –?«

»Also wirklich«, rief sie völlig grundlos, »dieses Haus besteht nur noch aus den Montmorencys; sie bestimmen die Atmosphäre. Absolut ... Ich wollte nur sehen, ob du da bist.«

»Bin ich eigentlich nicht: Ich arbeite.«

»Ach – und wieso arbeitest du im Gästezimmer?«

»Ich habe eine Wespe verscheucht.«

»Laurence, der Tanz war wunderschön.«

»Fabelhaft!« Er ging zur Tür seines Zimmers, doch Lois mit ihrem ungeheuren Bedürfnis nach seiner Antipathie stieß flehentlich hervor: »Sie waren alle da, alle. Und meine Güte, der Wind; ich dachte, das Haus würde weggeweht. Und wir haben das Grammophon kaputtgemacht. Und es war ein schauriger Mann da, der hieß Daventry, und der hat eine Kriegsneurose ...«

»Gut«, sagte Laurence, »und du siehst hundemüde aus!«

Unter der Macht dieser Behauptung lehnte sich Lois sanft wie ein Lamm an das Geländer und gähnte. »Livvy hat die ganze Nacht geschwoft, sie wird eine schreckliche Ehefrau ... Laurence, ich wünschte, du würdest mir mal was zu lesen empfehlen.«

»Ich an deiner Stelle würde schlafen gehen.«

Ein willkommener Vorschlag. Lois dachte an ihr Zimmer mit der hohen Decke, die ungewohnte nachmittägliche Berührung der Kissen an den Wangen, das köstliche Sakrileg, die bestrumpften Beine auf dem zurückgeschlagenen Plumeau zu verkreuzen und zu erleben, wie sich die Realität allmählich in einen langen Tunnel zurückzog und die Fenster sich dehnten und verschwammen. Doch sie zog ungeduldig an ihren Fingern und sagte: »Aber ich will mit irgendwas anfangen. Du, Laurence, müßtest das ja wirklich verstehen. Es muß doch irgendwas geben, womit ich anfangen kann. Du guckst doch in die Zimmer, in denen ich mich aufhalte, stets nur mit schweigender Verachtung. Was meinst du, wofür ich da bin?«

Er lehnte sich an den Türrahmen und betrachtete sie überrascht und mit einer gewissen Menschlichkeit. Heute in vier Wochen hätte für ihn das Trimester schon wieder begonnen; einen Moment lang bemühte er sich angestrengt, Lois zu verstehen. Sie hatte nichts, mit dem sie weitermachen konnte. Die Leere, die Marda gefolgt war, mehr als negativ für ihn, hatte auf das Leben seiner kleinen Cousine existentielle Auswirkungen. Mit der Nachsicht gegenüber den Illusionen, die sich die vom Schicksal Gebeutelten und sehr Schwachen machen, schlug er ihr vor, sie solle mit Deutsch weitermachen. Er gab ihr zwei Grammatiken, ein Wörterbuch und einen Roman von Thomas Mann; sie nahm alles pflichtschuldigst entgegen. Als er wieder an seinem Tisch saß, die Tür einen Spaltbreit offen, schlich sie sich zu Mardas Zimmer.

»Da drin ist eine Wespe«, rief Laurence.

»Ach, ich dachte nur, ich gucke mal, ob …«

Doch niedergeschlagen ging sie hinunter und vergaß ihren Koffer.

Morgens hatte sie Gerald nicht noch einmal gesehen, obwohl sie, von oben bis unten angespannt vor Furcht, in Mrs. Fogartys Salon gewartet hatte. Die vielen Photos der jungen Männer mit den offenen, lebensvollen Gesichtern entsetzten sie noch mehr. Ein Bursche war mit einer Nachricht aus der Kaserne gekommen. Der Umschlag mit dem Regimentswappen wurde ihr überreicht, als habe er einen Anspruch auf sie, und war streng wie der Arm des Gesetzes. Sie verlor ihr letztes Gefühl für Gerald, sie fühlte sich gefangen. Und während sie umständlich das Couvert öffnete und sich fragte, was sie denn verbrochen habe, überlegte sie gleichzeitig, was aus der letzten einsamen Gurkenscheibe auf dem Teller geworden war. Nach »Mein allerliebster Liebling« erhielt sie erst einmal eine Gnadenfrist, denn Mrs. Fogarty, sehr mitgenommen nach der Lustbarkeit der letzten Nacht, wie sie behauptete, kam in einem leichten Morgenmantel herein, nötigte sie, Milch zu trinken, wenn sie keinen Portwein mochte – der Morgen war noch lang –, und etwas von dem leckeren Biskuitkuchen zu essen.

Mit den Worten »*Ich* weiß, wer Herzen gebrochen hat!« schnitt Mrs. Fogarty den Kuchen an, der viele Eier enthielt und, feucht und hauchzart, sich wunderbar leicht zerteilen ließ.

Auch die Sessel im Vorraum, die Lois nun schief anguckten, wußten Bescheid. Was sie getan hatte, breitete sich wie ein Netz überall aus. Wenn sie jemanden ermordet hätte, wären selbst die einfachsten Gegenstände nicht mit deutlicheren Spuren behaftet gewesen. Sogar die Elefantenriege auf dem Bücherschrank verkörperte das pure Verhängnis. Lois ging schnell in ihr Zimmer. Ganz egal, dachte sie und schaute die unschuldige Tapete herablassend an, es ist beschlossene Sache. Und neugierig, fast verschwörerisch, betrachtete sie sich im Spiegel.

Geralds gerade runde Schrift hatte, fand sie, etwas komisch Taumelndes, als liefe jemand in engen Schuhen um sein Leben.

»– ich muß Dir soviel erzählen. Obwohl wir nun alle Zeit der Welt haben, scheint es mir, als hätten wir überhaupt keine. Lois, wenn ich mit Dir zusammen bin, machst Du mich schrecklich stumm mit Deinen süßen, hellwachen Augen, und wenn wir getrennt sind, empfinde ich Dich als so nah, daß ich meine, Du verstehst mich ohnehin, warum also etwas erklären, wenn ich so dumm bin? Also versuche ich gar nicht zu sagen, was ich empfinde; einzig und allein wichtig ist, daß Du wunder-, wunderschön bist. Manchmal, auch jetzt noch, denke ich, Du hältst mich für grauenhaft dämlich und grüblerisch und langweilig; ich habe mich oft gefragt, über was Du die ganze Zeit nachdenkst. Daß ich es nun wirklich erfahren soll, kommt mir unglaublich vor. Du hast immer so kompliziert gewirkt, es war eine Dreistigkeit, Dich mit einem solchen Menschen zusammenzubringen, wie ich einer bin, und nun bist Du reizend und einfach und ganz mein. Der gestrige Abend kommt mir überhaupt nicht wie ein Teil meines Lebens vor. Ich kann es nicht glauben, daß ich es war, der getanzt und Whisky getrunken und an dem Grammophon herumhantiert hat, und dennoch ist es wirklichste Wirklichkeit. Und obwohl mich das, was ich heute morgen tue, von Dir fernhält, scheint es mir bedeutend zu sein, weil ich es für Dich tue. Es ist schrecklich, hier in Clonmore an Dich zu denken und nicht zu Dir zu können, und trotzdem ist es wunderbar, daran zu denken, daß Du wartest und daß der, auf den Du wartest, ich bin. Lois, Deine süßen, kalten Arme waren so niedlich, ich darf jetzt gar nicht daran denken. Dein ganzes Leben werde ich Dich halten und einmummeln und beschützen und dafür sorgen, daß Dir nie wieder kalt wird. Der Gedanke, daß Du jemals einsam und traurig gewesen bist, ist schrecklich – Du bist sehr tapfer, wahrhaftig, und ich habe es nie geahnt –, und dennoch bin ich beinahe froh darüber, weil es mich in gewisser Weise rechtfertigt. Liebling, ich küsse Dich in Gedanken und bin ganz bescheiden und demütig. Mehr darf ich nun nicht schreiben. Wenn es geht, hinterleg mir bei den Fogartys einen

Brief. Ahnt sie was? Ich dachte, vielleicht möchtest Du es ihr anvertrauen. Doch ich werde es natürlich, wie Du wünschst, niemandem erzählen. Auf Wiedersehen, meine allerschönste Frau; ich kann gar nicht in Worte fassen, wie sehr ich Dich liebe. GERALD.«

Lois legte die Seiten wieder hintereinander, faltete sie und dachte: Du bist derjenige, der schön ist. Und später: Wenn ein Mensch das hier vollkommen findet, kann man sich da irren? Ein Sonnenstrahl stahl sich hervor, drang durch den bleichen Himmel im Südwesten und veränderte das Zimmer, als sei etwas offenbar geworden. Lautlos warf eine Wicke ihre Blütenblätter auf den Schreibtisch, nur der nackte Stempel blieb stehen. Die rosafarben schimmernden, schwankenden Schmetterlingsblüten waren blaßbläulich schattiert, wie in einer Vorahnung des Todes. Lois beugte sich vor und legte die Stirn auf den Tischrand.

Schritte im Vorzimmer; sie schob den Brief unter die Schreibtischauflage und drehte sich ostentativ um.

»Ich habe gehört, daß du zurück bist«, sagte Lady Naylor und kam herein. »Ich habe gehört, der Höhepunkt des Abends war, als das Grammophon kaputtging. Nun möchte ich alles erfahren.« Sie setzte sich.

»Also, am Anfang –«

»Einen Moment – hast du dein Kleid ausgepackt?«

»Oh! Ich habe meinen Koffer oben gelassen ... Ich war bei Laurence und habe mir eine Grammatik geliehen.«

»Ach, ich würde nicht mit Deutsch weitermachen«, sagte Lady Naylor. »Viele Leute nehmen immer noch Anstoß daran, Italienisch ist hübscher und praktischer. Ich könnte Dir *Il piccolo mondo antico* leihen oder Dante – Einerlei, erzähl mir von dem Tanz.«

»Also, zuallererst –«

»Übrigens, ich habe gerade von Marda gehört. Sie ist wohlbehalten angekommen, Gott sei Dank. Sie findet Kent langweilig, was ich ihr hätte vorher sagen können, doch sie ist natürlich froh, daß sie bei Leslie ist.«

»Hat sie das gesagt?«

»Natürlich ist sie das. Du kannst es ja lesen; ich habe den Brief unten ... Wer hat denn das Grammophon kaputtgemacht? Ich hoffe, du warst nicht in der Nähe des Geschehens. An so was erinnern sich die Leute immer. Waren die Raltes da? Waren sie hübsch? Ich wundere mich wirklich, daß ihre Mutter es ihnen erlaubt; sie behauptet immer, sie gehorchen ihr aufs Wort. Aber meiner Meinung nach war das der letzte Tanz.«

»Oh, warum?«

»Wenn du wüßtest, was wir bei den Trents gehört haben ... Ein Mann aus Kerry war da. Uns ist wirklich angst und bange geworden. Obwohl, wie dein Onkel hinterher gesagt hat: Man weiß ja, was die Trents für Freunde haben. Denen passieren die unmöglichsten Dinge. Aber – waren die Vermonts da? Sie war doch sicher ganz in ihrem Element. Und Mr. Armstrong? Ich habe gehört, Mrs. Foxe-O'Connor hat ihn und Livvy zusammen im Imperial in Cork gesehen. Und der junge Mann, der zum Lunch hier war, der soviel geredet hat ... mit dem Panzerwagen ... oh – Lesworth?«

»Ja, der war auch da.«

»Mich wundert, wo sie alle die Zeit hernehmen«, sagte Lady Naylor. »Aber wenn sie mehr tanzen und sich weniger einmischen würden, dann gäbe es meiner Meinung nach weniger Probleme im Land. Offenbar ist in Kerry...« Ihre Stimme wurde unkonzentrierter und kälter und erstarb. Lois war überzeugt, daß sie die rosafarbene Schreibtischauflage im Visier hatte. Diese Annäherung auf Zickzackwegen an Gerald, diese übertriebene Vagheit waren unheilschwanger. Nach einigen Augenblicken eigentümlichen, drückenden Schweigens bemerkte Lady Naylor, daß die Wicken verwelkten. »Das Wasser ist bestimmt faul, es wird grün. Wir müssen übrigens alle Blumen versorgen. Nach dem Tee vielleicht – würdest du gern auf eine Kunstschule gehen?«

»Ja, wahnsinnig gern«, sagte Lois nach einigem Überlegen.

»Francie war von deinen Zeichnungen sehr beeindruckt. Und Marda hat gesagt, du brauchtest unbedingt ein Interesse.«

»Oh, hat sie über mich geredet?«

»Wir waren uns alle darin einig, daß Mädchen Interessen brauchen, doch sie vertrat diese Auffassung ganz besonders, fand ich. Sie hat aus ihrem Leben bisher noch nicht viel gemacht – wenn sie natürlich Leslie heiratet ...

Ich meine immer, daß Musik oder Zeichnen oder ein wenig Schreiben oder irgendwas Organisieren –«

»Hat Marda gesagt, wie sie meine Zeichnungen fand?«

»Ich glaube, sie fand sie hübsch ... Viertel vor fünf!« rief Lady Naylor vorwurfsvoll. »Der Tee ist bestimmt kalt ... Du siehst müde aus, Lois. Hast du schon gehört, daß sich die Montmorencys einen Bungalow bauen wollen?«

»Hier?«

»Sei nicht dumm – dieser Freund der Trents behauptet allerdings, der Bungalow würde binnen eines oder zweier Monate ohnehin in die Luft gejagt oder abgebrannt werden. Also heute«, fügte Lady Naylor mit einem Blick gen Himmel hinzu, »ist wirklich ein anstrengender Tag.« Stöhnend stand sie auf.

Als Lois später an dem Abend mit Schere und Korb auf dem Weg zum Garten war, überholte sie Mr. Montmorency, der allein über den Weg durch die Staudenrabatte ging. Er zupfte Blätter von den Lorbeerbüschen und riß sie sorgfältig in Fetzen.

»Ich habe gehört«, sagte er, als sie zu ihm aufschloß, »daß Sie mit Deutsch angefangen haben.«

»Italienisch ist vielleicht doch praktischer ... Ich habe gehört, Sie bauen einen Bungalow.«

»Ach, ich weiß nicht; es ist hauptsächlich Francies Idee.« Schweigend liefen sie weiter, ihr Korb streifte die Lorbeerbüsche. Seit der Fahrt von Mount Isabel waren sie nicht mehr allein gewesen. Sie mußte daran denken, wie sie einmal so große Hoffnungen gehabt hatte und er so unendlich abweisend gewesen war. Nun empfand sie ihm gegenüber eine Zärtlichkeit – bar jeden Reizes –, als seien sie Witwer und Witwe.

»Ohne Treppe wäre schön.«

»Aber dann hätte er bestimmt andere Nachteile.«

»Offenbar«, sagte sie mit einiger Unverfrorenheit, »ist Marda wohlbehalten angekommen.«

»Eigentlich sollten wir ja alle überrascht sein«, sagte Hugo sarkastisch, »daß sie nicht aus dem Zug gestürzt ist. Selbst ihr fällt nichts Besseres ein, was sie ihrer Gastgeberin schreiben könnte. Und die Nachricht, daß man gut angekommen ist, meine ich immer, läßt Gastgeberinnen ohnehin kalt. Wenn man einmal außerhalb ihrer Pforten ist, endet mit der Verantwortung auch das Interesse.«

»Und sie findet Kent langweilig.«

»Das kann ich kaum glauben.«

»Sie ist furchtbar stoisch. Vielleicht hat sie sich hier gelangweilt.« (Selbst jetzt noch verhalten wir uns nicht natürlich miteinander, dachte sie.)

»Haben Sie ihren Brief gesehen?«

»Nein ... Sie?«

»Nein, Ihre Tante hat ihn verloren.«

Er schob das Tor auf und folgte ihr in den Garten, der, eingebettet in seine Mauern, unglaublich groß wirkte; man konnte nicht einmal bis zum Ende sehen. Er war von Spalieren durchzogen, lauter Apfelbäumen. In den Blumenbeeten glänzten die Septembergelb- und -rottöne metallisch in dem sonnenlosen Licht. Die orangefarbenen und weinroten Dahlien loderten und erloschen. Er bog in einen Pfad, sie blieb auf dem anderen; sie trennten sich schweigend. Hier war sie mit Marda gewesen – mit Gerald nie –, sie hatten auf der grünen Gartenbank gesessen, Blasen aus dem Anstrich gedrückt und Pflaumenkerne in das Buchsbaumbeet gespuckt. Heute empfand sie die immer hier herrschende Brise als kalt im Gesicht. Die Zweige waren still, als hätten sie Angst; die Blumen schienen vergebens zu schreien, sie waren vergessen. An der Wickenhecke angekommen, begann sie eifrig am violetten Ende herumzuschnippeln. Dabei mache ich mir, dachte sie, gar nichts aus lilafarbenen Wicken.

Als sie hoch in die Hecke langte, rutschten ihr die Ärmel nach unten, und sie dachte an Gerald. Ihr war, als schaue er sie durch die ausgedünnten Ranken an. Mit den Wicken ist es praktisch vorbei, dachte sie und freute sich regelrecht, während sie mit der stumpfen Gartenschere schnitt und zupfte. Gestern in der Dämmerung war der Marktplatz in Clonmore mit den flatternden Blättern schon ganz herbstlich gewesen; in der Luft hatte blauer Dunst gehangen. Auch in der Dunkelheit, in der sie sich geküßt hatten, hatte sich der Herbst schon angekündigt. Sie liebte ihn als heftigeren, konturenreicheren, intensiveren Frühling, sie liebte die schokkierend süßen Abschiede, den Übergang. Der Sommer dagegen blieb innerhalb dieser Mauern und wurde vergessen.

Sie war nun zwar fest entschlossen, sich heute abend unter die Lampe zu setzen und Verben zu lernen, doch noch soviel Italienisch oder Deutsch konnten den letzten Abend nicht verdrängen; damit mußte sie nun, wie mit dem Riß in ihrem grünen Tüllkleid, vernünftig umgehen. Nach einem ängstlichen Blick auf das Mögliche verbot ihr ein Schmerz, so scharf, daß es ihr eigener sein mußte, es rückgängig zu machen: Nun mußte sie Gerald unweigerlich heiraten. Zumindest Mrs. Montmorency würde sich – dachte sie erleichtert, als sie bei den roten Wicken ankam – unendlich mit ihr freuen. Die unvorstellbare Zukunft wurde unter den vielen Kommentaren, die alle durcheinanderschwirrten und sich dann beruhigten, festgelegt wie die Vergangenheit. Ja, sie hatte das Gefühl, als seien die Kommentare schon geäußert, als sie in Gedanken zum Haus und zur Treppe zurückkehrte und sah, wie sich Lippen in unbewußter Bereitschaft bewegten. Und als Mr. Montmorency über einen schräg auf sie zulaufenden Pfad kam – die beiden Gartenkatzen sprangen hinter ihm her –, war sie überrascht, daß er nicht sagte: Na, ich hoffe natürlich, daß Sie glücklich werden, und Entschlußfreudigkeit, ganz einerlei, in welche Richtung, ist in jedem Fall bei der Tochter Ihrer Mutter eine feine Sache.

Er aber trat auf die andere Seite der Hecke, zupfte ein paar verblaßte Ranken ab und bemerkte, mit den

Wicken sei es nun vorbei. Nun müßten die Zimmerpflanzen ihr Beschäftigung geben, fügte er hinzu. Dann nahm er sein Taschenmesser heraus und schnitt sorgsam drei Blüten ab. Nach dieser Geste der Anteilnahme lief er auf seiner Seite der Hecke neben ihr her.

»Erstaunlich«, sagte Lois. »Mir ist, als wäre ich eine Woche weg gewesen.«

»Und wir machen mehr oder weniger weiter wie bisher, stellen Sie fest?« Ironisch, doch verständnislos schaute er sie an. Und sie konnte nicht versuchen, die magnetische Anziehungskraft zu erklären, die sie alle auf sie ausübten, weil sie hier festsaßen. Oder wie nach jeder Rückkehr – oder sogar jedem Auftauchen aus dem Schlaf oder Gedankenversunkenheit – sie und das Haus und seine Umgebung in der Entdeckung eines Mangels einander immer besser durchdrangen.

20

Lady Naylor, die nun an den länger werdenden Abenden ein klares, beständiges Licht wünschte, kümmerte sich persönlich um die Lampen. Angetan mit großen gelben Handschuhen, beschnitt sie zwischen der morgendlichen Zeitungslektüre und einem ausführlichen Gespräch mit der Köchin sorgfältig die Dochte. Doch der Ölgeruch ekelte sie an, und sie sagte nun ungehalten: »Du hast gar keine Vorstellung von der Liebe – du stehst mir im Licht.«

Lois trat vom Lampenzimmerfenster weg. »Stimmt nicht«, sagte sie, »habe ich doch.«

»Unsinn«, sagte ihre Tante und schaute sich nach einem Wischlappen um. Lois schob eine Streichholzschachtel hin und her, und ihre Tante, die sie ihr automatisch wegnahm, dachte, wie ungerecht es sei, daß sich eine Frau wie sie, die das Problem sofort auf eine intellektuelle Ebene heben konnte, überhaupt um Lampen kümmern mußte. Anna Partridge, die bloß noch Kaninchenkämmen und Basteleien mit Bast im Kopf hatte, hatte schon seit Jahren elektrisches Licht, nur weil sie in England lebte; selbst die Trents redeten davon, ihren Wasserfall zur Stromerzeugung zu nutzen.

»Als ich in deinem Alter war, habe ich überhaupt nicht an Heiraten gedacht. Ich wollte nicht heiraten. Ich weiß noch, als ich neunzehn war, habe ich Schiller gelesen.«

»Ich denke nicht an Heiraten, ich …«

»Dann hast du keine Vorstellung von …«

»Ich lese«, sagte Lois würdevoll.

»Heutzutage leihen sich Mädchen ja nur noch gegenseitig Biologiebücher aus. Ich habe mich sehr für Kunst interessiert.«

»Aber Tante Myra, junge Männer sind ziemlich gewöhnlich.«

»Das kommt alles vom Tanzen und der ganzen Aufregung.«

»Aber Gerald regt sich nicht leicht auf; er war auch schon neulich vor dem Lunch in mich verliebt.«

»Da hat er halb geschlafen«, sagte Lady Naylor. »Er weiß schon normalerweise kaum, worüber er reden soll. Ich finde ja Intelligenz enorm wichtig; vielleicht irre ich mich. Aber vergiß nicht, du kannst nicht darauf hoffen, immer verliebt zu sein, und dann …«

»Du hast doch gesagt, ich hätte keine Vorstellung …«

»Jetzt stehst du mir schon wieder im Licht.«

Lois ging noch weiter weg vom Fenster. Hätte sie doch nie zu reden angefangen. Aus irgendeinem Grunde hatte sie gedacht, im Lampenzimmer sei es weniger peinlich. Sie stellte sich vor, wie sie den Kopf an Geralds unerschütterliche Schulter legte. »Ich kann es nicht erklären«, sagte sie, »ich habe noch nie gehört, daß ein Mädchen zu Erklärungen aufgefordert wurde. Ich dachte immer...«

»Echtes Gefühl erklärt sich selbst«, sagte Lady Naylor und wischte triumphierend etwas Öl vom Fuß einer Lampe.

»Aber wenn er zum Tee kommt...«

»Das können wir natürlich nicht verhindern.«

»Und wenn er mit Onkel Richard spräche...«

»Dann würde sich dein Onkel große Sorgen machen. Wirklich, Lois, ich habe dich für vernünftiger und besonnener gehalten.«

Diese Sicht der Dinge begriff Lois nur zu gut. Sie runzelte die Stirn. Sie wollte Onkel Richard gegenüber nicht rücksichtslos sein, und sie hatte ja auch vollstes Mitgefühl für Tante Myra, die ohnehin schon soviel organisieren mußte. Gefühl und Leben schienen ihr unvereinbar zu sein, und angesichts dessen, daß dieses Mißverhältnis allenthalben sichtbar war und ihre Tante meinte, sie mache ganz unnötig Getue, verlor sie jeden Mut. Aber sie riß sich zusammen; man hatte ihr doch immer zu verstehen gegeben, daß Liebe...

»Aber Liebe...«

»Du hast keine Vorstellung von Liebe«, wiederholte Lady Naylor und dachte wieder an das elektrische Licht in Bedfordshire.

»Aber soll ich denn nie etwas Richtiges tun?«

»Geh auf eine Kunstschule.«

»Wo?«

»Das könnte man arrangieren.«

»Aber ich glaube nicht, daß ich gut zeichnen kann.«

»Trotzdem mußt du nicht gleich heiraten.«

Das war natürlich richtig. Als Lois das klar wurde und sie sah, wie Licht durch das vergitterte Fenster eiskalt auf das Wachstuch des Lampentisches fiel, fühlte sie sich an einem toten Punkt.

»Andererseits ...«, sagte Lady Naylor. Mit ihren leuchtenden Augen schaute sie unschlüssig, ja beinahe scheu auf die Tür hinter Lois' Kopf. Sie schob die Lampenschere und die Putzlappen in eine Schublade, schloß sie, weil es so stank, und zog seufzend die Handschuhe aus. Vielleicht sah sie ja das Leben als einen Gesellschaftstanz, man fand sich zu Partnern, man verbeugte sich umständlich, gemeinsam, doch letztendlich allein vor ihm, dem anderen, der Gruppe. »Andererseits ...«, sagte sie. Und dieser ein wenig bedrohliche Einwand galt sowohl ihr als auch ihrer Nichte. Lois wußte, daß Gerald vielleicht zum Tee kam.

»Du hast hoffentlich gemerkt«, sagte Lois und starrte auf die beringten Hände ihrer Tante, die aus den Handschuhen auftauchten, »daß ich nichts heimlich tun wollte.«

»Ja, natürlich, das war ja auch vollkommen richtig«, sagte Lady Naylor unbeeindruckt. Dann ging sie hinunter, um mit der Köchin zu reden.

Kathleen, die Köchin, in ihrer Persönlichkeit ihrer

Herrin so ähnlich, daß man durchaus von einer ausgeglichenen Beziehung der beiden zueinander reden konnte, war ebenso dominant, aber scharfsinniger als diese und machte sich weitgehend anhand von Lady Naylors Verhalten ein Bild von der Situation. Sie selbst hatte felsenfest damit gerechnet, daß das passierte. Etwa eine Stunde lang lieferten sie sich in der weißgetünchten Dämmerung der Küche über einem Kessel Erbsensuppe liebenswürdig Rede und Gegenrede. Lady Naylor hatte mit ungewöhnlicher Verachtung verkündet, ein Leutnant werde zum Tee kommen; woraufhin Kathleen die Hände hoheitsvoll hinter dem Rücken gefaltet und gefragt hatte, ob sie einen Sally Lunn anbieten wolle? Nein, nein, keinen Teekuchen – Lady Naylor hatte an Spritzgebackenes gedacht. Kathleen wußte sofort, um welchen Leutnant es sich handelte. Als sie im Laufe des Nachmittags über den Hof schlenderte, um ein paar Hühner zu massakrieren, sah sie gleichgültig unter den Kastanien, wie Gerald auf seinem Motorrad die Allee hochgetuckert kam. Lois, die mit den Hunden herumstand, ging hinunter, um ihn abzuholen. Zum Tee schickte Kathleen aus unerklärlichen Gründen einen ironisch festlichen Kuchen mit Zuckerguß.

Francie freute sich, daß Mr. Lesworth zum Tee kam. Denn der Tag dehnte sich unheilschwanger aus, als werde er bald platzen. Hugo wanderte zügigen Schrittes mit der *Eroberung Mexikos* unter dem Arm durch die Alleen; er kam nicht zur Ruhe. »Übrigens«, sagte er einmal, als er vorbeikam, »wenn du zufällig an Marda Norton schreibst ...«

»Nein, ich schreibe ihr nicht; oder erst, wenn ich ihr unser kleines Geschenk schicke. Außerdem habe ich nichts zu sagen.«

»Sie könnte dir wegen des Eau de Cologne schreiben.«

»Nein, nein, sie hat sich schon bedankt.«

»In einem Punkt wollte ich mir Klarheit verschaffen, wegen Metternich – erinnerst du dich an die Diskussion? Ich bin gerade auf ein Buch gestoßen – ach, ich sollte selber schreiben.«

»Aber keiner hat ihre Adresse; Myra hat den Brief verloren.«

»Ach so, ja natürlich ... Dann erledigt sich das von selbst.« Er lächelte – erleichtert, hätte man sagen können. Während er wieder wegging, schaute Francie traurig an ihrer Bluse hinunter und sah, daß das Jabot verknittert war. Sie begriff nicht, wie eine Frau wie Marda, die mit Koffern reiste, so glatt aussehen konnte. Aber sie bestand eben auch nur aus Konturen. Bei Francie schienen sich die Details in der Mitte zu sammeln und auszubauschen. Sie ging hinauf, um sich umzuziehen. Ja, sie freute sich, daß Gerald kam, und horchte aufmerksam in die Stille unter den Alleebäumen. Denn das Leben verdünnte sich bis zum Punkt des Zerreißens; sie mußte ihres in Geralds und Lois' Weiterleben legen.

Gerald stellte sein Motorrad ab, schaute zögernd zu den geschlossenen Fenstern hinauf – aus einem, hinter einem Lichtfleck, nickte Francie ihm zu – und erzählte, daß er eigentlich nicht hätte kommen dürfen. Nicht weit vom Bahnübergang sei auf Truppen geschossen worden, die auf dem Rückweg nach Clonmore gewesen seien. Die Situation spitze sich zu; es gebe eine Menge zu tun.

»Oh. Dann ist es ja schade, daß du gekommen bist«, sagte Lois.

Gerald sagte nichts; seine Ohren waren leicht gerötet.

»Nach Clonmore!« sagte Lois empört und dachte an die kleine freundliche Stadt mit ihrem Tennisclub.

»Ja, ja«, sagte Gerald und schaute sie an. »Aber es hätte überall passieren können.« Er pfiff den Hunden und begrüßte sie, ihre Hunde.

»Dann ... war es gefährlich zu kommen?«

»Ach nein, davon kann keine Rede sein.«

Das Haus stand derart drohend da und starrte so unheilverkündend und seltsam, daß er Anstalten machte – eher respektvoll denn eingeschüchtert –, von der Fassade zurückzutreten. Sie gingen zu den Tennisplätzen und um einen der Plätze herum. »Lois ...« Sie bog schnell ab; Laurence arbeitete oben in seinem Fenster. Gerald winkte ihm, jedoch vergeblich. »Na, der konzentriert sich ja mächtig!« sagte er ein wenig neidisch.

»Wahrscheinlich ... Ist Laurence wichtig?«

»Weißt du, *du* ...«

»Gerald, eigentlich bist du doch der schrecklich Konzentrierte.«

»Aber ich kann nicht lesen ... Wo kann ich ... Wo könnten wir –?«

»Da kommt Mr. Montmorency.«

Hugo ging auf Gerald zu, schüttelte ihm die Hand und sagte, man habe sich ja lange nicht gesehen. So selbstsicher und klaren Blicks, wie der junge Mann dastand, erinnerte er ihn stark an Marda. Mit unerwarteter, eigentümlich stechender Wehmut dachte Hugo an die Bäume, die Morgenberge, den plätschernden, plappernden Bach. Denn von alldem, was er von ihr bewahrt und nie besessen hatte und was er versuchen mußte wiederzugewinnen, tauchte am deutlichsten der Moment jener Begegnung auf: ein eigentlich irrelevanter Moment, als er, ansonsten unbeteiligt, beobachtet hatte, wie sie sich vorbeugte, damit Gerald ihr die Zigarette anzünden konnte, und Licht über ihr Haar strömte. Ausgerechnet das Schweigen danach, das Getrenntsein, nachdem Gerald sie verlassen hatte und rasch zum Haus aufgebrochen war, um Lois zu suchen, schien nun der Boden, auf dem er ihr am allernächsten gewesen war. Doch er wußte, wie vergänglich diese Szene war, daß sie, wenn sie wie eine Pflanze zum Leben jegliche Realität, die in ihm war, in sich aufgesogen hatte, an seiner Leere vergehen würde und zum Schluß nicht einmal mehr von derselben Konstellation von Bergen und Licht und Bäumen heraufbeschworen werden konnte.

»Heute morgen keine Rasur hinter der Hecke?« scherzte er.

»Nein, nein«, sagte Gerald überrascht. Warum denn auch?

Lois, in der Überzeugung bestärkt, daß sie durch eine zunehmende Weiblichkeit schon Haltung und Gebaren einer Ehefrau hatte, blieb gleichzeitig stolz und verächtlich stehen, beobachtete Gerald, zutiefst dankbar dafür, wie gelassen er da zwischen ihnen stand, und wünschte sich sehr, daß Mr. Montmorency sich länger bei ihnen aufhielt. An den Blicken, die die beiden ihr zuwarfen, merkte sie, daß sie auf Grund irgendeines Wissens plötzlich schön geworden sein mußte, und eine eigentümliche Friedlichkeit, ein Gefühl, verortet zu sein, machte ihre Umgebung warm, den weichen Rasen und die schweren Bäume. Vorsichtig einen Fuß vor den anderen setzend, balancierte sie über eine vom Regen ausgewaschene Linie des Platzes und malte sich ein Leben in China aus – zackig-militärisch, aktiv, in bescheidenem Wohlstand – anhand japanischer Drucke, die sie in Läden nicht weiter beachtet hatte, mit merkwürdig eckigen Torbögen und senkrecht verlaufenden Schriftbalken. Gerald wurde garantiert eines Tages Hauptmann, und »die Hauptmannsfrau« klang wie aus einer Ballade. Sie hätte sich fast bei ihm untergehakt.

»Sie werden feststellen, daß wir weniger sind und viel, viel stiller«, sagte Hugo. »Miss Norton ist abgereist.«

»Oh?«

»Marda«, stellte sie hastig klar.

»Sie war schrecklich nett und amüsant«, sagte Gerald und strahlte nach anfänglicher Verdutztheit wie die Sonne. »Ich hätte sie sehr gern wiedergesehen.«

Als Lois ihn später durch die Staudenrabatte entführte, erklärte sie ihm, wie die Dinge im Moment um Mr. Montmorency standen: Der Mann war am Ende. Gerald erstarrte, um sein Gefühl schloß sich etwas wie eine Tür. Das roch nach Ehebruch. Entsetzt schwieg er. Aber Lois' Mutter, brachte er schließlich heraus, hatte man nicht gehört, daß er einmal ...?

»Nichts ist jemals abgeschlossen«, sagte Lois. »Nicht, solange man noch lebt.«

Las sie so etwas in Romanen? »Aber *Mrs.* Montmorency...« Sie schien doch hier verankert zu sein, die Verbindung der Montmorencys, zwischen den hochherrschaftlichen Möbeln und den langen, ruhigen Mahlzeiten. In dieser Erde wurzelte Lois.

»Aber man kann nicht alles planen; man lebt nicht nur von innen. Gerade ist Marda passiert.«

»Und hat sie ...?« rief Gerald entsetzt. Über dieser unglaublichen Unterströmung, schien es ihm, bewegte sich seine Lois zu perfekt.

Kühl und aalglatt, in rosafarbenem Leinen, erwiderte sie: »Nein. Es hat ihr nur leid getan. Außerdem, mußt du wissen, ist sie verlobt.«

»Wirklich? Ich hätte nie gedacht ...«

»... daß sie verlobt ist? Na, wie hätte sie denn aussehen sollen? Wie ein Vogelweibchen, grau in grau?«

»Sie war ganz sie selbst. Macht die Liebe die Menschen nicht vollkommen ...? Mit etwas, das nicht sie sind, und man merkt es auch?«

Sie verstand ihn, hatte aber Probleme, ihm zuzustimmen. Was war sie dann wohl für ihn? Vor seinem Unverständnis gegenüber einer besonderen Vorstellung von Leben, die sie sich offenbar soeben erst gebildet hatte, wich sie zurück. Klang sie unwahr, wenn er sie berührte? Wo haperte es? Oder war Gerald, unterschwellig, das Instrument eines riesigen Schwindels?

»Komplett – du meinst, vervollkommnet sie? ... Vielleicht ist Marda gar nicht richtig verliebt.«

»Aber so eine ist sie nicht ... Sie würde doch nicht einfach so heiraten?«

»Ich glaube nicht, daß das, was Marda *tut*, wichtig ist, sondern das, was sie *ist*.«

Plötzlich sah er verzweifelt aus, als sei Lois hinter Gittern. »Schau her, niemand ist wichtig. Laß uns nicht reden ... Ich meine ... Laß uns nicht reden. Lois, wir haben nur noch so wenig Zeit, ich bin verzweifelt. Ich weiß nie, wann ich dich wiedersehe. Lois, dieses elende Warten; selbst das Glück läßt einen nie in Ruhe. Wann endlich finden wir Ruhe?«

»Aber Gerald, wir sind doch noch jung.«

»Ich will, daß nichts passiert außer dir. Du bist alles. Ich will soviel von dir.«

Ratlos stand sie am Rande des Weges; er küßte sie mit angstvoller Heftigkeit. Die Lorbeerbüsche knarzten, als sie sich in seinen Armen zurücklehnte. Sein Drängen lastete noch verwirrender auf ihren panischen Gedanken; die glatten, kalten Blätter beeinträchtigten ihr Wohlgefühl mit ihm. Ihre kleinen Seufzer entzückten und – alarmierten ihn.

»Was ist los?« fragte er, die Lippen nah an ihrem Gesicht.

»Ich mag den Geruch der Lorbeerbüsche nicht. Gehen wir weg von hier.« Als sie zurückliefen, hob sie ängstlich die Hände und fragte ihn, wie ihre Frisur aussähe. »Grauenhaft, voller Zweige?« »Nein, wunderbar.« Sie wünschte, er wäre eine Frau. Als sie zur Treppe kamen, wo ihre Tante, ihr Onkel und Francie eine tief in Gedanken verlorene Gruppe bildeten, sagte sie zu ihm: »Tante Myra will, daß ich auf eine Kunstschule gehe.«

»Oh ... kannst du zeichnen?«

»Gerald!«

»Liebling, ich habe nie eine Zeichnung von dir gesehen. Woher soll ich es wissen?«

Lady Naylor rief, wie entzückend, daß Gerald herübergekommen sei. Nun würden sie ein paar richtige, handfeste Neuigkeiten hören, sie verließen sich immer auf ihn. Sir Richard, der erstaunt seinen Kneifer abnahm, konnte kaum glauben, daß Gerald schon wieder da war; er dachte immer noch, es seien stets andere Leutnants, die sie besuchten. Sei es nicht erst gestern gewesen, fragte er gleich, daß sie das interessante Gespräch über die Miliz geführt hatten? Gerald bekam einen so voluminösen, tiefen Sessel, daß er kaum mit dem Kinn über den Teetisch reichte. Sie gratulierten ihm zu dem Tanzabend bei den Rolfes. Ja, gemeinsam meisterten sie die Situation so phantastisch, daß Gerald ebensogut ein Schulden- oder Steuereintreiber hätte sein können. Und als an einer Stelle das Gespräch auf der Kippe stand, Marda auffallend abwesend war und Lady Naylor Lois' Frisur beäugte, kamen unerwartet die Trents. Sie brachten einen Freund mit, diesmal einen aus County Clare, dem noch mehr passiert war. Gerald trat zu seiner Freude völlig in den Hintergrund, die ganze Gesellschaft von Danielstown lauschte atemlos – kaum ein Stuhl knirschte –, die Trents schauten ihrem Freund hoch zufrieden zu, während er ihnen mit den Geschichten von Überfällen und Viehdiebstählen den Tee im Mund gerinnen ließ.

»Ja, da gibt es doch wohl einiges, für das wir dankbar sein müssen«, lächelte Mrs. Archie Trent, als ihr Freund, dem derart übel mitgespielt worden war, sich anschickte, seinen Tee zu genießen. Und sie sagte Lois, sie sehe bemerkenswert gut aus, und sie hofften, sie würden sie diesen Winter mit den Ballymoyles draußen sehen. Wie stand's bis dahin mit der Fuchsjagd?

»Lois geht auf eine Kunstschule«, sagte Lady Naylor.

»Wie schade, eigentlich«, sagte Mrs. Trent.

Der Freund, der zu Ende aß und trank, meinte, alle

irischen Kunstschulen sollten durchsucht werden. Er könne es nicht mit Sicherheit sagen, aber er habe doch einen sehr bestimmten Verdacht, was man dort finden werde. Im Falle eines Falles seien Gußformen hohl und in der Venus von Milo könne man ordentlich was aufbewahren. Sir Richard war ein wenig beleidigt.

»Ich sollte zur Slade gehen«, sagte Lois.

»Oh«, sagte Mrs. Archie Trent, »nicht nach Rom? Na, in diesen Dingen würde ich nichts übereilen.«

»Ars longa«, sagte Laurence, der solcherart Konversation mochte. Der Freund der Trents fragte ihn, wie es ihm in Cambridge gefalle; er selbst habe einen Neffen, der bald dort hinzugehen hoffe. Laurence sagte, er habe gehört, Cambridge sei sehr nett.

Nach dem Tee nahm der Freund der Trents Gerald beiseite, um ihm zu erklären, wo die Armee Fehler machte. Mrs. Trent setzte sich näher zur Teekanne und sagte mit lauter Stimme (»Nun aber mal im Vertrauen«), sie habe gehört, Livvy Thompson sei wirklich mit diesem jungen Armstrong verlobt.

»Unfug«, sagte Lady Naylor.

»Aber man hat sie gesehen, wie sie in Cork Tee getrunken haben, und die Tante streitet es zu heftig ab. Für die Thompsons wäre es schließlich eine große Sache.«

Leider errötete Lois; beide Damen hatten sie im Visier.

»Zunächst einmal«, erklärte Lady Naylor, »kann man

diese jungen Männer gar nicht heiraten. Außerdem, um Ihnen die Wahrheit zu sagen ...«

»Aber was wollen denn die Mädchen sonst tun? Ich meine, schauen Sie sich doch die Hartigans an.«

»Heutzutage gibt es für Mädchen auch eine Zukunft außerhalb der Ehe«, sagte Lady Naylor lebhaft. »Beruf und Karriere – wie gern hätte ich einen Beruf erlernt. Man liest soviel über...« Sie war eine moderne Frau. Mrs. Trent, die nicht las, schwieg einen Moment respektvoll, behielt aber den ehrlichen, hellrosafarbenen Ausdruck der Ungläubigkeit bei. Sie stellte sich vor, wie diese eingesperrten Frauen, ihre Handtäschchen umklammernd, hastig in die Dubliner Straßenbahn stiegen. Das war kein Leben. Doch törichterweise schien ihre Freundin Lois hartnäckig zur Kunst zu ermuntern: Das endete für junge Mädchen oft in Schlimmerem als Ehelosigkeit. »Livvy«, kehrte sie zum Thema zurück, »scheint sich trotzdem für den jungen Mann entschlossen zu haben. Und sie hat ihren eigenen Kopf.«

»Also, wenn ich ihre Tante und ihr Vater wäre, würde ich es verbieten.«

»Du meine Güte«, rief Mrs. Trent und trat fröhlich gegen den Tisch, »wir bringen Lois schon durch die bloße Idee zum Erröten.«

»Lois weiß besser, was sie zu tun und zu lassen hat«, sagte Lady Naylor. Und sie schenkte Lois einen ihrer sehr seltenen, überaus bezaubernden direkten, persönlichen Blicke.

Und ja, was könnte Tante Myra für eine Freundin sein, wenn man sich gerade erst kennengelernt hätte, dachte Lois, als sie, um dem allem zu entkommen, auf die Treppe trat.

21

Eine Wolke glitt vor die Sonne; der Bach wurde opak wie Schildpatt. Doch als die Wolke plötzlich nach Westen zog, erglühte das Wasser im Licht und erschreckte Hugo. Elritzen, aufgescheucht wie Gedanken, flitzten schattengleich über die klaren gelben Steine. Hugo tauchte seinen Stock ins Wasser, zog ihn wieder heraus und betrachtete nachdenklich das glänzende Ende. Fast fünfzig Zentimeter waren es an dieser Stelle; an der Grasinsel, an der er nun stand, teilte sich der Bach in zwei tiefe Rinnen und floß dann eilends zur Darra. In der Senke des Darra-Tales stand spöttisch grinsend die weiße Mühle. Gepackt von unwiderstehlichem Zorn kam in Hugo die Pistolengeschichte wieder hoch. Denn Marda hatte geschrieben, ihre Hand sei wieder heil, niemand habe Fragen gestellt oder sich gewundert, erzählte sie.

Sie hatte Lois geschrieben und Hugo die Nachricht zukommen lassen. Die Frauen hatten es genossen, ihn auf diese Weise auszuschließen. Marda schrieb außerdem, Leslie habe ihr einen Hund geschenkt, den passenden Hund; der gehörte zu einem richtigen englischen Landleben, vermutete Lois. Was sie bis zu ihrer

Heirat mit dem Hund anfangen sollte, wußte Marda nicht; sie mußte ihn in Kent lassen ... Und was schrieb Marda sonst noch, wollte Francie wissen. Doch Lois, die den Brief samt Briefmarke verschluckt zu haben schien, wußte es nicht mehr. Später suchte sie Hugo auf und bot ihm an, ihn ihm zu zeigen ... Aber er mimte den Überraschten. »Oh, gab es etwas Besonderes –?« Nein, er wolle sie damit nicht weiter belästigen ... Begriff dieses Kind, überlegte er, daß die indirekte kleine Brüskierung nicht nur ihr galt, sondern auch Marda? Er warf einen leeren nachdenklichen Blick auf das lohfarbene, wie Glas dahinfließende Wasser.

Das Kind begriff, ging hinauf und schilderte Marda sein Verhalten. Ihre Mitteilungsfreude war grenzenlos, aber sie nahm Rücksicht auf ihn. Sie schrieb gewissenhaft, mit einem Hang zur Strenge.

»Es geht ihm gar nicht gut, und um allem die Krone aufzusetzen, wollen sie jetzt einen Bungalow bauen. Sie setzt ja immer ihren Willen durch; ich weiß nicht, ob er ihr noch das Haar kämmt. Seitdem Sie weg sind, hat er es jeden Tag zur gleichen Zeit gemacht: um drei Uhr nach einem langen Lunch. Wir reden alle über meine Zukunft. (Nach allgemeiner Übereinstimmung bin ich nun ungefähr neun, sehr unterhaltsam und wonnig; sie haben mich gern um sich.) Es wird bestimmt eine Kunstschule. (Warum haben Sie ihnen nie gesagt, ich könne nicht zeichnen?) Aber wir können uns nicht entscheiden, welche. Angesichts meines Alters wird London als zu groß erachtet. In Dublin, behauptete ein Mann, der gestern zum Tee hier war, sind womöglich in allen Gußformen üppiger Figuren hochexplosive Stoffe versteckt. In Cork könnte ich mir einen Akzent zulegen, und von Paris wollen sie schon gar nichts wissen. Meine verflixte Tugend! Ihrer Meinung nach habe ich ohnehin keine Zukunft, weil ich Gerald versprochen habe, ihn zu heiraten.«

An dieser Stelle hielt sie inne, denn nun wurde alles sehr unklar. Als sie das Geschriebene noch einmal las, war sie überrascht, was für eine Frau sie nun war. Das gnadenlose Begreifen nahm sie als Zeichen der Reife. Aber als sie nach Gerald suchte, war zuviel von ihm da. Er war ein Wald, in dem sie Baum um Baum zählte – jeder einzelne ihr Eigentum – und die Begrenzungsmauer darum herum kannte. Doch wie maß man die unberechenbare Dunkelheit zwischen den Bäumen, diese anhaltende Stille? Sie kehrte zum Thema Mr. Montmorency zurück und fügte noch einen Absatz hinzu. An dem Morgen hatte er sie brüskiert.

Sie hätte sich allerdings gewundert, wenn sie nun, in diesem Moment, gesehen hätte, wie er zu der Insel hinüberging und wie angewurzelt dort stehenblieb. Wenn sie seinen Aufenthaltsort auch nur erahnt hätte, wäre er ihr gnadenlos ausgeliefert gewesen. Denn die Tatsache, daß er dem Bach bis zu diesem einsamsten Abschnitt gefolgt war, hinter die Mauer der Schonung, wo von der Wiesenhecke Brombeeren ins Wasser hingen, die niemand sah, verriet, daß er nicht spazierengegangen, nein, nein, nicht herumgebummelt war, sondern sich aus sentimentalen Gründen hierher verirrt hatte. Weiter unten, wo die Trittsteine von der Flut des letzten Winters weggespült worden waren, befand sich die Ruine einer Kate; hier kam niemand her. Selbst Lois hatte es seit ihrem achtzehnten Geburtstag aufgegeben, sich hier am Ufer auf den Bauch zu legen, eine bodenlose Verzweiflung über nichts herauszuweinen und sich selbst im Bach zu betrachten. Diese Wildnis innerhalb der Grenzen Danielstowns, in Hörweite der Glocke des Bauernhofes, verströmte nämlich eine besondere Trostlosigkeit.

Hugo mochte die Stelle; hier hatte er das Gefühl, in eine Art Nichtexistenz einzutreten. Und hier, gleichermaßen getrennt vom Faktischen wie vom Möglichen, errichtete er eine Bühne für sich: die Eingangshalle im Dämmerlicht. Mardas Hand lag auf der mit Schneckenornamenten verzierten, weit geschwungenen Stange des Geländers. Er berührte diese ruhige, elektrisch geladene Hand mit der aus Gewißheit entspringenden Bedächtigkeit, alle Sinne strömten in seine Berührung. Fest, dunkel schaute sie ihn an, sie hatte es begriffen ... Denn obwohl sie in Wirklichkeit nur ein Empfinden für ihn gehabt hatte – kühl und doppeldeutig –, konnte er nun, wie besessen von seiner vom Leben abgetrennten Macht, die gesamte Bandbreite ihrer Gefühle hervorrufen, ganz wie seine Phantasie wollte: Ja, er konnte ihr gesamtes Mienenspiel dirigieren. Wenn das nicht Liebe war...

Er mochte die Stelle. Bestimmt suchten sie ihn alle: Hinter der Einsamkeit vibrierte es. Myra fuhr heute morgen nach Clonmore, um mit den Boatleys zu lunchen; sie hatte ihn gefragt, ob er mitkomme, er hatte gesagt, er werde sehen. Damit hatte er »Herr im Himmel, nein« gemeint, und wenn sie so dumm war, das anders zu interpretieren, war sie selbst schuld an ihrer verspäteten Abfahrt. Francie würde bestimmt mitfahren; es war peinlich, wie faszinierend sie die Gesellschaft von Militärs fand. Nun stand sie gewiß auf der Treppe, den grauen Netzschleier elegant über die Nasenspitze gezogen, betrachtete verzweifelt ihre Handschuhe und sagte immer wieder: »Irgendwo muß er doch sein!«

»Wie viele von uns erwarten sie eigentlich?« würde sie schließlich fragen und untröstlich ins Auto steigen.

Lady Naylor wußte es nicht. »Aber sie sind an Irland gewöhnt. Sie war eine Vere Scott. Und sie wissen, daß ich das Auto immer vollmache.«

»Lois willst du nicht mitnehmen?«

»Lois fährt schon oft genug nach Clonmore.«

Lady Naylor hatte noch mehr Gründe, nach Clonmore zu fahren. Um halb vier hatte sie in Mrs. Fogartys Salon eine Verabredung mit Gerald. Freitag war Clubtag, Mrs. Fogarty war oben »beim Tennis«, und ihr Salon, endlich einmal von der Last ihrer ausladenden Persönlichkeit befreit, stand ihren Freunden zur Verfügung. Und obwohl Lady Naylor Mrs. Fogartys Geschmack bei Perlen, Gatten und Korsetts – deren Rüschen mitten auf ihrem Rücken herausquollen – wie auch ihre überbordende Mütterlichkeit mißbilligte, hatte sie es sich doch angewöhnt, deren Haus als eine Art Damenclub zu benutzen, und schaute zu allen Zeiten dort vorbei, um Päckchen abzustellen, sich die Hände zu waschen oder sich mit Freunden zu treffen. Sie hatte zwar immer den Eindruck, daß das Mädchen, das sie hereinließ, sofort nach oben lief und Mr. Fogarty hinter Schloß und Riegel brachte, doch sie war überzeugt, daß ihr Kommen nur eitel Freude hervorrief. Sie betrat den kleinen Salon stets im vollen Bewußtsein ihrer Würde, auch wenn er leer war.

Gerald, skeptisch, doch in Hochstimmung, erschien ein bißchen vor der Zeit, geschniegelt und gestriegelt. So umstandslos hatte man ihm noch nie ein Rendezvous gewährt. Denn sie (göttlich, seine Tante in spe!) hatte gesagt: »Vielleicht bin ich gegen halb vier bei den Fogartys, um mich auszuruhen. Falls Sie vorbeikommen – was natürlich nicht unbedingt der Fall sein mag, und ich will Sie ja auch nicht vom Tennisspielen abhalten –, können Sie hereinschauen, und wir plaudern ein wenig. Denn leider habe ich Sie ja heute kaum gesehen. Ich habe unser übliches Gespräch vermißt. Es gibt noch so vieles ... Doch ich fürchte, Sie kommen gar nicht vorbei.« Ihr Blick – alle Achtung vor der Dringlichkeit in den großen Pupillen –, machte den Satz zu einem Befehl, dem die energisch hochgezogenen Augenbrauen dann noch den nötigen Nachdruck verliehen. Gerald, der sich wie ein bestelltes Taxi fühlte – ja besser noch: wie ein Neffe –, war vor Wonne ganz rot geworden. Doch, doch, es sei ihm eine besondere – (Ob sie wohl Gerald zu ihm sagen würde?) »Selbstverständlich kann es auch sein, daß ich nicht da bin; vielleicht kommen wir nicht mal nach Clonmore; es ist alles ungewiß«, sagte Lady Naylor.

Auf der Fahrt nach Hause steigerte sich Gerald in einen regelrechten Rausch. Sie ruht sich wahrscheinlich nie aus, vermutete er, lehnt sich selten in einem Stuhl zurück, schiebt nie seufzend ihren Hut hoch, streckt nie empfindliche Füße aus oder knöpft sogar Schuhe auf. Sie beherrscht die Szene, dachte er, selbst in der Oxford Street. Und schmiedet nun also Pläne für mich, ein ausdrückliches Zeichen der Anerkennung.

Lady Naylor kam kurz nach vier zu den Fogartys und ärgerte sich, daß Gerald vor ihr da war. Anstatt aufgesucht zu werden, mußte sie sich nun mehr oder weniger offen auf ihre Position manövrieren. Den Sessel außer acht lassend, den Gerald samt Kissenladung herangezogen hatte, nahm sie (natürlich rein zufällig) auf der engen Fensterbank Platz. Der Raum bekam nicht mehr von ihr zu sehen als eine imposante Silhouette mit Hut und Boa, während Gerald, der pessimistisch auf die Stühle schaute, sich mit dem Ellenbogen zwischen den gerahmten Photos auf den Kaminsims stützte und in dem unnatürlich grünen Licht, das durch die Büsche kam, voll in ihrem Blickfeld stand.

»Was für ein Tag«, seufzte sie energisch. »Wir haben mit den Boatleys geluncht. Er muß ja als Oberst ganz entzückend sein! Sie ist übrigens Irin; eine Vere Scott. Sie finden es bestimmt lächerlich, wie wir hier alle miteinander verwandt sind.«

»Famos finde ich das«, sagte Gerald.

»Ach, ich weiß nicht! Sie Glückspilze haben ja offenbar überhaupt keine Verwandten. Wie unabhängig man sich da fühlen muß!«

»Ich habe Dutzende.«

»Wirklich? Alle in Surrey?«

»Nein, überall verstreut.«

»Das klingt für mich natürlich über die Maßen rastlos«, bemerkte Lady Naylor und zog fröhlich ihre Handschuhe aus. »Aber ursprünglich sind sie alle aus Surrey?«

»Mehr oder weniger«, sagte Gerald, der es nicht genau wußte. Die Boatleys hatten auch nicht gewußt, wo er herkam; bislang war Lady Naylors Tag wenig erfolgreich gewesen.

»Also, ich halte Sie doch hoffentlich nicht vom Rauchen ab?«

Doch. Er lächelte und zündete sich eine Zigarette an. »Sie rauchen nicht ...?«

»Ach du liebe Güte, nein, ich bin ziemlich altmodisch. Nun sagen Sie mir – Sie wissen ja, wie sehr ich Klatsch in einer Garnisonsstadt hasse, aber eines muß ich richtigstellen. Was ist das für ein Unfug, den ich über Livvy Thompson höre? Ihnen ist ja bekannt, daß sie eine Freundin meiner Nichte ist und häufig zu uns ins Haus kommt. Deshalb meine ich, muß ich diesen Geschichten über sie den Boden entziehen.«

»Oh?« sagte Gerald alarmiert. »Das wußte ich nicht.«

»Nein?« sagte Lady Naylor. »Aber Sie sind doch ein Freund dieses jungen Mannes, Mr. Armstrong, darum habe ich gedacht, ich kann offen mit Ihnen reden. Allem Anschein nach sind die beiden bei einem Tête-à-tête in Cork gesehen worden, sie haben Tee getrunken, und nun gibt es alle möglichen Gerüchte. Aber es ist einem jungen Mädchen gegenüber doch sehr ungerecht, wenn ihr Name am Beginn ihres Lebens mit jemandem in Verbindung gebracht wird.«

»Meines Erachtens«, sagte Gerald ziemlich steif, »kann jeder sehen, daß Miss Thompson sich vollkommen ehrbar verhält. Und Mr. Armstrong – Sie sind verlobt, um Ihnen die Wahrheit zu sagen.«

»Ach, dummes Zeug«, sagte Lady Naylor freundlich.

»O doch.« Er nickte und schaute sie dann unter seinen Wimpern hervor mit seinem bezaubernd kindlichen Blick an. »Sie wollen allerdings nicht –«

»Also zunächst einmal würden die Thompsons das überhaupt nicht zulassen. Und sie hätten ganz recht. Sicher, die arme Livvy hat keine Mutter mehr –«

»Da ist sie nicht die einzige«, sagte Gerald einen Hauch aggressiv. »Lois hat auch keine mehr.«

»Ja, aber wir würden eine solche Heirat für Lois ja auch nie in Betracht ziehen! Das Problem würde sich ja gar nicht stellen. Doch selbst für Livvy – und denken Sie an die Karriere des jungen Mannes: Diese frühen Ehen sind ruinös für das Fortkommen und Verlobungen fast genauso schlecht. Ich weiß, daß Oberst Boatley derselben – Nein, ich finde, Sie sollten folgendes tun: Sie sollten ein offenes vernünftiges Wort mit ihrem Freund Mr. Armstrong wechseln. Ich weiß, wie sehr Sie jungen Männer aufeinander hören. Ich meine, als Freund sollten Sie ihm sagen –«

»Ich bitte Sie –«, begann Gerald und hielt inne. »Schauen Sie, Lady Naylor –« Er verstummte gänzlich und schaute sich im Zimmer um, das seit ihrem Eintreten dunkler geworden war. Der Nachmittag bewölkte sich. Und er mußte sich schmerzlich von den Illusionen verabschieden, mit denen er gekommen und die während der ersten Minuten ihrer Unterhaltung noch stärker geworden waren. Als der Name Surrey fiel, hatte er gedacht, sie hoffe, seine Mutter kennenzulernen. Er schlug die Beine übereinander, und als es quietschte, weil er mit den Schuhen aneinandergeriet, erschrak sie und verriet ihre Anspannung. Gesenkten Blicks, niedergedrückt und verwirrt bemerkte er diese Bewegung, eine zitternde Helligkeit am Rand ihrer Boa. Mit ungewöhnlicher Ruhe und männlicher Stärke sagte er: »Damit Sie es genau wissen, ich liebe Lois.«

»O ja. Aber leider muß ich Ihnen sagen, daß sie Sie nicht liebt«, erwiderte die Tante in aller Ruhe.

Ohne Kommentar, nur indem er seine Haltung beibehielt, wies er das von sich. Trotz seines leichten Körperbaus und seiner Begeisterungsfähigkeit besaß er etwas Träges, fand sie. »Dann nehme ich an, sie hat Ihnen gesagt, wir –«

»Oh, natürlich freut sie sich, daß Sie sie mögen. Und in ihrem Alter und mit ihrem Temperament ist es ja auch nett, überhaupt jemanden zu lieben.«

»Aber Sie haben gerade gesagt, daß sie mich nicht –«

»Nicht so, wie ich Liebe verstehe.«

»Aber solange«, sagte Gerald mit der spezifischen Weltgewandtheit, die an Unhöflichkeit grenzte, »solange sie und ich dasselbe meinen –«

»Aber das ist nicht der Fall«, sagte seine Freundin in ihrem gütigen, verbindlichen Tonfall. »Das will ich Ihnen ja gerade klarmachen. Mit ihrem Temperament –«

»Ihr Temperament habe ich nicht bemerkt«, sagte Gerald loyal, als sei Temperament ein Buckel.

»Also, schon das allein«, rief Lady Naylor und wedelte heftig mit ihren Handschuhen, »wäre überaus fatal für eine Ehe ... Mr. Lesworth, ich möchte mir nicht ausmalen müssen, daß Sie unglücklich werden. Sie wissen ja, daß ich keine Söhne habe, und Laurence ist so intellektuell – und noch etwas ...« Sie hielt inne und griff ungewöhnlich fahrig, fast wie Francie, nach ihrer Boa, dem Spitzenjabot, zwei Nelken, die darin festgesteckt waren. Denn nun mußte sie Ungebührliches in Angriff nehmen: die Frage des Geldes. Ein Thema, mit dem die Engländer überaus frei umgingen, so frei wie mit dem, was unter ihren Zwerchfellen war, vor dem sie, Lady Naylor, aber in allem Anstand zurückschreckte. »Sie finden mich bestimmt entsetzlich«, sagte sie, »aber es gibt Dinge im Leben, denen man sich stellen muß. Schließlich bin ich Lois' Tante ...«

Gerald errötete und nahm Habachtstellung an. Jetzt kam's.

»Das Geld«, brachte sie endlich heraus. »Ich meine, Sie haben keins, oder doch? Ich wüßte natürlich gar nicht, warum Sie welches haben sollten. Aber zwei Menschen müssen von etwas leben, wenn es auch alles ziemlich unerquicklich ist. Doch soweit muß es ja gar nicht kommen. Ich möchte Sie darauf aufmerksam machen –«

»Ich weiß, daß sie ein wunderschönes Zuhause hat«, sagte er bedrückt.

»Wie dem auch sei ... Sie sehen, es ist in jeder Hinsicht unmöglich. Am allerwichtigsten ist jedoch: Sie liebt Sie nicht.«

Er war in eine Position gezwungen, die er einem Freund gegenüber als verkorkst geschildert hätte, denn er mußte das Gegenteil beweisen. »Doch obwohl ich mir nicht vorstellen kann, warum.«

»Dabei würden so viele Mädchen Sie lieben!« rief sie ganz ernst. »Für Lois denke ich freilich – denken wir alle – an eine Kunstschule. Sie nimmt das Zeichnen furchtbar wichtig.«

»Sie redet nie davon.«

»Das beweist dann doch nur ... den Mangel an Seelenverwandtschaft!« sagte die Tante mit selbstgefälligem Bedauern. »Und es ist auch nicht nur Ihr Alter; selbst wenn Sie Hauptmann oder sogar Major wären, würde sich nichts ändern. Also, ich finde, Sie sollten vernünftig sein. Es kann alles ganz ruhig über die Bühne gehen. Außer mir weiß es keiner. Ich schlage also vor –«

»Sie hätte mir sagen sollen, daß sie es Ihnen erzählt hat!« Bitter schaute er sich in dem Raum um, der nun so anders war.

»Um Ihnen die Wahrheit zu gestehen: Genau dazu habe ich sie nicht ermutigt. Ach, das Kind war grundehrlich. Aber ich dachte, Sie und ich sollten das ganz unbefangen und vorurteilslos angehen.«

»Mußten wir das wirklich?«

»Oh, Mr. Lesworth!« rief sie bestürzt. Dann faßte sie, irgendwo zwischen Krankenschwester und Prophetin, munter und bestimmt das Wesentliche zusammen: »Je weniger Gerede, je weniger andeutungsweise Diskussionen über die Dinge und darum herum, desto besser, finde ich immer.«

Während sie ihre Handschuhe betrachtete und sich mit wachsender Zufriedenheit anschickte, einen überzustreifen, blieb er, halb von ihr weggedreht, trotzig, aber schwankend, stehen. Ein ungewöhnliches Pendel schwang in ihm: Er war am Ende – zu allem entschlossen – am Ende. Dunkel vor Wut und Fassungslosigkeit, von denen seine unerschütterliche »Nettigkeit« mißbilligend abrückte. Sie zerstörte alles, was ihm heilig war, und dennoch mußte er ihren Freimut und ihre Geradlinigkeit bewundern, ihren gesunden Menschenverstand, den Preis, den sie auf seine Lois festsetzte. Und die Liebe lag weniger blutend am Boden, als daß sie wund und ein wenig benommen und verzagt von dem Schock dahockte. Gerald hob das Kinn, schluckte und fuhr sich mit dem Finger in den Kragen, als wolle er ihn lockern.

»Dann verstehe ich Sie so, daß das Ganze nicht Ihre Billigung findet. Werden Sie es unterbinden?«

»Nun denken Sie einmal nach, mein lieber Mr. Lesworth: Würde ich jemals etwas ›unterbinden‹?«

»Sie werden es unterbinden, weil ich zu jung und zu arm und nicht upperclass genug bin – oder was auch immer sonst.«

»Sie haben mich vollkommen mißverstanden«, rief Lady Naylor gekränkt.

»Sie brauchen mir nicht zu erzählen, daß ich nicht gut genug bin: Dagegen kämpfe ich an, seit –«

»Wir alle finden Sie reizend – die Montmorencys, alle! Sie wissen, daß wir entzückt sind, wenn Sie bei uns –«

»Ja, ja, zum Tennis bin ich gut genug«, sagte Gerald und meinte es gar nicht gehässig.

»Da würde ich niemanden lieber – was das betrifft –«, begann Lady Naylor freundlich.

»Sie sind der Auffassung, daß Sie die Sache unterbinden müssen«, faßte er zusammen. »Und ich begreife sehr wohl, daß Sie von Ihrem Standpunkt aus recht haben. Aber manche Dinge kann man nicht unterbinden. Gott weiß, ich kann Lois wenig genug bieten, und sie sollte alles haben, jetzt sofort. Aber ich schwöre, ich sorge dafür, daß sie es bekommt. Ich reiche meinen Abschied ein, ich tue alles. Ich weiß, ich schaffe es. Wenn es nur darum ginge, was ich will – doch sie liebt mich – was meiner Meinung nach ziemlich verrückt ist – sie liebt mich; ich habe es in ihren Augen gesehen, ich weiß es. Wenn sie nicht – wenn ich es nicht gespürt hätte – wenn es für uns beide nicht genau das Richtige wäre, hätte ich nie ein Wort gesagt – ich schwöre es –, ich wäre eher gestorben.«

»Doch sie ist der gleichen Meinung wie wir alle«, sagte Lady Naylor und zog ratlos den Handschuh wieder aus. »Sie will unbedingt zu dieser Kunstschule.«

»Welcher?« sagte er laut.

»Irgendeiner guten.«

»Und Sie erwarten von mir, daß ich ihr mißtraue?«

»Ich würde mich offen und ehrlich mit ihr auseinandersetzen.«

»Dann unterbinden Sie nicht, daß ich sie sehe?«

»Ich weiß nicht, welche Art Mütter und Tanten junger Damen Sie gewöhnt sind«, sagte sie ärgerlich. »Aber wie kommen Sie darauf, daß ich etwas so Groteskes tun würde? Es wäre nicht nur unfreundlich, sondern auch äußerst dumm. Zunächst einmal ist sie gar nicht meine

Nichte. Ihr Onkel müßte darüber entscheiden. Doch Sir Richard regt sich sehr leicht auf. Ich möchte insbesondere nicht – Sie wissen, daß wir immer entzückt sind, Sie bei uns zu begrüßen. Jederzeit …« Sie hielt inne.

»Das ist furchtbar liebenswürdig von Ihnen«, sagte er automatisch.

»In diesen Zeiten freier, unsentimentaler Beziehungen zwischen jungen Menschen sehe ich nicht, warum Sie sich nicht vernünftig und in aller Freundschaft unterhalten sollen. Natürlich darf es keine … Ich meine, ich weiß, daß ich mich auf Sie verlassen kann … Ich meine, Sie verstehen vollkommen, daß Sie nicht verlobt sind, und da Sie nicht verlobt sind, kommt es auch nicht in Frage –«

»Ich verspreche Ihnen, daß ich sie nicht küsse.«

Das war Lady Naylor hochnotpeinlich. Sie lachte trocken und richtete ihre Boa. Dann äußerte sie einen gewissen Neid auf diese Generation und ihre freien Freundschaften.

»Ich glaube nicht, daß ich sehr modern bin«, beschied Gerald sie kategorisch.

»Also, Laurence ist zu modern. Er scheint sich überhaupt nichts aus Mädchen zu machen … Erst einmal würde ich jedenfalls die Liebe aus dem Spiel lassen –«

»Aber ich dachte, das sei das Spiel!«

Ein Schatten ging vor dem Fenster her. »Da kommt Mrs. Montmorency«, sagte Gerald. Und er faßte sich an den Schnurrbart, blinzelte, schaute sich um und überlegte, welchen Sessel er ihr anbieten sollte.

»Ach, wie schade! Ich hatte sie ins Pfarrhaus geschickt.«

»Vielleicht war dort keiner da.«

»Ich habe ihr gesagt, sie soll warten; im Salon gebe es eine Menge zu lesen – na, Sie haben mich jedenfalls verstanden, nicht wahr?«

»Ich fürchte, ich –«

Francie wurde hereingeführt. »Oh!« rief sie, »die vielen Kissen! Mit Kätzchen drauf! Stellt euch vor, man setzte sich darauf! Ich käme mir ja wie eine Kannibalin vor. Nein, ich meine nicht – Mr. Lesworth! Wie nett! Sind die Photographien von Ihrem Regiment? Ich wußte ja gar nicht, daß hier so viele Offiziere sind … Myra, mir ist eingefallen, daß ich noch eine Kleinigkeit in der Drogerie besorgen mußte, und da habe ich gedacht, ich komme hier vorbei und spare dir den Gang auf den Hügel. Sie waren nicht da.«

»Das ist aber sehr lieb von dir, Francie«, sagte Lady Naylor.

»O wie patriotisch!« rief Francie, als ihr zwei Kissen mit Union-Jack-Bezügen vom Sofa fielen. »Ist sie nicht katholisch? Ach, lassen Sie, Mr. Lesworth; ich bin so ungeschickt … Ich wußte ja gar nicht, daß wir Sie treffen würden. Jetzt ist es doch schade, daß wir Lois nicht mitgenommen haben. Myra, ist es nicht jammerschade, daß Lois nicht mitgekommen ist?«

»Ja, scheint so«, sagte Lady Naylor. Mit einer Miene anhaltenden Bedauerns stand sie auf, schaute sich im Spiegel an, zupfte die Boa zurecht und zog die Krempe ihres Hutes herunter. Dann schüttelte sie Gerald herzlich die Hand und sagte, wie schön sie die Unterhaltung mit ihm gefunden habe.

22

Ich werde nie vergessen«, rief Francie durch die offene Tür des Ankleidezimmers, »wie er diese Kissen aufgehoben hat.«

»Welche?« sagte Hugo, der gereizt in seinen Kragen wühlte. An manchen Stellen haperte es im Feudalsystem, überlegte er, wie zum Beispiel in der Wäscherei auf Danielstown. Der Vater der Wäscherin hatte in den unruhigen Sechzigern geholfen, das Haus zu verteidigen. Wehmütig dachte Hugo an die ordentlichen einheitlich blauen Wagen mit der Aufschrift »Hygiene«, die jeden Montag kamen. »Also wirklich«, sagte er, »da kann ich auch gleich ins Bett gehen. Ich habe keinen Kragen mehr, den ich zum Dinner tragen kann … Was für Kissen?«

»Ach, grausliche. Aber alle sagen ja, die Fogartys sind so liebenswürdig. Mach dir nichts draus, Hugo, Richards und Laurence' Kragen sehen auch nicht besser aus. Du weißt doch, wie lebhaft Gerald sonst immer ist: Also, das war alles weg. Es war, als wenn ein Wasserfall aufhört zu rauschen. Übrigens, Hugo, es ist vielleicht abscheulich, aber manchmal traue ich Myra nicht. Sie behauptet, bestimmte Dinge gibt es nicht, und dann pfuscht sie urplötzlich daran herum. Sie mag die Leute in der Pfarrei in Clonmore nicht, sagt, sie seien verhuscht, sie weiß, ich kenne sie nicht, und trotzdem bestand sie darauf, daß ich dorthin ging. Und als ich wiederkam, war sie bezaubernd, obwohl ich wußte, daß sie sich über mich ärgerte.«

»Meine liebe Francie, für solche Sachen ist das Leben zu kurz.« (Obwohl das gar nicht das Problem mit dem Leben war; es war zu lang.) Mit hoch erhobenem Kinn zog Hugo vor seinem Spiegel die Stirn in Falten. »Wie gut, daß die Abende kürzer werden«, sagte er, in Gedanken schon wieder bei seinem Kragen.

»Im Grunde hätte ich sagen sollen ...«, fuhr Francie fort. »Ach, am besten sagt man überhaupt nichts ...«

»Apropos Abende«, sagte Hugo, »wen besuchen wir als nächstes? Vor Oktober müssen wir die Fitzgeralds einschieben. Solltest du nicht jemandem schreiben? Und ach, Francie, kannst du nicht ein paar von diesen Kragen per Post in die Wäscherei in Terenure schicken? Falls es dir gelingt, das Paket heimlich aus dem Hause zu schaffen.«

»Ich werde Danielstown vermissen«, seufzte Francie und betrachtete die Bäume.

»Du vermißt immer alles.« Sie dachten beide an den Bungalow, der, ewig Gegenwart für sie, nie im Rückblick erstrahlen würde. Während des gesamten Dinners war Francie zerstreut. In Gedanken verfaßte sie einen kurzen Brief an Gerald. Aber natürlich war es ein Ding der Unmöglichkeit, daß sie ihm schrieb.

»Oho!« hatte Laurence vor dem Dinner gesagt, als er die Briefe anschaute, die auf dem Flurtisch lagen und am nächsten Morgen zur Post gebracht werden sollten. »Lois hat Marda geschrieben. Ich dachte, keiner hätte ihre Adresse.«

»Sie hat heute morgen von Marda gehört«, erklärte sein Onkel, während er sich hinunterbeugte, um den Umschlag mit melancholischem Interesse zu betrachten. »Soweit ich weiß, ging es um einen Hund. Wenn Marda verheiratet ist, fällt mir ein Stein vom Herzen. Ob der junge Mann wohl in der Lage ist, auf Gepäck aufzupassen?«

»Ich habe heute nachmittag Mr. Lesworth getroffen«, erzählte Lady Naylor Lois. »Er kam zu den Fogartys, als ich mich dort ausgeruht habe. Wirklich, sie bietet den jungen Männern ja regelrecht ein Zuhause dort, und die hübschen Kissen werden ja auch gern benutzt. Er machte einen ganz fröhlichen Eindruck, er war auf dem Weg zum Tennisspielen.«

»An Clubtagen geht er nie zum Tennisspielen.«

»Trotzdem, ich hatte den Eindruck, als sei er auf dem Weg dorthin. Er hat mir von der Verlobung des jungen Armstrong mit Livvy Thompson erzählt. Es scheint ja schon ein vollkommenes fait accompli zu sein, wenn natürlich auch noch geheim. Wie in einer Garnisonsstadt herumgetratscht wird! Du wußtest es wahrscheinlich auch, oder nicht?«

»Ja, Livvy hat es mir erzählt.«

»Wie lästig für dich!« sagte Lady Naylor. »Ein Trost

jedenfalls, daß man in meinem Alter Verlöbnisse seiner Freunde nicht mehr ertragen muß. Und du könntest ihr wohl nicht sagen, es sei absurd?«

»Also, ich ...«

»Mr. Lesworth fand es schade, im Hinblick auf die Zukunft des jungen Mannes. Er vermutet, daß Mr. Armstrong es sich deswegen mit ihrem Oberst verscherzt hat. Ich glaube, er versteht nicht, warum sein Freund sich nicht mehr um seine Laufbahn kümmert. Schlußendlich, glaube ich, gehen sie noch zusammen in eines dieser Kaffee- oder Orangenländer in Afrika. Doch Livvy ist ja an ein langweiliges Leben gewöhnt.«

»Aber ich verstehe nicht ...«

»Großartige Alternativen hat sie nicht. Und in einer Kunstschule sehe ich die arme Livvy nicht. Tippmamsell könnte sie werden.«

»Oder Modell stehen«, sagte Laurence, der von seiner Seite des Tisches aus dem Gespräch mit Interesse gefolgt war. »Sie sollen ja entweder sehr üppig oder sehr knochig sein.«

Da wurden die Kerzen hereingebracht. Lady Naylor war in Clonmore aufgehalten worden, sie aßen spät. Die spitzen Flammen zitterten, alle blinzelten; die Dahlien sahen geradezu dramatisch aus.

»Herbst«, verkündete Sir Richard. »Jetzt, da die Tage kürzer werden, sollte es mit diesen Hinterhalten und Scharmützeln und Räuber-und-Gendarm-Spielen nachlassen.«

»Aber ein englischer Freund von mir sagt«, gab Hugo zu bedenken, »daß das keine Kricketpartie mit den Iren ist.«

Laurence hielt dagegen, diese Art des Kämpfens sei konsequent, effizient und sehr natürlich. Warum, fragte er, sollte man in einem Krieg etepetete sein?

»O je«, sagte Francie, »du klingst ja wie ein Pazifist!«

»Was hat Gerald sonst noch gesagt?« wollte Lois wissen.

»Ich weiß es wirklich nicht mehr«, sagte Lady Naylor. »Er war so nett wie stets, aber natürlich nicht sehr originell. Er schien es eilig zu haben, zum Tennis zu kommen.«

Unzufrieden und trübsinnig blinzelte Lois ins Kerzenlicht.

Gegen halb elf schlich sich Francie – nachdem Myra sie in ihr Zimmer hochgebracht hatte, als schließe sie sie für die Nacht weg – wieder in den Vorraum und lauschte. Ihre Kerze flackerte unentschlossen und warf Schatten an die Decke. Drähte schnarrten, als sich Rinder in der feuchten Finsternis an einem Zaun rieben. Francie ging zu Lois' Tür und klopfte.

Erschreckt drehte sich Lois von dem dunklen Fenster weg, wo sie mit verschränkten Armen gestanden hatte, ohne richtig nachzudenken. Ihr Herz hämmerte, als der Türspalt breiter wurde und das fremde Licht hereinließ. Mist, dachte sie böse. Sie war schon seit über einer Stunde hier und hatte noch nicht einmal begonnen, sich auszuziehen. Um ganz normal zu wirken, knöpfte sie sich das Kleid auf und legte es rasch ab.

Mrs. Montmorency, gelblich unterm Kinn, trat mit flehentlicher Miene ein. Sie habe, sagte sie, Lust auf einen kleinen Schwatz. Verzweifelt schaute sie sich um; sie sah nichts, wo sie ihre Kerze hinstellen konnte. Als das aber geregelt war – ein kleiner Tisch bot sich an –, schienen ihre Probleme gelöst zu sein, und sie sagte sofort: »Der junge Mann, Lois, wirkte so unglücklich.«

»Aber wir sind verlobt«, sagte Lois und band sich den Hausmantel fest um die Taille.

»Oh ... Sind Sie sicher? Denn ...«

»Was hat er denn gesagt?« fragte Lois, gleich in Abwehrhaltung.

»Mein Liebes, ich war oben im Pfarrhaus. Ich bin überzeugt, Ihre Tante hat es nur gut gemeint.«

Lois ging zum Spiegel und löste geistesabwesend ihr Haar. Sie schüttelte es sich übers Gesicht. »Sie meinen, sie hat sich eingemischt?« kam es gedämpft aus ihr heraus.

»Also, das würde ich nicht direkt sagen. Aber es ist schade ...«

»Also wirklich«, rief Lois und war froh, daß sie das Haar vorm Gesicht hatte, denn ihr Zorn klang für sie einen Hauch künstlich, »sie ist so intrigant wie ... ein Kardinal.«

»Ich habe schon zu Hugo gesagt, Sie sind sehr vernünftig, Sie sind modern ... Und schließlich sind Sie nur einmal jung.«

»Oh, waren Sie alle dabei?«

»Mein Liebes, ich habe doch gesagt, ich war oben in der Pfarrei. Aber an der Art, wie er die Kissen aufgehoben hat ... Ich kann es nicht ertragen zu sehen, wenn Leben in falsche Bahnen geraten.«

Das kam so heftig, mit solch inbrünstiger Leidenschaft, daß Lois überrascht sagte: »Ich auch nicht.« Und als sie sich umschaute, sah sie, daß die Schatten vor lauter Feierlichkeit wuchsen und sich die dünnen Kerzenflammen ängstlich nach oben reckten. Selbst das Zimmer schien das Dilemma zu spüren. Beeindruckt von der Fremdheit, unter dem Druck dieses Notfalls, flocht Lois ihr Haar in zwei Zöpfe statt einen und fühlte sich wie eine andere Frau.

»Tante Myra und Onkel Richard begreifen einfach nicht«, sagte sie hastig, »daß ich etwas *tun muß*.«

»Ich würde sofort schreiben«, sagte Francie. »Ich weiß nicht ... Wenn nicht das Problem mit der Posthalterin wäre, würde ich unter Umständen sogar telegraphieren. Ich würde sagen ... Ach, ich weiß es nicht genau. Ich wünschte, Marda wäre hier!«

»Wenn ich Deutsch lerne, sagen sie: warum nicht Italienisch? Und wenn ich Italienisch lerne, interessiert es sie nicht.«

Francie hob das Kleid auf, das Lois gerade abgelegt hatte, und sagte »Liebe ist alles!« zu ihm, aber sie glaubte es selbst nicht recht.

»Wenigstens ist Gerald entschlossen. Er, ich ...«

»Ich weiß, wie wichtig Liebe ist.«

»Wenigstens bewegt sich dann etwas.«

Mit ängstlichem Unterton, als müsse sie ganz sicherstellen, worüber sie wirklich redeten, rief Francie: »Man kann ja solche Fehler machen!«

»Ich hätte gar nichts dagegen, die Tragische zu mimen ...«

»Wenn man nicht ganz sicher ist, weiß man nie, woran man ist.«

»... aber ich fühle mich die ganze Zeit so gedemütigt.«

»Doch der junge Mann ...« Francie ließ nicht locker. Sie schauten sich an, das heißt dahin, wo die andere gewesen war. Francie, die der verschwörerische Mut, der sie hierhergeführt hatte, sofort verließ, legte kläglich den Finger auf die Lippen, als habe sie sich mit dem, was darüber gekommen war, endgültig verraten. Vor lauter Befürchtungen sank sie sichtbar in sich zusammen.

»Sie wirken sehr intellektuell, Lois. Lieben Sie – Lieben Sie ihn nicht?«

»Ich muß es«, sagte Lois. Dann langte sie sich mit den Händen in den Nacken und öffnete umständlich den Verschluß ihrer Korallenkette. Sie spürte, wie sich das intelligente Mädchen, das sie für Mrs. Montmorency darstellte, auflöste: Vieles von dem, für das selbst sie sich gehalten hatte, verschwand mit dem Trugbild.

»Ich dachte ja nur, daß ich helfen könnte«, sagte Francie mit erschöpfter, weit entfernter, dünner Stimme, als kämen sie beide von einer Beerdigung in ein ungeheuer leeres Haus zurück.

»Sie haben ja auch geholfen«, sagte Lois. Und da stand sie, blöde und ziemlich schauerlich lächelnd, fand sie, wog ihre Korallenkette in der Hand und versuchte sich zu erinnern, was sie beide eben gesagt hatten, was sie gemeint hatten, worum es gegangen war.

Francie nahm ihre schwere Kerze wieder auf und schaute zur Tür. Sie seufzte und sagte, es sei ein anstrengender Tag gewesen. Sie konnte das Gefühl nicht ertragen, daß sie schließlich doch nicht ignoriert worden, nicht übergangen worden sei, weil es nichts gab, das sie übergehen konnte. Für eine so abgrundtiefe Enttäuschung war es spät in der Nacht. Es schienen gewisse Schwierigkeiten zu entstehen, daß sie in ihr Zimmer zurückkonnte, obwohl sie es beide wünschten. Lois öffnete die Tür; sie hörten, wie Sir Richard und Hugo heftig diskutierend die Treppe heraufkamen. Francie schirmte ihre Kerzenflamme mit der Hand ab und wankte zur Tür hinaus wie ein Schatten.

Lois, der vor nachträglicher Verlegenheit ganz heiß wurde, entkleidete sich schnell und blies ihre Kerzen aus. Die Dunkelheit umgab sie wohltuend positiv. Sie drehte sich auf die Seite, zog die Knie bis zum Kinn hoch, Leere schneite auf sie herab, bis sie, ganz eingeschneit von Leere, tief und fest schlief.

Am nächsten Tag lag der Nebel auf den Wiesen wie eine Decke, die die Geräusche dämpft, so daß der Briefträger ganz unerwartet kam. Er brachte Post von Gerald: »Um Gottes willen, bitte, triff Dich mit mir.«

Sie wollte munter und sachlich zu dem Treffen mit ihm gehen, doch das klappte nicht. Als er abends eintraf, kam sie gerade aus dem Garten und stritt sich mit Laurence wegen einer Schnecke. Er hatte absichtlich auf eine Schnecke getreten.

»Iiih – du Blödmann … du brutaler Kerl, Laurence!«

»Ich wollte auch gar nicht freundlich zu ihr sein.«

»Nur weil sie keinen Verstand hat.«

»Nein, nicht deswegen.«

»Igitt, jetzt ist sie hier überall auf dem Weg.«

»Sie ist zerquetscht … Na gut, dann bin ich eben«, sagte Laurence erfreut, »neurotisch.«

»Große, breite Füße hast du!«

In Wirklichkeit tat es ihm leid wegen der Schnecke; er hatte gedacht, es sei bloß ein Schneckenhaus gewesen, aber das wollte er nicht zugeben. »Hab dich nicht so«, sagte er barsch.

»Laurence, bist du des Wahnsinns? Du verschmierst es überall. Mir wird übel!«

»Kotz doch.«

»Nein, schon gut.«

»Ich hatte keine Ahnung, daß du eine solche Tierfreundin bist«, sagte er so beleidigend wie möglich. Doch er hatte heute abend keinen rechten Biß und wußte nicht, was er sonst noch zu ihr sagen sollte. Er drehte sich um und lief energisch zur Allee, obwohl er wußte, daß er kein Ziel hatte. Doch ihn erwartete ein ungewöhnlicher Abend. In einem Reitweg Richtung Castle Trent begegnete er drei bewaffneten Männern, die durch ein Gatter kamen. Sie befahlen ihm, die Hände hochzuheben und hoppla hopp! vor ihnen her durch den Reitweg zu marschieren. Laurence entdeckte, daß der Verstand unter solchen Bedingungen schnell, aber unproduktiv arbeitet; er bemerkte jede Einzelheit und vergaß sie sofort. Als sie zur Friedhofsmauer kamen, schämte er sich, aber sie baten ihn nur um seine Schuhe und leihweise seine Armbanduhr. Dann schoben sie ihn mit dem Gesicht an die Mauer und rieten ihm, sich, wenn ihm sein Leben lieb sei, zwanzig Minuten lang nicht umzuschauen oder zu rühren. »Wie soll ich wissen, wann zwanzig Minuten um sind? Sie haben meine Uhr«, sagte Laurence. Das ignorierten sie und gingen mit seinen Schuhen weg. Laurence blieb fünfzig Minuten, die Stirn an die Mauer gelehnt, stehen; Pferdebremsen stachen ihn durch die Socken. Dann humpelte er bester Laune nach Hause und erzählte sein Abenteuer beim Dinner. Drei Tage später wurde die Uhr seinem Onkel Richard per Post zurückerstattet. Sie war vollkommen in Ordnung und tickte, als sie aus dem Päckchen genommen wurde. »Da sieht man's mal wieder«, sagte Sir Richard und hielt sie sich voller Genugtuung ans Ohr. Doch der Tag war ein einziges Chaos, und keiner hörte ihm zu.

Als Lois nun aus dem Garten gerannt kam, vor Wut

ganz aufgeplustert, sah sie Gerald neben einem Ilexstrauch an einer Wegbiegung warten. Er schaute genau zu, wie sie näher kam, ohne etwas zu begreifen, als sei sie ein Gemälde. Obwohl sie allein waren, streckte er keine Hand aus und ging nicht auf sie zu. Er stand dort mit der Kraft, der Traurigkeit und Gleichgültigkeit eines Baumes, der nichts dagegen tun kann, daß er wächst.

»Gerald?«

»Was ist los?« fragte er ruhig.

»Ach, Laurence hat auf eine Schnecke getreten!«

»Pech!«

»Mein Lieber, er fand das gut!«

»Abartig«, sagte Gerald, nachdem er mit Mühe das Wort gefunden hatte.

»Wo sollen wir hingehen?« fragte sie, während in ihr vor lauter bösen Vorahnungen etwas stehenblieb wie eine Uhr. Bei dieser weder von Überraschung noch Leidenschaft geprägten Begegnung wußte sie nicht, wie sie sich verhalten sollte. Ungeküßt fühlten sich ihr Mund und ihre Wangen an wie Eis.

»Es sieht ganz so aus«, sagte Gerald sehr sachlich, als richte er nur eine Nachricht aus, »daß wir nie heiraten werden.«

»Warum? Seit wann?« schrie sie wütend.

Gerald schaute sie unter halbgeschlossenen Lidern an. Sie erinnerte sich daran, wie sie gesagt hatte: Ich wünschte, Sie sähen nicht die ganze Zeit so zufrieden aus. In Erwartung des Verhängnisses waren nun sein Blick und Schweigen kalt. Sie haßte ihn beinahe. Stumm, in glücklich wirkender körperlicher Übereinstimmung wie ein Paar Tiere liefen sie zusammen über den Weg, überquerten den Hof rasch und kamen in die von Schatten durchzogene und auf Augenhöhe von Licht durchstochene Schonung. Er erzählte ihr, ihre Tante sei auch der Meinung, er sei nicht gut genug. Es sei ein Ding der Unmöglichkeit, habe sie gesagt. Lois schaute zornig an den Baumstämmen hoch und sagte, ihre Tante sei wahnsinnig. Das wiederholte sie nachdrücklich und zog konfus an ihren Fingern. Er hörte ihr schweigend zu, tief verletzt. Sie wünschte, sie wären nicht in die Schonung gegangen – womöglich hatten sie sich dem jeweiligen Wunsch des anderen nach Raum widersetzt –, wo, von Fichten eingeschränkt, Denken und Bewegen schwierig wurden und hochgereckte Schatten Geralds Strenge noch verstärkten. »Sie hat mir geraten«, schloß Gerald, »ein offenes Gespräch mit dir zu führen.«

»Und ist das jetzt das offene Gespräch?«

»Sie war überzeugt, daß du mich nicht liebst.«

»Gerald – warum bist du nicht stinkwütend geworden?«

»Ich ... Ich weiß es nicht«, sagte er, verblüfft von der Frage.

Sie sah ihn dastehen wie einen verwirrten Fremden, mit dem durch irgendeinen Fehler in ihrem Vokabular die Verständigung unterbrochen war. Ihr Verstand blieb stehen; am liebsten wäre sie weggerannt. »Gerald, laß uns zurückgehen. Ich bin entsetzt. Warum müssen wir reden?«

»Ich dachte, daß du es gern wolltest …« Außer sich vor Gefühlen, rief er: »Ich wäre lieber tot, als daß ich es nicht verstehe!«

»Aber *weißt* du nicht, daß ich …? Gerald?«

Wenn er es nicht wußte, war es vorbei. Gequält sah sie, wie gleichgültig er offenbar war. Sie musterte ihn, er sie. Er beobachtete, wie ihre Hand auf dem Baumstamm wie ein Vogel an der schuppigen Rinde zupfte. Ihre Hand, in der sich sofort ihr Bewußtsein von ihm konzentrierte, hielt inne und wurde ganz steif, die Finger blieben ausgestreckt. Wenn er ihre Hand so ruhig sah, mußte er doch sicher werden. Und in seinem üblichen, ein wenig resignierten Ton sagte er prompt: »Du bist nämlich mein ein und alles.«

»Ich weiß«, sagte sie nüchtern.

»Ich glaube, du bist, was ich unter Leben verstehe … Begreifst du das?«

»Ja, manchmal machst du es mir ja klar.« Jetzt faß mich an, hätte sie gern hinzugefügt. Es war der einzige Weg zueinander. In ihrer Machtlosigkeit, ihrer Verzweiflung, daß er sie unter den ernsten Bäumen nicht an sich riß, machte sie eine flehende Bewegung, die er, versunken in einer Bestürzung, die Schmerz bei weitem überstieg, entweder ignorierte oder abwehrte. Von den Ställen her bimmelte die Sechs-Uhr-Glocke mit einer

Folge zuckender, metallischer Klänge durch die Schonung und bot Ablenkung. Lois wollte etwas anschauen können, etwas hinterhergehen: einem Zug, der zischend vorbeiraste. Mit einer übertriebenen Geste hielt sie sich die Ohren zu. Geralds Gesicht, in einer Lichtbahn, zeigte weiterhin keine Regung.

»Gerald, du schaffst es noch, daß wir uns verlieren!« schrie sie durch das Glockengeläute.

»Dabei will ich nichts anderes sagen als: Was würdest du denn schon verlieren?«

»Alles.«

»Meinst du das ehrlich?« Man sah förmlich, wie er innerlich erstarrte. Nun begriff sie, wie sie miteinander standen und warum er gekommen war. Ihr war, als ginge sie zögernd vor Entzücken an den Rand eines unbekannten, hochgelegenen Balkons, sie dachte an Marda, daran, in einen Zug zu steigen. »Nein«, rief sie voller Angst, »warum sollte ich?«

»Dann meinen wir nicht dasselbe!«

»Warum sorgst du nicht dafür, daß ich dich... mag?«

»Ich dachte, ich könnte es. Ich weiß, daß ich es kann – wenn ich nicht bei dir bin.«

»Verdammt und zugenäht«, sagte Lois. »Ich will aber mit dir zusammen sein.«

Kläglich sagte Gerald: »Warum kann dann nicht alles ganz einfach sein?«

»Weil wir so jung sind«, sagte sie, zu hastig, »und wegen des Geldes. Ich meine, wir müssen praktisch denken.«

Mit großen Augen erklärte er ihr: »Nicht wegen der praktischen Fragen wird das alles hier wie – der Tod. Sie hat gesagt, daß – wenn du mich liebtest ...«

»Das ist ja der reinste Alptraum! Jetzt fängst sogar du an, es zu zerreden. Ich dachte, du seist ein Felsen. Ich dachte, daß ich bei dir geborgen wäre. Gerald, ich komme mir vor wie in einem Netz; in lauter zusammengeknoteten kleinen Gesprächsfetzen. Man kann sich nicht bewegen, man weiß nicht, woran man ist. Ich kann wirklich nicht leben, wenn alles von außen geplant wird. Ich sage dir, selbst meine Gedanken gehören mir nicht, und nachts kommt Mrs. Montmorency in mein Zimmer gestürmt. Selbst Marda – nichts, das wir einander gesagt haben, zählt, nichts hat noch Bestand, sie heiratet einfach so, routinemäßig. Sie hält sich ja für so witzig – in Wirklichkeit ist es billig. Nur was *du* denkst, zählt – Gerald, du bringst mich noch um, wenn du da einfach so stehenbleibst. Du weißt nicht, wie das für eine Schnecke ist, wenn man auf sie tritt ...«

»Ich verstehe dich nicht«, rief er in höchster Not. »Wer ist eine Schnecke?«

»Ich habe dich nicht gebeten, mich zu verstehen. Ich war glücklich, ich fühlte mich geborgen.«

Gerald bemerkte irgendwo eine Veränderung; das Licht lag nicht mehr auf seinem Gesicht, es war an den Bäumen heruntergewandert und verschwunden. Er schaute auf seine Armbanduhr. Sie waren erst kurz zusammen, erst zwanzig Minuten. »Wann warst du glücklich?« fragte er. Da hätte er gern Sicherheit gehabt und bei ein paar anderen Dingen auch. Doch sie war nicht ruhig genug, um es ihm zu erklären. Er betrachtete den ungeheuren Wald, den Pfad, ihre unveränderte Gestalt in dem heiteren blauen Wollkleid. In seinem Kopf befreite sich etwas und sagte, ganz losgelöst von seinem betäubten Ich: »Mein Liebling, nicht doch, quäl dich nicht. Du weißt, für mich wird es immer gleich sein. Einerlei, was alles unmöglich ist, du wirst immer vollkommen sein. Ich weiß, daß wir uns in vielen Dingen unterscheiden: Wenn es dir nicht weh täte – mir wäre es egal. Ich meine, seien wir doch nicht enttäuscht. Du weißt, daß ich dich nicht aufgebe, das hätte ich nie getan. Aber weißt du, man hat nie ... Ich glaube, die Dinge werden einfach nie so, wie man es sich wünscht ... Ich glaube, es würde kaum ...«

»Aber Gerald, wo sind wir?«

»Reg dich nicht auf«, sagte er. Sie waren, das wußte er, vollkommen verloren.

»Aber was habe ich getan? Was habe ich nicht getan?« Nach einer Minute, in der sie hörte, wie er an seinem Gürtel nestelte – seine Finger glitten über das Leder –, schloß sie die Augen und sagte: »Du bist also überzeugt, daß ich dich nicht liebe.«

Keine Antwort.

»Laß doch den Gürtel, Gerald!«

Immer noch keine Antwort, als schlafe er. Und tatsächlich empfand er wie beim Einschlafen einen immensen Gleichmut. Sie, schon gepeinigt von der Einsamkeit der Schlaflosigkeit, mußte es herausschreien: »Willst du es nicht einmal versuchen – Willst du mich nicht küssen?«

»Ich glaube nicht ...«

»Gut.«

»Schau, ich muß jetzt gehen.« Er salutierte müde und ging den Pfad entlang auf den Buchenweg zu, das Haus.

»Auf Wiedersehen?« sagte sie.

Er blieb nur kurz stehen. »Nein, laß uns nicht ...«

»Wo hast du dein Motorrad gelassen?«

Er war schon weit oben am Weg. »An der Hecke«, rief er zurück. »Unter den Tennisplätzen.«

Sie wußte, wo; sie erinnerte sich, wie er Blätter von der Ligusterhecke gezupft, sie über das Gras verstreut und sie damit beworfen hatte. Sie erinnerte sich, daß Mrs. Boatley der Christian Science-Sekte angehörte. Es war gut, daß der Sommer praktisch vorbei war; vielleicht gab es gar keine Tennisgesellschaften mehr. Doch bei diesem Gedanken blendete sie das unendlich grelle Licht der Jahreszeit, und Tränen stiegen ihr in die Augen. »Gerald!« rief sie.

Aber er war schon außer Hörweite.

23

Lady Naylor war noch etwas bei den Engländern aufgefallen: Sie neigten dazu, sich schon vor dem Lunch gesellschaftlich zu zeigen.

Sie hatte gehört, daß man Mrs. Vermont und ihre Freundinnen bereits kurz vor zehn Uhr – als die Rouleaus der Bürger alle noch bieder, schläfrig heruntergezogen waren – in den Straßen von Clonmore sah, die Handschuhe fest um die Handgelenke geknöpft, bunte Körbe schwingend. Schon vor elf saßen sie dann am Fenster der Konditorei und beklagten sich über den Kaffee. Einmal hatte Mrs. Rolfe verlangt, daß man nur für sie die Rolläden bei Moriartys abnahm, weil sie sich in den Kopf gesetzt hatte, erzählte Moriarty, ein einziges Paar Strümpfe zu erstehen. Eine Mrs. Peake, die Gattin eines Artilleristen, wollte vor zehn beim Friseur bedient werden. Diese widernatürlichen Gepflogenheiten waren eine Belastung für den Alltag der Stadt; die Straßen wirkten ganz mitgenommen, auf alles gefaßt. Fast englisch, fand Lady Naylor. Den Süden Englands hielt sie für eine Ausdehnung von Brighton, den Norden für zerfräst von Fabrikschornsteinen und die Mitte für einen leeren Raum, der von Anna Partridge bewohnt wurde. Langsam wurde klar, daß ihr, nur weil Danielstown nicht in Stippvisiten- oder Überraschungsbesuchnähe von Clonmore lag, die morgendlichen Überfälle von Mrs. Vermont samt Freundinnen erspart blieben.

Diese Schwierigkeiten ging Mrs. Vermont allerdings eines Morgens tatkräftig an, mietete einen Ford und ließ sich in Begleitung ihrer guten Freundin Mrs. Rolfe gegen elf Uhr hinüberchauffieren. Sie seien auf dem Weg zum Lunch bei den Thompsons, erklärte sie schon, bevor sie aus dem Auto stieg: Sie wisse, wie Montage seien, sie wolle Lady Naylor nicht in Panik versetzen; da sie viel mit ihrer Mutter zusammengewesen sei, sei sie in derlei Angelegenheiten rücksichtsvoll geworden. Lady Naylor wiederum hätte sich beim Lunch weniger gestört gefühlt; sie hatte nämlich entdeckt, daß man die Leute bei Mahlzeiten weniger bemerkte. Als die Nachricht von dem Überfall die Küche erreichte, stöhnte sie: »Mein Morgen!« Etwas Schlimmeres hätte nicht passieren können.

Francie lag »mit *so* einem Kopf« im Bett; Hugo redete über alte Zeiten mit dem Kutscher, der in Rente geschickt worden war und nun den ganzen Tag in der Sattelkammer schmollte, weil er nicht wußte, was er mit sich anfangen sollte. Lois, indirekt für den Skandal verantwortlich, war nirgendwo zu finden. Sie war in diesen letzten Tagen nicht sie selbst gewesen. Nach Geralds Abschied hatte ihre Tante immer ganz betont gesagt: »Ich hoffe natürlich, daß du keinen Fehler begangen hast. Aber diese Dinge müssen wir alle mit uns selbst ausmachen.« Francie versäumte es nie, sich zu erkundigen, ob sie gut mit ihrem Italienisch vorankomme; ihr Onkel meinte, es werde nun höchste Zeit, daß sie zur Kunstakademie gehe. An dem Morgen schien sie nirgendwo zu sein; Rufen brachte sie auch nicht zum Vorschein.

Laurence, stets vom Pech verfolgt, wurde auf der Treppe mit Locke erwischt. »O Gott«, sagte er, als der Ford unten in der Allee um die Kurve bog. Er drehte sich um – zu spät! Die jungen Ehefrauen riefen und winkten schon.

Betty sagte: »Denise, das ist Mr. – (O je, wie schrecklich!) Das ist Mrs. Rolfe, die Frau von Hauptmann Rolfe; eine sehr gute Freundin von mir.«

»Schön«, sagte Laurence. Denise warf einen unsicheren Blick auf die vielen Fenster. Laurence blieb stehen und schaute sie resigniert an; er vergaß, die Tür des Autos zu öffnen, obwohl die Damen schon herausdrängten.

»Können wir aussteigen?« fragte Betty und kicherte ihn aus wallenden Pelzen und rotem Crêpe de Chine huldvollst an. Auf den Knien der Damen schlossen sich wie Chrysanthemenblüten zwei kleine Händepaare um Glacélederpompadours. Laurence half ihnen aus dem Wagen, sie liefen, ihre Kleider ausschüttelnd, die Treppe hinauf. »Ach, was für ein schlaues Buch!« schrie Betty und schnappte es sich. »Meine Liebe, schauen Sie, was er liest – ach, was sind Sie klug! Ich meine, man stelle sich vor, er liest …«

»Sie sind an der Universität, stimmt's?« sagte Denise aufgeregt.

»Manchmal«, sagte Laurence der Wahrheit entsprechend. Er riß den Mund weit auf und rief nach Lois. Die Damen kreischten und hielten sich die Ohren zu. »Ich gehe wohl besser hinein«, sagte er schließlich, »und suche –«

»Ach, gehen Sie nicht! Sie kommen doch bestimmt gleich alle heraus … Ich wollte Denise so gern ein hübsches altes irisches Herrenhaus zeigen.«

»Ja, wir sind ja auch so skurril«, räumte Laurence ein. »Und die Trents müssen Sie unbedingt auch besuchen; waren Sie schon bei den Trents?«

»Nein, ich kenne die Trents kaum. Hier, meinen wir immer, ist Gerald ein starkes Verbindungsglied.«

»Wenn es auch manchmal fehlt«, fügte Denise hinzu.

»Genau.« Betty lächelte Laurence von der Seite an, doch sie fand es schade, daß sie ausgerechnet auf ihn gestoßen waren. Sie hatte Denise natürlich etwas ganz anderes versprochen. Laurence' Quasiunhöflichkeit war gewiß international; typisch Oxford, vermutete sie. »Ich habe einen Cousin, der an der Universität von Reading studiert«, sagte sie. »Das ist doch ganz in der Nähe von Oxford, stimmt's?« Denise jammerte, eine Wespe belästige sie; sie wollte ins Haus und die berühmten Vorfahren sehen. Betty wedelte mit ihrem

Pompadour und ihrem Pelz. »Sie hat gräßliche Angst vor Wespen!«

»Ich auch«, sagte Laurence und zog sich zurück, »geradezu Todesangst. Ich glaube, ich gehe mal besser und – hole ein –« Er verschwand durch die Glastür und schloß sie hinter sich.

Denise sagte: »Also, ich finde diese Leute erstaunlich.« Die Damen setzten sich und gähnten. So viele Bäume, auch erstaunlich. »Ist das Lois' Cousin?«

»Mehr oder weniger.«

»Also, ich fand immer, sie ist ein komisches Mädchen.«

»Psst, Sir Richard schreibt in der Bibliothek – Denise, da an der Seite, schauen Sie mal da durch. Er ist ein solches Original.«

»Oooh ... ja. Ist er Ritter oder Baronet?«

»Nein, nein, Ritter ist der garantiert nicht.«

»Psst, meine Liebe!«

»Ach, er ist taub. Oh, meine Liebe, schauen Sie die putzigen kleinen schwarzen Kühe an. Das sind Kerry-Rinder. Sie sind Bauern; sie haben jede Menge Vieh.«

»Ich wollte Sie schon immer mal fragen: Gibt es Kilkenny-Katzen?«

»Also wirklich«, sagte Mrs. Vermont und ärgerte sich, weil ihre Freundin wieder gähnte und sie ihr Kinn ebenfalls zittern spürte, »wenn man bedenkt, daß wir diese Leute beschützen! Ich bin neugierig, ob sie uns einen Kaffee anbieten. Irische Gastfreundschaft: Entweder erdrücken sie einen, oder sie würdigen einen keines Blikkes. Hören Sie zu, wir könnten nach draußen in den Garten gehen und uns ein paar Pflaumen pflücken. Aber ich fände es ja doch schön, wenn Sie den Salon sehen könnten. Ich wünschte, es wären Livvys Leute; die Jungs sagen, ihr Haus riecht – Sie langweilen sich doch nicht, Liebe? – Ich meine, ich finde, Livvy wächst einem richtig ans Herz. Ich begreife nicht, was Gerald in dieser Familie sieht, ehrlich. Es ist ja nicht einmal so, daß Lois –«

»Also, ich fand immer, daß sie ein komisches Mädchen ist.«

Da kam Sir Richard, der nicht taub war, voller Verzweiflung heraus. Er sagte, es sei ja höchst bedauerlich, doch er wisse absolut nicht, was mit Lois sei. »Wir könnten sie rufen«, sagte er hilflos.

»Das hat Ihr Neffe schon getan.«

»Trotzdem«, sagte Sir Richard und rief noch einmal. »Und wie geht es Ihnen allen?« fragte er freundlich, als er wieder zu Atem gekommen war.

Gespreizt erwiderte Betty: »Vielleicht gibt es eine Offensive.«

»Psst«, flüsterte Denise und kniff sie in den Arm.

»Ich dürfte es Ihnen eigentlich gar nicht erzählen.«

»Keine Bange«, sagte Sir Richard, »ich glaube nicht, daß was daraus wird. Außerdem werden nun die Tage kürzer – Ich bedaure es wirklich zutiefst: Leider, leider ist meine Frau nicht da, um Sie zu empfangen. Sie wird untröstlich sein.«

»Einerlei, wir sind ja auch einfach nur vorbeigekommen. Ich habe zu Denise gesagt: Wenn man schon in Irland ist, muß man auch manchmal ein wenig unkonventionell sein.«

»Sie ist gewiß untröstlich.«

»Machen Sie sich keine Sorgen! Wir haben Ihre hübschen Kühe bewundert.«

»Ich gehe hinein und frage noch einmal nach«, sagte Sir Richard entschieden und verschwand. Die Glastür schloß er.

Denise sagte, sie kriege gleich einen Kicheranfall, gleich werde sie losplatzen. »Also, ich bin überzeugt, diese Familie hat mit Gerald nichts mehr am Hut.«

»Meinen Sie wirklich, meine Liebe?«

»Irgend etwas ist passiert. Er ist am Boden zerstört. Das hat selbst Timmy gemerkt. Ich habe zu Timmy gesagt: ›Du mußt es herauskriegen.‹ Denn ich meine – Sie nicht? –, wenn Männer zusammenkommen ... Und ich kann nicht – aber den Jungen leiden sehen fällt mir auch schwer.«

»Ich dachte, Sie hätten gesagt, Sie –«

»Also, ich habe ihn von weitem gesehen, und er war nur noch ein Schatten seiner selbst. Ist aber weder bei uns, noch im Club, noch bei den Fogartys gewesen. Und zu Mrs. Fogarty habe ich gesagt –«

»Ich habe den Eindruck, er ist sehr mies behandelt worden. Wenn es einer unserer Jungs wäre, meine Liebe, wäre ich stinkwütend!«

»Trotzdem möchte ich Lois sehen ...«

»Was er in ihr sieht, ist mir schleierhaft. Sie ist ziemlich affektiert, würde ich sagen –«

»Psst – O hallo, Lois!« riefen sie unisono.

Lois, unverschämt fröhlich, kam aus dem Buchenweg.

»O hallo!« sagte sie. »Wunderbar!«

»Wir haben gerade über Sie gesprochen.«

»Aha, können Sie nicht zum Lunch bleiben?«

»Geht nicht, nein, nein, nein; wir müssen zu den Thompsons. Meine Liebe, finden Sie das mit Livvy und David nicht wunderbar? Ist es nicht herrlich?«

»Ja, wunderbar, herrlich! Bleiben Sie doch zum Lunch – oder«, sagte sie aufgeregt, »kommen Sie zurück zum Tee! Ach nein, wir sind ja alle nicht da. Zu dumm. Oder kommen Sie zum Tennis – nein, ich glaube, wir spielen gar nicht mehr. Laurence fährt nach Oxford zurück, und der Regen hat die ganzen Markierungen von den Plätzen gespült. Wir könnten vielleicht einen Tanz veranstalten oder so etwas –«

Die beiden jungen Gattinnen musterten sie neugierig, flink; ihre Blicke liefen wie Spinnen über ihre Gestalt. Sie waren so fraulich, daß Lois am liebsten umgekehrt und zurück durch den Buchenweg geflohen wäre. Donne ch'avete intelletto d'amore, dachte sie aufgebracht. Und das Schweigen, der Verdacht, den die Damen in ihr hervorriefen, daß sie nämlich verunstaltet war, wurde so stark, daß sie offener lächelte. Sie knöpfte ihre Strickjacke bis oben zu, dann wieder auf.

»Ach, gehen Sie jetzt noch nicht«, sagte sie, schaute aber angelegentlich nach dem Ford.

»Doch, doch, wir müssen los, wir sind schon seit Stunden hier und haben Ihre niedlichen Kühe bewundert.«

»Aber die sind doch ganz weit weg. Weiß Tante Myra –?«

»Nein, nein, wir wollen sie unter keinen Umständen stören. Oder sollen wir alle schnell mal durch den Garten laufen?«

»Er ist abgeschlossen, und ich habe den Schlüssel verloren. Ich fühle mich richtig ausgesperrt. Das war den ganzen Morgen das Problem. Essen Sie doch etwas. Mögen Sie ein paar Kekse?«

»Ja gut, wenn wir einen Augenblick in den Salon kommen können.«

»Ich finde Salons morgens immer so deprimierend.«

Denise meinte, sie verstehe nicht, wie ein Zimmer überhaupt einmal so und einmal so sein könne. Aber das nützte auch nichts; Lois war offenbar entschlossen, sie draußen zu halten. Sie trat von einem Fuß auf den anderen, starrte in die Gegend und erweckte den Eindruck, als erwarte sie jeden Moment schlechte Nachrichten. Sie redete so viel, daß die Damen keine Möglichkeit hatten, auch etwas zu sagen. Dann ging sie ins Haus, holte eine Dose mit Butterkeksen und bot sie mit einer komischen, beinahe versöhnlichen Geste an. Lady Naylor rief aus einem Fenster oben, es sei zu dumm, sie sei untröstlich, sie werde sofort hinunterkommen. »Sie verbringt oft den ganzen Morgen mit der Köchin«, sagte Lois. »Was sie machen, weiß ich auch nicht. Ich glaube, sie liefern sich Wortgefechte. Noch Kekse?«

»Nein, dann verderben wir uns ja den ganzen Appetit. Denise, wir müssen los. Ich habe gehört, daß Mr. Thompson ein ausgemachtes Scheusal ist. Sollen wir in Clonmore etwas ausrichten, Lois? Sollen wir Gerald was ausrichten?«

Lois dachte, sie würde garantiert rot, wurde es aber nicht; sogar ihr Blut stockte.

»Ich würde ihn fragen«, sagte Denise, »warum er *Ihnen* nichts hat ausrichten lassen. Ich fand das merkwürdig von ihm; ich wäre stinkwütend.« Lois nahm interessiert zur Kenntnis, wie Licht über ihre Kleider rann; die Damen stießen sich heimlich an. Irgendwas Komisches war an ihr, bestimmt, wenn sie es gemerkt hatten; offenbar befand sie sich eindeutig außerhalb des Lebens.

»Was ist mit dem Grammophon?« erkundigte sie sich angeregt.

»Ach, fragen Sie nicht! Gerald fährt nach Cork, um ein neues zu besorgen. Wir haben schon überlegt, ob wir nicht alle hinfahren sollen. Das wäre ein Jux.«

»Wunderbar!«

»Wissen Sie was, ich schnappe mir Denise und schaue mit ihr ganz rasch den Salon an.«

»Das würde ich nicht tun. Ich habe die Blumen noch nicht arrangiert.«

»Gerald sagt, alle Ihre Spiegel machen ihn müde. Irgendwie ist er witzig«, sagte Betty unschuldig. »Meinen Sie nicht, wir sollten so lange bleiben, bis wir Ihre Tante begrüßt haben? Ist sie sonst nicht gekränkt?«

»Ich würde nicht warten; vielleicht ist sie aufgehalten worden.« Doch Lady Naylor erschien rechtzeitig auf der Treppe, um Verzweiflungsrufe auszustoßen, als die Damen abfuhren. »Zu schade, zu schade!« rief sie und winkte hinter ihnen her. »Sie müssen bald wiederkommen! ... Wirklich, Lois, du hättest ihnen ein wenig Obst oder dergleichen anbieten sollen. Na, so was, sie zu dieser Tageszeit mit Keksen vollzustopfen.«

»Ich sage Ihnen, was mit Lois ist«, plapperte Betty los, während sie es sich im Auto gemütlich machte und die Bäume über ihnen wegflogen. »Ich glaube, er hat sie verlassen.«

Denise war der gleichen Meinung. »Man muß einen Mann halten können, wenn Sie verstehen, was ich meine.« Betty erzählte ihr auch, was sie von der Familie Naylor hielt: Sie waren im Niedergang begriffen. »Es würde mich gar nicht überraschen, wenn sie diesen Salon nie benutzen«, sagte sie gehässig. »Er riecht modrig. Ich finde es schön, wenn ein Haus hell und behaglich ist.«

Die Welt stand nicht still, wenn man auch weder auf Danielstown noch bei der Lunchgesellschaft der Thompsons davon Kenntnis nahm. Die schockierende Nachricht erreichte Clonmore abends gegen acht Uhr. Sie brach über die nichtsahnende Stadt herein wie eine Welle, die sich zwei Stunden zuvor, seit dem Ereignis, drohend erhoben hatte und nun herabstürzte. Die Nachricht kroch von Tür zu Tür durch die Straßen wie ein matter Wind, ging allen unter die Haut, hielt inne. In den Hotelbars richteten sich Köpfe – voller Argwohn – rasch hierhin, dorthin. Fogartys Eileen wurde beim Abräumen des Abendessens von einer Freundin angerufen, schrie nur: »Gott steh ihm bei!« und stolperte heulend zu Mr. Fogartys Tür. Mr. Fogarty ließ sein Glas fallen und stand eine Zeitlang gebeugt wie ein Tier, das Kinn auf dem Kaminsims. Lebenskunst half nicht; in seinem Kopf drehte sich die Realität wie ein Mühlrad und verstopfte alles. Seine Frau, großartig, weil sie es einfach nicht glauben wollte, rannte hinaus, rannte mit wehenden Haaren um den Marktplatz und durch die unversöhnlich schweigende Stadt.

Die Kaserne war geschlossen, an den Wachen kam sie nicht vorbei; nun wußte sogar sie nicht mehr weiter. Automatisch dachte sie »Seine Mutter« und preßte die Hände unter ihren ausladenden, nutzlosen Busen. Die schockierende Nachricht wurde offiziell durch die Kasernentore gebracht und erzeugte fassungsloses Schweigen, schwere Erschütterungen, dunkle Gedanken; die Telegraphendrähte blitzten und surrten. In Geralds Zimmer fuhr Zugluft durch neue Noten für die Jazzband, sie flappten hin und her; ein schockierter Offiziersbursche legte sie weg. Die ganze Nacht strömte aus ein paar Fenstern ein widerliches, trotziges Gelb über die Sandsäcke.

Mrs. Vermont hörte es, als Timmy gerade ausgerückt war; er sollte bis zum Morgen auf Patrouille draußen sein. Sie mußte allein schlafen, sie ertrug es nicht. Nun gar nichts mehr fürchtend, lief sie zum Haus der Rolfes. Dort verbrachte sie die Nacht, schluchzte und riß mit den Zähnen die ganze Spitze von ihrem Taschentuch ab. Hauptmann Rolfe brachte ihr immer wieder heißen Whisky. »Nein, nein, keinen Whisky; es ist so schrecklich.« Sie kamen sich alle nackt vor und schämten sich voreinander, als hätten sie Schiffbruch erlitten. Es war, als erhöben sich die Korbmöbel vom Boden des Zimmers – wo sie getanzt hatten – und taumelten herum.

»Percy, wo war er – wie ist es –?«

»In den Kopf.«

»Dann hat es nicht –?«

»O nein. Wahrscheinlich sofort.«

»Ach, bitte nicht. Ach, Percy, wie kannst du nur!«

Immer wieder rief Denise: »Ich kann es nicht glauben.« Und während die anderen kläglich und vergeblich vor sich hinstarrten, versuchte sie, die Wellen aus ihrem Haar zu drücken, die sie erst am Morgen hineingedrückt hatte. »Ach, ich kann es nicht glauben. Sie, Betty? Es ist so … erstaunlich.«

»Warum gehen wir nicht alle nach Hause? Warum sind wir hiergeblieben? Warum gehen wir nicht alle nach Hause? Das verstehe ich nicht.«

»Percy, kannst du es glauben? Ich meine, ich weiß doch noch, wie er hereinkam und sich an diesen Tisch stellte –«

»O bitte nicht! Percy, und was ist mit *denen*? Wo sind sie hingegangen, diese Teufel?«

»Alle entwischt natürlich.«

»Hat denn niemand etwas gehört, einen Schußwechsel? Ich meine, gab es keinen Krach? ... Sind sie nicht vielleicht sogar gefoltert worden? Warum sollten sie denn einfach nur gehängt oder erschossen worden sein? Ach, ich glaube, ich meine, ich glaube, wenn man bedenkt –«

»Na, wir müssen sie schnappen, das ist ja wohl sonnenklar! Passen Sie auf, versuchen Sie einfach –«

»Ach, ich kann nicht, ich sag' Ihnen – warum können wir nicht alle nach Hause gehen?«

»Percy, laß sie! O Gott, mein Kopf; ich werde mir das Haar abschneiden. Ich meine, er kam rein und stand dort an dem Tisch. Warum haben sie ausgerechnet Gerald erwischt? – Ja gut, ich weiß, der Feldwebel war auch dabei – aber der stirbt nicht; ich weiß, daß er nicht stirbt ... Ich kann es nicht glauben! Percy, kannst du es glauben? Percy, sag was!«

Betty schluchzte: »Ich würde gern – ach, ich würde so gern – diese Verbrecher, diese Verbrecher!«

»Hört zu, ihr beiden, ihr solltet ins Bett gehen.«

»Ach, wie könnten wir!«

»Und warum ist Timmy nicht hier? Ich meine, wenn

ich an Timmy denke, wie er die ganze Nacht da draußen – Ich verstehe den König nicht; ich verstehe die Regierung nicht. Ich finde es grauenhaft!«

Doch sie gingen zu Bett – Percy verbrachte die Nacht auf zwei Sesseln –, lagen in einer, wie sie fanden, unnatürlichen Nähe, faßten sich immer wieder an den Händen und redeten von »ihm«, von »Sie wissen schon, wem« und »dem Jungen«, mit rauher, erregter, brechender Stimme, die ansonsten nur der Diskussion intimer Einzelheiten ihrer Ehen vorbehalten war. Dann schliefen sie, ein wenig schockiert voneinander, gleichzeitig ein. Denise sah Lois ganz klar, wie sie heuchlerisch mit einer Dose Kekse auf der Treppe in Danielstown stand, und das Zimmer hinter ihr hing voller Spiegel. Und Betty wachte überrascht auf, als sie sich selbst sagen hörte: »Also, ich meine, es kommt mir so komisch vor, daß er in Wirklichkeit völlig unbedeutend war.«

Früh am nächsten Morgen hörten sie ein Hornsignal im Regen blaken.

24

Mr. Daventry kam noch vor dem Briefträger. Seit er in Irland war, hatte er ihnen inoffiziell noch keinen Besuch abgestattet. Er fand es komisch, daß er keine Haussuchung vornehmen und niemanden verhören mußte. Es war früh, nasse stumpfe Äste stachen fröhlich durch den Nebel. Er war auf dem Weg nach Ballyhinch mit einem Konvoi zum Tor gekommen; zwei Lastkraftwagen hatten knirschend gehalten, warteten dort still auf ihn und beunruhigten die Bewohner der Katen. Flink und leichtfüßig ging er die Allee hinauf. In dem Stadium, das die Dinge für ihn erreicht hatten, war nichts mehr wichtig. Und arrogant erwiderte er den starren Blick des Hauses.

Er läutete und sagte, was er wollte. Lois kam langsam heraus, wie betäubt von dem, was sie nun sagen mußte. Denn wer anders als Gerald konnte der nervös wartende Offizier sein? »Also wirklich ...« hatte Lady Naylor mit einem Blick auf die Uhr gesagt und ihr geraten, die Serviette abzulegen. Francie hatte lächelnd ihr Ei zugedeckt.

»Sie?« sagte Lois nun, während alles, die Bedeutung von allem, sich ein wenig verschob. »Kommen Sie herein, und frühstücken Sie mit uns.«

Er sagte, gestern habe es westlich von Clonmore eine Katastrophe gegeben: Eine Patrouille mit einem Offizier und einem Feldwebel sei an einer Kreuzung in einen Hinterhalt geraten und unter Beschuß genommen worden. Der Offizier – Lesworth – sei sofort tot gewesen, der Unteroffizier habe einen Bauchschuß erlitten. Der Feind sei quer übers Land geflüchtet, trotz der Hecken habe er offenbar kein Feuergefecht riskieren wollen. Die Männer hatten für den Feldwebel getan, was in ihrer Macht stand.

»Stirbt er?«

»Vermutlich.«

»Und Gerald ist tot?«

»Ja. Möchten Sie –?«

»Nein, schon gut, danke.«

»Recht haben Sie.« Er drehte sich herum und wandte ihr den Rücken zu. Sie fragte, um welche Zeit es gewesen sei; er sagte, gegen sechs. Sie dachte, wie genau Gerald immer alles wissen wollte und wie erpicht er beim letzten Mal darauf gewesen war, zu ergründen, wann sie seinetwegen glücklich gewesen sei, an welchem Tag, wie lange. »Waren sie den ganzen Nachmittag draußen?« Beide sahen sie die überraschte weiße Straße vor sich und wie der von dem Sturz aufgewirbelte Staub sich langsam setzte. »Dabei waren wir im großen und ganzen darauf vorbereitet«, sagte Daventry. »Aber das spielte dann – wenn er es überhaupt wußte –, auch keine Rolle mehr.« »Nein, ich glaube auch nicht, daß es für einen selbst dann noch großartig eine Rolle spielt.« Aber sie stellte sich Geralds Überraschung angesichts dieses Todes vor. Er war Überraschungen gegenüber ja immer eigenartig offen gewesen.

»Danke, daß Sie gekommen sind.«

»Ich war ohnehin auf dem Weg hier entlang.«

»Trotzdem bestand ja kein Grund, daß Sie die Mühe auf sich nahmen.«

Daventry warf ihr einen Blick zu, dann dem Kies unter seinen Füßen, über sie machte er sich keine weiteren Gedanken. Kalt und ironisch war er eine Stütze; er erwartete nichts von ihr. Endlich sagte er: »Es lag am Weg. Möchten Sie – Soll ich es den anderen erzählen?«

Sie nickte, überlegte, wo sie hingehen, wie lange sie dort bleiben, wie sie zurückkommen sollte. In ihrem Kopf überstürzten sich die banalsten Überlegungen. Sie fragte sich, wer wohl an dem Nachmittag zum Tennisspielen gehen würde, ob noch jemand da sei, der es nicht wußte, wer ihn erwarten würde; sie fragte sich, was aus der Jazzband würde. Sie wußte jetzt schon, daß sie sich den Menschen nicht tagelang verweigern konnte, sie würde sich nicht zurückziehen können. »Eigentlich sollte ich zum Frühstück zurückgehen.«

Doch bei dem Gedanken, wie Francie stolz und zärtlich lächelnd ihr Ei zudeckte, erfaßte sie Trauer wie mit Fingerspitzen und gab ihr Kraft. Sie ging ins Haus und hinauf, um sich dem zu stellen, was sie erwartete. Das Leben, das sie einen Moment lang als Ganzes sah, war ein einziger Akt des Begreifens, der Furcht vor dem Tod.

Daventry, der ihr ein letztes Mal nachschaute – schließlich war sie eine Frau –, ging in die Eingangshalle. Hier stellte er sich nicht ohne Genugtuung vor, wie sich Gerald gewandt unter den Portraits bewegt hatte.

Er wartete. Hinter der Speisesaaltür debattierte man offenbar schon länger, dann wurde sie aufgerissen; einer nach dem anderen kamen sie heraus, blieben auf der Schwelle stehen, bei seinem Anblick vor Schreck ganz kurz wie ein Ball auf einer Wasserfontäne balancierend. »Lady Naylor?« sagte er zu Francie. »O nein!« Die falsche Annahme schien sie zu entsetzen. »Ist … Mr. Lesworth nicht da?« »Heute nicht.« Lady Naylor kam als letzte und schaute ihn am strengsten an: Also wirklich, die Armee hatte offenbar einen unerschöpflichen Vorrat an Soldaten. Er teilte es ihr mit. »O nein!« sagte sie sofort, als wolle sie etwas verhindern. Und als er ihr die Umstände erzählt hatte, sagte sie noch einmal »O – nein!« und wandte sich hilfesuchend an ihren Mann. »Das ist … das ist ja furchtbar«, sagte Sir Richard und faßte sie ratlos und verwirrt an der Schulter. Dann schaute er zurück auf die Stühle und Teller und den Tisch im Speisezimmer, ungläubig, daß sie überlebt hatten.

Mr. Daventrys Anblick behagte ihnen allerdings nicht. Instinktiv dachten sie, er sei gekommen, um das Haus zu durchsuchen.

Lady Naylor, die von dem Schock immer noch wie eine Statue dastand, machte sogar eine verächtliche kleine Geste nach dem Motto: »Bitte bedienen Sie sich.«

Er, nicht ahnend, daß sie meinte, nun zur Rechenschaft gezogen zu werden, starrte weiter düster und durchdringend an ihr vor-bei. Hinter ihr, am anderen Ende des dunklen Speisezimmers, sah er durch ein Fenster den von Nebel und Sonnenlicht gestreiften Rasen. In Clonmore hatte es morgens geregnet: Auch davon schienen sie hier verschont worden zu sein.

»Wo ist Lois?« fragte Lady Naylor streng.

»Das weiß ich leider nicht«, erwiderte er gleichgültig.

»Sie – haben Sie ihr –?«

»O ja.«

Nun fiel ihre Maske; sie schaute ihm mit tieftraurigen Augen ins Gesicht und sagte: »Wir kannten ihn so gut. Er ist oft zum Tennisspielen hiergewesen. Es ist komisch, daß man nicht – daß man nie – er war so –«

»Ja, das war er gewiß.«

»Seine Mutter! Er hat mir immer von seiner Mutter erzählt. Wer schreibt ihr? Ich würde ihr gern schreiben. Ja, ich würde ihr sehr gern schreiben. Ich glaube, das würde ihr guttun – wissen Sie, wir kannten ihn so gut – Richard, meinst du nicht, ich –?«

Doch Sir Richard war leise verschwunden; er war wirklich ein alter Mann und außerhalb der ganzen Geschichte; er wußte nicht, was er tun sollte. Er machte sich auch über die Connors Gedanken. Peter Connors Freunde – sie wußten alles, sie gaben nicht auf: Gar nicht auszudenken, wenn sie …

Seiner Meinung nach sei das nun alles, sagte Mr. Daventry; er müsse los. Er verabschiedete sich mit derart unfreundlicher Höflichkeit und ging so abrupt weg, als existierten sie gar nicht mehr, als sei er nie in ihrem Haus gewesen.

Dann sammelte Lady Naylor sich und rief: »Ihm geht es bestimmt auch nicht gut; ich hätte etwas sagen sollen.« Nun gab es viel zu tun, mehr, als an einem Morgen zu bewältigen war; sie überlegte vage, ob sie den Lunch verschieben sollte. Und als sie den Briefträger hörte, dachte sie, erschreckt von der Angst, daß alles herauskam: »Angenommen, es träfe jetzt noch – angenommen, er hätte –«

Aber es kam kein Brief von Gerald an Lois.

Niemand war auf der Treppe, dem der Briefträger die Neuigkeit hätte erzählen können; enttäuscht ging er von dannen.

Lady Naylor faßte sich und dachte: »Jetzt muß ich los und Lois suchen.« Doch sie suchte sie nicht; irgend etwas hinderte sie immer daran. Sie schaute in den Salon, um zu sehen, ob dort etwas war – was, wußte sie nicht. Francie blickte rotäugig und schuldbewußt über die Sofalehne. Beide schwiegen. Das Zimmer hatte mit einemmal etwas derart durchdringend Schmerzliches, daß Lady Naylor beinahe gerufen hätte: Lois hat die Blumen gar nicht versorgt!

Laurence, der in aller Unschuld über das Anwesen schlenderte, mußte dann das erleben, wovor die anderen Angst hatten: Er traf Lois, die neben einem Ilex stand. Sie hätte weitergehen können, doch sie blieb weniger wie angewurzelt als vielmehr gleichgültig stehen.

»Schon gut«, erklärte sie und fügte hinzu: »Ich denke nur nach.«

Sein Blick wurde beinahe persönlich, als habe er sie verstanden. »Das würde ich, glaube ich, auch tun«, sagte er. »Ich glaube – ich weiß es aber nicht –, daß man über diese Dinge hinwegkommt.«

»Aber schau, es gibt Dinge, über die kann man nicht –« (Sie meinte: Er hat mich geliebt, er hat an das Britische Empire geglaubt.) »Zumindest will ich es nicht.«

»Vielleicht hast du recht«, sagte er und betrachtete mit angestrengtem Blick und um Verständnis ringend eine unvertraute Landschaft.

»Du mußt nicht hier stehenbleiben, Laurence. Du wolltest doch irgendwo hin, oder nicht?«

»Nirgendwo besonders. Nicht wenn du –«

»Nein, eigentlich nicht. Aber wenn überhaupt mit jemandem, dann würde ich mit dir ...«

Er nahm sie beim Wort und ging weiter; unbeholfen schob er sich an ihr vorbei durch die Lorbeerbüsche.

Zwei Wochen später kam Mrs. Trent gleich am Abend ihrer Rückkehr aus dem Norden vorbei. Sie hatte sich dort oben unbeschreiblich gelangweilt und wollte sich ausnörgeln. Entzückt kam Lady Naylor aus dem Haus, um sie zu begrüßen; das war ja wie in alten Zeiten.

»Das Haus fühlt sich leer an. Sie sind alle fort.«

»Ach, du liebe Güte. Das tut mir aber leid, daß ich Hugo und die arme kleine Francie nicht mehr gesehen habe. Was ist mit ihrem Bungalow?«

»Ach, das war nur so eine Idee; sie haben sie schon wieder aufgegeben. Bungalows im Binnenland sind eigentlich sinnlos; an der Felsküste ist es zu windig, und an einer flachen kann man nicht leben. Nein, sie überlegen, ob sie nach Madeira gehen sollen.«

»Dann lassen sie die Möbel weiter eingelagert?«

»Ja, ich glaube, ja; sie haben sich sowieso nie viel daraus gemacht.«

»Schade, daß er nie nach Kanada gegangen ist.« Mrs. Trent betrachtete die idyllischen Wiesen und Rasenflächen, die stattlichen, stumpfen Bäume, die Fenster, die aus der nun endgültigen Leere Haltung gewonnen zu haben schienen. Mrs. Trents Gefühl, heimgekommen zu sein, erstreckte sich auch auf Danielstown. »Wo ist Richard?« fuhr sie fort. »Und hören Sie: Kellern Sie Ihre Äpfel alle jetzt schon ein? Wir haben noch nicht einmal angefangen. Wenn ich nicht da bin, bleibt alles liegen. Und sagen Sie mir: Wie geht es Lois?«

»Ach, sie ist auch fort.«

»Fort? Ach so, zur Kunstschule!«

»Nein, nein«, sagte Lady Naylor überrascht. »Nach Tours. Wegen ihres Französisch. Und sie ist bei einer solch interessanten, kultivierten Familie; sie hat wirklich Glück gehabt. Ich war mit ihrem Französisch nie zufrieden. Und ich habe ihr gesagt: Für Italienisch ist immer noch Zeit.«

»Ach, ausgezeichnet«, sagte Mrs. Trent nicht sonderlich interessiert, aber herzlich. »Na, kein Wunder, daß Sie es so ruhig finden. Sind Lois und Laurence zusammen abgereist?«

»Sie war zutiefst beleidigt, daß man sie für so unfähig hielt, und er wurde bei der Vorstellung, auf ihr Gepäck achten zu müssen, derart nervös, daß wir sie getrennt weggeschickt haben; er ist am Mittwoch gefahren, sie am Freitag. In beiden Nächten, habe ich gehört, war es stürmisch ... Ja, wir haben einiges Traurige erlebt; wegen dieses unglücklichen jungen Lesworth waren wir sehr entsetzt und bekümmert. Ich glaube, ich habe es besonders stark empfunden, denn er war oft hier bei uns und wirkte immer froh, daß er mit jemandem reden konnte; in gewisser Weise konnte er ja schon gar nicht mehr ohne uns. Doch auch für Lois war es ein Schock. Wie oft haben sie Tennis zusammen gespielt, und sie hatten sich richtig angefreundet. Sie hat es sich allerdings nicht so zu Herzen genommen, wie ich befürchtet habe; Mädchen ihrer Generation scheinen mir weniger empfindsam zu sein, also wirklich ... Ich weiß nicht;

vielleicht ist das ja auch am besten so. Und sie hat natürlich viele Interessen. Aber es war schrecklich, finden Sie nicht? Ich denke immer noch oft: Wie furchtbar! Immerhin hatte er ein glückliches Leben. Das habe ich seiner Mutter geschrieben. Ich habe ihr gesagt, daß der Gedanke, wie glücklich er war, stets ein gewisser Trost für sie sein muß. Er strahlte ja geradezu; er stand überall im Mittelpunkt. Und sie hat zurückgeschrieben – taktvoll fand ich es nicht, aber sie war ja sicher sehr in Trauer –, daß sie vor allem Trost darin finde, daß er für eine edle Sache gestorben sei.«

Einen Moment lang sah Mrs. Trent unwohl aus, als fühle sie sich ertappt. Dann sagte sie: »Es war heroisch«, und schaute peinlich berührt nach unten auf ihre Handschuhe. Sie vermißte einen Hund, sie fühlte sich haltlos, es gab keinen Hund.

»Heroisch«, sagte Lady Naylor und suchte mit forschenden Blicken den Himmel ab; ihre großen Pupillen reflektierten das ruhige Licht. »Wenn er auch«, fügte sie halb überrascht hinzu, »gar keine andere Wahl hatte ... Aber nun kommen Sie herein und erzählen Sie Richard vom Norden. Es wird ihn amüsieren, wenn es ihm auch leid tut, daß Sie sich gelangweilt haben. Um Ihnen die Wahrheit zu sagen: Wir haben es beide befürchtet. Ach, die Uhrzeit spielt keine Rolle, es ist gewiß noch früh; kommen Sie nur herein, bitte sehr.«

Doch Mrs. Trent konnte nicht, sie war ein pünktlicher Mensch und trug eine Armbanduhr. Sie hatte nicht einmal ihren Einspänner hinters Haus geschickt; ein Mann lief mit dem kleinen, gedrungenen Pferd die Allee auf und ab. »So ein kurzer Besuch«, sagte Lady Naylor traurig, obwohl sie die Unterhaltung auf eine halbe Stunde ausgedehnt hatte. Aber Mrs. Trent stieg energisch in den Dogcart und nahm die Zügel in die Hand; beide Damen stießen einen Seufzer aus, weil sie voneinander scheiden mußten.

»Dann sehen wir Sie am Dienstag. Kommen Sie doch auf alle Fälle früh, vor den Hartigans.« Mrs. Trent nickte der heimischen Umgebung ein freundliches Lebewohl zu. »Jeden Herbst meine ich, daß dann das Haus am besten aussieht.«

»Ehrlich gesagt, finde ich das auch. Irgend etwas ist am Herbst«, sagte Lady Naylor. Sie blieb auf der Treppe stehen und schaute dem Einspänner hinterher, die rastlosen Hände locker gefaltet. Vom Tor wirbelten ein paar Blätter herab, als kämen sie nach Hause.

Doch beide Damen sollten Danielstown in einem solchen Augenblick nie wieder sehen, an diesem besonders glücklichen Punkt der Neige im kurzen Bogen des Tages, im langen Bogen des Jahres. Außer für die Bäume gab es hier keinen Herbst mehr. Schon im nächsten Jahr hatte sich das Licht, immer noch überrascht, der Leere bemächtigt. Im nächsten Jahr plumpsten die Kastanien und Eicheln auf die Alleen, doch niemand hörte es, und auf den schon grün überwachsenen Wegen hätten Schritte dumpf geklungen – wenn noch jemand über die

Wege gelaufen wäre. Blätter, die, wenn der Wind zögerte, den Berghang hinuntertaumelten, häuften sich formlos, angstvoll, an der allzu deutlich sich abzeichnenden Gestalt der Ruine.

Denn im Februar, als man noch nicht einmal die Knospen dieser Blätter sehen konnte, ereilte der Tod – eher die Hinrichtung – die drei Häuser Danielstown, Castle Trent und Mount Isabel in einer Nacht. Ein gräßliches Scharlachrot verzehrte die klare Frühlingsdunkelheit; ja, es schien, als sei ein zusätzlicher Tag, mit dem niemand gerechnet hatte, geboren worden, damit diese gräßlichen Ereignisse stattfinden konnten. Wenn man von Ost nach West zu dem hohen scharlachroten Himmel blickte, schien es, als brenne das Land selbst, während sich gen Norden die Bergkämme vor Mount Isabel drohend abhoben. Über die unnatürlich dämmrigen Straßen bewegten sich verstohlen oder furchtsam dunkle Schatten; die Bäume, blaß gestrichen vom Wind der Flammen, die Katen, die sich verzweifelt an den Busen der Nacht schmiegten, die Tore, die zu grell sichtbar waren – sie alle hatten ihren Platz in diesem Muster von Ordnung und Panik. Und auf Danielstown quietschte das filigrane Eisentor auf halber Höhe in der Allee unter den Buchen (es fiel einfach nicht wieder ins Schloß und fuhr fort, entgeistert hin- und herzuschwingen), nachdem das letzte unbeleuchtete Auto mit den Scharfrichtern hindurchgeglitten war, in aller Ruhe: Sie hatten ihre Pflicht erfüllt. Das Geräusch dieses letzten Autos breitete sich aus, überließ sich dem offenen, leeren Land und erstarb. Dann schwappte die erste Woge der nun endgültigen Stille selbstbewußt zurück auf die Treppe. Oben loderte hinter der einladend offenen Tür ein Höllenfeuer.

Sir Richard und Lady Naylor sagten nichts und schauten sich nicht an, denn in dem Licht unter dem hellen Himmel sahen sie alles überdeutlich.

Nachwort

Der letzte September, mein zweiter Roman, erschien 1929; im Jahr zuvor hatte ich ihn geschrieben. Ich war noch jung, zumindest jung als Schriftstellerin, und obwohl ich *The Hotel* abgeschlossen hatte, fürchtete ich mich immer noch vor Romanen – dem Romanschreiben. Mit der Kurzgeschichte verband ich weniger Ängste. Nun, da ich an Erfahrung reicher bin, scheint mir, daß sich Probleme des Schreibens generell über Gebühr groß und drohend vor einem auftun, wenn man nach vorn schaut. Es war falsch, an den Roman als Gattung zu denken, sich von deren Erfordernissen und Notwendigkeiten einschüchtern zu lassen und sich schon vorzustellen, wie man von Regeln eingeschränkt wurde. Doch am Anfang schreckt man unweigerlich vor allem zurück, von dem man einerseits meint, man solle es versuchen, und andererseits den Verdacht hat, man sei ihm nicht gewachsen. Ich zum Beispiel war im vorhinein sehr bedrückt, weil ich es für schwierig hielt, die Mitwirkenden eines Romans zusammenzubringen – die verschiedenen Figuren an einen Ort zu schaffen, sie dort zu halten, ihre fortwährende Anwesenheit dort zu begründen (im wirklichen Leben schienen die Leute immer und ewig aufzustehen und wegzugehen) und sie eng und lange genug aneinander zu binden, um das Zusammenspiel, das als »Handlung« bekannt ist, herzustellen. In der Kurzgeschichte kreuzen sich die Schicksalswege der Menschen nur für wenige Augenblicke. Auch meine Texte basierten bis dahin auf Begegnungen, Eindrücken, Zusammenstößen, Erschütterungen. Im Roman dagegen werden die Figuren häufig durch bestimmte Prämissen an einem Ort gehalten, die ihnen eine Falle stellen – unwiderstehliche Neugierde, Übermut, die Suche nach etwas oder Leidenschaft. Meine Lösung war naiver: Wie schon im Roman *The Hotel* benutzte ich den Kunstgriff, meine Männer und Frauen sogar unter demselben Dach zu versammeln, wo sie entweder auf Grund einer eigenen Entscheidung oder durch Zufall so lange bleiben mußten, bis die Geschichte ihren Verlauf genommen hatte. Nach dem Hotel an der italienischen Riviera meines ersten Romans kam nun das große, einsame irische Haus. Ich bin, und das scheint mir nur logisch, eine Autorin, für die Ort und Zeit stets eine große Rolle spielen; für mich sind sie mehr als bloße Grundtatsachen, sie sind Agierende. Das bevorstehende Ende der Saison, wenn alle abreisen, treibt das Geschehen in *The Hotel* seinem Höhepunkt entgegen. Im *Letzten September* wird die Tonlage von Anfang bis Ende von dem Monat im Titel bestimmt.

Damit will ich freilich nicht behaupten, daß ich im *Letzten September* meine beträchtlichen technischen

Probleme mit dem Romanschreiben löste. Weit gefehlt. Dieses Buch, das mir natürlich von allen meinen Büchern am meisten am Herzen liegt, entstand in gewisser Weise von selbst, aus einer tiefen, klaren Quelle. Obwohl Prosa, ist es randvoll mit dem Stoff, aus dem die Poesie ist: den Empfindungen der Jugend. Es ist eher ein Werk der Intuition als des Wissens – und ein Buch, das die Vergangenheit zurückruft, wenn auch nicht in jedem Punkt meine. Im »wirklichen« Leben waren die Sommer meiner Jugend in County Cork, in dem Haus, das in der Geschichte Danielstown heißt, zwar auch von Liebesfreud und Liebesleid, doch in der Hauptsache von Ungeduld, dem Gefühl der Nutzlosigkeit und Lethargie beherrscht. Ständig fragte ich mich, was aus mir werden solle und vor allem, wann das sein würde. Alle jungen Menschen (die ironischerweise derart beneidet werden) machen solche Zeiten fruchtlosen Sich-Sorgens durch. In meiner Erinnerung idealisiere ich den September 1920 nicht, den Monat, in dem dieser Roman nun einmal spielen wollte, doch er ist auch nicht »wahr« (er handelt von erfundenen Ereignissen, erdachten Menschen), und weit, weit vom Autobiographischen entfernt. Proust meint, daß häufig gerade die Lebensphasen eines Schriftstellers oder zukünftigen Schriftstellers, die er gedankenlos, widerwillig oder gelangweilt durchläuft, künstlerische Früchte tragen.

Der letzte September ist der einzige meiner Romane, den ich mit Absicht in der Vergangenheit angesiedelt habe. Sonst wollte ich immer, daß die Leser das Gefühl unmittelbarer Gleichzeitigkeit hatten – so sehr sogar, daß es für mich zu einer Grundregel des Schreibens geworden war, eine Atmosphäre des »Jetzt« zu erschaffen. Im *Letzten September* verkehrte sich das ins Gegenteil – nun war »damals« (die Vergangenheit) als konstituierendes Element unerläßlich. Meine Figuren und ihr Handeln sollten die Stimmung einer verflossenen Zeit reflektieren. »All das«, wollte ich dem Leser unbedingt vermitteln, »ist vergangen und vorbei.« Von Anfang an sollte er, sich dessen auch voll bewußt, zurückschauen – acht Jahre in der Zeit zurück. Die Furcht, daß er diesen Blickwinkel verpaßte, daß er, dessen nicht eingedenk, auch nur meine ersten Seiten las, quälte mich sehr. Und weil ich die normale Vergangenheitsform, in der ja im Moment viel erzählt wird, für nicht stark genug hielt, begann ich meinen zweiten Absatz mit dem Zeigestock: »Damals trugen Mädchen weiße, gestärkte Röcke und durchscheinende, mit dicken weißen Blumen übersäte Blusen, der Sittsamkeit wegen am Halsausschnitt mit Bändern versehen.« Lois' Bänder gehörten bereits der Geschichte an.

Wenn man jung ist, zählen Jahre doppelt, kommen einem länger vor: Schon ein paar gelebt zu haben empfindet man wie einen Sieg. Und im Leben der meisten Menschen ist ja auch die Zeit zwischen zwanzig und achtundzwanzig wichtig und entscheidend, vollgepackt mit Veränderungen. Als ich in Old Headington in Oxford saß und den *Letzten September* schrieb, kam mir das Jahr 1920 wie lange vergangen vor. Mittlerweile (im Jahr der Niederschrift: 1928) war Frieden in Irland; in den großen ausgebrannten Häusergerippen breiteten Bäume schon Äste aus; Rasenflächen, einst flüchtigen Lustbarkeiten vorbehalten, verwandelten sich in nützliches Weideland. Ich selbst war kein Tennismädchen mehr, sondern Schriftstellerin; die Ziellosigkeit war verflogen wie Morgennebel. Es verging keine Stunde, die keine Bedeutung und keine Mitte hatte. Die Veränderungen hatten auch mein Gefühl für den Ort geändert – Irland schien ungeheuer weit entfernt von Oxford, mehr wie eine andere Welt als wie ein anderes Land. Da war ich und führte ein Leben, wie ich es mir erträumt hatte, als ich, wie Lois, den offenen Zweisitzer durch endlose, enge Alleen kutschiert hatte. Nun war ich mitten in der Kultur (ein Wort, das mir 1928 ständig auf der Zunge lag). Ich war in Gesellschaft der Sprachmächtigen und Gebildeten. Doch als ich mit dem *Letzten September* begann, übernahm die andere Ära das Kommando – und nun, 1952, da 1928 so weit weg scheint wie damals 1920, ist auch unschwer zu erkennen, warum. Wie ein Schwimmer, der von einer Strömung erfaßt wird, wird der Schriftsteller in eine unerwartete Richtung gezogen. Er wird zu einem Thema gebracht, das ihn erwartet – bisweilen einem Thema, das in seiner bewußten Planung gar nicht enthalten ist. Die Realität, die Realität der Gefühle, sammelt sich dort, wo sie am wenigsten gesucht wurde. Schreiben heißt gefangen genommen werden – von einer Erfahrung gefangen genommen, an die man bis dahin womöglich kaum einen Gedanken verschwendet hat.

Der historische Hintergrund des *Letzten September* – die Situation um Danielstown, die äußeren Ereignisse, die in die Geschichte hineinwirken – bedürfen für nicht-irische Leser vielleicht einer Erklärung. Die Handlung spielt während der »Unruhen« – das heißt, des alles überziehenden bewaffneten Konflikts zwischen der Irisch-Republikanischen Armee und den britischen Streitkräften, die damals immer noch in Irland stationiert waren. Überfälle aus dem Hinterhalt, Verhaftungen, Gefangennahmen und Brandstiftung, Repressalien und Vergeltungsmaßnahmen versetzten Land und Leute in Angst und Anspannung. Die Briten gingen auf Patrouille und jagten; die Iren verabredeten sich, legten sich auf die Lauer und schlugen zu. Der Armeelastwagen, den man an einem windstillen Abend hörte, der entschlossene junge Mann, dem man im Wald von Danielstown begegnete, der Schuß in der Mühlenruine, der Stacheldrahtzaun um die Tänzer und der Hinterhalt, in dem der englische Leutnant zu Tode kommt – das ist Fiktion, doch es könnte sich auch historisch so abgespielt haben. In einer solchen Atmosphäre auf die Traditionen zu pochen und das gewohnte Leben weiterzuführen (wie es auf Danielstown geschah) mag tollkühn oder gefühllos anmuten. Doch offenbar schien es das beste zu sein, was man tun konnte. Festivitäten, wie ich sie beschrieben habe, fanden tatsächlich so statt – 1921, als es bedrohlicher wurde, hörten sie dann aber doch auf. Die irisch-britischen Feindseligkeiten wurden durch den Vertrag von 1922 beendet, obwohl, verursacht durch den irischen Bürgerkrieg, weiteres Chaos folgte.

Während der Unruhen war die Lage anglo-irischer landbesitzender Familien wie der Naylors von Danielstown nicht nur zwiespältig, sondern viel herzzerreißender, als sie es sich anmerken ließen. Überkommene Loyalität gegenüber Großbritannien (oder zumindest ein Verwachsensein) – wo ihre Söhne zur Schule gingen, in dessen Kriegen ihre Söhne seit Generationen kämpften und dem sie ihr Land und ihre Macht verdankten – zog sie in die eine Richtung; ihre irische Mentalität in die andere. Familien wie die Naylors luden britische Leutnants ein, weil es die Gastfreundschaft gebot – das liest man auch in den meisten anglo-irischen Lebenserinnerungen oder Romanen über die alten Zeiten –, und obwohl die herkömmlichen Gebräuche nun Gefahr und Verdächtigungen bedeuteten, hießen die vornehmen anglo-irischen Familien die Militärs weiter in ihren Häusern willkommen. Doch die Unruhen brachten alles durcheinander, selbst freundlich konnte man nicht mehr einfach sein – siehe Sir Richards ungehaltene Reaktion auf Geralds Anwesenheit. Die Patrouillen und Haussuchungen waren ebenso verhaßt wie die proklamierte Absicht, »das Land unter Kontrolle zu behalten«. Wenn es den Anschein hat, als verhielten sich Sir Richard und Lady Naylor gegenüber Lois' jungen Offizieren arrogant, muß man bedenken, daß die Vorstellungen des Onkels und der Tante aus der unschuldigen Zeit vor 1914 stammten. »Die Armee ist nicht mehr, was sie mal war« – dafür hatte schon der Tod gesorgt! Lois' kriegsbeschädigte Galane von 1920 waren weniger privilegierter Herkunft als es Lady Naylors Verehrer gewesen waren – und sie konnten sich auch nicht beliebt machen, indem sie von Irland schwärmten. Dazu war die Zeit ja wohl nicht angetan. Lady Naylors generell gespaltene Haltung gegenüber den Engländern sollte man jedoch beachten; sie entspringt einem ausgeprägten anglo-irischen Wesenszug.

Warum hat der ringsum herrschende Bürgerkrieg Lois nicht mehr gequält oder aufgerüttelt, obwohl sie doch in einem empfindsamen Alter war? Versuchte sie, sich selbst zu schützen? Sie war ein Geschöpf, das erst halb wach, dessen Seele und Augen noch nicht offen waren. Der Erste Weltkrieg hatte ihre Schultage überschattet; das reichte – nun wollte sie Ordnung. Es ist schwierig genug, überhaupt erwachsen zu werden, aber noch schwieriger in einer schwierigen Zeit. Ihre Generation – meine – brachte wenige Rebellen hervor und noch weniger Menschen, die sich für eine Sache begeisterten. Nolens volens aber fügte sie sich Zwietracht, Mißlichkeiten und Gefahr. In ihrem Lebensgefühl war die Gewalt inbegriffen, zusammen mit der Tanzmusik, den Wicken im Garten, den unweigerlichen Regentagen. Das Tragische ließ Lois nicht an sich heran – nicht Geralds Tod, sondern nur die Tatsache, daß sie ihn nicht geliebt hatte. Trauerte sie, weil Danielstown abbrannte? Sie war immer die Nichte, nie das Kind des Hauses.

Ich war das Kind des Hauses, dem Danielstown nachgebildet ist. Bowen's Court hat überlebt – trotzdem habe ich es vor meinem inneren Auge so oft brennen sehen, daß das schreckliche letzte Ereignis im *Letzten September* realer ist als alles, was ich wirklich erlebt habe.

Elizabeth Bowen
(Vorwort zur 1952 erschienenen Neuauflage des Romans)